U0133097

区域经济学博士文库

双重视角下的西北民族地区经济发展问题研究

滕堂伟 著

人民出版社

目　录

导　论 ……………………………………………… 1

　一、背景　/1

　二、国内外研究现状　/3

　三、研究方法与研究框架　/10

　四、本书的创新点与进一步研究的问题　/11

第一章　区域优势理论综述 …………………………… 13

　一、比较优势理论与区域产业分工　/13

　二、竞争优势理论述评　/39

　三、后发优势理论述评　/51

第二章　区域产业结构演变与产业发展理论研究 ………… 64

　一、区域产业结构问题的意义　/65

　二、中国区域产业结构问题研究述评　/74

　三、区域产业结构时序演进理论及其最新进展　/75

　四、产业结构空间演进理论　/91

　五、产业结构演进中的产业成长理论　/105

六、区域产业结构优化中的产业类型理论 /123

第三章 西北民族地区经济发展的基本特征与态势……… 160

一、西北民族地区的区域经济特征 /161

二、西北民族地区经济发展的基本态势 /205

第四章 西北民族地区经济发展的多重差距………… 217

一、生产总值增长速度及其人均水平差距 /218

二、人民生活水平差距 /223

三、城镇化水平差距 /232

四、经济发展外向程度差距 /233

第五章 产业发展与西北民族地区经济发展………… 240

一、以产业与市场成长为核心的区域经济发展路径 /240

二、产业结构与西北民族地区经济发展水平 /251

第六章 西北民族地区比较优势与产业发展………… 273

一、区域比较优势的两种判别路径与方法 /273

二、西北民族地区比较优势 /277

三、西北民族地区基础设施产业状况 /289

四、西北民族地区支柱产业再认识 /294

五、西北民族地区主导产业发展 /297

六、西北民族地区衰退产业调整 /302

七、产业发展与西北民族地区经济发展 /302

第七章 西北民族地区工业化进程、路径与模式………… 304

一、西北民族地区工业化进程判断 /304

二、西北民族地区与新型工业化要求相比存在的
突出问题 /310

三、西北民族地区走新型工业化道路的主要路径 /317

四、西北民族地区新型工业化模式 /325

第八章 加快西北民族地区发展的产业政策选择············ 332

一、区域政策与产业政策比较 /332

二、西部大开发战略与政策的调整 /335

三、我国民族经济政策简要回顾 /348

四、加快西北民族地区发展的产业政策体系设计 /352

结 语 ················ 368

参考文献 ················ 373

后 记 ················ 378

导　论

　　西北民族地区包括宁夏、新疆、青海三个民族省区,甘肃的临夏回族自治州、甘南藏族自治州以及张家川、肃南、肃北、阿克塞、天祝等五个少数民族自治县,总面积为264万平方公里,占全国总面积的28％,是我国藏、回、蒙古、维吾尔、哈萨克等二十多个少数民族的主要聚居区。该地区经济发展在西部地区和全国民族地区经济发展中具有一定的代表性,由于历史、自然、人文等多方面因素的综合影响,该地区的经济发展,整体上存在着多重差距,经济发展的相对滞后性比较明显。

一、背　景

　　十六大就产业发展与地区发展问题分别提出了"走新型工业化道路"与"积极推进西部大开发"、"积极发展有特色的优势产业,推进重点地带开发"等战略部署。2004年3月出台的《国务院关于进一步推进西部大开发的若干意见》进一步强调:"大力调整产业结构,积极发展有特色的优势产业。"当前,西北民族地区经济发展面临着西部大开发战略的进一步实施、中国入世承诺的逐步落实与对外开放的全面深入、全面建设小康社会以及构建社会主义和谐社会奋斗目标的确立、改革攻坚与社会主义市场经济体制的逐步完善、"五个统筹"与科学发展观确立等新形势，必然给西北民族地区经济发展带来新的机遇和挑战。在具备体制更完善、开放更全面、西部大开发进一步深入的有利背景下，加快西北地区民族经济发展的需要更迫切，任务更艰巨，形势更复杂。由此，对相关的经济发展理论与现实对策研究提出了更高的要求。

　　统计资料显示，西部大开发战略实施以来，虽然随着国家对其投资的高速增长，西北民族地区经济发展有所增速，但投资的高速增长并没有带来经济的高速增长，西北民族地区与东部地区、全国平均水平以及西部地区自身的经济发展水平相对差距仍然呈不断扩大趋势。这种现象产生的原因是多方面的，其中重要的原因在于产业发展不力。此前各级政府都把西部开发的重点放在基础设施和生态环境建设方面，而对特色产业特别是加工制造业的发展没有引起足够的重视。这样，从长远发展来看，西部开发以及西北民族地区经济将缺乏持续稳定快速发展的产业支撑。西北民族地区经济要发展，必须依靠产业支撑。此外，由于投资环境尤其是软环境较差，工业平均税负和效率工资高于沿海地区，而投资回报率和劳动生产率要低于沿海地区，西北民族地区工业缺乏市场竞争力，导致该地区近年来原有的一些加工制造业增长缓慢，有的甚至出现萎缩的趋势。

　　因此，本书从区域优势与区域产业双重视角入手，对西北民族地区经济发展问题进行深入、系统的研究，揭示西北民族地区经济发展的差距在于比较优势利用过程中产业发展的差距；探讨民族地区产业经济发展规律，寻求多形态的民族经济发展模式；分析西北民族地区经济发展过程中的基础产业加强、主导产业选择、支柱产业壮大、衰退产业调整等重大区域产业经济问题;研究西北民族地区新型工业化路径与模式,提供促进区域产业发展和实现西北民族地区经济快速发展的系列政策建议。这样一种研究,对西北民族地区产业结构优化与升级以及社会经济全面、协调、可持续发展,推动其全面建设小康社会的进程,具有重大而迫切的现实意义。

本书涉及近年来经济学界两次比较有影响的学术争论——比较优势争论与新型工业化道路争鸣。而西北民族地区因其民族性、内陆区位、独特的资源禀赋以及特殊的工业化历程等特征而具有区域经济学、发展经济学、民族经济学等方面较高的学术研究价值。本书的理论意义在于对区域优势理论、区域产业发展理论进行全面、深入的分析、综述与评价,从双重视角建立起一个以区域产业与市场成长为核心的区域经济发展框架,从区域产业发展与区域产业结构优化角度解释、分析区域经济的发展以及区域经济发展差距;在此基础上结合西部大开发战略在该地区的进一步深入实施,重点对西北民族地区经济发展问题进行区域产业发展与区域产业结构优化分析,并寻求相应的发展对策与政策建议。通过研究,本书力求在区域优势理论、区域产业理论以及区域经济发展差距成因理论等方面作出一定的理论贡献。

二、国内外研究现状

目前,学术界对西北民族地区经济发展问题的研究,大多集中于非经济因素的分析以及具体产业发展问题的探讨上,而从区域比较优势与区域产业双重视角对西北民族地区经济发展进行深入、系统分析的成果还比较少。

（一）西北民族地区经济发展问题研究现状综述

西部大开发战略实施以来,学术界掀起了西部地区民族经济发展问题研究的热潮,涉及西部开发与民族发展的内在关系、民族文化调适、民族情商提高、体制改革、扩大开放、生态环境建设、特色经济、可持续发展、政策优惠、民族经济立法、扶贫开发、财政转移支付、小康社会建设等众多方面。通过研究,学术界普遍认为:西部地区民族经济发展的滞后性突出,加快民族经济发展的要求非常紧迫;西部地区民族经济发展的相对滞后是多因素长期共同作用的结果,加快发展的难度很大;西部大开发从某种意义上可以说是民族经济大开发,西部民族地区的反贫困是中国扶贫开发中的重点等。在如何加快西部地区民族经济发展问题上,学者们提出了"民族情商论"、"民族文化生态经济论"、"文化调适论"、"社会发展优先战略"、"制度创新论"、"特色经济论"、"开放带动论"、"新型工业化论"、"财税扶持与转移支付论"、"城市化论"、"信息化论"、"民族经济立法与民族经济自治权论"、"社会发展优先战略"等对策建议。

以上研究,存在着过分宏观(抽象)或过度微观(具体)的倾向,或者集中于一般意义上的民族经济发展问题,流于空泛和笼统,或者集中于某个具体民族、具体省区(州、县)、某个方面,明确以西北民族地区产业经济发展为研究对象的理论与对策、规范与实证、总体与个别有机结合的综合性、深入性、系统性学术研究成果较少。

与此同时,也有一些学者展开了对西北民族地区经济发展问题的研究,内容涉及:可持续发展问题,发展现状与发展战略问题,生态建设与农村经济发展问题,畜牧业发展问题,资源开发问题,资本市场发育问题,小康社会建设问题,城镇化问题,西北民族地区制度创新问题,各具体民族省区、地区经济发展问题等等。

在以上这些研究中,涉及了西北地区民族经济发展中的农业、畜牧业、工业、旅游业发展问题,为进一步研究提供了较好的基础。但对于西北地区民族经济发展问题,仍存在着运用产业经济理论的最新成果,对其产业结构现状进行科学评价,产业竞争优势分析,产业结构调整,新兴产业、特色产业选择等重大问题进行深入研究的必要。

以上研究,可以说基本涉及了西北民族地区经济发展的各个重要方面,为本书的研究提供了良好的研究平台。但从中也可以看出,还存在着从区域优势、区域产业视角对西北民族地区经济发展进行深入的、专题研究的必要。

(二)国外对民族经济发展问题的研究

国外学者从经济学、社会学、政治学、族群经济学、经济人类学等角度对民族经济发展问题的研究成果可以成为研究中国西部地区民族经济发展的借鉴,但直接以中国西北民族地区经济发展为研究对象的成果较少。

(三)区域优势理论最新进展

比较优势理论是李嘉图(David Ricardo)在斯密(Adam Smith)绝对优势理论的基础上提出的,瑞典经济学家埃利·赫克歇尔(Eli Heckscher)与贝蒂尔·俄林(Bertil Ohlin)进一步提出了要素禀赋学说,又称要素比例理论,认为各国或各区域的资源禀赋不同,是产生区域分工和区际贸易的基本原因。长期以来,比较优势理论一直是指导区域产业分工与产业发展的主流理论,萨缪尔森(Paul A. Samuelson)认为比较优势理论是经济学中最接近绝对真理的一个理论。在经济全球化、信息化快速发展的背景下,这一理论受到了质疑与挑战。许多学者认为,比较优势理论追求的是静态利益,强调的是静态效率,而从根本上决定一国或一地区经济发展的是动态利益与动态效率。代表性的如美国经济学家迈克尔·波特(Michael E. Porter)的竞争优势理论。该理论认为一国某个行业能在国际上处于优势地位,并不仅仅取决于该国的要素禀赋状况,更重要的是取决于该国这个行业所处的竞争环境。要素禀赋是难以改变的,但一国政府却可以通过多种措施影响其竞争力环境,创造竞争优势。值得一提的是,1998 年,迈克尔·波特在《企业集群和新竞争经济学》一文中,在马歇尔外部经济理论、区位经济学家集聚经济理论的基础上,把企业集群(产业簇群)纳入竞争优势理论的分析框架,创立了企业集群的新竞争经济理论。

由于比较优势或竞争优势问题直接涉及区域分工、区域产业发展以及区域经济发展战略,国内外学术界到目前为止仍然在此问题上存在重大分歧。

国际上有一些著名学者对波特的观点持怀疑或批评态度。查尔斯·希尔(Charles W. L. Hill)评论道:"波特的理论究竟对不对呢?目前还不知道,还没有相关的经验证明。"澳大利亚经济学家沃尔(Peter G. Warr)批评波特混淆了企业竞争力与国家竞争力的区别,忽视宏观经济环境对经济绩效的重要性。他认为,波特的竞争力概念主要讲的是已经具有良好市场环境的发达国家单个企业的成功与否,而波特对比较优势原则的指责很大程度上在于他对比较优势概念的错误理解和有关企业成功与国家成功因素之间的错误类比。关于"国家竞争力"的概念、"国家之间是竞争的吗?"等问题,主流经济学家如克鲁格曼(Paul Krugman)等对此提出了质疑和否定的看法,认为竞争优势理论会误导人们对一个经济获得成功发展的原因分析。总体上看,到目前为止,"竞争优势"尚未进入主流经济学的视野,主流经济学是在新古典理论框架(包含其一系列假定)下讨论和定义比较优势—比较利益由不同国家在技术、要素禀赋以及偏好方面的差异来决定,而且并不由于新古典框架的限制而拒绝承认递增规模收益构成比较利益(决定贸易格局)的来源之一,也不排除历史机遇(偶然性)对贸易格局的影响。只有以相对低廉的成本优势才能占有市场,从而具有竞争优势。也就是说竞争力(竞争优势)在主流经济学看来,只是比较优势的一种直观表述。

就国内学术界而言,有些学者主张发展中国家、中国以及我国的区域经济发展应遵循比较优势理论与原则,采取正确的发展战略与产业政策,实现经济持续发展,最终缩小发展差距,在要素禀赋差异收敛的基础上成功实现经济差距的收敛。具有代表性的如:林毅夫、蔡昉、李周、杨帆、王积业、朱守银、刘秀莲、梁琦、张二震、国家计委投资研究所与中国人民大学区域所课题组、国家发展改革委宏观经济研究院国土开发与地区经济研究所课题组等。一部分学者怀疑比较优势理论以及比较优势战略在实现经济快速发展中的作用,强调其局限性与不足之处,主张依据竞争优势理论、动态比较优势理论、科技优先战略来发展中国经济或中国的对外贸易。代表性的有:洪银兴、邱曼萍、陈洪斌、蒋永穆、安雅娜、杨小凯、王允贵、胡汉昌、郭熙保、郭克莎、廖国民、王永钦、廖光军、严鹏程等。还有的学者认为比较优势与竞争优势存在一定的互补性,比较优势实现虽然能够使落后国家与地区摆脱经济贫困,但经济的起飞与经济现代化的实现必须依赖于竞争优势的形成。比较优势并不等于竞争优势,一个地区的产业发展原则应该是:把发挥比较优势与提高竞争优势结合起来,一方面立足自身实际,充分利用现有条件和现有资源发展经济;另一方面依据产业竞争和产业替代的因果关系,在充分发挥比较优势的同时,将比较优势转化为竞争优势,通过创新不断创造新的竞争优势,加快推动产业升级,提高产业竞争力、企业竞争力,逐步形成产业优势与企业优势,争取在国际、国内分工中取得更加有利的地位。代表性的有:金碚、纪昀、中国社会科学院工业经济研究所课题组等。

对于一国或一区域经济的发展,对于在经济、科技等方面似乎都处于劣势的后进国家或地区,有的为什么能在不长的时间里赶上先进国家或地区?有的为什么又长期处于落后状态并且差距还在不断拉大?这一令人着迷的重大问题上,经济学界除了在比较优势与竞争优势问题上进行研究外,经济学家和经济史学家还对此进行了长期、多方面的研究,提出了乐观的后发优势论和悲观的后发劣势论,争论的焦点在于发展中国家或落后地区的后发优势是否存在,后发优势与后发劣势相比是否占支配地位,是否构成历史上后进国家(地区)成功追赶先进国家(地区)的内在原因。

(四)产业理论研究综述

1. 标准产业结构演进理论解释

对产业结构演进的分析,包括时序与空间两个方面,在时序演进方面,主要有配第—克拉克定理、库兹涅茨趋势、钱纳里标准结构以及霍夫曼工业化经验法则等理论;而在空间演进方面,则主要包括增长极理论、梯度推移理论等观点。

2. 产业结构演进的最新理论研究

在新的时代背景下，一些学者在深化产业结构演进理论研究方面作出了新的贡献。代表性的有：后工业社会（postindustrial society）研究；软化经济（soft economy）研究；新经济（new economy）与知识经济（knowledge based economy）论等。

3. 区域主导产业的理论

主导产业是区域经济学与产业经济学或发展经济学研究中的重要范畴，主导产业的理论解释主要有：

（1）区域经济学视野下的区域主导产业理论

区域经济学从区域分工、产业聚集、区域经济增长等方面对区域主导产业进行了论述与阐释。如比较优势理论从区域分工的角度论述了区域主导产业问题；埃德加·M. 胡佛（Edgar Malone Hoover）直接从地域空间的角度论述区域分工与专门化生产的关系，从要素供给可能性的角度论证了区域主导产业的形成与选择；区位论与增长极理论从产业聚集的角度解释了区域主导产业的形成与发展；输出基地理论从区域经济增长的角度说明了输出部门（出口产业）的重要性。

（2）产业经济学对主导产业的论述

产业经济学对主导产业的论述，主要表现为：罗斯托（W. W. Rostow）主导部门理论；主导产业选择基准理论等。

4. 区域产业结构演进中的支柱产业理论

在产业经济研究文献以及现实经济实践中，与主导产业非常接近、使用非常频繁的一个概念是支柱产业，对此概念国内外学术界并没有统一的定义，对于主导产业与支柱产业之间的关系，学术界也存在不同的意见。有些学者认为两者具有同一性，主导产业就是支柱产业,如郭万达、李震中、宋效中等;也有一些学者主张两者既有联系又有区别,如王家新、方甲、于刃刚、江世银等。

5. 区域产业成长理论

产业结构演进的过程就是不同产业以不同的速度与质量成长的过程,不同的学者对产业成长的认识也存在较大区别,并形成了众多的产业成长理论。本书将其归纳为以下有代表性的几种:比较优势理论的产业成长观;李斯特的工业成长观;筱原三代平的动态比较费用论;赤松的雁行形态说;新型工业化理论等。此外还包括区域产业成长动力机制理论——产业集群;产业成长周期理论与区域劣势产业退出与调整等。

三、研究方法与研究框架

本书综合运用微观经济理论、区域经济学、发展经济学、产业经济学、民族经济学中的相关理论,重点从区域比较优势理论视角、区域产业理论视角对西北民族地区经济发展问题进行了研究。采用了理论演绎、数量对比分析和案例研究相结合的方法,力求做到分析客观、准确,论证严谨、科学,观点有所创新,对策建议具有现实针对性和可操作性。在"以产业与市场成长为核心的区域经济发展路径"分析框架下,重点把握西北民族地区经济发展的基本特征与发展态势,从西北民族地区比较优势利用与产业发展方面深入分析西北民族地区经济发展多重差距产生的内在原因,探询西北民族地区新型工业化的战略实施、路径选择和模式确立,为加快其经济发展提供系统的产业政策思路。

本书的研究框架如下:

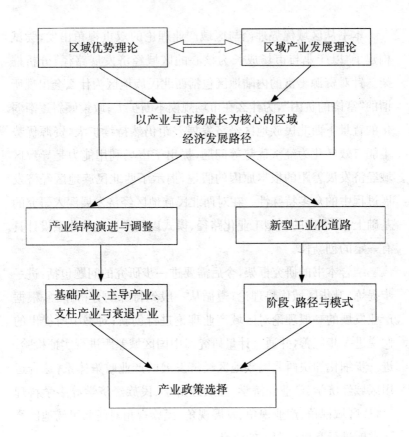

四、本书的创新点与进一步研究的问题

西北民族地区因其自身所具有的多重特殊性而具有较高的学术研究价值,从一般的经济学理论看待该地区经济发展,必然会得出许多悖论或与一般经济理论相矛盾的结论。西北民族地区经济发展问题引起了本人强烈的研究兴趣并为之着迷。在研究过程中,本人试图作出某种程度的学术创新,同时也深感有许多问题需要展开进一步的研究。

本书从区域优势理论与区域产业理论的双重视角出发,尝试构建了"以产业与市场成长为核心的区域经济发展路径"分析框架。针对资源丰富的内陆地区包括西北民族地区为什么会出现所谓的"富饶的贫困",为什么在市场规模不断扩大;政策倾斜逐渐弱化的背景下西北民族地区经济发展差距仍然持续扩大,资源优势不能有效转化为经济优势等问题,提出了市场利用能力是导致区域经济发展差距的根本原因的假说,揭示了西北民族地区经济发展过程中的众多特殊性。在对西北民族地区经济发展深入研究的基础上,所提出的新型工业化路径、模式以及产业政策体系设计具有一定的创新性。

结合本书的研究框架,今后需要进一步研究的问题包括:进一步提炼、升华区域优势理论;遵循从一般到特殊的分析路径,根据产业发展的一般理论对区域产业理论进行创新;对书中所提出的假说进一步完善,并通过计量研究对中国区域差距进行实证检验;进一步细化加快西北民族地区经济发展的产业政策体系;综合运用区域经济学、产业经济学、发展经济学、民族经济学等多学科理论,从区域视角、产业视角、发展视角、民族视角对西北民族地区经济发展进行有机而深入的研究。

第一章　区域优势理论综述

优势理论是经济增长理论(贸易理论)的基础,在经济学说的演化过程中,先后形成了区域比较优势理论、后发优势理论以及竞争优势理论,由此形成了经济学说中的区域优势理论体系。其中,前者又具体包括绝对比较优势理论、相对比较优势理论、要素禀赋学说、国际贸易新理论等。区域优势理论对分工、贸易以及经济增长战略等经济增长过程中的一系列重大问题提出了规范阐述和实证探究,对经济学的发展演化产生了基础性推动作用。区域优势理论是本书研究西北民族地区区域经济发展的视角之一。

一、比较优势理论与区域产业分工

从经济学说演化的历程可以看出,经济学从萌芽到现代经济学的正式形成,学者们对经济增长、国民财富增加原因的探究,基本上是从产业的角度出发的。如重商主义对对外贸易以及顺差的唯一肯定,重农主义把农业—土地生产物视为各国收入及财富的唯一来源或主要来源等。在当时特定的时代背景下,这些学说为西欧相应国家在一定时期内的经济增长、财富增加,起到了一定的积极作用,为经济学的正式诞生打下了坚实的基础。但由于这些理论本身的局限性与时代的变迁,其消极影响也越来越突出。现代经济学的诞生,对经济增长、国家财富增加的研究开始趋于科学与理性,视野更加开阔。但对产业发展与经济增长内在关系的研究,在经济学理论体系中始终占有非常基础而重要的地位。

经济学鼻祖亚当·斯密提出的"分工受市场范围的限制"命题,开创了经济学界对分工问题研究的先河。分工是产业形成的基础,分工的不断深化与发展成为产业发展、产业分化的本原性力量。在斯密看来,市场规模不断扩大所产生的不断深化的分工,带来了效率的提高,促进了原有产业的发展与新型产业的兴起,共同推动着经济的不断增长。那么,区域(国家)之间,按照什么样的原则进行合理分工,进而形成双赢的区域(国家)产业结构,实现共同经济增长呢? 对于这一重大理论问题,不同的经济学家作出了不同的但又一脉相承的理论解说,形成了丰富的优势理论库。

(一)斯密的绝对优势说(theory of absolute advantage)

斯密在经济学说史上率先提出了日后对国际分工、国际贸易影响深远的绝对优势说(又称绝对成本说:theory of absolute cost)。

1. 绝对优势说的理论基础——分工论

斯密强调指出:"劳动生产力上最大的增进,以及运用劳动时所表现的更大的熟练、技巧和判断力,似乎都是分工的结果。"斯密认为,分工所产生的三个方面效应能有效提高劳动生产率,它们分别是"第一,劳动者的技巧因业专而日进;第二,由一种工作转到另一种工作,通常须损失不少时间,有了分工,就可以免除这种损失;第三,许多简化劳动和缩减劳动的机械的发明,使一个人能够做许多人的工作。"斯密认为分工"不是人类智慧的结果",而是"人类要求互相交换这个倾向","分工起因于交换能力"。"分工的程度,因此总要受交换能力大小的限制,换言之,要受市场广狭的限制。市场要是过小,那就不能鼓励人们终生专务一业"。① 可见,市场规模决定了分工的程度,进而决定了一个特定产业是否能够形成并迅速成长、扩张的可能性。

那么,一国内部各个地区之间应如何进行合理分工,从而进行合理的产业布局呢? 斯密认为:"如果一件东西在购买时所费的代价比在家内生产时所费的小,就永远不会想要在家内生产,这是每一个精明的家长都知道的格言。裁缝不想制作他自己的鞋子,而向鞋匠购买。鞋匠不想制作他自己的衣服,而雇裁缝制作。农民不想缝衣,也不想制鞋,而宁愿雇用那些不同的工匠去做。他们都感到,为了他们自身的利益,应当把他们的全部精力集中使用到比邻人处于某种有利地位的方面,而以劳动生产物的一部分或同样的东西,即其一部分的价格,购买他们所需要的其他任何物品。"② 在斯密看来,分工的原则应当是:为了获得更多的利益,人们各自集中生产具有优势的产品,然后用产品来交换其他所需商品。

2. 绝对优势说的基本内容

斯密将适用于一国内部的分工原则进一步扩展到国际分工乃至国际贸易领域。他认为:"每一个私人家庭的行为中是精明的事情,在一个大国的行为中就很少是荒唐的了。如果外国能以比我们自己制造还便宜的商品供应我们,我们最好就用我们有利地使用自己的产业生产出来的物品的一部分向他们购买。"斯密进一步

---

① ［英］亚当·斯密著,郭大力、王亚南译:《国民财富的性质与原因的研究》(上卷),商务印书馆1981年版,第5、8、12、16页。
② 同上,第28页。

分析指出,两国之间某一产业所存在的成本差异,是由一个国家所拥有的固有的自然优势(natural advantage)或(与)后来获得性优势(acquired advantage)决定的。但两者的区别无关紧要,"只要甲国有此优势,乙国无此优势,乙国向甲国购买,总是比自己制造有利。一种技艺的工匠比另一种技艺的工匠优越的地位,只是后来获得的,但他们两者都认为,互相交换彼此产品比自己制造更有利。"①

斯密举例说,通过技术手段,"苏格兰也能栽种极好的葡萄,并酿造极好的葡萄酒,其费用大约 30 倍于能由外国购买的至少是同样好品质的葡萄酒。单单为了要奖励苏格兰酿造波尔多和布冈迪红葡萄酒,便以法律禁止一切外国葡萄酒输入,这难道是合理的吗?但是,如果苏格兰不向外国购买它所需要的一定数量的葡萄酒,而竟使用比购买所需的多 30 倍的资本和劳动来自己制造,显然是不合理的,那么所使用的资本与劳动,仅多 1/30,甚或仅多 1/300,也是不合理的,不合理的程度虽没有那么惊人,但却完全是同样不合理。"②在绝对优势说的基础上,斯密极力主张自由贸易。

3. 绝对优势说与区域产业发展

斯密的理论同时也对两类绝对优势与不同产业的联系作了分析。一国所固有的自然优势主要与农业及食品业相连,不具备自然优势的国家"以恒久的法律,禁止谷物及牲畜的输入,实际上等于规定,一国的人口与产业,永远不得超过本国土地原生产物所能维持的限度。"而后来获得性优势一般与制造业相连,不具备该优

---

① 〔英〕亚当·斯密著,郭大力、王亚南译:《国民财富的性质与原因的研究》(下卷),商务印书馆 1981 年版,第 28 页。

② 同上,第 29—30 页。

势的国家"如果听其自然,仅以等量资本雇用劳动,在国内所生产商品的一部分或其价格的一部分,就可把这商品购买进来。"①

在产业分工与发展上,斯密主张一国内部的区域之间、国家之间的分工与产业布局也应同样遵从绝对优势原则,从而发展各自的绝对优势产业。在产业发展问题上,斯密主张在一般情况下不应通过关税等手段实行国内产业保护。但斯密也对一些例外情况作了说明。"给外国产业加上若干负担,以奖励支持国内产业,似乎一般只在下述二场合是有利的,"一是与国防有关的产业(包括航海运输业、各种进口腌鱼、鲸须、鲸鳍、鲸油、鲸脂等),"给外国产业加上若干负担,以奖励国内产业,一般有利的第二场合是,在国内对国内生产物课税的时候"以保证本国产业与外国产业在大体相同的条件下竞争。同时,斯密对"给外国产业加上若干负担,以奖励本国产业"的做法,在下述二场合,则有考虑余地:一是在什么程度上,继续准许一定外国货物的自由输入,是适当的;二是在另一个场合,在什么程度上,或使用什么方式,在自由输入业已中断若干时候之后,恢复自由输入,是适当的。②

4. 简单的评论

斯密第一次将市场、分工、产业发展、国际贸易等重大问题有机联结在一起,形成了极富首创性的、立足于绝对优势说基石之上的"市场—分工—效率提高、产业发展—财富增加"的经济增长理论体系。

斯密的绝对优势说在经济学说史上第一次为自由贸易提供了

---

① [英]亚当·斯密著,郭大力、王亚南译:《国民财富的性质与原因的研究》(下卷),商务印书馆1981年版,第34—35页。

② 同上,第36页。

正规的理论解释,但在该方面的一个隐含缺陷是无法解释以下问题:如果一个国家不具备任何绝对优势,则能否参与国际分工与国际贸易,能否从中受益?

斯密的绝对优势说第一次将两类绝对优势与不同产业发展联系起来。斯密的学说实际上开创了区域分工与区域产业布局研究的先河,对区位理论鼻祖、19 世纪初德国经济学家冯·杜能(Johann Heinrich Von Thunen)创立的农业区位论,甚至对后来的工商业区位论的发展有着潜在的理论联系。而这一点尚未被理论界所重视。斯密的学说,在某种意义上开创了区域(国家)产业政策的先河。斯密的学说是建立在古典劳动价值论与实物经济基础之上的静态分析,着眼于静态经济效率的实现。

(二)李嘉图的比较优势说(theory of comparative advantage)

斯密的绝对优势说存在着客观局限性。古典经济学的集大成者,英国经济学家大卫·李嘉图发展了斯密的绝对优势说,提出了自己的比较优势说(又称比较成本说)。

1. 比较优势说的基本内容

李嘉图在六个基本假定的基础上,提出了自己的比较优势说。李嘉图指出,某一国并不拥有任何绝对优势,只要在不进行贸易时各国之间的价格比例有所不同,每个国家都会有一种比较优势,按此分工并进行贸易,都能获得各自的比较利益。所谓比较优势,就是更大的绝对优势和更小的绝对劣势。在各种产品的生产上都拥有绝对优势的国家,应集中资源生产优势相对更大的产品,而在各种产品的生产上都只具有绝对劣势的国家,应集中资源生产劣势更小的产品。然后通过对外贸易交换,在资本和劳动力不变的情况下,使生产总量增加。由此形成的国际分工对各国都有利。

在阐述其理论时,李嘉图采用了由个人推及国家的方法。"如果两个人都能制造鞋和帽,其中一个人在两种职业上都比另一个人强一些,不过制造帽时只强 1/5 或 20％,而制鞋时则强 1/3 或 33％。那么这个较强的人专门制鞋,而那个较差的人专门制帽,它不是对于双方都有利么?"由此,李嘉图认为,国家间也应按此原则进行分工。他以英国和葡萄牙均生产毛呢和酒为例作了说明:"英国的情形可能是生产毛呢需要 100 人一年的劳动;而如果要酿造葡萄酒则需要 120 人劳动同样长的时间。因此英国发现对自己有利的办法是输出毛呢以输入葡萄酒。""葡萄牙生产葡萄酒可能只需要 80 人劳动一年,而生产毛呢却需要 90 人劳动一年。因此,对葡萄牙来说,输出葡萄酒以交换毛呢是有利的……虽然葡萄牙能够以 90 人的劳动生产毛呢,但它宁可从一个需要 100 人的劳动生产毛呢的国家输入。因为对葡萄牙说来,与其用种葡萄的一部分资本去织造毛呢,还不如用资本来生产葡萄酒,因为由此可以从英国换得更多的毛呢。"①可见,李嘉图比较优势说的核心是"两利相权取其重,两害相权取其轻",按此分工生产,可以在两国不增加劳动的情况下增加财富总量,然后通过交换,双方均有利可图。

2. 比较优势说与区域产业发展

比较优势说为区域(国家)的产业选择以及区域之间、国家之间的产业分工提供了一个新的原则。按此原则,某一区域、某一国家即使不存在绝对优势产业,也总能在国际分工格局中找到自己的相对比较优势产业,进而集中从事该产业。在自由贸易的前提下,各区域、各国可以使劳动更加合理配置,增加生产总量。"这种

---

① ［英］大卫・李嘉图著,郭大力、王亚南译:《政治经济学及赋税原理》,商务印书馆 1976 年版,第 114 页。

个体利益的追求很好地和整体的普遍幸福结合在一起,由于鼓励勤勉奖励智巧并有效地利用自然所赋予的各种特殊力,它使劳动得到最有效和最经济的分配;同时,由于增加生产总额,它使人们都得到好处,以利害关系和相互交往的共同纽带把文明世界各民族结合成一个统一的社会。"①

3. 简单的评论

李嘉图的比较优势说为区际、国际分工提供了一个比较可行的原则,是对斯密绝对优势说的一个重大发展,并成为自由贸易理论的一个重要基石。

由于比较优势说是建立在静态分析的基础之上,因此,按此结果进行分工与贸易,实现的只是静态比较优势与静态效率。但该理论并非绝对意味着落后国家与地区不存在比较优势不断提升甚至超越的可能性。

(三)赫克歇尔—俄林的"要素禀赋说"(theory of factor endowment)

瑞典经济学家埃利·赫克歇尔在其论文《对外贸易对国民收入之影响》中认为,两国之间产生比较成本(比较优势)差异需要具备的条件是两国的要素禀赋以及不同产品生产过程中所使用的要素比例不同。只有同时具备这两个条件,两国间才会发生贸易往来。其学生贝蒂尔·俄林以此为基础,在《域际和国际贸易》一书中提出了国际分工与国际贸易的新理论,被学术界称为赫克歇尔—俄林的"要素禀赋说",又称要素比例说,中国学术界也把其称

---

① [英]大卫·李嘉图著,郭大力、王亚南译:《政治经济学及赋税原理》,商务印书馆1976年版,第113页。

为 H—0 模型。

1. 要素禀赋说的基本内容

所谓要素禀赋,是指生产要素(包括劳动、资本与土地,而每一种生产要素又可以进一步细分)在一个地区(国家)中的天然供给状况。在四个基本假定的条件下,俄林认为,要素供给比例不同是决定要素价格比例不同的主要因素,生产要素的价格比例不同决定了各国商品价格比例不同,各国价格比例不同是国际贸易产生的必要条件,商品价格的国际绝对差异是国际贸易产生的直接原因。俄林认为,国际贸易最重要的结果是各国能更有效地利用各种生产要素,实现合理的国际分工。他指出:"贸易的首要条件是有些商品在某一地区比在其他地区能够更便宜地生产出来。一个地区的出口商品含有大量相对的、比其他地区更便宜的生产要素,而进口的是其他地区能够更便宜地生产的商品。总之,进口的是使用高昂生产要素比例大的商品,出口的是使用低廉生产要素比例大的商品。"①

因此,该理论所主张的分工原则是按生产要素的禀赋程度进行分工,所主张的贸易政策是自由贸易。

2. 要素禀赋说与区域产业发展

要素禀赋说对区域产业分工与产业发展有着重要的启示价值。虽然俄林当时对区际之间、国际之间要素不能自由流动的假定在当今并非如此严格,但当今区际、国际之间仍然有许多要素甚至是关键的要素是无法流动的。区际之间、国际之间按照要素禀赋进行产业分工,各区域、国家集中发展能充分利用各自丰富的生

---

① Bertil Ohlin, *Interregional and International Trade*, Harvard University Press, Revised Edition, 1967. p. 19.

产要素的产业,然后通过市场交换来加快各自的经济发展,对区域经济、一国经济发展仍然具有相当重要的现实意义。

3. 简单的评论

要素禀赋说在比较优势说的基础上实现了理论的深化,从需求与供给、从要素到商品,从静态到动态,研究的视角进一步深化,得出的理论更有说服力。由此成为现代国际分工与自由国际贸易理论中最具有代表性的一种,并成为二战后各种新自由贸易理论发展的基础。同时,要素禀赋说也为一国内部各区域产业的分工与经济发展提供了一个较有说服力的理论解释。

(四)对要素禀赋说的发展

美国著名经济学家、诺贝尔经济学奖得主里昂惕夫(W. W. Leontief)曾对要素禀赋说深信不疑。按照该理论,他认为美国在国际贸易中应体现出口资本密集型产品而进口劳动密集型产品的特点。但当他运用"投入—产出法"分析美国的外贸结构时,却得出了与之完全相反的结论,并被学术界称为"里昂惕夫之谜"(leontief paradox)。该现象引起了各国经济学家的极大震惊和兴趣,由此引致了众多在要素禀赋说基础上的国际贸易理论方面的发展。这种发展主要体现在以下两个方面:

1. 新要素贸易理论

一部分研究者坚持要素禀赋说基础的正确性,并据此通过对该理论进行改进,将人力资本、人力技能、技术、信息、研究与开发等生产要素引入生产要素范畴,进而在更为广泛的基础上来考虑国家之间要素禀赋结构的差异。这些研究者的实证检验结果也证明上述改进基本上是有效的。如里昂惕夫本人认为,由于美国企业家的能力强、工业组织优秀、工人所受教育和培训较好以及进取精神较强导致了美国工人的劳动生产率远高于其他国家,美国因此是一个劳动力比资本丰裕的国家。

2. 国际贸易新理论

另一部分研究者则并不满足于对要素禀赋说的简单改进,否定该理论的正确性,他们试图另辟蹊径来构造"新的贸易理论"。由此形成了与比较优势理论截然不同的国际分工与国际贸易新理论。代表性的有规模经济理论(theory of economy scale)、偏好相似理论(theory of preference similarity)、产品生命周期理论(theory of product life cycle)、产业内贸易理论(theory of intra-industry trade)、市场内部化理论(theory of market internalization)以及两缺口理论(theory of two gaps)等。这些新贸易理论能够较好地解释发达国家或要素禀赋相近国家之间的贸易发展,能够较好地解释发达国家之间行业内贸易的开展,能够较好地解释跨国公司的发展。

3. 简单的评论

里昂惕夫之谜提出以后国际贸易理论研究的进展,一方面进一步完善了要素禀赋说,使该理论的现实解释性增强,另一方面,新发展起来的与要素禀赋说截然不同的国际贸易新理论,及时而敏锐地跟上了国际贸易发展的新动态,对国际贸易发展的新动态能够予以较好的理论解释,从全新的角度发展了国际分工与国际贸易理论。

但是,发达国家与发展中国家,发达国家与发展中国家各自的内部之间,要素禀赋的差异仍然是明显的。要素禀赋差异仍然是相当多的国家参与国际分工、开展国际贸易的基石。而且发达国家之间要素禀赋的一致性,可能正是要素禀赋说所揭示的要素价格均等化的最终结果。

要素禀赋说及其里昂惕夫之谜之后的修正,作为比较优势理论的典型代表,对发展中国家与落后地区的经济发展,仍然具有较强的指导意义。

(五)国内学术界对比较优势理论的研究

改革开放以来,比较优势理论在国家经济发展实践中得到了比较充分的运用。这可以从我国出口商品、进口商品战略中得到比较充分的证实。我国"六五"计划时期制订的出口商品战略是"要根据我国的情况和国际市场的需要,发挥我国资源丰富的优势,增加出口矿产品和农副土特产品;发挥我国传统技艺精湛的优势,发展工艺品和传统的轻纺工业品出口;发挥我国劳动力众多的优势,发展进料加工;发挥我国现有工业基础的作用,发展各种机电产品和多种有色金属、稀有金属加工品的出口。"此后,我国在出口战略上,在注重比较优势简单实现的基础上,更注重比较优势的升级与更大程度的实现。"七五"计划强调要"逐步由主要出口初级产品向主要出口制成品转变,由主要出口粗加工制成品向主要出口精加工制成品转变。""九五"计划强调要"着重提高轻纺产品的质量、档次,加快产品升级换代,扩大花色品种,创立名牌,提高产品附加值。进一步扩大机电产品出口,特别是成套设备出口。发展附加值高和综合利用农业资源的创汇农业。"在进口与引进外资与技术的战略取向上,同样体现着明显的比较优势理论色彩。中共十六大重申:"实施市场多元化战略,发挥我国的比较优势,坚持以质取胜,努力扩大出口。"

除了在对外贸易方面的直接应用以外,国内学术界对比较优势理论与国家或区域经济发展战略问题进行了比较深入的研究。这种研究,基本表现在两个领域:一是比较优势与经济发展战略研究;二是特色经济发展研究。

1. 比较优势与经济发展战略研究

在比较优势与发展战略问题上,与国际学术界一样,国内学术界存在一定的争议,这一争议在美国管理学家迈克尔·波特的竞争优势理论传入中国以及中国入世后的发展战略选择问题上变得更加激烈。有些学者主张发展中国家、中国以及我国的区域经济发展应遵循比较优势理论与原则,采取正确的发展战略与产业政策,实现经济持续发展,最终缩小发展差距,在要素禀赋差异收敛的基础上成功实现经济差距的收敛。具有代表性的如:林毅夫、蔡昉、李周、杨帆、王积业、朱守银、刘秀莲、吕政、梁琦、张二震、国家计委投资研究所与中国人民大学区域所课题组、国家发展改革委宏观经济研究院国土开发与地区经济研究所课题组等。一部分学者怀疑比较优势理论以及比较优势战略在实现经济快速发展中的作用,强调其局限性与不足之处,主张依据竞争优势理论、动态比较优势理论、科技优先战略来发展中国经济或中国的对外贸易,代表性的有:洪银兴、邱曼萍、陈洪斌、蒋永穆、安雅娜、杨小凯、王允贵、胡汉昌、郭熙保、郭克莎、廖国民、王永钦、廖光军、严鹏程等。还有的学者认为比较优势与竞争优势存在一定的互补性,代表性的有:金碚、纪昀、中国社会科学院工业经济研究所课题组等。

(1)比较优势原则与比较优势战略

林毅夫等运用比较优势理论解释了"东亚奇迹",认为"它们在经济发展的每个阶段上,都能够发挥当时要素禀赋的比较优势,而不是脱离比较优势而进行赶超。""这些经济在其不同的发展阶段上,由于要素禀赋所决定的比较优势不同,因而形成的主导产业也是不一样的。一个共同的规律是,随着经济发展、资本积累、人均资本拥有量提高,要素禀赋结构得以提升,主导产业从劳动密集型逐渐转变到资本密集型和技术密集型,乃至信息密集型上面。"因此,林毅夫根据日本和"亚洲四小龙"的发展经验,认为"它们的经济发展是一种循序渐进的过程。一个与赶超战略截然不同的特点就是,它们在经济发展的每个阶段上,都能够发挥当时要素禀赋的比较优势,而不是脱离比较优势而进行赶超",并把它们的发展战略总结为"比较优势战略",该战略的突出特点就是其主导产业在发展过程的每一个阶段都遵循了经济学中所说的"比较优势原则"。林毅夫强调指出:"要素相对稀缺性在要素价格结构上的准确反映,必然是市场竞争的结果,任何人为的干预和计划机制都做不到这一点。"在市场机制的自主作用下,"随着要素禀赋结构和比较优势的动态变化,一个经济的产业和技术结构也会自然而然地升级。"为了实现这一目的,"政府的作用首先在维护市场的竞争性和规则性。"政府所实施的"产业政策的成功必须同时满足两个条件:一方面,产业政策提供了关于一个经济比较优势的动态变化趋势的信息;另一方面,这一政策目标又不能和现有的比较优势相距太远。"

林毅夫强调:"只有当发展中国家的政府以比较优势作为产业发展的基本准则,这个经济才会有运行良好的市场,才能易于从发达国家引进技术,维持高的资本积累率,达到快速的要素禀赋结构的升级和实现收敛。根据跨国经验数据回归分析所得到的结果证实在产业/技术选择上遵循或违背比较优势原则是一个国家能否成功实现收敛的重要决定因素。所以,一个发展中国家的政府应该以要素禀赋结构的升级为目标,改善市场的作用,鼓励企业在做产业/技术选择时充分利用这个经济的比较优势。"[①]林毅夫的分

---

① 林毅夫:《发展战略、自主能力和经济收敛》,《经济学季刊》,2002-02。

析,对作为发展中国家的中国经济发展战略以及国内具体区域经济的发展战略,具有强烈的现实意义。这在《中国的奇迹:发展战略与经济改革》一书中得到充分阐述。

在中国制造业结构调整、振兴东北老工业基地等产业发展与区域发展问题上,林毅夫一贯坚持强调要遵从比较优势原则,制定比较优势战略。

针对某些学者(郭克莎)[①]对比较优势战略理论的批评,林毅夫、孙希芳[②]撰文对比较优势战略理论所隐含的经济发展和贸易政策含义进行了专门而完整的阐述。强调"林毅夫与其合作者提出的比较优势战略理论认为,落后国家与发达国家之间的根本差别在于要素禀赋结构的差别。""一国最具竞争能力的产业、技术结构是由其要素禀赋结构决定的。一个经济系统中产业结构和技术结构总体水平的升级,从根本上说,依赖于该经济中要素禀赋结构的变化。因此,一个发展中国家要赶上发达国家,经济发展的目标应该定位于尽可能快地提升本国的要素禀赋结构。而提升本国的要素禀赋结构在一定程度上取决于该国所遵循的经济发展战略。""遵循比较优势发展,会使得整个经济具有竞争力,经济发展速度加快,资本积累的速度将远高于劳动力和自然资源增加的速度,要素禀赋结构得到较快的提升。"随着要素禀赋结构和比较优势的动态变化,一个经济的产业和技术结构也会自然而然地升级。"因此,任何政府在制定其经济发展政策时,要素禀赋结构是最重要的既定外生变量,发展战略则是最重要的决策变量。"历史证明,

---

① 郭克莎:《对中国外贸战略与贸易政策的评论》,《国际经济评论》,2003 - 05。

② 林毅夫、孙希芳:《经济发展的比较优势战略理论》,《国际经济评论》,2003 - 06。

违背比较优势的种种发展战略,到目前为止最终表现都是失败的。

对于一国如何发挥比较优势问题,林毅夫等人认为关键是"需要一个竞争性的市场体系,包括一个灵活有效的金融市场、竞争的劳动力市场和一个发育良好的产品市场。"

对于"按照比较优势发展,落后经济是否会永远落后?"的疑问,林毅夫等人的回答是"遵循比较优势发展战略不但不会减少,相反能够增加落后国家赶上发达国家的机会。"其理由在于"比较优势发展战略会诱导发展中国家的企业进入具有比较优势的产业,创造更多的经济剩余,同时,促进企业低成本地从更为发达的国家引进先进技术,从而使得发展中国家的资本报酬率不会因为资本快速积累而迅速下降,要素禀赋结构的提升速度就会高于发达国家,产业结构和技术结构的升级也会比较快。"

对于政府在实施比较优势战略过程中的作用,林毅夫等人认为在于"维护市场的竞争性和规则性";"在信息、协调和促进制度演化等可能出现市场失灵的方面能发挥比'守夜人'更为积极的角色,特别是在产业政策的制定和实施方面。"

林毅夫等人还直接就反对比较优势战略观点的理论基础——动态比较优势理论与战略性贸易政策理论进行了剖析。20 世纪50、60 年代出现的动态比较优势(dynamic comparative advantage)思想在到目前仍有一定的影响。克鲁格曼、格罗斯曼(Genem Grossman)、赫乐普曼(Elhanan Helpman)以及阿慕斯登(Alice Amsden)都使用了"动态比较优势"这个概念,但没有给出一个清晰的定义。瑞丁(Stephen Redding)认为,发展中经济会面临着这样一种选择(trade-off):按照现有的比较优势进行专业化生产(技术水平较低的产品),还是通过政府的选择性产业政策与贸易政策建立具有"动态比较优势"的产业,即进入那些当前不具有比较优势、但是通过生产力的增长在将来可能获得比较优势的产业。林毅夫等人认为,虽然动态比较优势理论经常被用来作为支持重工业优先发展战略的理论依据,如德国在 19 世纪 70 年代推行的铁血政策、美国 19 世纪末 20 世纪初发展电信产业的政策、日本在 20 世纪 60 年代汽车产业发展政策等,但是当时这些国家的要素禀赋结构实际上已经达到了产业结构升级的阶段。实际上,这些国家是按照要素禀赋结构和比较优势的变化来制定其产业政策的,是符合比较优势战略理论的。林毅夫等人认为,作为一个发展中国家制定经济发展政策的依据,动态比较优势理论具有逻辑缺陷。按照这一观点,要建立并扶持那些现在没有、未来若干年后才有比较优势的产业。但是,这些产业中的企业,在竞争的市场环境中没有自生能力,需要有政府的保护和补贴才能生存;这些企业本身不能创造剩余,而且会挤占稀缺的资源,抑制其他具有比较优势产业的发展,从而延缓了这个国家要素禀赋结构的升级。尤其是,发展中国家在追求动态比较优势或者实行赶超的时候,需要保护的通常不是一家企业,而是某几个产业部门。这样,单纯依靠政府的财政补贴或是关税保护是不够的,结果很可能出现对资金、外汇等一系列价格信号的扭曲,导致寻租(rent-seeking)、裙带资本主义(crony capitalism)、收入分配不公、宏观经济不稳定等问题,经济发展停滞,要素禀赋结构得不到提升,从而延迟这些产业成为具有比较优势的产业的时间,可能会成为永远需要保护的幼稚产业。瑞丁也承认,要将动态比较优势理论转变为实际政策是非常困难的。

对于战略性贸易政策,林毅夫等人认为它"只适用于发展程度基本一致、具有大致相同的要素禀赋结构、要素相对价格相差不大的发达国家,而不适用于发展中国家作为支持不具有比较优势的资金密集型产业的理论依据。因为,最新技术的开发研究是资本投入最密集的、风险最大的生产活动。""发展中国家的企业不可能在没有比较优势的资金密集型产业上依靠规模经济而比外国竞争者具有较大的成本优势,而具有成本优势是成功实行战略性贸易政策的前提之一。"

可以说,林毅夫等人所提出的比较优势战略理论从理论研究到实证分析等方面,成为目前国内学术界支持比较优势理论的突出代表。

国家计委投资研究所与中国人民大学区域所课题组坚信比较优势理论是朴素而颠扑不破的真理。其研究报告直接怀疑波特竞争优势理论的正确性,认为"竞争优势就是比较优势"。该报告对中国学术界"比较优势与竞争优势之争"进行了评论,认为国内学术界对于比较优势理论的批评存在两类观点:"一类是用竞争优势否定比较优势",该报告认为"凡是持这种观点的作者,显然并没有真正理解比较利益理论和新理论,他们根本不顾波特教授等人的立足点和出发点",该类学者对比较利益理论批判得最为"彻底",但显然是谬误的;"第二类作者认为竞争优势与比较优势不同,但并行不悖,并补足正统理论,持这种观点的文献居多",该报告认为"这种区分相当令人费解",实际上是扭曲了其理论基础——战略性贸易政策的前提条件,而"战略性贸易政策理论研究目前尚不足以成为政府制定政策时有用的指南,这是多数学者的共识(哈伯勒,马库森,格尔雷利和帕多恩)。"①

该报告还分析了识别地区比较优势的两种主要路径:一是从

---

① 国家计委投资研究所、中国人民大学区域所课题组:《我国地区比较优势分析》,《管理世界》,2001-02。

资源禀赋考察出发,判定地区优势"应该是什么";二是从市场竞争格局中判定我国比较优势分布的"现实是什么"。后者才是识别和评判区域比较优势的可行之法,并依据该思路设计了区域比较优势的评定方法与指标,具有较强的可操作性和可行性。

杨帆[①]在坚持比较优势理论的基础上,强调了比较优势的动态性,论证中国产业的升级,不应仅仅利用现实比较优势,同时应该是国家有意识地支持企业,创造新的比较优势的过程。利用现实比较优势和创造新的比较优势的关系,不是前后顺序发展的关系,而是并行不悖、互相促进的关系。

王积业强调"产业结构战略性调整是发挥比较优势的调整。在开放型经济中要努力发挥比较优势,积极参与国际市场竞争,在竞争中调整产业结构,通过调整产业结构提高国际竞争力。"[②]

朱守银[③]主张充分发挥区域比较优势,才能实现全国农业的健康发展。这种思路直接体现在农业部颁布的《农业结构调整的分区指导意见》、《优势农产品区域布局规划》等文件当中。

刘秀莲[④]一方面强调"要充分发挥本国原有的自然资源、低廉的劳动力成本优势和价格比优势,并将经济发展与生态保护结合起来,保持资源的可持续利用和生态的可持续平衡";"将这种天然的资源比较优势进行不断的培养和创新,使之成为动态性的比较优势。也就是说,将资源型和劳动密集型产业逐步培养成资本密

---

①　杨帆:《比较优势的动态性与我国加入 WTO 的政策导向》,《管理世界》,2002 - 02。

②　王积业:《我国产业结构的基本特征和战略性调整》,《宏观经济研究》,2002 - 02。

③　朱守银:《发挥区域比较优势》,《人民日报》,2002 - 12 - 02。

④　刘秀莲:《第三世界国家如何利用比较优势》,中国网,http://www.china.com.cn,2002 年 5 月 31 日。

集型和技术密集型产业,实现产品结构向低成本、高附加值和高技术含量的方向发展,从而使本国的比较优势逐渐地得到提升,使之成为动态性的比较优势和可持续性优势,在此基础上才能在国际竞争中争取得更大的利益。"另一方面,她还将后发优势的概念纳入比较优势范畴。"所谓后发优势通常是指,第三世界国家和地区经济发展所具备的,比发达国家更丰富的自然资源、劳动力资源、成熟技术多等资源复合体状态。它是一种特殊优势,这种优势既不是发达国家同样能够拥有的,也不是后发达国家通过自身努力创造的,而完全是与其经济的相对落后性共生的。21世纪,经济全球化、世界产业结构大调整和转移为发展中国家利用这种后发的比较优势提供了良好的时机与机遇。"

国家发展改革委宏观经济研究院国土开发与地区经济研究所课题组在其研究报告《21世纪中国区域经济可持续发展研究》中强调:"区域协调发展的主要任务,是突出发挥各地区比较优势,促进东中西地区互利互惠互助互动。"

吕政[1]强调成本比较优势的机制在当代国际分工和国际贸易中仍然发挥作用。

梁琦、张二震[2]针对杨小凯等人对比较优势理论的否定观点,提出"李嘉图比较优势理论只是以两种产品两国贸易为实例,给多种产品或多个国家贸易的比较禀赋优势说留下思索空间。反对比较优势学说的人们试图给出反例,并认为比较禀赋优势说已被推翻。本书指出一些所谓的'反例'并不能称其为反例,新贸易理论也并不与比较禀赋优势说相悖,比较优势说仍然有其生命力。"

---

[1]　吕政:《论中国工业的比较优势》,《中国工业经济》,2003-04。
[2]　梁琦、张二震:《比较优势理论再探讨》,《经济学季刊》,2002-02。

（2）对比较优势理论的怀疑与否定

洪银兴[1]强调"比较优势理论所讲的比较成本是对本国的产品进行比较而言的，不意味着本国比较成本低的产品在国际竞争中就一定具有竞争优势"，认为"比较优势是陷阱"，经济发展的着眼点要从"比较优势到竞争优势"。洪银兴[2]进一步提出了"基于劳动和资源比较优势的竞争劣势"命题。认为"在劳动密集型产品市场上，面对发达国家资本对劳动的替代，发展中国家的劳动密集型产品并不具有竞争优势。"加之发达国家对劳动密集型产品的进入壁垒，"势必又出现比较利益陷阱：在劳动密集型产品和技术密集型产品的贸易中，以劳动密集型和自然资源密集型产品出口为主的国家总是处于不利地位。"因此，在运用比较优势理论时必须注意该理论的假设前提和经济条件，并要防止陷于"低成本陷阱"。

邱曼萍、陈洪斌[3]认为按照比较优势理论发展经济与外贸，容易形成"比较利益陷阱"，要实现经济发展，必须抛弃比较优势理论，采用竞争优势理论。

蒋永穆、安雅娜[4]认为，比较优势理论在历史上确实起到过进步的作用，但是，传统比较优势理论假设了各国的劳动生产率的差异和资源禀赋是既定的，各个国家只能被动地接受这种比较优势，生产自己既定的优势产品，这一前提过于简单和理想化，它使得人们在寻找贸易的源泉、解释贸易的商品与要素模式以及分析贸易

①　洪银兴：《从比较优势到竞争优势》，《经济研究》，1997 - 06。

②　洪银兴：《基于劳动和资源比较优势的竞争劣势》，《光明日报》，2002 - 07 - 11。

③　邱曼萍、陈洪斌：《如何跳出比较利益陷阱》，《世界经济研究》，1998 - 05。

④　蒋永穆、安雅娜：《WTO框架下我国农业发展战略的新构建：从比较优势到竞争优势》，《经济体制改革》，2000 - 03。

利益的分配和效应时不可能做出其他的选择,因而这一理论在面对贸易现实问题时遇到了重大挑战。随着战后科技生产力水平的提高和国际分工的纵深发展以及国际贸易活动的多样性和复杂性不断展现,需要有新的有说服力的理论对比较优势理论进行突破和发展。

杨小凯[①]通过引用国外数理经济学家对比较优势理论所进行的数理分析结论,论证了"比较优势理论为什么可能错"。

王允贵[②]对林毅夫的比较优势战略思想提出了批评。他认为:比较优势战略的可行性在理论上值得怀疑,该战略没有将技术创新和边干边学列入分析的视野,依靠大力发展劳动密集型产业难以使发展中国家获得长期利益,通过这种方式实现资本积累也难以改变发展中国家的比较优势;把韩国、日本的发展经验看作比较优势战略(而不是赶超战略)的成功,不符合两国经济发展的历史事实;比较优势战略是一个四平八稳、慢吞吞的战略,在全球化的今天,其风险并不比赶超战略小。

胡汉昌、郭熙保[③]认为,比较优势战略存在三个方面的主要问题:一是就现实的对外贸易而言,比较优势产品特别是劳动密集型产品出口的收益不可能长期化;二是就长期的对外贸易而言,比较优势产品特别是劳动密集型产品出口也不能自动、自发地向资本密集型和技术密集型转变;三是就整个国民经济发展而言,由于大国对外贸易条件的复杂性和局限性、劳动密集型产业无力带动产

---

① 杨小凯:《比较优势理论为什么可能错》,中国经济学教育科研网:http://www.cenet.org.cn/cn/,2002 年 7 月 12 日。

② 王允贵:《比较优势战略可行吗》,《人民日报》,2001 - 11 - 12。

③ 胡汉昌、郭熙保:《后发优势战略与比较优势战略》,《江汉论坛》,2002 - 09。

业结构升级以及对外贸易的引擎作用是有条件的等原因,比较优势战略不能作为经济发展的主体战略。

郭克莎[①]在对林毅夫的比较优势战略理论进行一系列批评的基础上,提出"中国对外贸易战略的理论依据,是以动态比较优势为基础,以比较优势的转换为导向,同时有选择地利用静态比较优势,有重点地推行逆比较优势战略。""新时期的对外贸易政策作为产业结构政策的一个重要支撑,要支持、促进新兴主导产业的发展和产业结构的升级。根据中国加入WTO后的国际贸易环境和有保护的出口促进战略的取向,对外贸易政策调整的关键,是处理好政府适度干预和有效干预的问题。在这方面,我们要重视战略性贸易政策的合理运用。"郭克莎在《中国工业发展战略及政策的选择》一文中进一步阐述了以上基本思想。

廖国民、王永钦[②]认为:"简单地肯定比较优势或否定比较优势在发展中国家的作用都是不足取的。一国既使具有资源禀赋的比较优势,如果存在技术劣势和竞争劣势,该国的产业也缺乏国际竞争力,企业也必将缺乏自生能力,该国不可能从专业化分工和国际贸易中获得持久的好处。而一国哪怕不具有资源禀赋的比较优势,但如果交易效率和规模经济存在比较优势,该国在分工中同样具有竞争力,能够充分享受到专业化分工和规模经济所带来的内生比较利益,企业也具有较强的自生能力,从而能较快地实现产业结构的升级换代并实现向发达国家的收敛。"由此,两位学者主张:"发展中国家应该寻求在诸多关键技术上加强创新与突破,获得自

---

①　郭克莎:《对中国外贸战略与贸易政策的评论》,《国际经济评论》,2003 - 05。

②　廖国民、王永钦:《论比较优势与自生能力的关系》,《经济研究》,2003 - 09。

主知识产权,或大量廉价引进成熟技术,节约创新成本,以高新技术改造甚至取代原有资源型产业;加强教育与培训,造就大量高素质的人力资本,不要把大量廉价低素质的劳动力当作优势,真正走出低工资劳动力比较优势的误区;努力提高整个经济的综合竞争力。""而不是刻意追求什么比较优势战略。"

严鹏程①从贸易摩擦日益增多这个角度出发,认为"为了争取一个稳定持久的出口贸易环境,尽可能减少不必要的贸易摩擦成本,确有必要重新思考我们基于比较优势理论的出口战略取向。"

廖光军②认为,根据静态比较优势理论(李嘉图理论)制定的外贸政策,只能导致单向的非互惠自由贸易,最终的结果多为贸易的不平衡。绝对优势(动态比较优势)不仅是经济发展(不是增长)的决定因素,也是贸易模式和贸易商品的决定因素。因此,外贸政策的制定应以动态的比较优势为理论依据,否则就要自食静态比较优势所带来的非互惠的单向自由贸易的苦果。

叶建亮③认为比较优势战略不能缩小落后地区与发达国家的差距,在知识经济条件下,中国应实施科技优先战略。持类似观点的学者还有余荣华、姜明君、童晓燕、马述忠等。

(3)折衷互补论

金碚④对比较优势和竞争优势的区别与联系作了详细评定分析。认为两者的区别主要表现在:比较优势涉及的主要是各国间不同产业(或产品)之间的关系,而竞争优势涉及的是各国间同一

---

① 严鹏程:《从贸易摩擦看"比较优势"》,《人民日报》,2003-12-22。

② 廖光军:《动态比较优势说与美国的新外贸政策》,《同济大学学报(社会科学版)》,2002-04。

③ 叶建亮:《比较优势战略还是科技优先战略》,《中国经济问题》,2002-04。

④ 金碚:《中国工业国际竞争力报告》,《管理世界》,1997-04。

产业的关系。前者更多地强调各国产业发展的潜在可能性,后者则更多地强调各国产业发展的现实态势;前者最终归结为一国的资源禀赋,后者则更强调企业的策略行为等。两者之间的联系十分紧密,表现为:在一国的产业发展中,一旦发生对外经济关系,比较优势与竞争优势会同时发生作用;一国具有比较优势的产业往往易于形成较强的国际竞争优势;一国产业的比较优势要通过竞争优势才能体现;两者的本质都是生产力的国际比较,所不同的是,前者强调各国不同产业间的生产率比较,后者强调各国相同产业间的生产率比较。

中国社会科学院工业经济研究所课题组在《告别短缺经济的中国工业发展》中认为:"比较优势不等于竞争优势,竞争优势可以突破比较优势的限制。""比较优势涉及的主要是各国不同产业(或产品)间的关系;而竞争优势涉及的是各国同一产业之间的关系。""比较优势最终归结为一国的资源禀赋;而竞争优势则更加强调企业的策略行为和国家的战略行为。""简言之,比较优势和竞争优势的主要政策含义是:发挥比较优势意味着更加强调各国的产业发展应'扬长避短',而增强竞争优势则意味着更加强调各国发展的现实道路的'优胜劣汰'。"

纪昀认为:"比较优势和竞争优势两者既有区别,又有联系,但是却并不矛盾。我们可以从内生和外生的角度对比较优势进行扩展,从而将比较优势和竞争优势纳入统一分析框架之下,为贸易理论和中国的对外贸易发展提供更为合理的分析基础。""如果以事前事后的生产率差别作为外生和内生比较优势的划分标准,那么由于规模经济的作用所造成的事后生产率差别可以称作内生比较优势,而李嘉图式的外生给定的技术和资源禀赋差别所造成的生产率差别可以称作外生比较优势,两者构成本书所提出的所谓复合比较优势。由此,我们可以通过内生和外生比较优势对传统贸易理论和新贸易理论关于贸易产生和发展的基础做出统一的解释,即李嘉图模型的比较优势称为外生的技术比较优势,H—O模型的比较优势称为外生的资源比较优势,新贸易理论中的比较优势称为内生的规模经济比较优势。"①从经济发展的角度来看,内生比较优势比外生比较优势作用更为重要。

2. 特色经济理论

在国内学术界对比较优势与发展战略问题进行热烈讨论的同时,一些学者提出了区域经济发展过程中的特色经济理论。特色经济理论实际上是在比较优势理论的基础上发展起来的,特别带有斯密的固有的自然优势色彩。发展特色经济,已成为中西部许多地方经济发展的一个重要选择。在区域特色经济理论方面,代表性的有陈文科、王元京等。

陈文科②认为:"构建各地区的特色经济体系,即发展区域特色经济,是社会主义市场经济发展与区域经济特色相结合的必然要求,是中西部转变传统发展思路,经济振兴崛起的有力支撑,也是东西合作、协调发展的治本之策。""所谓区域特色经济,是指一个国家或地区在发展市场经济中,利用比较优势和市场原则,通过竞争而形成了具有鲜明产业特色及企业、产品特色的经济结构。特色经济的构成要素是在国内外市场具有竞争力的特色产业、特色企业(企业集团)、特色产品(产品系列)。市场经济发展要求以市场为基础配置资源,以公平竞争为生命线,而区域经济发展又必须遵循差异发展、比较优势原则,从而造就了不同国家或地区

---

① 纪昀:《论复合比较优势》,《世界经济研究》,2003-02。
② 陈文科:《论区域特色经济与中国东西合作》,《江汉论坛》,1999-05。

不同特色的区域经济。"他认为，"区域特色经济，又是一个国家或地区利用、发挥资源优势，形成、发展经济优势的必然结果"，"特色产业的形成与特色产品的开发，一方面取决于相关资源在市场竞争中的比较优势，另一方面也受制于资源的市场份额拥有量，也就是资源开发与应用的潜力以及资源优势转化为经济优势的能力。""区域特色经济是区域优势、资源优势的延伸，并且从一定意义上讲，也就是优势经济，但区域特色经济并不等于区位优势、资源优势。"

王元京[①]根据西部经济的特定状况，提出了识别与判断西部特色经济的"独、大、专、强"四个价值标准：一是产业独有标准——你无我有；二是产业规模标准——你小我大；三是产业专业化标准——你泛我专；四是产业效益标准——你弱我强。

二、竞争优势理论述评

美国著名管理学家迈克尔·波特所开创的竞争优势理论[②]，引起了学术界广泛的关注，上文所谈到的国内学术界关于比较优势与竞争优势的争论实际上也以此为开端。

（一）竞争优势理论的提出

迈克尔·波特认为国家竞争力取决于处于特定产业内的企业在国际市场上表现出来的生产力，而企业生产力的优劣又与国家

---

① 王元京：《西部特色经济的产业识别与评判标准判断》，《经济学家》，2001 - 02。

② 本部分内容中关于波特竞争优势理论的具体内容均引自：[美]迈克尔·波特著，邱如美、李明轩译：《国家竞争优势》，华夏出版社 2002 年版。

环境有关。

迈克尔·波特认为亚当·斯密开创的比较优势理论是传统的产业成功理论，在承认其观点正确的同时，强调其对"贸易理论的专注与本书的主题不符"。对于要素禀赋说，迈克尔·波特认为"以生产要素的比较优势决定生产形态确实有它直接的说服力，成本因素也在很多国家考虑产业的贸易形态时扮演一定的角色"。"不过，越来越多的例证显示，生产要素的比较优势并不足以解释丰富多元的贸易形态。"迈克尔·波特认为由于该法则众多假设的非真实性，导致了"生产要素的比较优势法则对很多产业来说根本就不实际"。远离了企业关心的问题，对企业经营缺乏指引功能。

迈克尔·波特认为："今天，会把生产要素列为重要考虑的产业，除了依赖天然资源的产业外，只剩那些依靠初级劳动成本，或是技术单纯、容易取得的产业。""然而，有更多的产业现象却无法用生产要素的比较优势法则来解释，特别是需要精密技术或熟练工人的产业或它的相关产业，而这两种类型的产业又正是国家生产力中最重要的部分。"在新的时代背景下，迈克尔·波特认为："产业竞争中，生产要素非但不再扮演决定性的角色，其价值也在快速消退中。以生产成本或政府补贴作为比较优势的弱点在于，更低成本的生产环境会不断出现。""如果比较优势不足以解释产业强国的大多数产业现象，那么运用政策来影响比较优势只会使产业发展更无效率。"

那么，为什么有些企业具备国际竞争优势？迈克尔·波特的回答是"决定条件在于企业所处的国家能否在特定领域中创造或保持比较优势，这也就是一个国家的竞争优势。""产业竞争优势的创造与持续应该说是一个本土化的过程。竞争的成功更源自各个国家的经济结构、价值、文化、政治体制以及历史的差异。"①

(二)竞争优势理论的基本内容

迈克尔·波特的竞争优势理论包含着比较丰富的内涵,但集中体现在其钻石理论之中。

1. 企业竞争优势

迈克尔·波特的竞争优势理论是围绕着企业竞争优势而展开的。波特认为:"企业竞争优势是从整合并组织各种活动的过程中展现的。""企业若要拥有竞争优势,就必须找出新的运作方式,采用新的工作流程、新的技术或不同的原料。""企业要发展竞争优势,必须先审慎管理价值链中的各个联系点,""为了发展竞争优势,企业更需要将价值链看成一个系统而非个别活动的总和。""当企业找寻新的竞争优势时,最重要的行动是'创新'。"②新技术、新需求、新的产业环节、降低成本或原材料获取新途径的出现以及政府法令规章的改变等典型因素的出现,会导致竞争优势的改变。

竞争优势的持续力取决于三项重要条件。第一个是特殊资源的优势。波特将资源按其重要性进行了三个层次的划分:低层次优势表现为廉价的劳动成本和便宜的原料等,很容易被模仿取代,竞争优势极易丧失;高层次的竞争优势则包括高级技术的所有权、在单一产品或服务上的差异等,其特征是企业要获得更先进的技术与能力,借由长期累积并持续对设备、专业技术、高风险研究发展、营销上面的投资而来等。第二个重要条件是竞争优势的种类

---

① ［美］迈克尔·波特著,邱如美、李明轩译:《国家竞争优势》,华夏出版社2002年版,第10—19页。

② 同上,第32—43页。

与数量越多越好。第三个重要条件是竞争优势的持续力是一种持续的改善和自我提高。就长期而言,永续的竞争优势有赖企业将其资源优势从层级的提升与扩张,转变为形态上的优势,企业的竞争优势必须时时求变。

在波特对企业竞争优势的分析中,几乎没有明确界定什么是企业的竞争优势,只是强调企业的竞争优势是一个综合题,表现为多种形态,如人工成本优势、技术优势、价值链优势、营销优势、服务优势、产品优势、网点优势与体系优势等等。波特的分析重点放在了影响企业竞争优势的影响因素以及如何保持、发展企业竞争优势方面。波特强调,一个公司的许多竞争优势不是由公司内部决定的,而是来源于公司之外,也即来源于公司所在的地域和产业集群。在波特企业竞争优势理论中,实际上同样也有来自于要素比较优势的影子。

2. 钻石体系与国家竞争优势

一个国家为什么能在某种产业的国际竞争中崭露头角?波特认为答案必须从每个国家都有的四项环境因素——生产要素、需求条件、相关与支持性产业以及企业战略等——来讨论。这些因素可能会加强本国企业创造国内竞争优势的速度,也有可能造成企业发展停滞不前。

在以上四个关键要素形成的钻石体系,关系到一个国家的产业或产业环节能否成功。钻石体系也是一个双向强化系统。其中任何一项因素的效果必然影响到另一项的状态。而当企业获得钻石体系中任何一项因素的优势时,也会帮助它创造或提升其他因素上的优势。

生产要素(人力资源、天然资源、知识资源、资本资源和基础设施)是一个国家在特定产业竞争中有关生产方面的表现,是任何一个产业最上游的竞争条件。这些生产要素通常是混合出现的,每个产业对其依赖程度也随产业性质而不同。在有些产业中,企业只要能掌握低成本或独特高质量的生产形态,就能巩固竞争优势。与其在竞争优势中的重要性不同相联系,波特将生产要素具体区分为初级生产要素(basic factor)和高级生产要素(advanced factor)。前者包括天然资源、气候、地理位置、非技术人工与半技术人工、融资等;后者包括现代化通信的基础设施、受过高等教育的人力资源以及大学与科研院所等。在国家或企业的竞争力上,初级生产要素的重要性已越来越低,而高级生产要素对竞争优势的重要性越来越突出。但必须注意的是,高级生产要素仍必须有初级生产要素作为基础。根据其专业程度,波特进一步将生产要素区分为包括公路系统、融资、受过大学教育且上进心强的员工等可被用于任一产业上的一般性生产要素(generalized factor)和限制在技术型人力、先进的基础设施、专业知识领域以及其他定义更明确且针对单一产业的因素的专业性生产要素(specialized factor)。一般性生产要素虽然能提供最基本的优势,但是这些优势很多国家都有,效果相对不甚显著。专业性生产要素提供产业更具决定性和持续力的竞争优势基础,越精密的产业通常越需要专业性生产要素,拥有专业性生产要素,产业也会产生更精致的竞争优势。当然,专业性生产要素是由一般性生产要素发展出来的。波特认为:"一个国家想要经由生产要素建立起产业强大又持久的竞争优势,则必须发展高级生产要素和专业性生产要素。这两类生产要素的可获得性与精致程度也决定了竞争优势的质量,以及竞争优势将持续升级或被赶上的命运。……反之,当国家把竞争优势建立在初级与一般性生产要素上时,它通常是浮动不稳的,一旦新的国家踏上发展相同的阶段,也就是该国竞争优势结束之时。……

当一个国家的企业要持续它的国际竞争优势时,它应该主动摆脱当时的初级生产要素优势。"专业性和高级生产要素通常是创造出来的,产业表现卓越的国家经常也是创造生产要素或提升必要生产要素的高手。那么,如何创造生产要素呢?波特强调,需要由国家对环境中最不利的部分进行最大、最持续的投资。而"民间部门绝不能缺席。……由企业、行业协会或个人共同大力投资创造生产要素,才是催生国家与产业竞争优势的主力。"值得一提的是,波特强调"一个国家的竞争优势其实还可以从不利的生产要素中形成。……在实际竞争中,丰富的资源或廉价的成本因素往往造成资源配置没有效率。另一方面,人工短缺、资源不足、地理气候环境恶劣等不利因素,反而会形成一股刺激产业创新的压力。……不利的生产要素使企业的竞争优势升级,更能持续。由此看来,狭义的竞争劣势甚至可能成为形成竞争优势的源头。"

国内需求市场是产业竞争优势的第二个关键要素。"内需市场借着它对规模经济的影响力而提高了效率。内需市场更重要的意义在于它是产业发展的动力,它会刺激企业改进和创新。……从竞争优势的观点来看,国内市场的质量绝对比市场需求量更重要。"国内市场的性质如客户的需求形态、国内市场的大小与成长速度、从国内市场需求转换为国际市场需求的能力等三个方面与产业竞争优势息息相关。

形成国家竞争优势的第三个关键要素是一国政府能比其国际竞争对手提供更健全的相关和支持性产业。在很多产业中,一个企业的潜在优势是因为它的相关产业具有竞争优势。当上游产业具备国际竞争优势时,它对下游产业造成的影响是多方面的。即使下游产业不在国际上竞争,但只要上游供应商具有国际竞争优势,它对整个产业竞争优势的影响仍然是正面的。竞争力强的产业如果有相互关联的的话,会产生相关产业内的提升效应(pull-though effect),产生提携新产业的效果。

第四个关键要素就是企业的战略、结构和竞争对手等。波特特别强调强有力的国内市场竞争对手的重要性,由国内竞争过程所形成的竞争优势会使整个国家的相关产业受惠,不是哪一家厂商所能独享的。在国内竞争环境下,城市和区域的特色会浮现,进而强化国家的竞争优势。国内市场竞争可以创造竞争优势,同时也协助企业克服生产要素的不利部分,也会促使政府建立更公平和超然的立场。强劲的良性国内市场竞争与随之而来的长期竞争优势,事实上是外国竞争者无法复制的。

除了以上四个关键要素以外,波特又强调了另外两个重要因素——机会与政府。波特认为:"作为竞争条件之一的机会,一般与产业所处的国家环境无关,也并非企业内部的能力,甚至不是政府所能影响的。"可能形成机会、影响产业竞争的情况大致有下列几种情形:基础科技的发明创新、传统技术出现断层、生产成本突然提高、全球金融市场或汇率的重大变化、全球或区域市场需求剧增、外国政府的重大决策以及战争等。引发机会的事件会打破原本的状态,提供新的竞争空间。也会影响到钻石体系各个关键要素本身的变化。国家竞争优势的最后一个因素——政府——一直是产业在提升国际竞争力时的热门话题。政府也会影响到其他四项关键要素,政府的政策也受到环境中其他关键要素的影响 。"产业创造竞争优势的过程中,政府的角色是正面还是负面,要看它对钻石体系的影响。""政府政策的影响力固然可观,但也有它的限制。产业发展如果没有其他关键要素的搭配,政府政策再帮忙,也是扶不起的阿斗。若政府政策是运用在已经具备其他关键要素的产业方面,就可以强化、加速产业的优势,并提高厂商的信心,但政府本身并不能帮企业创造竞争优势。"对政府而言,"一个国家真正的问题应该是本国的发展环境问题。……发展环境才是一国生产力水平的真正决定因素。"综合考虑以上六大因素,波特构建了完整的钻石体系。

3. 竞争力的启动

国家优势的关键要素联结成一个复杂的体系,其中各个部分彼此相互牵动。那么,关键要素如何形成国家竞争优势的动力系统呢?波特强调:"在钻石体系各关键要素的互动中,'国内市场竞争'和'地域上的产业集中'这两大现象对发动钻石体系的影响尤为深远;前者的重要性在于它会推动整个钻石体系的升级,后者的重要性在于它活泼了钻石体系内部各要素之间的互动。"波特特别强调后者的重要性,并称其为"产业集群"(industrial cluster),也就是一国之内的优势产业通常不是均衡分布的,而是以组群的方式,借助各式各样的环节而联系在一起。产业集群是相关产业的紧密结合。钻石体系的基本目的就是推动一个国家的产业竞争优势趋向集群式分布,呈现由客户到供应商的垂直关系,或由市场、技术到营销网络的水平关联。对于产业集群问题,本书将在第二章中进行详细的阐述。

（三）学术界对波特竞争优势理论的评价

波特1990年出版其《国家竞争优势》以来,已经经过了11次重印并被翻译成12种语言版,在许多国家的政府和学术界引起了巨大的反响。美国《商业周刊》(Business Week)认为该书"富有关于产业、地区和国家成败的原因以及经验教训";美国《当代商业》(Business Today)认为"《国家竞争优势》注定成为该领域的经典之作"。

当然也有一些著名学者对波特的观点持怀疑或批评态度。查尔斯·希尔评论道:"波特的理论究竟对不对呢?目前还不知道,还没有相关的经验证明。"①澳大利亚经济学家沃尔批评波特混淆了企业竞争力与国家竞争力的区别,忽视宏观经济环境对经济绩效的重要性。波特虽然认为企业竞争力原则可以同样应用于国家竞争力分析,但在沃尔看来,波特的竞争力概念主要讲的是已经具有良好市场环境的发达国家单个企业的成功与否。在同样发达水平的国家,经济制度、市场环境以及国家具有的比较优势都大致相同,因此,影响并区分企业成功与否的因素只是企业采取的经营战略。波特对比较优势原则的指责很大程度上在于他对比较优势概念的错误理解和有关企业成功与国家成功因素之间的错误类比。竞争优势对于解释一个企业获得成功可能是有帮助的,但比较优势是从资源配置效率的角度来解释一个国家的经济绩效。产品差异是国家之间具有不同的人力资本、研发和创新能力的比较优势的动态体现,产品循环和产品标准化最终体现在成本优势上。②关于"国家竞争力"的概念和"国家之间是竞争的吗?"等问题,主流经济学家提出了质疑和否定的看法。克鲁格曼认为竞争优势理论会误导人们对一个经济获得成功发展的原因分析。他对所谓"国家竞争力"的说法予以了尖刻的挖苦和批评:"90 年代初,关于竞争力的华丽辞藻在政府官员中变得有说服力。……世界各国经常热切地等待着世界经济论坛以国家竞争力为序排名的年度报告。""虽然关于竞争力的华丽辞藻被证明对政治家和商人有相当的吸

---

① Charles W. L. Hill, *International business: competing in the global marketplace*. McGraw-Hill Book Company, 2003, p. 703.

② Peter G. Warr, "Comparative and Competitive Advantage". *Asian Pacific Economic Literature*. 1994, Vol. 8, No 2, pp. 1-14.

引力,但是这个概念的理论基础却并不清楚。"①到目前为止,"竞争优势"尚未进入主流经济学的视野,主流经济学是在新古典理论框架(包含其一系列假定)下讨论和定义比较优势——比较利益由不同国家在技术、要素禀赋以及偏好方面的差异来决定,而且并不由于新古典框架的限制而拒绝承认递增规模收益构成比较利益(决定贸易格局)的来源之一,也不排除历史机遇(偶然性)对贸易格局的影响。只有以相对低廉的成本优势才能占有市场,从而具有竞争优势。也就是说竞争力(竞争优势),在主流经济学看来,只是比较优势的一种直观表述。② 20世纪90年代末期国外的国际经济学著作及教科书中尚未包容此类观点,甚至没有正面提及。

上文曾提及波特竞争优势理论的引入,引发了中国经济学界关于比较优势与竞争优势的争论。对比较优势理论与比较优势战略持质疑、批评或否定态度的学者,其理论基础基本上是波特的竞争优势理论。但波特产业集群理论在国内产业经济学界与发展经济学界基本上引起了普遍的赞同。比较代表性的有:仇保兴、王缉慈、徐康宁、盖文启、童昕、金祥荣、朱希伟、魏守华、刘世锦、朱英明、杨宝良等。

(四)竞争优势理论视野下的区域产业发展

波特钻石体系下的国家竞争优势分析从某种意义上也可以被视为是特定区域内的企业与产业发展研究。钻石体系中对生产要

---

① Paul Krugman,"Competitiveness: A Dangerous Obsession". *Foreign Affairs*, 1994, March/April, No. 2, pp. 28-44.

② [美]保罗·萨缪尔森、威廉·诺德豪斯著,萧琛等译:《宏观经济学》,华夏出版社1999年第16版,第335—336页。

素、国内市场需求、支持与相关性产业以及政府作用的分析,对区域产业甚至区域经济发展具有较强的指导意义。

钻石理论体系中对区域产业发展进行直接研究的内容当推产业集群理论。波特认为,通常因为一个国家的钻石体系中,各个关键要素都具有地理集中性而出现因地缘而集中的现象,"在很多产业集群或具有国际竞争力的产业中,竞争者往往集中在某个城市或地区",最终产生积极的区域经济发展效应。"客户、竞争者和供应商的集中可以提升效率和促进专业化。地理上集中之后又加强了和创新和进步的影响力。……对产业而言,地理集中性就好像一个磁场,会把高级人才和其他关键要素吸引进来"。"地理集中性也会鼓励产业新手的出现。……地缘因素还会增加信息和活动的集中,……因此,地理集中性使得各个关键要素的功能充分发挥,使钻石体系成为一个活的系统。"[1]

钻石体系"很容易应用到城市、地区与产业发展的关系上"。"事实上,政府如果降低通信和交通的成本,减少关税壁垒,提高国际竞争程度,都有助于当地产业的创新,因为本地企业会在这样的环境中磨练出对外界市场更强的渗透力。"[2]

(五)对波特竞争优势理论的评价

作为著名管理经济学家,波特构建的竞争优势理论从企业经营、产业发展的角度来分析国家竞争优势或国家生产力的提升与财富的增长。从其"竞争三步曲"的理论构建工程来看,波特试图

---

① [美]迈克尔·波特著,邱如美、李明轩译:《国家竞争优势》,华夏出版社 2002年版,第145—149页。
② 同上,第149页。

构建一套可与斯密《国富论》相媲美的理论体系。波特的竞争优势理论总结了现代市场经济与开放条件下的企业与发展经验，分析了一国某产业在国际上取得成功的影响因素与关键条件，特别是其钻石体系整体上具有较强的创新性。但是，在其竞争优势理论构建的过程中，波特对比较优势理论存在着一定的矛盾态度。在一些地方，他实际上对该理论持肯定态度，甚至以此为理论基础，如在其钻石体系中的四个关键要素之一的生产要素部分，就是以要素禀赋说为基础的。而在某些时候，却又对其持否定态度。依笔者看来，这与比较优势与竞争优势的着眼点或理论层次不同有关。比较优势理论是研究宏观经济发展层次上的资源配置、国际分工、对外贸易等问题，而波特的竞争优势理论表面上是回答国家财富的增长和国家生产力提高的宏观经济问题，实际上是分析企业与产业的成功尤其是在国际市场中的相对垄断地位等微观经济问题，特别是经营管理问题。

钻石体系中其他三个关键要素的分析，若仅从单一要素的角度看，实际上也并不具有明显的理论上的创新性，如需求条件的分析在斯密的理论中已经是一个重要的命题了，相关与支持性产业分析是产业经济学中的重要内容并已获得了较为深入的分析。对于钻石体系中对于政府的分析，实质上是站在发达国家或国际垄断公司的立场上，坚持了新保守主义经济学在政府与市场关系问题上的观点，反对政府在企业成长、产业发展中的干预，主张自由市场竞争。钻石体系能否成功指导广大发展中国家的经济发展，就连波特本人也承认这是一个有待进一步研究的问题。

波特认为："集群的概念证明是特别有用的一个概念。集群既是一种经济发展的思考方式又是引起变革的一种手段。……

集群为政府组织、公司、供应商和当地的制度与协会等提供一个建设性和行动性的共同舞台。"波特的产业集群理论的确对企业的发展、产业的兴盛以及区域经济的增长提供了一个新的思路。然而，不容否认的是，产业集群理论的实质内容实际上是经济学中的古老思想，从马歇尔（Alfred Marshall）开始的许多著名经济学家已经对此进行了论述，只是在相当长的一段时间内被经济学界所漠视。从这个意义上讲，波特的理论带有"新瓶装旧酒"的味道，其最大的贡献在于重新发现了该理论的重要性，并将其用于新时期产业发展研究，并对产业集群的具体效应进行了深入分析。

总体上看，波特的竞争优势理论对区域产业的发展具有许多重要的启示与指导作用。但对于落后地区特别是中国西北民族地区经济发展来讲，其首要目标并不是要追求国际竞争能力，而是先如何充分利用国内市场需求，如何利用比较优势，以尽快实现企业发展、产业壮大的问题。在这里，政府应发挥何种作用以及如何发挥作用，是一个需要认真研究的课题。

三、后发优势理论述评

对于一国或特定区域经济的发展，对于在经济、科技等方面似乎都处于劣势的后进国家或地区，有的为什么能在不长的时间里赶上先进国家或地区，有的为什么又长期处于落后状态并且差距还在不断拉大这一令人着迷的重大问题上，经济学界除了在比较优势与竞争优势问题上进行研究的同时，许多学者还提出了乐观的后发优势论和悲观的后发劣势论，争论的焦点在于发展中国家或落后地区的后发优势是否存在，后发优势与后发劣势相比是否占支配地位,是否构成历史上后进国家(地区)成功追赶先进国家(地区)的内在原因。

(一)后发优势(劣势)理论的产生与发展

1. 格申克龙(A. Gerchenkron)的落后优势论

在总结德国、意大利等国经济追赶成功经验的基础上,俄裔美国经济史学家亚历山大·格申克龙创立了后发优势论[①]。格申克龙认为工业化前提条件的差异将影响发展的进程,相对落后程度越高,其后的增长速度就越快。其原因在于这些国家具有一种得益于落后的"落后优势"(advantage of backwardness)。他特别指出,落后优势是由后发国地位所致的特殊有利条件,这一条件在先发国是不存在的,后发国也不能通过自身的努力创造,而完全是与其经济的相对落后性共生的,是来自于落后本身的优势。格申克龙本人没有对落后优势进行明确的界定,其关于落后优势理论的思想主要表现为:一是相对落后会产生经济发展的承诺和停滞的现实之间的紧张状态,激起国民要求工业化的强烈愿望,以致形成一种社会压力,由此激发制度创新,并促进以本地适当的替代物填补先决条件的缺乏;二是由于缺乏某些工业化的前提条件,后进国家可以、也只能在吸收先进国家的成功经验和失败教训的基础上创造性地寻求相应的替代物,以达到相同的或相近的工业化结果,由此后进国家在形成和设计工业化模式时具有可选择性和创造性。替代性的意义不仅在于资源条件上的可选择性和时间上的节约,更重要的在于使后进国家能够也必须根据自身的实际,选择有

---

① A. Gerchenkron, *Economic Backwardness in Historical Perspective*, Harvard University Press, 1962.

别于先进国家的不同发展道路；三是引进先进国家的技术、设备和资金。格申克龙指出，引进技术是一个正在进入工业化国家获得高速发展的首要保障因素。后进国家引进先进国家的技术和设备可以节省科研费用和时间，快速培养人才，在一个较高的起点上推进工业化，同时资金的引进也可解决后进国家工业化中资本严重不足的问题。

2. 纳尔逊（Nelson）对落后优势假说的证明

纳尔逊等学者①证明，一个后进国家技术水平的提高同它与技术前沿地区的技术差距呈线性正比，并进一步指出，后发国技术进步速度虽然常常高于先发国，但在逐渐接近时又会慢下来，从而保持着一个"均衡技术差距"。

3. 列维（M. Levy）从现代化角度对格申克龙后进优势论的具体化

美国经济学家列维②从现代化的理论角度，分析了后进国家与先进国家在经济发展前提条件上的异同，指出后发外生型现代化与早发外生型现代化的条件有着明显的差异。列维从现代化的角度将格申克龙的后进优势论具体化，总结归纳了后发式现代化的利与弊。列维认为后发优势有五点：一是认知优势，即后发国对现代化的认识要比先发国在自己开始现代化时对现代化认识丰富得多；二是借鉴优势，即后发者可以大量采用和借鉴先发国成熟的计划、技术、设备以及与其相适应的组织结构；三是技术发展优势，即后发国可以跳跃先发国的一些必经发展阶段，特别是在技术方

---

① S. Nelson, E. Phleps: "Investment in Human, Technological Diffusion and Economic Growth", *American Economic Review*, 1966. 05.

② M. Levy, *Modernization and the Structure of Societies: A Setting for International Relations*, Princeton University Press, 1966.

面;四是前景预测优势,即由于先发式国家的发展水平已达到较高程度,这可使后发国对自己现代化前景有一定的预测;五是外援优势,即先发国可以在资本和技术上对后发国提供帮助。当然,列维认为后发劣势同样不容忽视:一是民主政治发展劣势,即在现代化的范围与速度方面,后发国必须由政府组织大规模的行动,从而很可能会影响到民主政治的健康发展;二是对社会各种因素相互依赖关系方面可能存在忽视,后发国往往容易首先看到先发国取得的成果,却忽略形成这些成果的因素、条件以及成果与社会其他因素的内在关系;三是社会心理劣势,即先发式现代化与后发式现代化之间在经济发展与社会转型方面差距都很大,容易造成严重的社会失望情绪。

在后进国家向先进国家迈进的社会转型过程中,列维认为后进国家将会面临三个重要的战略性问题:一是控制结构问题。后发国在现代化的过程中,原有的社会控制结构将会遭到破坏,因此后发式社会要平稳而有效地实现转型,就必须建立有效的控制和协调结构,此时政府的集权和组织作用便显得更加重要。二是资本积累问题。先发式现代化的过程是一个逐步进化的过程,对资本的需求也是逐步增强的;后发式现代化因在很短的时间内迅速启动现代化,对资本的要求就会突然大量增强,由此需要特殊的资本积累形式,并必然要有政府的介入。三是两种心态的问题。在现代化的实现过程中,有些人的利益会受到损害,还有些人实际利益虽然并没有受到损害,但却会产生一种强烈的失落感和疏离感。尽管人们希望或者愿意看见现代化的成果,但获得这些成果的过程往往伴随着混乱与痛苦,并且会付出代价。在这种情况下往往会产生一种矛盾心态:想获得现代化的结果,而不愿经历现代化的过程。

4. 阿伯拉莫维茨（Abramovitz）"追赶假说"与潜在后发优势论

阿伯拉莫维茨的"追赶假说"[①]认为，不论是以劳动生产率还是以单位资本收入衡量，一国经济发展的初始水平与其经济增长速度呈反向关系，即一国的经济越是落后，其经济增长的速度越高，反之亦然。由此，所有后进国家最终都必然会赶上先进国家。但大部分发展中国家与发达国家差距不断扩大的现实与该假说明显不符。为解释这一问题，阿伯拉莫维茨进一步提出了潜在后发优势论，即这种追赶只是一种潜在可能，将经济追赶由潜在可能性变为现实，需要具备外在技术差距与内在的社会能力（通过教育等形成的不同的技术能力以及具有不同质量的政治、商业、工业和财经制度）相互作用形成的复合因素。只有处于技术落后但社会进步的状态，才使一个国家具有经济高速增长的强大潜力。阿伯拉莫维茨认为，只有处于技术落后但社会进步的状态，才使一个国家具有经济高速增长的强大潜力。最后，阿伯拉莫维茨强调，在一个特殊的阶段，经济追赶还要依赖于一些历史因素，它们限制或促进了知识的传播、结构的调整、资本的积累以及需求的扩张。

5. 鲍莫尔（Baumol）、多瑞克（Dowrick）与格莫尔（Gemmel）的发展与证明

鲍莫尔在阿伯拉莫维茨追赶假说的基础上进一步指出，对贫穷的落后国家而言，其低下的教育水平和工业化水平使其不能有效利用技术差距以实现经济追赶。多瑞克与格莫尔通过回归模型分析验证了这一假说。在这里，阿伯拉莫维茨的社会能力被具体化为教育水平和工业化水平。

---

① Abramovitz, *Thinking about Growth*, Cambridge University Press, 1989.

6. 伯利兹(Brezis)、克鲁格曼等的"蛙跳"(leap-frogging)模型

伯利兹、克鲁格曼等①在总结发展中国家成功发展经验的基础上提出了基于后发优势的技术发展的"蛙跳"模型。该模型认为,在技术发展到一定程度、本国已有一定的技术创新能力的前提下,后进国可以直接选择和采用某些处于技术生命周期成熟前阶段的技术,以高新技术为起点,在某些领域、某些产业实施技术赶超。它强调在技术发展变化的顺序上并不严格按照由简单到复杂的路径,可以跨越技术发展的某些阶段,直接开发、应用新技术、新产品,进入国际市场与先进国家进行竞争。"蛙跳效应"表明,先进与后进、发达与不发达并不是一成不变的,历史既有连续性、累积性,又有跳跃性和更替性,先发国与后发国是会兴衰交替的。当然,"蛙跳"也是有条件的,如发达国家与发展中国家之间的工资成本差距悬殊,新技术产生之初相对于旧技术缺乏效率,在旧技术中积累的生产经验对新技术用处不大,以及新技术最终能够带来巨大的生产力提高潜力等。在大规模产业变革中,上述条件有可能具备,从而形成后进国家实现跨越式发展的难得契机。

7. 全球化背景下后发优势理论的发展

对于在全球化条件下后进国家如何发挥后发优势、实现经济追赶这一问题,格罗斯曼和赫乐普曼②于1991年首先在开放经济条件下建立了经济增长的一般均衡模型,并且将一国技术转移、模仿和创新的动态过程内生化。然而,他们仍然维持不同国家之间

---

① Brezis, Paul Krugman, P. Stridden, "Leap-frogging in International Competition: A Theory of Cycles in National Technological Leadership", *American Economic Review*, 1993, Vol. 83.

② G. M. Grossman & E. Helpman, "Quality Ladders and Product Cycle", *Quarterly Journal of Economics*, 1991, Vol. 106.

技术能力的差异是永久的外生变量的前提假定,因此他们的模型的结果是不同国家在技术模仿或技术创新两种角色之间将最终实现完全的分工化发展。巴罗和萨拉易马丁(Barro and Sala-I-Martin,)[1]假定一国进行技术模仿的成本是该国过去已经模仿的技术种类占现有技术总数量比例的增函数,说明一国过去模仿的技术越多,其继续实行技术模仿的相对成本就越高。同时,他们也假定技术模仿的成本要比技术创新低得多,而某些国家(主要是发达国家)将在技术创新方面拥有其内在固有的优势。由此其模型所导出的结论是通过技术的赶超,一国的学习能力将最终体现在其拥有的内在固定优势方面,并且各国在长期内将实现收入的趋同。范艾肯(R. Van Elkan)[2]在开放经济条件下建立了技术转移、模仿和创新的一般均衡模型,他强调的是南北国家之间经济发展的趋同,即经济欠发达国家可以通过技术的模仿、引进或创新,最终实现技术和经济水平的赶超。假定所有国家的资本存量都可以从技术的转移、模仿或创新中得到有效的提升,其中技术模仿可能带来的生产效率的提高将取决于国与国之间的技术差距,而技术创新的有效程度则取决于一国"边干边学"(learning by doing)的适应性效率。通过技术扩散的外溢效应,任何一国技术投资的增加都可能同时导致本国与其他国家经济的增长和收入水平的上升。因此,一国的学习模式将始终处于动态改进的状态。范艾肯模型描

---

① R. J. Barro & X. Sala-I-Martia, "Technlogical Diffusion, Convergence, and Growth", National Bureau of Economic Research, Working Paper Series 1995, No. 5151.

② R. Van Elkan, "Catching up and Slowing Down: Learning and Growth Patterns in an Open Economy", *Journal of International Economics*, 1996, Vol. 41.

述了一国(尤其是发展中国家)从封闭经济转向开放经济的动态进程。经济落后的国家可以通过大量的技术模仿以缩小与发达国家之间的技术差距,提高本国的技术水平。当技术能力成熟以后,本国将从技术模仿阶段转向技术的自我创新阶段。范艾肯模型还指出,尽管在赶超的初期,处于追赶地位的经济落后国家的经济增长率会比领先者快得多,然而从长远来看,不同经济起点的国家的人力资本的积累、生产能力以及经济增长速度将最终趋于收敛,各国在技术模仿和创新方面的回报率也将趋于一致。

8. 一些学者以某些成功后进国家就后发优势理论的实证研究

20 世纪 80 年代以来,面对日本和"东亚四小龙"经济腾飞的成功,罗索夫斯基(Rosovsky)、南亮进和大川一司等人将格申克龙后发优势论应用于对日本工业化过程的分析以及渡边利夫运用这一理论分析了韩国经济,都在很大程度上验证了其客观性,由此引起了人们更多的关注。对拉美、东亚经济发展政策与路径的比较,对东亚经济追赶成功经验的总结和思考,促进了后发优势理论研究的进一步深入。

日本学者南亮进①以日本为背景,探讨了日本的后发优势从产生到消亡的过程,认为日本 20 世纪 50 至 60 年代的高速增长主要是从后发优势中受益。特别是日本在现代经济增长之前,或与现代经济增长并行,已经具有了阿伯拉莫维茨所说的很强的消化和掌握现代技术的"社会能力",具体体现为丰富的人力资源、现代化的经营组织、发达的信息产业和装备产业,这是日本发挥后发优势、实现经济追赶的必要条件,从而印证了阿伯拉莫维茨的有关观

---

① [日]南亮进:《日本的经济发展》,东洋经济新报社 1981 年版。

点。他指出,以 20 世纪 70 年代为转折点,随着技术差距的缩小或消失,日本依靠引进技术、实施追赶的机会日益减少,日本已经失去了所谓的"后进性利益"。日本经历了与美国相似的追赶过程,唯一不同的是美国超过了英国而日本没有超过美国。如果把 1868 年明治维新看作是日本现代经济发展的起点,那么它开始发展比英、美晚了近 100 年时间,但它在后来的近 100 年时间里超过了英国,赶上了美国。但 20 世纪 70 年代以后,由于日本没有从根本上将其模仿能力改造为真正自主创新的能力,经济发展失去了动力和方向。当美国利用信息技术革命推动经济增长,并进入"新经济"发展阶段的时候,日本(以及其他大部分发达国家)与它的差距又扩大了。

9. 杨小凯的后发劣势理论

杨小凯[①]对学术界乐观的"后发优势"观点持怀疑态度,认为落后国家模仿发达国家的技术容易,而模仿发达国家的制度难。他主张后发国家应该由难而易,要先完成较难的制度模仿,才能克服"后发劣势"。如果一个国家只进行技术模仿而不进行宪政改革,终究会遇到很大的困难而失败,逆其道而行是不可以。

10. 国内学者对后发优势理论的研究

作为最大的、经济正在快速增长的发展中国家,后发优势理论同样引起了我国众多经济学者的关注。目前,国内学者的研究代表性的有:

罗荣渠[②]从现代化理论角度,归纳了后发优势与后发劣势的

---

①　杨小凯:《后发劣势》,天则经济研究所第 181 次双周学术讨论会,2002 年 4 月。

②　罗荣渠:《现代化新论》,北京大学出版社 1993 年版。

表现形式,并论证了它们在现代化发展历程中的重要作用和重要影响。

傅家骥、施培公①从技术经济学角度,研究了作为后发优势重要表现的技术模仿创新问题,从资源积累的角度对模仿创新造就后发优势的内在机理进行了探讨。

陆德明②从广义发展的角度,将各种发展主体(包括国家、地区和企业)相对地归纳分组为先发展经济体(early-developing economies)与后发展经济体(late-developing economies)两类。在此基础上,根据中国和欧美亚发展成功者的共同经验,吸纳熊彼特(Joseph Alois Schumpter)创新理论与格申克龙的"落后优势"假说等,初步提出了一个由七个假说构成、并名之为"发展优势"(development advantage)的一般理论逻辑,用以解释经济发展的动因、过程、机制和策略等。它们是:由创新所产生的先发优势或先发利益(early-developing advantage)作为先发展根本动力的"先发优势驱动假说",后发者以后发优势所形成的后发利益为跨越式高速增长为主要动因的"后发优势驱动假说",先发优势条件递增假说,后发优势挥发性递增假说,发展优势转换假说,后发国家政府第一推动力假说以及发展优势贸易动因假说等。"发展优势"理论可以基本概括为:每一个发展主体,不论处在什么位置和什么阶段,都有其自身的一些发展条件和机会,都有自己独特的发展优势。这些优势是它们发展经济并相互贸易的动因。围绕着"发展优势"假说,目前已初步形成了一系列研究成果,如《后发国家政府

---

① 傅家骥、施培公:《后发优势——模仿创新的理论与实证研究》,清华大学出版社 1999 年版。

② 陆德明:《中国经济发展动因分析》,山西经济出版社 1999 年版。

与经济发展》、《后发优势与区域发展》、《后发优势与企业发展》等一批博士学位论文以及一些学术论文,成为中国经济学界在对后发优势理论研究问题上的一支比较引人注目的力量。

郭熙保①从发展经济学的基本理论出发,深入研究了西方经济追赶理论,对涉及后发优势与后发劣势的各种流派和观点进行了总结和归纳,并对全球化与信息化条件下后发优势与后发劣势的新变化作了有益的探索。

李清均②针对中国欠发达地区发展转型问题,分析了后发地区的后发优势问题。

林毅夫③不同意杨小凯的"后发劣势"观点,而肯定后发优势的存在,并基于此而对中国经济未来的发展潜力报有很大的信心。林毅夫认为,发展中国家在收入水平、技术水平、产业结构等方面与发达国家存在差距,可以利用这个差距,通过引进技术的方式,加快技术变迁,从而使经济发展得更快。这就是后发优势的主要内容。林毅夫认为,从理论和经验的角度看,一个后发国家并非要先完成欧美的宪政体制改革才能避免后发劣势。关键在于发展战略,如果充分利用要素禀赋所决定的比较优势来选择产业,那么后发优势就能充分发挥。反之,如果试图赶超,经济中就会有各种扭曲和寻租行为,结果是欲速不达,不仅不能实现后发优势,而且还将有各种制度扭曲的"后发劣势"。可见,林毅夫的后发优势观点

---

① 郭熙保:《经济发展:理论与政策》,中国社会科学出版社 2000 年版;《后发优势研究述评》,《山东社会科学》,2002-03。

② 李清均:《后发优势:中国欠发达地区发展转型研究》,经济管理出版社 2000 年版。

③ 林毅夫:《后发优势与后发劣势》,天则经济研究所第 181 次双周学术讨论会,2002 年 4 月。

是与其比较优势战略原则相一致的。

王必达[①]将后发优势与区域发展联系在一起进行研究,将区域划分为先发区域和后发区域,并提出了区域后发优势与区域后发利益的概念;在此基础上,构建了区域后发优势驱动增长模型;通过技术模仿创新、制度移植变迁和结构动态优化等方面探讨了区域后发优势的形成机理;分析了后发区域的后发优势向现实的后发利益转化的一系列条件;对中国西部地区的后发优势进行了实证研究,并对中国西部地区后发优势的政策选择进行了探讨。王必达的后发优势研究是陆德明教授所倡导的"后发展经济学研究系列"中的一部分,与陆德明教授的学术观点是一脉相承的。

通过学者们的努力,我国对国际上后发优势理论的形成与发展进行了及时的追踪与引进,并形成了一批有创新性的学术成果。但总体上尚处于分散状态和前期探索阶段,特别是对中国后发优势以及后发优势的实现等问题还没有形成完整的理论体系。

(二)后发优势与区域产业发展

从格申克龙提出后发优势假说及其后来的一系列发展所形成的后发优势理论体系为分析后进国家的工业化和经济增长提供了一个颇有说服力的理论框架,并在一定程度上被一些后进国家的经济增长过程所验证。特别是其"替代性"概念的提出,为后发优势论奠定了一定的理论基础。为后发国家或地区经济增长过程中的目标模仿、资本引进、技术模仿、制度模仿以充分利用后发优势

---

① 王必达:《后发优势与区域发展》,复旦大学出版社 2004 年版。

的实践提供了积极的借鉴与参考,增强了后进国家或地区实现经济快速发展的信心。该理论对后发劣势的分析,更对后进国家或地区充分利用后发优势实现经济尽快发展提供了有益的警示。

第二章　区域产业结构演变与产业发展理论研究

　　社会经济活动总是表现为特定的产业行为。社会经济的发展总是由微观经济主体进行,在特定产业内展开,表现为特定的产业活动;社会经济发展的过程相应地表现为"微观主体经济活动增加—产业成长—产业结构演变与优化—经济发展—社会财富增加—人民福利提高"的逐次推进与实现。由于国民经济是由多种产业形式构成的,因此国民经济在结构上的一个重要特征就是产业结构特征。从不同的视角、根据不同的理论、服务于不同的研究目的,可以对产业进行多种形式的结构划分。虽然对于产业结构理论的内涵问题,经济学界目前尚存在一定的争议或者有广义与狭义之争,但对国民经济进行三次产业划分已基本成为国际上普遍接受的做法,三次产业分类法是产业结构研究中最重要的分类法之一。本书认为,产业结构是资源配置过程中所形成的各类产业之间的数量比例关系和质(生产技术经济)的联系等关系的总和,最主要的是指三次产业之间的关系。产业结构是资源配置、经济发展的结果,同时又对资源配置的优劣、经济发展速度与质量的高低起着根本的制约。区域产业结构演进的时空规律,以及演进过程中的区域产业成长、区域主导产业与支柱产业的选择与培育、区域衰退产业的判断与应对等问题,是区域经济发展中产业结构问题中的重点内容。产业集群理论的兴起,又为区域产业的发展提供了极具价值的分析工具。

一、区域产业结构问题的意义

(一)区域产业结构的概念与特点

产业总是在一定区域内形成和存在的,一国经济空间布局在特定区域组合的结果,产业的区域分布是否合理,对一个国家资源配置的整体效果具有重要影响,是一个国家产业经济中的关键问题之一。由此,区域产业问题已成为产业经济学、发展经济学、区域经济学中的重要课题。经济增长表面上是表现为经济总量的增加过程,而其实质是结构的转换和调整的过程,结构决定功能,结构决定资源配置的效率。区域产业结构从部门分类组成方面反映着区域经济发展的质量演进,区域产业结构的合理化与高度化程度,决定着特定区域资源配置的效率与财富增加的程度,关系到该区域在宏观经济中的分工地位、发展位次与未来的发展希望。基于此,区域产业结构研究就成为区域产业经济研究中的主体内容与研究热点。

所谓区域产业结构,是在宏观经济发展所形成的总体产业结构背景下,特定区域内各产业的组成状态和发展水平以及各产业间的生产技术经济联系和数量比例关系。区域产业结构是质与量的统一,包括两个方面的内容:一是区域内各产业之间在生产规模上的比例关系,直接涉及到区域经济的结构均衡问题;二是区域内各产业间的联系或关联方式,直接关系到区域产业结构高度和效率问题。产业间的比例关系构成区域产业结构问题中量的方面，而产业间的关联方式则构成区域产业结构问题中质的方面，两者缺一不可。

区域产业结构是社会经济部门分工与劳动地域分工的综合产物，而且伴随着经济增长而不断变动，其演变构成了区域经济发展和国民经济发展的重要内容。区域产业结构合理化不仅是区域经济发展的核心内容，又是全国产业结构合理化的基础。区域产业结构质量的优劣，是特定区域经济发展质量和水平的重要标志；区域产业结构的转换与演变决定着区域工业化、现代化的进程，合理、高效的区域产业结构是实现区域经济快速、健康发展的必需条件。

区域产业结构具有以下三大突出特点：

一是较强的非独立完整性。[①] 对于具有一定经济规模的国民经济体而言，即使在全球经济一体化背景下，出于政治、国防、经济安全等方面的考虑，国民经济产业结构会追求相对的独立完整性。相对于国民经济中的产业结构而言，由于特定区域经济发展是以国内统一大市场与国际开放市场为基本依托的，国内各区域在经济上是相互依托的、紧密相连、分工协作的关系，而且各区域在要素禀赋、产业发展初始条件等产业发展的路径依赖方面存在较大差异，由此决定了特定区域不必也不能追求建立起自己的独立完整的产业结构，不能追求自身各产业都能全面发展，各区域产业结构之间必须是区域合理分工、相互衔接、紧密配合、协作配套的共赢关系，各自依据本地区的区域优势来发展相应的区域优势产业。

---

① 该分析借鉴了邓伟根《区域产业经济分析》中的观点，暨南大学出版社1995年版，第144页。

这就决定了区域产业结构必然表现出非独立完整性特征。值得一提的是,强调区域产业结构的非独立完整性,是就区域内特定具体产业而言,也并不意味着区域产业结构的单一性。就三次产业结构而言,区域产业结构同样大致遵循一般的三次产业结构规律。

二是开放性。即区域产业结构必须依存于区际贸易与国际贸易,才能保证区域内各产业的健康发展,才能在更坚实的基础上促进区域产业结构的不断优化升级。由于区域产业结构具有非独立完整性特征,使得区域产业结构比国家产业结构更具有对外依赖性,区域产业结构的开放性的要求更为迫切,表现更为明显。

三是动态性。区域产业结构作为区域经济发展的结果与推动区域经济发展的重要条件,本身具有动态性,需要在不断完善、优化的基础上,进行演变与升级。没有一成不变的区域产业结构,也没有始终合理的区域产业结构。区域产业结构作为国家产业结构的有机组成部分,其演变一方面受国家产业政策变动的影响,同时更源于区域经济发展的客观需求。

(二)区域产业结构合理化

区域产业结构合理化是区域产业经济结构研究中的重要内容。对于区域产业结构合理化的概念,学术界目前仍然没有形成比较规范、一致的界定,不同的学者存在差别较大的解释。例如:李京文、郑友敬认为合理的产业结构"首先应当满足以下要求:能满足有效需求(包括生活上的最终需求和生产上的中间需求),并与需求结构相适应;具有较为显著的结构效益;资源配置合理并得到有效利用,出现资源供给不足或产品过量时,能通过进出口贸易进行补充调节;各产业间能相互补充配套、协调发展;能吸收先进技术,有利于技术进步;在保证技术进步的前提下吸收较多的就业人数;有利于保护自然资源和生态平衡。"①戴伯勋、沈宏达②认为,产业结构合理化主要有完整性和独立性、产业发展速度具有均衡性、协调性等基本要求。江世银③认为区域产业结构合理化"就是区域产业结构趋向合理、由不合理的区域产业结构向合理的区域产业结构转化、对不合理的区域产业结构不断调整的过程,本质上是产业结构的协调,是指产业间有机联系的聚合质量,即产业之间相互作用所产生的一种不同于各产业能力之和的整体能力。"

本书认为,区域产业结构合理化与一般产业结构或国民经济中的产业结构合理化存在一定的区别,如果一个地区的区域产业结构能够有效发挥区域比较优势、符合市场竞争要求、具有较高的结构效益与较强的自适应能力、可持续发展能力较强以及能有效协调区域利益与整体利益关系,那么我们就可以判断该区域产业结构是合理的。一个地区的区域产业结构向以上六个方面改进的过程,就是区域产业结构合理化过程。由于我国各区域产业结构的形成是在特定的计划经济体制背景下进行的,目前的演变仍然在很大程度上受到政府的影响,从而带有强烈的人为色彩。与市场自主进行资源配置而形成的"自然区域产业结构"相比,这种"人为区域产业结构"表现出许多不合理问题。根据产业结构演变的客观经济规律优化区域产业结构,是中国国民经济发展过程中面临的一个关键问题。优化区域产业结构,是促进中国区域经济健

---

① 李京文、郑友敬:《技术进步与产业结构—模型》,经济科学出版社 1989 年版,第 221—222 页。

② 戴伯勋、沈宏达:《现代产业经济学》,经济管理出版社 2001 年版,第 295—296 页。

③ 江世银:《区域产业结构调整与主导产业选择研究》,上海三联书店、上海人民出版社 2004 年版,第 34 页。

康发展,实现国民经济全面、协调、可持续发展的一项重要任务。那么,判断一个地区的区域产业结构是否合理,当然需要以产业结构一般变化规律与经验法则为指导,但更要紧紧围绕区域产业结构合理化的基本原则与标准。

一是区域分工与充分发挥区域比较优势原则。区域产业结构本身就是地域分工的产物,分工对于生产力发展具有重大的促进作用。正如斯密所言:"劳动生产力上最大的增进,以及运用劳动时所表现的更大的熟练、技巧和判断力,似乎都是分工的结果。"①马克思曾精辟地指出:"一个民族的生产力发展水平,最明显地表现在该民族分工的发展程度上。"②这既包括部门、企业间和劳动内部的分工,也包括"把一定生产部门固定在国家一定地区的地域分工"。③

地区间的分工既是各具体部门之间、行业之间、企业之间和劳动者个人之间分工的发展的产物,又是这些分工进一步发展的重要前提。区域产业结构必然是地区间合理分工的产物,这种区际分工的原则依据是比较优势原则。各区域经济应重点发展那些本地拥有突出比较优势的产业,而放弃那些本地不具备优势条件的产业,建立起区域优势产业群,实现从要素优势向产业优势的转化。同时与其他地区建立起高效的分工协作体系,以实现区域资源的优化配置,实现区域经济的快速发展。

二是市场竞争原则。虽然政府可以营造适宜的产业成长环境或进行必要的引导,但区域产业归根结底是在市场竞争中发展起

---

①　[英]亚当·斯密著,郭大力、王亚南译:《国民财富的性质和与原因的研究》(上卷),商务印书馆1981年版,第5页。

②　《马克思恩格斯选集》第1卷,人民出版社1995年版,第68页。

③　《马克思恩格斯全集》第23卷,人民出版社1972年版,第392页。

来的。那些能自主成长并适应市场竞争的产业,才是区域经济发展真正的希望所在。因此,区域内特定产业的成长原则是市场竞争原则。同样,对于由众多产业构成的区域产业结构而言,其合理化的原则同样是市场竞争。

三是结构效益原则。区域产业比较优势的取得,市场竞争地位的巩固,离不开经济效益(效率)。效率低下的产业不是合理的产业,同样,结构效益低下的区域产业结构也不能称其为合理的区域产业结构。要实现区域产业结构效益,要求区域内各产业之间具备较高的关联作用程度。产业关联作用是指某一产业的发展引起其他产业部门的建立和发展的能力和水平,这种效应是通过产业间的生产经济技术联系或各产业间的投入—产出关系而表现出来的。产业间的联系程度越强,产业结构的整体效益就越大,区域经济的凝聚力也就越强,区域经济发展潜力也就越大,从而产业结构也就越合理。

四是自适应能力原则。在现代市场经济条件下,需求以前所未有的速度与规模在不断发生变化,各种意料之外的因素往往引起经济的大幅度波动。这就要求一个合理的区域产业结构,必须能对经济的波动具有较强的承受能力与应变能力,这就是区域产业结构合理化的自适应能力原则。要做到这一点,区域产业结构不能过于单一,要适当的多元化,围绕着区域优势产业部门建立起一个结构紧凑、相互协调又具有较高经济效率的区域产业经济有机体。在适当多元化的区域产业结构中,当某种产业的优势减弱或市场需求缩小时,可以比较容易地建立起新的产业部门或扩大其他产业的规模,避免因产业衰落或产业断层而产生社会经济发展的困难局面,如中国资源型城市与地区目前面临的艰难转型问题。而且,适当多元化的区域产业结构能够更充分地利用本地区各种生产要素,更好地增加社会财富,解决区域就业问题,更好地满足区域内外市场的需求。

五是可持续发展原则。可持续发展①目前已成为国际社会普遍接受的发展观,"既满足当代人的需要,又不对后代人满足其自身需求的能力构成危害的发展"已经成为人类的共识。1994年,我国作为世界上第一个发展中国家,率先制订并实施了向可持续发展模式转变的纲领性文件《中国21世纪议程——中国21世纪人口、资源、环境与发展白皮书》。随后又进一步将可持续发展作为国民经济发展的基本战略与基本国策。中共十六届三中全会进一步提出了全面、协调与可持续的科学发展观,是对可持续发展的一个重大发展。可持续发展之路的关键是要求在经济发展与社会发展过程中,实现资源的持续利用和环境保护相协调,即实现人口(P)、资源(R)、环境(E)、经济(E)与社会发展(S)的良性互动循环。虽然我国的可持续发展战略的实施取得了一定的成效,但PREES良性互动循环机制整体上还比较差,这种不甚协调在不同的区域有不同的表现形式,各区域实现可持续发展所面临的障碍与困难各有不同,各区域可持续发展能力高低不一,差距很大。共

---

①　1987年,世界环境与发展委员会在著名的《我们共同的未来》中正式提出"可持续发展(sustainable development)"战略,即"既满足当代人的需要,又不对后代人满足其自身需求的能力构成危害的发展",被国际社会得以广泛接受和认可。1992年,联合国在里约热内卢召开了"环境与发展大会",第一次使国际社会专门为可持续发展问题走到了一起。会议签署了包括《地球宪章》和《21世纪议程》在内的五个文件和条约,《21世纪议程》基本采纳了《我们共同的未来》中所提出的可持续发展观,高度凝聚了当代人类社会对可持续发展的理论结晶,将人类对环境与发展的认识提高到了一个崭新的阶段,标志着国际社会对可持续发展由概念之争转入到实践操作阶段。中国参加了里约热内卢会议所通过的所有文件及《21世纪议程》,随后即认真履行所做出的庄严承诺,并以积极而又负责任的态度制定和逐步推进可持续发展战略的实施,并将其确立为我国的一项基本国策。

同而突出的表现是经济发展与资源供给的矛盾、经济发展与生态环境的矛盾、经济发展与社会发展的矛盾,这在西北民族地区表现得更为突出。这种状况,是与区域产业结构状况密不可分的。一个区域的产业结构如果是建立在高度资源依赖基础上的,如果不是生态环境友好型的,那么发展到一定程度必然导致经济发展与生态环境之间的紧张关系,使这种拼资源、拼消耗的产业成长模式最终越来越难以为继;一个区域的产业发展如果不是以人为本的,不是建立在充分发挥人力资本的无限潜力、不是积极依靠科技进步上,那么一个区域的产业发展,特别是在中国这样一个人力资源大国,①将必然出现人口与经济发展的矛盾、人口与环境的矛盾,也必将出现经济发展与社会发展的不协调。这样的区域产业结构,不是对区域比较优势的有效利用与开发,而是对区域比较优势的虐待与挥霍。因此,中国区域产业成长和区域产业结构的合理化,必须坚持可持续发展的原则,走人口、资源、环境、经济、社会协调发展之路,必须"坚持以信息化带动工业化,以工业化促进信息化,走出一条科技含量高、经济效益好、资源消耗低、环境污染少、人力资源优势得到充分发挥"的新型工业化道路;积极推进农业产业化经营,走有区域特色的农业现代化道路;走可持续发展的现代服务业发展之路。总之,要建立绿色产业结构,建立起生态环境友好型区域产业结构,建立起以人为本的区域产业结构。

六是区域利益与国家整体利益相协调原则。区域产业结构是介于宏观经济与微观经济之间的中观经济范畴。在现代市场经济条件下,区域经济利益的相对独立性与重要性日益突出,区域利益

---

① 本文不用人口大国,是强调人口不是经济发展的负担,而是经济发展的无穷潜力所在。

冲突、区域利益与国家整体利益之间的冲突时有发生。区域产业结构的合理性要在承认区域相对独立的经济利益与维护国家宏观经济效益两者之间实现有效平衡与兼顾,正确处理好区域利益与国家整体利益之间的关系,并把它们最大限度地协调起来。

(三)区域产业结构高度化

区域产业结构在合理化的基础上,由于市场新的需求拉动、科技进步推动、竞争促发等动因作用下,劳动分工更加精细,新生的、更高层次的、附加值更高的产业会不断产生,区域产业结构根据经济发展的历史和逻辑序列顺序演进、不断达到更新的阶段或更高层次的产业结构演化过程。区域经济发展水平的提高必将伴随区域产业结构的高度化。

产业结构高度化有诸多方面的表征,郭克莎[①]认为,产业结构高度化表现在产值结构的高度化、资产结构的高度化、技术结构的高度化与劳动力结构的高度化等四个方面。在国内外对产业结构高度化研究文献中,绝大多数是选用产值比例和劳动力比例来分析产业结构高度化,并将其作为衡量产业结构高度化的主要指标。

区域产业结构优化就是指区域产业结构合理化与高度化的结合体,区域产业结构的合理化与高度化相互联系、相互促进。区域产业结构合理化是区域产业结构高度化的基础和条件,主要着眼于区域短期经济效率的实现。区域产业结构只有在合理化的基础上,才能成功实现高度化进程。脱离合理化的区域产业结构高度化,最多是人为干预的结果,是一种虚假的高度化。区域产业结构

---

① 郭克莎:《中国:改革中的经济增长与结构变动》,上海三联书店、上海人民出版社1996年版。

发展水平越高,对结构合理化的要求也就相应越高。区域产业结构高度化更多地与区域经济成长的未来或新增经济增长点相联系,与新兴、新型产业相联系,主要着眼于区域经济发展的长远利益。区域产业结构的合理化也必须在高度化的动态过程中进行。

二、中国区域产业结构问题研究述评

国内经济学者对中国区域产业结构问题,从不同的角度与学科背景出发进行了比较深入、系统的研究。比较突出的有:

郭万清主编的《中国地区比较优势分析》是国内较早研究区域产业结构问题的专著之一,该书探讨了中国各地区的相对比较优势,将中国划分为不同的经济区域,并提出了根据其优势发展各地区的产业分工布局。马洪等主编的《中国地区发展与产业政策》一书研究了中国各地区经济发展与产业政策的关系,试图运用国家产业政策和区域产业政策来形成中国的区域产业结构,以此促进区域经济进而整个中国经济的快速发展。由此引发了学术界进一步研究区域产业结构的基本思路,在学术界和实际工作部门产生了较大影响。杨建荣将产业经济学理论运用于对区域经济发展的应用分析,比较深入地研究了中国各地区产业结构问题。邓伟根在其《区域产业经济分析》一书中,分析了区域分工与区域优势,研究了区域产业结构的基本特点与产业模式,并结合广东区域产业经济发展实践进行了比较系统深入的实证研究,是一部将产业经济学与区域经济学较好地结合并进行区域产业研究的力作。李铁军在其主编的《面向新世纪的中国产业结构》中,具体分析了中国各省区产业结构调整和主导产业选择的情况,对相关省区产业结构调整的实践经验进行了总结,并对区域产业结构调整进行了战略规划。胡荣涛等著的《产业结构与地区利益分析》一书,运用有关区域经济发展理论和产业经济发展理论,研究了中国的区域产业结构,推动了对中国区域产业结构问题的纵深发展。江世银在其专著《区域产业结构调整与主导产业选择》中,运用区域经济学、产业经济学、数量经济学和国民经济学的基本原理,系统地研究了区域产业结构调整与主导产业选择的基本理论、基本方法与一般规律,初步构建了区域产业结构调整和主导产业选择的研究框架和理论体系,并以四川为例进行了实证研究。

在中国加入 WTO 后全面开放格局下,在社会主义市场经济体制不断完善的背景下,在全面建设小康社会的进程中,对中国区域产业结构问题特别是针对西部相对落后地区的产业结构问题进行深入的理论与实证研究,具有重大而迫切的现实意义。

三、区域产业结构时序演进理论及其最新进展

产业结构时序演进研究是产业经济研究中的主体内容之一,其核心是分析经济发展过程中,产业结构高度化进程规律与路径。随着众多著名学者的不断研究,迄今已形成了众多对学术界及经济发展实践产生了重大影响的理论。这些理论从不同的角度,揭示了产业结构演进的一般规律或基本趋势。

(一)配第-克拉克定律(Petty-Clark's Law)

17 世纪的英国古典经济学家威廉·配第(William Petty)在其名著《政治算术》中通过对英格兰农民与海员收入的比较以及荷兰与其他欧洲国家的产业结构与收入关系的比较研究,提出了如下观点:制造业比农业,进而商业比制造业能够得到更多的收入。

该发现揭示了产业间收入相对差异的规律性,被后人称为配第定理。可以说,是配第第一次发现了各国国民收入差异和经济发展不同阶段与产业结构的内在关系。

1957年,英国经济学家科林·G.克拉克(C. G. Clark)在《经济进步的条件》一书中,用劳动力在不同产业间的转移作为分析产业结构转变的主要指标。根据分析的需要,克拉克将全部产业部门归并为三类①:第一产业,取决于自然界自然物的生产;第二产业,加工于自然物的生产;第三产业,繁衍于自然物之上的无形财富的生产。克拉克指出,随着经济的发展即人均国民收入的提高,劳动力将首先由第一产业向第二产业转移,第一产业的就业人口比重将不断减少,当人均收入进一步提高时,劳动力便向第三产业转移,第二、第三产业的就业人口比重将增加。其原因在于经济发展中各产业之间收入的相对差异。克拉克认为,其所发现的规律不过是印证了配第的观点,与配第描述的是同一现象。因此,学术界将其称为"配第-克拉克定律"。该定律不仅可以从一个国家(或地区)经济发展的时间序列分析中得到印证,而且还可以从处于不同发展水平的国家(或地区)在同一时点上的横断面比较中得到类似的结论。人均收入水平越高的国家(或地区),第一产业的劳动力比重相对越低,而第二、第三产业劳动力比重越高;人均收入水平越低的国家(或地区),第一产业劳动力比重相对越高,而第二、

---

① 三次产业划分法的另一位创始人是新西兰奥塔哥大学教授阿·格·费希尔(A. B. Fischer),在其1935年出版的《安全与进步的冲突》一书中第一次提出了第三产业(tertiary industry)概念。费希尔教授根据发达国家经济演进的产业结构特征,把经济发展的历史过程划分为顺次推进的三大阶段,即第一产业、第二产业和第三产业,而第三产业是继第二产业之后占国民经济主导地位的产业形式。目前,经济学界一致认为费希尔与克拉克是这种理论和划分方法的创始人。

第三产业劳动力比重相对越低。

配第-克拉克定律已经成为揭示产业结构与就业结构变动的经典理论,成为产业结构理论中最著名的理论之一。从大部分国家与地区特别是较大规模经济体的经济发展实践看,该定律是基本成立的。但是对于一国内部具有非独立完整性等重要特征的区域产业结构来讲,该理论未必适用,或者其适用性将大打折扣。

(二)库兹涅茨部门结构变动理论

"GNP之父"、1971年度诺贝尔经济学奖得主西蒙·库兹涅茨(Simon Kuznets)在克拉克研究成果的基础上,进一步收集和整理了20多个国家的经济发展数据,从国民收入和劳动力在产业间的分布两个方面,对伴随经济发展的产业结构演进模式与动因进行了开创性研究。库兹涅茨把产业结构演变规律的研究深入到研究三次产业所实现的国民收入的比例关系及其变化上来,从而使产业结构演变模式与动因分析获得了较大的推进。

库兹涅茨在进行产业结构研究时,把第一、第二、第三产业分别称为农业部门、工业部门及商业部门。其中,农业部门包括农业、林业、渔业及狩猎业等;工业部门包括矿业、制造业、建筑业、电力、煤气、供水、运输、邮电等[①];服务部门包括商业、银行、保险、不动产业、政府机关、国防及其他服务业。

1. 产业结构变动的库兹涅茨模式

库兹涅茨第一次将人均GNP水平与国民经济产业结构进行了相关研究,提出了产业结构变动的一般模式——库兹涅茨模式,见

---

① 在现行的三次产业划分中,电力、煤气、供水、运输、邮电等行业被列入第三产业。

表2—1。库兹涅茨得出的分析结论是:从纵向角度看,在发达国家的增长进程中,这些部门在国民生产总值或国内生产总值或国民生产净值中所占份额的趋势是类似的,农业部门的份额显著下降,从开初几十年的40%以上降到近年来的10%以下;工业部门的份额显著上升,从开初几十年的22%—25%上升到近年来的40%—50%;以及商业部门的份额微微地而且不是始终如一地上升。①

从横断面角度对不同国家三次产业在国民经济中的比重结构变化进行分析,库兹涅茨得出了大致相同的结论。

表2—1　产业结构变动的库兹涅茨模式

	人均GNP (1958年美元)	第一产业 比重(%)	第二产业 比重(%)	第三产业 比重(%)
70	48.4	20.6	31.0	
150	36.8	26.3	36.9	
300	26.4	33.0	40.6	
500	18.7	40.9	40.4	
1000	11.7	48.4	39.9	

注释:数据来源于[美]西蒙·库兹涅茨著,常勋译:《各国的经济增长:总产值和生产结构》,商务印书馆1999年版,第118页。

2. 劳动力在产业间分布结构变动规律

库兹涅茨分析认为,总劳动力在三次产业中的分布变化趋势,与三次产业在国民生产总值或国内生产总值或国民收入中的变动趋势大致相同,只是劳动力在第二产业中所占比重的上升趋势不够明显,而在第三产业中的比重则显著上升。

---

① [美]西蒙·库兹涅茨著,常勋译:《各国的经济增长:总产值和生产结构》,商务印书馆1999年版,第330页。

3. 相对国民收入与产业结构与就业结构变动原因分析

配第-克拉克定律认为,产业结构演变的动因是各产业部门在经济发展中必然出现的相对收入差异。库兹涅茨在此基础上提出了"相对国民收入"概念①,即:

某一部门或产业的相对国民收入＝该产业在国民收入中的相对比重÷该产业从业人员在劳动力总量中的相对比重

库兹涅茨指出,产业结构演变的动因在于产业间相对国民收入的差异。第一产业相对国民收入在大多数国家都小于1,而第二、第三产业的相对国民收入则大于1;第一产业相对国民收入呈逐渐下降趋势,而第二产业相对国民收入呈上升趋势,第三产业相对国民收入一般表现为下降趋势,但劳动力的相对比重则是上升的,表明第三产业具有很强的吸纳劳动力的特性。

日本学者宫泽健一整理了库兹涅茨的研究成果,并用表的形式将其清晰地表示出来。见表2—2。

表2—2　产业发展状态的概括

	劳动力的相对比重		国民收入的相对比重		相对国民收入	
	时间序列分析	横断面分析	时间序列分析	横断面分析	时间序列分析	横断面分析
第一产业	下降	下降	下降	下降	下降(1以下)	几乎不变(1以下)
第二产业	不确定	上升	上升	上升	上升(1以上)	下降(1以上)
第三产业	上升	上升	不确定	微升	下降(1以上)	下降(1以上)

注释:引自[日]宫泽健一:《产业经济学》,东洋经济新报社1989年版,第57页。

---

①　国内某些学者称其为比较劳动生产率。如邓伟根:《区域产业经济分析》,暨南大学出版社1995年版,第165页;戴伯勋、沈宏达:《现代产业经济学》,经济管理出版社2001年版,第263页。

(三)钱纳里(H. Chenery)等人的标准产业结构模式

从库兹涅茨开始,许多经济学家利用产值结构、劳动力结构或两者同时使用的方法来研究产业结构的变动趋势或产业结构高度化进程。代表性的有钱纳里模式(见表2—3),钱纳里、艾金通和西姆斯模式(见表2—4)以及塞尔奎因、钱纳里模式(见表2—5a、表2—5b)等。

表 2—3　钱纳里模式

人均 GNP(1964 年美元)	第一产业比重(%)	第二产业比重(%)	第三产业比重(%)
70	52.2	12.5	35.3
300	26.6	25.1	48.2
600	21.8	29.0	49.2
1500	12.7	37.9	49.5

注释:表中数据来源于[美]钱纳里著,朱东海、黄钟译:《结构变化与发展政策》,经济科学出版社1991年版。

表 2—4　钱纳里、艾金通和西姆斯模式　(单位:美元;%)

人均 GNP (1964年美元)	200		300		400		600		1000		2000		3000	
	产业比重	就业比重	产业比重	就业比重	产业比重	就业比重	产业比重	就业比重	产业比重	就业比重	产业比重	就业比重	产业比重	就业比重
第一产业	36.0	58.7	30.4	49.9	26.7	43.6	21.8	34.8	18.6	28.6	16.3	23.7	9.8	8.3
第二产业	19.6	16.6	23.1	20.5	25.5	23.4	29.0	27.6	31.4	30.7	33.2	33.2	38.9	40.1
第三产业	44.4	24.7	46.5	29.6	47.8	33.0	49.2	37.6	50.0	40.7	49.5	43.1	48.7	51.6

资料来源:Chenery, Elkington and Sims, "A Uniform Analysis of Development Pattern", *Economic Development Report*, 1970, Harvard University Center for International Affairs. p. 148.

表 2—5a　塞尔奎因、钱纳里模式　（单位：美元；％）

人均GNP（1980年美元）	300以下		300		500		1000		2000		4000	
	产业比重	就业比重	产业比重	就业比重	产业比重	就业比重	产业比重	就业比重	产业比重	就业比重	产业比重	就业比重
第一产业	46.3	81.0	36.0	74.9	30.4	65.1	26.7	51.7	21.8	38.1	18.6	24.2
第二产业	13.5	7.0	19.6	9.0	23.1	13.2	25.5	19.2	29.0	25.6	31.4	32.6
第三产业	40.1	12.0	44.4	15.9	46.5	21.7	47.8	29.1	49.2	36.3	50.0	43.2

资料来源：Syrquin and Chenery, "Three Decades of Industrialization", *The World Bank Economic Reviews*, 1989, Vol. 3, pp. 152—153.

在表 2—5a 中，塞尔奎因（Syrquin）与钱纳里从三次产业结构比重与其相应就业比重的变化分析了随人均 GNP 的增长而出现的变动趋势。此外，这两位学者还从相对劳动生产率（两个产业间的劳动生产率之比）角度分析了产业结构变动趋势，见表 2—5b。

表 2—5b　塞尔奎因、钱纳里模式　（单位：美元；％）

人均GNP（1980年美元）	300美元以下	300	500	1000	2000	4000
第一产业	0.59	0.53	0.49	0.44	0.40	0.40
第二产业	3.00	3.07	2.53	2.04	1.70	1.40
第三产业	2.58	2.04	1.59	1.30	1.13	1.03

资料来源：同表 2—5a。

以上理论，基本上是在配第-克拉克定律基础上的深化发展，贯穿其中的主线是收入水平的变动与产业结构（就业结构）变动之间的经验关系。

由于现代化的进程在很大程度上被人们认为就是工业化进程，工业化进程必然伴随着结构的重大调整。这种结构调整，不仅反映在三次产业结构的变动上,也反映在工业内部结构的调整上。因此,有些学者如钱纳里、霍夫曼(W. Hoffmann)等从工业化阶段与产业结构变迁以及制造业内部结构变迁的角度,来研究产业结构变动规律或趋势。

(四)钱纳里工业化阶段理论

美国经济学家钱纳里等在《工业化和经济增长的比较研究》中,通过对 34 个准工业国经济发展的实证分析,提出任何国家和地区的经济增长都会规律性地经过三个阶段六个时期,从任何一个发展阶段向更高阶段的跃升都是通过产业结构的转化来推动的,产业结构与经济发展阶段存在着内在的联系。由于钱纳里主要是围绕着工业化进程来研究经济发展阶段演进与产业结构变动之间关系,所以被学术界称为钱纳里工业化阶段理论。该理论可以概括为:经济增长是经济结构(其核心是产业结构)转变的结果;结构转变与人均收入水平存在规律性联系,在不同收入水平上,经济增长形成了既相互关联又有区别、具有不同增长内容的阶段,其中,重化工工业品的发展又可分为以原材料工业为重点和以加工型工业为重点的两个不同阶段,在这一增长过程中,经济增长具有加速趋势;当经济发展在完成工业化任务而进入到成熟经济(或发达经济)以后,增长速度会出现明显回落。当然,上述过程会因各国的历史背景及现实中所面对的国际国内条件不同而表现出一些差别,但其所揭示的一些基本经济关系则具有普遍意义。在他们借助多国模型提出的增长模式中,随人均收入增长而发生的结构转变过程可划为初级产品生产、工业化和发达经济三个阶段,工业化又分前期、中期和后期三个阶段。钱纳里工业化阶段理论可以用表 2—6 表示。

表 2—6 钱纳里等经济发展阶段与产业结构变动的关系

发展阶段		人均GDP$_1$（美元/人）		人均GDP$_2$（元/人）	总需求结构		
		1970年美元	2000年美元	2000年人民币	初级产品	制造业产品	服务业产品
前工业社会		140—280	552—1103	2208—3436	38	15	47
工业化社会	工业化前期	280—560	1103—2206	3436—8824	21	24	55
	工业化中期	560—1120	2206—4413	8824—17652	9	36	54
	工业化后期	1120—2100	4413—8274	17652—33096	4	34	62
发达经济	初级阶段	2100—3360	8274—13238	33096—52952			
	高级阶段	3360—5040	13238—19858	52952—79432			

资料来源：根据钱纳里等：《工业化和经济增长的比较研究》（上海三联书店、上海人民出版社 1995 年版）第 71、72、75 页表整理换算。其中，1970 年 1 美元相当于 2000 年 3.94 美元；2000 年人民币与美元比价按照购买力评价法 1:4 计算。

（五）霍夫曼定律

德国经济学家霍夫曼是经济学说史上较早且较为著名的研究工业化过程的学者。他在 1931 年出版的《工业化的阶段与类型》一书中，将工业产业分为消费资料工业、资本资料工业与其他工业三类。

霍夫曼认为工业化水平最重要的衡量标准是消费资料工业净产值和资本资料工业净产值之间的比例关系，这一比例被称为"霍夫曼系数"或"霍夫曼比例"。依据对近 20 个国家的时间序列数据的实证研究，霍夫曼认为，尽管许多国家的国情不同，但工业化的进程都有这样的趋势:食品和纺织等消费资料工业总是最先发展,冶金和机械等资本资料工业随后得到发展,但发展速度却快于前者。随着工业化的进程,消费资料工业净产值与资本资料工业净产值之比呈不断下降的趋势。这就是著名的"霍夫曼定律"。根据这一趋势,霍夫曼把工业化进程分为四个阶段,在第一个阶段,消费资料工业在整个制造业中占有优势地位,其净产值平均为资本资料工业净产值的五倍。到了第四阶段,情况发生逆转,后者开始大于消费资料工业净产值,见表2—7。

表2—7 霍夫曼的工业化阶段

工业化阶段	霍夫曼系数(括号内数字表示以括号前数据为基准允许的波动幅度)
第一阶段	5(±1)
第二阶段	2.5(±1)
第三阶段	1(±1)
第四阶段	1以下

霍夫曼定律也遭到许多经济学家的反对或质疑。如梅泽尔斯(A. Maizels)认为,霍夫曼系数在应用上有两大问题:一是仅从工业内部比例关系来分析工业化进程是不全面的;二是忽视了各国工业在发展过程中必然会存在的产业间生产率的差异。例如,虽然新西兰与韩国的霍夫曼系数相同,但两者明显不处于同一工业化阶段。库兹涅茨认为资本资料工业优先增长的结论是无根据的,在美国经济中看不出霍夫曼定律。日本经济学家盐野裕一指出霍夫曼分类法不科学的一面,它实际上排除了工业中既非消费资料也非资本资料的"中间资料"部门。盐野裕一运用国民收入统计中的"商品流动法"重新计算了霍夫曼系数,对霍夫曼定律进行

了修订,发现凡是人均国民收入在 200—300 美元的国家,霍夫曼系数是稳定不变的,处于该水平以下的国家,霍夫曼系数呈下降趋势。可见,霍夫曼定律仅适用于工业化初期。

(六)产业结构时序演进的最新理论研究

产业结构是动态的,时刻都在发生变化。需求的变动与科学技术的发展,使得市场创新、技术创新、制度创新、产品创新等层出不穷,引致新行业的诞生,引起产业间的不平衡增长导致产业间数量比例的变化以及产业间相互地位、相互关联方式的变化,这就是产业结构的演变。产业结构演变是一个从量变到质变的渐进过程,当量变达到一定程度,产业结构就会发生质的变化。这意味着新的主导产业(群)取代了旧的主导产业(群),新的产业关联方式和数量比例形成,产业结构进一步高度化,从而使产业结构进入了一个新的更高的水平。

以上众多学者从不同的角度对产业结构演变的模式与规律进行了深入探讨。二战以后兴起的第三次科技革命浪潮以及战后西方发达国家长达几十年的社会经济繁荣,深刻地改变了传统的产业结构,在一定程度上影响了产业结构演进的传统模式与路径,并出现了一系列新的变化。从而为产业结构演进理论研究提供了崭新的历史素材,也对理论研究提出了新的要求。在新的时代背景下,一些学者在深化产业结构演进理论研究方面作出了新的贡献。

1. 后工业社会(post-industrial society)研究

美国学者丹尼尔·贝尔(Danlel Bell)[1]在 1973 年提出了包含

---

① ［美］丹尼尔·贝尔著,王建民译:《后工业社会的来临》,商务印书馆 1986 年版。

五大基本特征的"后工业社会"概念。其中强调,在经济上,后工业社会将由制造业经济转向服务业经济。贝尔十分强调当时既已突飞猛进的科学技术革命的重要意义,认为后工业社会的经济技术是"以科技为基础的工业"。在后工业社会中,理论知识将居于社会的主导地位,是社会革新和制订政策的源泉。贝尔的观点对20世纪末兴起的"知识经济"具有极其深刻的含义。

2. 软化经济(soft economy)研究

随着二战以后科技革命的不断深入,为新兴产业部门的形成提供了有利条件,而且对原有产业的结构性变化也产生了巨大影响。1983年9月,日本专门成立经济结构变化与政策问题研究会,首次提出"软化经济"概念,并用以说明产业结构软化等问题。

产业结构软化有两层含义:

一是整个产业中软产业的比重上升,而硬产业比重下降。对软、硬产业划分的标准存在不同观点,有的学者简单地把第一、第二产业称为硬产业,将第三产业称为软产业;也有学者提出按软化率高低来划分。软化率是指投入构成中非物质的投入所占的比率,有两种不同的计算方法:

软化率(A) = 非物质投入 ÷ (非物质投入 + 物质投入)

软化率(B) = (非物质投入 + 工资费用) ÷ 生产额

在日本,把软化率(B)在60%以上者称为高软化产业,40%—60%者称为低软化产业,而低于40%者则被视为硬产业。产业结构的软化就是指软化产业比重上升。

二是即使在所谓硬产业中,其软的部分也在日益扩大。随着知识技术密集程度以及信息控制程度的提高,第一、第二产业的生产职能在整个经济活动中比重相对下降,而调查计划、研究开发、维修保养、宣传广告等服务性职能所占比重上升。

3. 新经济（new economy）与知识经济（knowledge based economy）论

美国《商业周刊》在 1981 年 6 月 1 日第一次提出了"新经济"概念，"或许自第二次世界大战之后，美国经济从来没有像今天这样令人迷惑，这是一种由新的规则支配的重新构建的经济……正创造着一种新经济，一种对经济波动更有抵抗力、能够大大增加就业机会的经济。"[1]当时，《商业周刊》所描述的新经济的主要特征是服务业的增长而不是新技术。1982 年后美国经济持续几年的迅速反弹，引起了人们对新经济概念的关注。1985 年 1 月 21 日《商业周刊》为"20 世纪最具革命性的经济变革——服务业和高科技'新经济'的出现"出版了专刊。1986 年，《美国新闻》（U. S. News）的封面上出现了"勇敢的新经济"标题，同一年，《财富》（Fortune）也在其封面上使用了"美国新经济"的说法。许多学者也开始了对"新经济"的研究。当时美国对新经济的理解，还主要与第三产业的发展密切相联，当时美国的第三产业早已成为其经济中最大的成分。罗纳德·K. 谢普与加里·W. 哈特（Ronald K. Shelp and Gary W. Hart）在《理解新经济》的文章中，分析了服务业经济新需求的特点，建议政府加强教育和职业技术培训，因为服务业的发展带来了对更优秀劳动者的需求。新经济观念在 20 世纪 80 年代末在美国获得了广泛的认可。

20 世纪 90 年代后期美国经济的快速增长和股市的空前繁荣给新经济概念前所未有的说服力。美国主要的经济或金融出版物把美国变化中的经济描绘为"新产业革命"，"这是毫无疑问的第二

---

[1]　Slow Growth, "An Inflation Bias or a New Dynamic", *Business Week*, June 1, 1981, p. 60.

次产业革命，它将改变人们生活的每一个角落。"当时的美联储主席艾伦·格林斯潘（Alan Greenspan）认为美国经济中已经发生了一个世纪中可能只会发生一两次的本质变化。

美国新经济概念提出以来，从最初的强调服务业作用发展到后来的服务业与高新技术特别是信息技术（互联网）并着重强调后者的重要性。《商业周刊》认为新经济始终基于两大因素：全球化和信息技术进步。《华盛顿邮报》（The Washington Post）1997年所给出的新经济定义中，在这两个因素之外又加入了减少政府干预和企业重组。到了1998年和1999年，新经济概念越来越偏重于强调基于互联网技术的经济形态。美国经济学界许多学者认为，美国20世纪90年代以来经济的持续快速发展，在很大程度上是由于新经济的发展。

新经济论是对美国20世纪80年代以来信息化进程在社会经济领域所产生的广泛影响的理论反映。新经济在很大程度上有力地促进了产业结构的演进，促生了一大批崭新的产业。

当然，也有一些学者对新经济论提出了质疑，如杰夫·马德里克（Jeffrey Madrick）认为，新经济是个谎言，20世纪90年代美国经济的快速增长以及生产率的迅猛提高，其原因"不是基于成熟信息技术的'新经济'的崛起那样简单。"技术因素并不像人们想象的那样可以决定一切，而市场规模和信息传播才是经济增长的首要原动力，才是真正的繁荣之源。

在战后科技革命的浪潮中，德鲁克（Peter F. Drucker）在1959年率先提出了"知识经济"概念，马克卢普（F. Machlup）在1962年首次提出了"知识产业"（knowledge industry）概念，包括教育、研究与开发、信息沟通中介、信息处理设备、信息处理与服务等五个部门，对信息化发展及知识产业的发展进行了极具预见性的分析，给予世界发达国家的有识之士极大冲击。正如肯雷思·E. 保尔丁格(K. E. Boulding)教授在《知识产业》书评中所描述的那样："知识产业的概念如同炸药包一样，会把传统经济学甩到半空。"1963 年，日本学者梅卓忠夫在其《信息产业论》中明确指出，今后产业发展的动向是信息产业时代。1973 年，丹尼尔·贝尔在《后工业社会的来临》一书中强调信息和知识将是后工业社会的关键变量。1982 年，约翰·内斯比特(John Naisbitt)在《大趋势》一书中认为，在信息社会中，价值的增长是通过知识实现的。保罗·罗默(Paul Romer)1986 年提出了"新增长理论"，认为知识已经成为经济活动中最重要的生产资料，成为经济增长的关键。1990 年，阿尔文·托夫勒(Alvin Toffler)在其著作《力量转移》中，提出影响人类社会的三种力量由低级到高级依次是暴力、金钱和知识。其中，知识将是影响现代社会力量转移的终极力量，而且将会是企业的最终资源。美国信息探索研究所(The Institute for Information Studies)在其出版的《1993—1994 年鉴》中，以《知识经济：21世纪信息时代的本质》为总标题，发表了六篇论文，在第一篇《技术在信息时代的地位：把信号转为行动》中明确提出：信息和知识正在取代资本和能源而成为创造财富的主要资产，正如资本和能源在 200 年前取代土地和劳动力一样。1994 年，C. 温斯洛和 W. 布拉马(C. Winslow 和 W. Bramer)在其合著的《未来工作：在知识经济中把知识投入生产》一书中，对知识经济的内涵与外延进行了较为完整的论述。

　　经过以上众多学者多年来的研究努力，人们对知识经济的认识越来越深入，并逐渐成为一种比较系统的理论。在此背景下，经济合作与发展组织(OECD)于 1996 年发布了《以知识为基础的经济》研究报告，对知识经济的内涵进行科学界定，即知识经济是指以现代科学技术为核心的,建立在知识和信息的生产、传播、使用和消费之上的经济。OECD 估计其主要成员国 GDP 总值的 50% 以上是以知识为基础的,并在其《科学、技术和产业展望报告》中最后总结到:"事情已使人们越来越清楚:知识是支撑 OECD 国家经济增长的最重要因素。"

此后,知识经济概念在世界各国引起了强烈的反响,成为许多国际会议的重要议题,并得到许多国家和国际组织的认可与采纳。例如,1997 年美国政府、1998 年世界银行分别接受了"知识经济"这一概念,用其来描述知识和信息起主导作用的"新经济",并明确宣称世界正在进入知识经济时代。知识经济也引起了我国学术界与政府的广泛关注,并在 1998 年以后在中国掀起一场大规模的知识经济研究与宣传热潮。

知识经济的迅速发展,使知识成为新的经济资源和消费基础,构成了以人力资本和创新为核心的新的生产力系统,缩短了产品生命周期,导致产业经济发生深刻的变化,加速了产业结构的演进步伐。知识经济使科学研究与教育在国民经济发展过程中处于极其重要的地位,在促进传统的三次产业获得较高程度的知识化并促进其快速发展的同时,知识经济不断创造出新的产业,如信息科学技术产业、生命科学技术产业、新能源与可再生能源科学技术产业、海洋科学技术产业、有益于环境的高新技术产业、新材料科学技术产业、空间科学技术产业、软科学技术产业等获得了高速发展,并在国民经济中处于较高比重。此外,在发达国家,已经出现了许多完全基于知识的产业,如软件开发业、咨询业、电子商务等,这些产业很难纳入现有三次产业的结构框架中,有的学者直接将其划入"第四产业"。

知识的产业化和产业的知识化将是知识经济下产业结构演进的主要特征,传统产业衰落或被更新替代的速度将加快,新产业的出现将层出不穷,并将在短时期内迅速成长壮大。知识产业将成为产业经济发展的主导力量。

四、产业结构空间演进理论

产业结构演进是在特定的时空之内进行的,时序演进与空间推移是统一的有机体。对产业结构空间演进的理论研究,主要着眼于不同的产业对区位的要求或产业的区位布局,产业的区域推移与扩散,或者是如何对待一国经济增长过程中的区域间产业发展的关系等方面。实际上,绝对优势说、比较优势说、要素禀赋说等理论就包含着产业在不同区域的分工布局或因优势或禀赋的演变而相应的产业调整问题。在区域经济学中关于区域经济成长的众多理论中,都或多或少地涉及到产业结构的空间推移问题,为理解产业结构的空间演进具有较高的理论启发价值。当然,其中许多理论观点的初衷并非是直接着眼于产业结构的空间演进问题。

(一)区位论对理解产业结构空间推移的启示

区域经济学中的区位理论主要包括 19 世纪以德国经济学家冯·杜能"农业区位论"为代表的古典区位理论,以及在此基础上相继形成的韦伯(Alfred. Weber)"工业区位论"、克里斯塔勒(W. Christaller)"中心地理论"和廖什(A. Losch)"市场区位论"。

冯·杜能的"农业区位论"①实际上涉及了不同产业在中心城

---

① [德]冯·杜能著,吴衡康译:《孤立国对农业和国民经济的关系》,商务印书馆 1998 年版。

市与其周边区域之间的空间分布与演进、农业在城市周边区域不同区位的分布与演进两个层次的产业结构演进问题。前者强调工业制成品与农产品生产的分工布局问题,后者强调农业中不同行业因运输成本或地租的因素以城市为核心的区位分布问题,其产业结构的空间演进呈现出一个以城市(市场)为中心的向心环带状的格局,这就是著名的"杜能环"。杜能的研究,开创了区位论中也是产业空间布局的两个重要规律——距离衰减法则与空间相互作用原理,揭示了农业内部结构的空间演进规律。

韦伯的"工业区位论"[①]围绕构成最小费用点的运输指向、劳动力指向、集聚指向(集中分散指向),分析了如何将区位因子进行合理组合,使企业成本和运费最低。实际上也涉及了对区位要求不同的各类企业(从而各类产业)的空间演进法则。特别是其中所提出的三种集聚地域经济类型:地方化经济、城市化经济与中心区工业,更是不同产业组合在区域空间上的三种典型分布,产业结构由边缘区的高度化专业化经济向中心区的综合产业经济逐次演变。

克里斯塔勒"中心地理论"[②]根据德国南部地区乡村聚落的市场中心和服务范围的实验观察研究,分析了市场区形成的经济过程,得出了三角形聚落分布、六边形市场区的区位标准化理论,从聚落与市场的区位确立了其中心地理论(也称中地论)。廖什把克里斯塔勒的地域框架扩大应用于产业的市场区位方面,创立了服从利润最大化原则的、以市场为中心的市场区位论和作为市场体

---

① J. Friedrich, *Alfred. Weber's Theory of the Location Industry*, University of Chicago Press, 1966.

② [德]沃尔特·克里斯塔勒著,常正文、王中兴等译:《德国南部中心地原理》,商务印书馆 1998 年版。

系的经济景观,从而首次将需求因素作为主要空间变量引入区位分析。

廖什[①]在详细研究市场规模与市场需求结构对产业配置影响的基础上指出,在需求规模一定的情况下,拥有较大需求规模的区位必然会对产业配置产生更大的吸引力。中地论与市场区位论使区位理论实现了由点、线到面的升级,其所反映的产业结构演进内容也实现了由农业、工业布局演进向服务业演进的转变,反映了产业结构升级的客观需求。中地论与市场区位论被应用到荷兰、联邦德国、加纳、以色列等国的城镇与产业布局规划实践,产生了较好的效果。

以上区位论理论演变中所包含的空间经济分析或产业的空间分布与演进,与产业结构的时序演变进程是相吻合的。

(二)区域经济均衡配置理论

苏联经济学家 H. H. 涅克拉索夫在分析区域经济学在社会科学体系中的地位时指出:"社会主义基本经济规律和社会主义经济有计划发展规律的作用,也完全适用于区域经济学。认识和揭示这些规律在组织区域经济过程中的作用,是区域经济学最重要的方法论任务。"[②]在具体研究区域经济发展问题上,他认为:"在对全国区域体系的经济结构进行科学评价时,均衡各地经济发展的原则具有重要意义。在苏联经济发展的每个阶段上,各地区经济发展水平总是随着大型基本建设规划的实现和新企业配置而发

---

①　[德]奥古斯特·勒施著,王守礼译:《经济空间秩序》,商务印书馆 1995年版。

②　[苏]H. H. 涅克拉索夫著,许维新、许晶心译:《区域经济学:理论、问题、方法》,东方出版社 1978 年版,第 33 页。

生相应的变化。……同时,在总的经济综合体中,必然存在着某些地区先进一点,而另一些地区落后一点的现象,因此,必须系统地分析和比较各地区的经济发展水平,并根据全国生产力发展的需要提出有关的改进建议。"①这套理论主要根据马克思对当时资本主义生产分布的不平衡规律的理论分析,强调社会主义的根本目的在于不断提高人民的物质文化生活水平,从而强调社会主义生产布局规律是平衡协调发展规律,尽快消灭地区间差别。它是传统的社会主义国民经济有计划、按比例发展规律在区域经济发展理论中的具体应用与延伸。区域经济均衡配置理论暗含的产业结构空间演进观实际上是,各区域进行类似的产业布局,产业结构在所有区域内相对一致。

(三)发展经济学中的区域经济平衡发展理论

发展经济学中的平衡发展理论以罗森斯坦–罗丹(Paul Rosenstein-Rodan)②、纳克斯(R. R. Nurkse)③、刘易斯(W. A. Lewis)、西托夫斯基(T. Scitovsky)等人为代表人物,前两者较强调需求平衡,后两者强调供给平衡。他们复活了经济学说史上的"马尔萨斯均衡原理","马尔萨斯均衡原理"是用均衡理论来说明经济发展初期的贫困状态。他们认为,增加生产要素的供给和生产要素的配置是经济发展的两个基本问题,而在劳动无限供给以

---

① [苏]H. H. 涅克拉索夫著,许维新、许晶心译:《区域经济学:理论、问题、方法》,东方出版社 1978 年版,第 34—35 页。

② 罗森斯坦–罗丹:《东欧和东南欧国家的工业化问题》,《经济学杂志》,1943 年 6—9 月号;《"大推进"理论笔记》,载 H. S. 埃利斯主编:《拉丁美洲的经济发展》,圣马丁出版社 1966 年英文版。

③ 罗根纳·纳克斯:《不发达国家的资本形成问题》,牛津大学出版社 1967 年英文版。

及其他假定下,这两个问题又常常被简化为增加储蓄和投资选择。不发达国家或地区的经济落后是区域内部经济力量作用的结果,它们不仅存在投资供给(即储蓄)困难,在投资需求(即诱导)方面也存在难题。因此,平衡增长理论提出,应在部门、地区之间平衡地投资,谋求平衡的增长,用大规模的社会预投资本,在各个相关的行业或地区同时形成相当数量的固定资本,并同时形成相当规模的产品、市场,从而减轻落后部门(或地区)对先进部门(或地区)的牵制力,以达到"大推进"(big push)的目的。平衡发展理论强调任何实质性的区域差异现象都是暂时的,一定条件下,只要存在完全竞争的市场,资本和劳动的逆向运动可实现总体效率与空间平等的最优组合,社会总体效率没有必要付出损失的代价。因此,他们主张在区域内均衡布局生产力,特别是工业生产力,通过在地域上的全面铺开,齐头并进,实现区域经济的均衡发展。

罗森斯坦-罗丹的大推进模型认为,如果为了获得经济发展的成功机会,必须为发展分配最低水平的资源。引导一个国家进入自我持续增长阶段与使飞机起飞有点相似,为了使飞机在空中飞行,必须超过临界陆地的临界速度。最低限度的投资总量是成功的必要条件,虽然不是充分条件。为此,他提出了大推进理论,或称经济发展中的"大推进"模型。

传统的静态均衡理论与大推进理论存在三点区别。第一,这种理论基于对生产函数不可分割性和非占有性更为真实的假设,它强调收益和外部经济;第二,这种理论意在寻找达到均衡的道路。在静态的均衡理论中,在某个时候净投资为零。而增长理论主要是投资的理论;第三,除了投资的风险和不完善特点外,不发达国家市场不完全程度要大大高于发达国家。价格机制在不完全的市场中根本不可能成为引导一个完全竞争经济达到最优状况的信号。大推进理论主张进行大规模的基础设施建设,基础设施就相当于"社会分摊资本",实现各部门、各地区平衡发展。这样一来,就需要保证资金来源,有人出面协调组织。所以该理论强调指出,发展规划的关键任务是筹集充足的资本,并使失业和就业不足的人们集中起来,为工业化目标服务。为了达到工业企业的最优规模,工业化的地区必须足够大。这就要求通过对互补工业群的同时计划来完成有计划的工业化。罗森斯坦-罗丹认为,促进工业化的因素并不是贸易条件,而是由于工业的外部经济条件大大优于单一农业经济。他本人不同意自力更生增长或内向型工业化战略,而是主张在工业化中谋求国际投资、形成利用国际劳动分工和优势的工业化模式,那样最终会为每个人生产更多的财富。同时,为了进行发展规划协调,罗森斯坦-罗丹认为必须要建立有系统的行之有效的国家计划,把希望寄托于发展中国家的政府身上,由它来制定并执行平衡发展计划。

大推进方式的基础在于大量不发达的农业地区的弥漫——过度的耕种人口,在大量人口流动和再就业行不通的条件下,衰落地区经济最为重要的方面是在工业化过程中,使设备和资本的流动指向劳动者,而不是使人口向资本流动。罗森斯坦-罗丹在其大推进理论中主要对四个主题进行了深入的研究。一是隐蔽失业和就业不足,他提出了对隐蔽失业新的表述和测定方法,这种方法集中于对直接的静态过剩现象进行衡量——这是一种了解一切条件都不变时从农业中转移出的人口总量(每年 48—50 周)而不至于对产出造成任何影响的经验抽样法,他估计有三种类型的就业不足:与真正的隐蔽失业相同的可移性的就业不足,不可移的摩擦性失业,季节性的就业不足;二是资金的外部经济性。企业收益的增加不仅在于其规模的增加,而且也在于整个产业和整个工业体系的增长,在于消费的不可分割性和生产函数的不可分割性,只有这样才能增加收益。需求的不可分割性或互补性意味着在现实生活中不同的投资决策不是相互独立的。由于市场不确定,投资的项目通常冒很大的风险。但如果投资是广泛展开的,那么对单项投资而言不存在的事情就会发生——新的产品的消费者会结成相互关联的链条,互补的需求会减少投资的市场风险。从这个意义上讲,减少风险是外部经济性的效果之一,当这种孤立投资的风险减少之后,自然会提高对投资的刺激。低收入国家的低需求弹性使迎合需求变得更加困难,在市场规模很小的国家内,供给迎合需求的困难要比国内市场规模大并仍在扩张的国家大得多。需求的互补性会减少投资增加和多样化的边际风险,但对于单个投资而言,它不起什么作用。因此,存在一个新投资的最低界限,只有超过这个界限,需求的互补性才产生作用;三是社会资本问题,不可分割性和外部经济性最重要的例证是社会资本,虽然成长周期长的产业产出慢,但会为其他工业投资创造机会。对整个经济提供这类"成本费用"要求,在每项基础设施中都需要数额巨大的低限投资和不同工业混合才产生的不可减少的社会效用低限。社会资本花费的大量初始投资为互补的、产出快的直接性生产投资的发展提供了必要的条件,罗森斯坦-罗丹把这种不可分割性看作是发展的主要障碍。低收入国家储蓄供给的不可分割性同样被认为是一个主要问题,为了提供起码的巨额,收入增加带来的边际储蓄率必须高于平均储蓄率。储蓄供给价格的零弹性(或者低弹性)和储蓄的高收入弹性可以不严格地称为"第三种不可分割性";四是技术的外部经济性,技术外部经济性的源泉是劳动力训练。"工业化的首要任务是把(东欧的)农民转变为全日和半全日工作制的产业工人所要进行的技术训练。自由放任的机制在这方面起不到丝毫作用。它之所以失效,就在于私人企业家如果投资于劳动训练,他可能不会赢利。在工人身上没有抵押品——如果他训练的工人与别的企业签约,这位私人企业家就会使自己的资本受到损失。虽然这种投资于私人不利,但对国家却大有益处。它对整个工业的建立也有好处,虽然对于小团体而言意味着不可负担的投资。"①

不可分割性、外部经济加上劳动力训练的技术外部经济性是罗森斯坦-罗丹所提倡的、以整体的、综合的"大推进"方式跳过"发展的经济障碍"的主要理论依据。

总之,从产业结构的空间演进角度看,区域经济平衡发展理论主张政府在区域产业发展方面,发挥主导作用,强调应在部门、地区之间平衡的投资,谋求平衡的增长,用大规模的社会预投资本,在各个相关的行业或地区同时形成相当数量的固定资本,并同时形成相当规模的产品、市场,从而减轻落后部门(或地区)对先进部门(或地区)的牵制力,以达到"大推进"的目的。主张在区域内均衡布局生产力,特别是工业生产力,通过在地域上的全面铺开,齐头并进,实现区域经济的均衡发展。因此,产业结构的空间演进尤其是其中的基础设施产业、工业应具有同一性。虽然该理论在经济发展中面临一定的现实障碍,但其对于通过产业配置而加快落后区域发展的观点,仍具备较强的说服力。

(四)佩鲁(F. Perroux)的增长极理论

区域经济活动趋向于集中在发展极的思想,是由廖什最早

---

① 罗森斯坦-罗丹:《东欧和东南欧国家的工业化问题》,《经济学杂志》,1943年6—9月号,第202—221页。

提出的,但对其进行系统、深入表达的则当推佩鲁。1950年,佩鲁在法国《经济学季刊》上发表了《经济空间:理论和应用》一文,提出了著名的增长极理论。佩鲁以抽象的经济空间为出发点,把抽象的经济空间定义为经济变量的结构关系,并将其分为统计学上的统一或均质经济空间、作为势力场的经济空间、计划空间或政策运用的经济空间等三类。佩鲁把其中的第二类作为分析的重点并且认为经济增长应该是不同部门、行业或地区按不同速度不平衡增长的。主导产业部门和有创新能力的行业集中于一些大城市或地区,以较快的速度优先得到发展,形成“增长极”。这种主导产业,佩鲁称之为“推进型产业”,它们会通过其吸引力及扩散力不断地增大自身的规模并对所在地区和部门发生支配影响,使所在地区迅速发展壮大,进而带动其他部门和地区的发展。那些被带动发展的产业,佩鲁称之为“被推进型产业”。佩鲁认为推进型产业和被推进型产业通过建立非竞争性的联合机制,会在一定地域上聚集。

20世纪60年代中期,佩鲁的学生,法国著名经济学家布代维尔(J. R. Bouldeville)重新探讨了经济空间的含义。他认为,经济空间不仅包括与一定地理范围相联系的经济变量之间的结构关系,而且也包括经济现象的地域结构关系。布代维尔将区域划分为三类:一是均质区域,在这种经济空间中,每一组成部分或地域彼此间都有尽可能相近的特性;二是极化区域,极化区域内的不同部分通过增长极相互关联、相互依存;三是计划区域,一般指实际存在的关联区域,它是政府的计划、政策实施地区,在性质上更富有政治性。一般而言,计划区域和极化区域是大致协调的,但由于极化区域随着时间的变化其范围不断变化,因此在时间上要保持计划区域与极化区域的协调存在相当的难度。[①] 布代维尔主张,通过最有效地规划配置增长极并通过其推进工业的机制,来促进区域经济的发展。

增长极理论的实质是强调区域经济发展的不平衡性,尽可能把有限的稀缺资源集中投入到发展潜力大、规模经济和投资收益高的少数地区,形成经济发展中的增长极,并不断强化增长极的经济实力,同周围其他地区形成一个势差,通过市场机制的传导以引导整个区域经济的发展。

增长极理论的问世,引起了许多经济学家的进一步探讨。许多国家把增长极理论作为制订政策的依据,把增长极理论运用于增长战略、区域规划和区域政策。由于每个国家或地区所强调的重点不同,增长极理论被赋予的内涵也不同。增长极理论的产生与发展,特别是由抽象的经济空间拓展到地理空间,表明经济空间既存在功能极化,也存在地域极化。极化过程不仅是一个自组织的过程,即可以由市场机制的自发调节引导企业和行业在某些大城市和地区聚集发展而自动建立增长极,而且也是一个可控过程,政府可以通过经济计划和重点投资来主动建立增长极。前者是增长极的理论基础,后者是增长极的应用基础。增长极理论所揭示的产业结构的区域演进模型是:

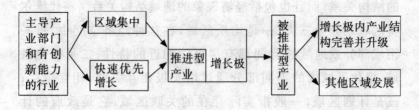

---

① [美]吉利斯著,黄卫平译:《发展经济学》,中国人民大学出版社 1998 年版,第 64 页。

(五)艾伯特·赫希曼(A. O. Hirschman)的不平衡增长理论

艾伯特·赫希曼于1958年出版了具有开创意义的发展经济学经典著作《经济发展战略》一书,提出了不平衡增长理论,反对当时具有广泛影响的"平衡发展"或"大推进"工业化理论。

艾伯特·赫希曼认为平衡增长理论不能作为一种发展理论,发展通常是指从某一经济形态到更进步经济形态的变动过程,但这个过程却被平衡增长理论认为无望而放弃了。他认为在不发达状态下的均衡中,任何一点的突破都困难重重,必须把一个全新的、自成体系的现代工业经济,迭置在停滞的、同样自成体系的传统经济部门之上。艾伯特·赫希曼认为平衡增长理论最奇异之处是以下两者的结合:它对不发达经济的能力持失败主义的态度,而同时对其创造能力却寄予完全不切实际的期望。它假定一国的人民无法做任何这类事情,因此对经济改变都不感兴趣,而安于现状,但又期望其能够集结充分的经营人才,来同时建立一大群各种工业以相互吸收消化各自的产品。这个理论的应用,需具备大量那些在不发达国家被一致认为往往是供给非常有限的能力。

艾伯特·赫希曼认为平衡增长理论本质上是一种回顾性的比较静态学的运用。事实上,发展确实是按照主导部门带动其他部门增长,由一个行业引发另一个行业增长的方式进行的。换句话说,两个不同时点上形成的两幅静止图像所显示的平衡增长,是一些部门追随某一部门一系列不均衡进展的最终结果。如果追随部门的发展超过了它的目标,将引发其他部门进一步发展。这种跷跷板式的增长,与各业齐头并进的"平衡增长"相比,好处是给诱导性投资决策留有充分的余地,因此使我们主要的稀缺资源得到节约。他认为:"如果要从一种均衡状态(直接)过渡到下一均衡状态,由于我认为理所当然存在着的不连续与不可见性,'大推进'或'最小关键努力'是必不可少的。但是,如果我们假定刺激发展的不均衡这一中介状态至少维持一段有限的时间,那么我们就可以设法将大推进分割为一系列更小的步骤。换言之,我赞同将既定最小规模的经济核心结为一体的力量,用于建立这些核心。"①在各部门不平衡发展的过程中,诸如教育、公用事业等私人企业不愿问津的部门在供给上发生困难时,公共当局便会有一种"要有所作为"的紧迫感。市场力量加上非市场力量可以修正不平衡。发展就是一种不平衡的连锁演变过程。

艾伯特·赫希曼进一步认为,在经济增长区域表现方面,经济进步不会在所有地方同时出现,而且它一旦出现,强有力的因素必然使经济增长集中于起始点附近地域。不论是什么理由,一国要提高其国民收入水平,必须首先发展其内部一个或几个地区中心的经济力量。在发展过程中,需要这些"增长点"或"发展极"的出现,国际间与区域间增长的不平衡性,是增长本身不可避免的伴随情况和条件。因此,从地理的角度看,增长必然是不平衡的。然而,当区域的配置很明显地揭示出增长的不平衡时,却可能表现不出增长处于最佳状态的情形。

艾伯特·赫希曼提出了"极化效应"(polarized effect)和"淋下效应"(tricking-down effect)的概念,通过"淋下效应"与"极化效应"显示的市场力量,如果导致极化的暂时优势,周密的经济决策将应运而生,以改变这一状态。

公共投资在区域间的分配,是经济决策影响一国不同地区成

① 参见《加入不稳定性:赫希曼的经济发展战略》,载《经济发展与文化变革》第八卷第四期(1960年7月),第433—440页。

长速度的最显著的方法。这种分配主要有分散或集中于增长区域以及促进落后地区的发展三种不同方式。引导大量资金投向一个国家比较落后的地区，与其投向自发性增长已经明确的、迫切需要公共投资的地区相比，自然会增加投资失误的风险。而最明显而且风险最小的途径是使其具备增长地区一样良好的运输体系、电力供应及其他社会基本投资设施。但是由于缺乏企业家组织以及由于这些投资所导致的诱发机制的随意性，这并不是引导落后地区发展的最有效的方式。某些公共设施方面的投资是必不可少的，但是主要的任务在于向其提供某些促进因素，使其积极致力于农业、工业或服务业等经济活动。

艾伯特·赫希曼认为区域优势主要在于可以得到更大的淋下效应，而且因其属于更大的单位而能获得援助，其不利之处主要在于极化效应的影响，而且不能依据比较利益原则发展出口生产，以及缺乏主体所有者自然具备的促进发展的潜在性的政策工具。一个试图开发其落后地区的国家，应该向这些地区提供"与自治权"相当的手段。

在赫希曼看来，增长应首先在具备条件的个别区域内展开，区域间不平衡增长是一个必然现象。强调必须把一个全新的、自成体系的现代工业经济，迭置在停滞的、同样自成体系的传统经济部门之上。发展确实是按照主导部门带动其他部门增长，由一个行业引发另一个行业增长的方式进行的。一个区域内的产业结构演进如此，产业结构的空间演进规律宜应同样如此。

（六）梯度推移理论

从生产力布局学诞生之日起，梯度就被广泛用在地图上表现地区间经济发展水平的差别，以及由低水平地区向高水平地区过渡的空间变化历程。区域经济学者把生命周期理论特别是雷蒙德·弗农(R. Vernon)的国际产品生命周期理论①引入到区域经济学研究中,创立了区域经济梯度推移理论。其主要观点包括:区域经济的盛衰主要取决于其产业结构的优劣,而产业结构的优劣又取决于地区经济部门、特别是主导专业化部门在产业生命周期中所处的阶段。某一区域主导专业化部门所处的阶段,直接决定了该区域所处梯度的高低水平。包括新产业部门、新产品、新技术、新的生产管理与组织方法等创新活动大多数发源于高梯度地区,然后主要通过多层次城市系统扩展开来,按顺序逐步由高梯度地区逐步向低梯度地区转移。梯度推移理论由此来说明在世界和一国范围内工业布局与经济发展水平的变化与推移过程。并由此来相应的制订处在不同梯度上的国家与地区的发展战略与策略。

改革开放以来,我国区域经济发展的指导思想从片面追求均衡与公平逐步向效率优先方向转变。为此国内经济理论界曾出现

① 1966 年,美国哈佛大学教授雷蒙德·弗农在产品生命周期理论的基础上,在其发表的《国际投资与产品生命周期中的国际贸易》一文中提出了"国际产品生命周期"理论,用以解释世界贸易和国际投资的动因问题。根据美国的情况,弗农认为,国际产品的生产和消费要经历四个阶段的周期变动:第一阶段是美国公司为本国市场和出口进行生产。在此阶段,是美国为高收入的市场开发和生产产品,随后通过出口的形式输入到国外市场;第二阶段,外国开始进行生产,这时技术进一步发展,市场上出现了仿制者和竞争者,价格需求弹性增大,降低生产成本成为竞争的关键,从而该产品的生产厂商便考虑到国外寻找生产成本低,尤其是劳动成本低的地方进行直接投资设厂;第三阶段,外国产品在国际市场中变得具有竞争力,外国公司与美国出口产品进行竞争,导致美国产品在国际市场上的份额进一步下降;第四阶段,外国产品出口到美国,与美国生产厂商直接展开竞争。这时,生产技术已广为普及和标准化,最先的生产厂商已失去垄断优势,价格竞争占据主要地位。原有的生产厂商便寻找成本低的产品供给来源、劳动力成本低的不发达国家或地区作为最佳生产区位,进行直接投资生产。同时,进行产品结构的升级换代,开发新的产品,从而开始进入新一轮的产品生命周期。

过一场"梯度理论"与"反梯度理论"之争,对推动我国区域经济理论与实践的进展起到了非常大的促进作用。

夏禹龙等人在"梯度理论与区域经济"一文中首先提出了我国技术发展的"梯度理论"。何钟秀在"论国内技术的梯度传递"中,将"梯度理论"进一步概括为"梯度推移规律理论"。他们认为,由于我国各地区经济发展水平很不平衡,在国内实际上形成了一种经济技术力量的梯度,即我国沿海、内地、边远地区顺序呈现出"先进技术"水平、"中间技术"水平、"传统技术"水平的梯度。根据这种客观情况,从"技术梯度"和"梯度传递(转移)"规律出发,主张我国应实施"梯度发展"和技术"梯度推移"。具体来说就是一些有条件的地区首先掌握世界先进技术,然后将这些先进技术按梯度逐步向"中间技术"地带、"传统技术"地带传递,这样会花费少而收益多。"让先进的更先进","用先进的带动后进"。随着经济的进一步发展,通过传递的加速,逐步缩小地区差距。

梯度推移理论在产业空间演进方面强调产业由高梯度地区向低梯度地区转移推进的过程,强调产业的区域转移。在一定程度上反映了二战以后产业特别是劳动密集型产业在国际间由发达国家向部分发展中国家成功转移的经济现象,并成为中国 20 世纪80 年代以来相当长的时期内区域经济发展与产业空间演进的主要指导性理论。

五、产业结构演进中的产业成长理论

产业结构演进的过程,也就是不同产业以不同的速度与质量成长的过程。不同的学者对产业成长的认识存在着较大的区别,由此形成了众多的产业成长理论。

(一)比较优势理论的产业成长观

斯密的区域产业成长观可以大致归纳为以下模式：

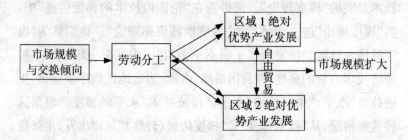

在市场规模与交换倾向的作用下，劳动分工产生；各区域分别集中生产各自具有绝对优势的产业；通过自由贸易进行相互交换，实现两个区域财富的共同增加与福利改进；导致市场规模进一步扩大；市场规模扩大导致分工深化；进一步促进新的绝对优势产业的发展。由此形成一个区域绝对优势产业不断发展的良性循环。

李嘉图的区域产业成长观可以总结为：在所有产品生产方面都具备绝对优势的国家或区域，集中生产优势更大的产品，在所有产品生产方面均处于绝对劣势的国家或区域，集中生产相对劣势更小的产品，两者通过自由贸易，从而使优势更大的产业与相对劣势更小的产业分别在两个国家或区域成长起来。

赫克歇尔—俄林的"要素禀赋说"的区域产业成长观是：各区域必定拥有各自的要素禀赋，通过区际分工与交换，各区域发展各自拥有要素禀赋的产业，就能保证区域产业的健康成长，最终达到要素价格均等化，经济发展水平趋同。

(二)李斯特的工业成长观

德国历史学派的代表——李斯特(Friedrich List)针对当时德

国落后的生产力发展状况,反对自由贸易学说。他指出,比较成本说不利于当时德国工业化起步较晚、发展较慢的生产力发展状况。强调"财富的生产比之财富的本身,不晓得重要多少倍。"[①]要促进德国工业的健康成长,需要采取保护关税政策,这样做虽然会使工业品的价格提高,但经过一段时间,在国家建成了自己的充分发展的工业以后,生产力提高了,商品生产成本就会降下来,甚至低于进口商品的价格。

但是,李斯特并不主张保护所有的工业,或一直保护下去,而是保护一定的时期,到了成熟阶段就不应再保护了。如果幼稚工业经过一个保护期后仍然发展不起来,就不必再保护了。

(三)莜原三代平的动态比较费用论

莜原三代平针对日本自然资源比较贫乏的国情,借鉴李斯特的观点,认为就日本而言,要赶超欧美发达国家,直接应用比较成本说是行不通的,从而提出了加快日本产业发展的动态比较费用论。

动态比较费用论认为产品的比较成本是可以转化的,从某一时点看,在国际贸易中处于劣势的产品,并不一定会不变地持续下去,从发展的眼光看,它可能转化为优势产品。因此,莜原三代平认为,那些有潜力的、对国民经济有重要意义的产业,经过 10—15年的扶持,是可以成为强有力的出口产品的。这就是所谓的"扶持幼小产业说"。

因此,莜原三代平的产业成长观可以概括为:根据动态比较费用论,政府选择那些有潜力的、对国民经济有重要意义的产业进行有力

---

① ［德］弗里德里希·李斯特著,陈万煦译:《政治经济学的国民体系》,商务印书馆1961年版,第118页。

扶持,可以实现由幼小产业到优势产业的转变。"扶持幼小产业这种观点,在重视市场机制自由发挥作用的现代经济学里,是不甚受欢迎的。但是,不知是有幸还是不幸,日本却明确地接受了上述观点,并以明确的形式予以坚决地执行,这在其他国家是没有过的。"①

值得一提的是,日本在扶持幼小产业的过程中,采取的是外部保护、内部竞争的策略,让产业在内部充分竞争的基础上,促进幼小产业的快速成长。

(四)赤松的雁行形态说

日本学者赤松通过对日本棉纺织工业的发展史研究,于1960年提出了产业成长的"雁行形态说",认为后进国的产业成长从而赶超先进国的产业过程,是以雁行形态实现的。

所谓雁行形态,就是指后进国家的产业发展遵循"进口—国内生产—出口"的模式相继交替发展,这一过程在图形上像三只大雁在飞翔,故称之为"雁行产业发展形态"。第一只雁就是进口的浪潮,第二只雁是进口所引发的国内生产的浪潮,第三只雁则是国内生产发展所促进的出口浪潮。

(五)新型工业化理论

如何在信息时代促进工业产业的成长,信息化时代的工业化进程如何实现,是后进国家面临的紧迫任务。中共十六大对此提出了新型工业化道路的理论。

中共十六大报告强调指出:"信息化是我国加快实现工业化和现代化的必然选择。坚持以信息化带动工业化,以工业化促进信

---

① 〔日〕莜原三代平:《经济学入门》(下册),日本经济新闻社1979年版。

息化,走出一条科技含量高、经济效益好、资源消耗低、环境污染少、人力资源优势得到充分发挥的新型工业化路子。形成以高新技术产业为先导、基础产业和制造业为支撑、服务业全面发展的产业格局。正确处理发展高新技术产业和传统产业、资金技术密集型产业和劳动密集型产业、虚拟经济和实体经济的关系。必须发挥科学技术作为第一生产力的重要作用。"随后,国内学术界出现了研究新型工业化问题的热潮,学者们围绕着"如何理解新型工业化"、"我国走新型工业化道路的条件"以及"走新型工业化道路的对策"等问题发表了一系列的论文和专著。其中代表性的有:

全国人大环境与资源保护委员会主任委员曲格平[①]认为,新型工业化道路是相对于两个方面而言的:一是相对于西方发达国家200多年的工业化道路而言的;二是相对于我国近百年的工业化道路,特别是近20年的工业化道路而言的。所谓新型工业化道路,也就是可持续发展的工业化道路,是必须实现"生产发展、生活富裕、生态良好"三位一体的发展目标。为此应走清洁生产的道路。王新天、周振国[②]认为,新型工业化道路的内涵:其一是经济发展既有较快速度又有较高质量;其二是把信息化和工业化结合起来,以信息化带动工业化,以工业化促进信息化;三是坚持人与自然和谐统一的可持续发展。原国家经贸委主任李荣融[③]认为,新型工业化道路,就是要紧紧抓住经济全球化和科技革命带来的机遇,充分发挥后发优势,坚持以信息化带动工业化,以工业化促进信息化,实现我国工业化和现代化的跨越式的发展。为此需要

---

① 曲格平:《探索可持续的新型工业化道路》,《环境与保护》,2003-01。
② 王新天、周振国:《新型工业化道路与跨越式发展》,《求是》,2003-09。
③ 国家经贸委综合司:《专家谈走新型工业化道路》,经济科学出版社,2003年版,第1—8页。

采取信息化战略、结构调整战略、对外开放战略等七大战略。中国社会科学院工业经济研究所吕政所长①认为新型工业化的内涵是：以信息化带动工业化，以工业化促进信息化；依靠科技进步，不断改善经济增长质量、提高经济效益；推进产业结构的优化升级，正确处理高新技术产业与传统产业之间的关系；控制人口增长，保护环境，合理开发和利用自然资源，实现可持续发展。同时，他还指出，工业化不应理解为就是发展工业，而应当在农业的产业化和发展第三产业方面去寻找出路。胡春力②认为，所谓新型工业化，就是如何在产品领域里、在提高产品竞争力的装备领域里，以及整个销售方式和业态里，怎样充分利用信息化技术问题，因此，信息化的过程，实际上就是产业结构升级的过程。史清琪③认为，新型工业化是指从20世纪90年代起，早已实现工业化的发达国家步入信息化社会后，正处在工业化过程中的发展中国家所面临的工业化的新任务和所出现的新特征。如果简单表述就是：将发达国家走过的传统工业化、后工业化、信息化三个阶段的任务"三步并作一步走"。中国人民大学李悦教授④认为，新型工业化道路的本质可概括为"高、好、低、少、优、适、序。"高是指科技含量高；好是指经济效益、社会效益好；低是指资源消耗低；少是指保持生态平衡、环境污染少；优是指人力资源优势得到充分发挥；适是指工业化发展速度适度；序是指以毛泽东倡导的"农轻重"和邓小平倡导的"吃穿用"为序。一句话，新型工业化道路是质与量的统一体。为此需

① 吕政：《对新型工业化道路的探讨》，《经济日报》，2003-01-15。
② 国家经贸委综合司：《专家谈走新型工业化道路》，经济科学出版社2003年版，第90—96页。
③ 同上，第120页。
④ 同上，第139—148页。

要采取科教兴国战略、可持续发展战略、推进产业结构升级等十大战略。胡鞍钢①认为,新型工业化是"以信息化带动的在消耗较少资源、带来较少环境污染条件下取得良好经济效益的并能充分发挥人力资本优势的工业化。"原国家经贸委副主任张志刚②认为,新型工业化道路不仅是指工业领域,还包括商业、服务业、环保业等重要领域,它涉及到我国未来20年怎么发展的重大问题,涉及到我国社会经济发展的战略全局问题。史清琪③认为,新型工业化当中的"新"主要表现在三个方面,一是在全球化条件下实现工业化,学会在全球范围内优化资源配置;二是在激烈竞争中实现工业化,努力改变我国在国际分工中的地位;三是在跨越式发展中实现工业化——依靠两个创新(科技创新和体制创新)缩短工业化历程。任才方④认为,"新"主要体现在三个方面:一是与发达国家相比,我国是一个后发展的国家,不必走发达国家先工业化后信息化的老路,完全可以在工业化的过程中推进信息化,发挥后发优势;二是我国实现工业化的过程中特别强调生态环境建设和环境保护,强调处理好经济发展与人口、资源、环境之间的关系。而不必走发达国家先污染后治理的老路;三是从我国人口多、劳动力成本低的国情出发,在工业化进程中,处理好资本技术密集型产业与劳动密集型产业的关系,处理好高新技术产业和传统产业的关系,处理好虚拟经济与实体经济的关系。

总体上看,学术界的讨论基本上是围绕着十六大报告中的阐

① 国家经贸委综合司:《专家谈走新型工业化道路》,经济科学出版社2003年版,第149—152页。

② 同上,第1—3页。

③ 同上,第124页。

④ 同上,第127—130页。

述而展开的,具有明显的解释色彩。针对走新型工业化道路提出以来全国产业结构显著重化工业化趋势的现实,吴敬琏①认为我国仍然未从传统工业化道路真正转向新型工业化道路,而且传统工业化模式有进一步加剧的趋势。强调传统工业化道路会产生七大弊端,强调需要转变在传统工业化模式下形成的思维定势;建立能激励科学研究和技术在生产中运用的制度和机制,加快技术进步;大力发展服务业,特别是生产性服务业;用信息化带动工业化,即通过信息产业的服务提升各行业的效率;加快改革,完善社会主义市场经济体制;通过改革,推动教育事业发展,实现人力资本积累。针对吴敬琏的观点,学术界迅速掀起了关于新型工业化道路的新一轮讨论。樊纲等②一大批学者则强调中国要努力发展重化工业,并在一大批有影响的学者中取得很大共识。

本书认为,理解新型工业化道路需要和科学发展观、社会主义和谐社会、节约型社会理念有机结合起来,并充分考虑各地具体的比较优势而采取切合实际的工业化模式。各地走新型工业化道路必须在全球化背景下进行,以全球化视角考察自身的比较优势;必须与信息化并举;必须统筹各产业协调发展,而不是局限于工业;不论是重化工业还是轻工业,不管是农业还是服务业,都必须注重科技含量,注重科技创新;必须是以人为本并充分发挥人力资源优势的;必须是统筹人与自然和谐发展的;必须是统筹城乡、各阶层、各区域发展的,是利益共享型工业化,其目标必须是共同富裕;必然是多重要素密集型产业共存、协调发展的。

---

① 吴敬琏:《中国应当走什么样的工业化道路》,《文汇报》,2005-02-28。
② 王梓:《重化工业化道路与南北经济转型之辩》专题讨论,《21世纪经济报道》,2005-08-27。

(六)区域产业成长动力机制与组织形态理论——产业集群

经济发展中的产业集群问题曾经是新古典经济学一个比较重要的研究对象。但 20 世纪 40 年代后将近半个世纪的时间内,产业集群问题长期游离于主流经济学视野之外。1990 年,迈克尔·波特在《哈佛商业评论》(1990 年第 2 期)发表的《论国家的竞争优势》以及在同年出版的专著《国家竞争优势》中,引入了"集群"概念,揭示了产业发达国家的普遍现象——产业集群,并高度评价了其在形成与提高产业竞争优势中的重要性。波特认为,集群即指某一特定区域下的一个特别领域,存在着一群相互关联的公司、供应商、关联产业和专门化的制度和协会。由此在国际学术界引发了产业集群研究的热潮。[①] 产业集群理论在 20 世纪 90 年代中后期引入中国以后,已经成为区域产业经济研究中获得广泛共识重要学说,本书将其称为区域产业成长的动力机制理论。

1. 产业集群的经典理论

从经济学说史的角度看,除波特的产业集群理论外,早在 19 世纪末,马歇尔就提出了与波特企业集群类似的理论——外部经济理论,区位经济学家韦伯进一步提出了集聚经济范畴,20 世纪 90 年代初,克鲁格曼的新经济地理学成为产业集群研究的又一代表。这些学说形成了有关产业集群的经典理论。

(1)外部经济理论

---

① 从 20 世纪 90 年代开始,关于产业集群的研究论文不断出现,而且数量逐渐增多。据不完全统计,1995 年至 2002 年 8 月,仅在美国纯学术性期刊上出现的专门研究产业集群的正式论文就达 93 篇,其中包括像《美国经济评论》、《政治经济学期刊》这样的权威学术期刊。最近几年,可以说在美国出现了一个研究产业集群的热潮,包括一些负有盛名的经济学家都对产业集群理论抱有浓厚兴趣。

　　新古典经济学的集大成者阿尔弗雷德·马歇尔在其《经济学原理》中首次提出"外部经济"（externality）的概念。他把任何产品的生产规模的扩大所产生的经济效应划分为两类：第一类经济取决于产业的一般发展，第二类经济取决于从事工商业的单个企业的资源、它们的组织以及它们管理的效率。马歇尔把前者称为外部经济，把后者称为内部经济。马歇尔认为，外部经济包括三种类型：市场规模扩大带来的中间投入品的规模效应；劳动力市场规模效应；信息交换和技术扩散。前两者称为金钱性外部性（pecuniary externalities），即规模效应形成的外部经济，后者是技术性外部经济。马歇尔解释了基于外部经济的企业在同一区位集中的现象。他发现了外部经济与产业集群（马歇尔的说法是"许多性质相似的小型企业集中在特定的地方"）的密切关系，认为产业集群是产生外部性的重要因素，外部经济往往因许多性质相似的小型企业集中在特定的地方——通常所说的工业地区分布——而获得的。

　　在他看来，这种集中分布有利于技能、信息、技术和新思想在群落内企业之间的传播与应用。"当一种工业已这样地选择了自己的地方时，它是会长久地设在那里的；因此，从事同样的需要技能的行业的人，相互从邻近的地方所得到的利益是很大的。行业的秘密不再成为秘密，而似乎是公开了，孩子们不知不觉地学到了许多秘密。优良的工作受到正确的赏识，机械上以及制造方法和企业的一般组织上的发明和改良之成绩得到迅速地研究；如果一个人有了新思想，又为别人所采纳，并与别人的意见结合起来，他就成为更新的思想之源泉。"

　　（2）集聚经济理论

　　继马歇尔从经济学角度对产业聚集现象作出解释后，阿尔弗雷德·韦伯又从工业区位论角度对产业聚集进行了深入研究,并首次提出了集聚经济(agglomeration economies)概念。韦伯在《工业区位论》一书中用了大量的篇幅对集聚经济的形成、分类及其生产优势作了详尽的分析。韦伯把区位因素分为区域因素和集聚因素。他认为,集聚因素可以分为两个阶段:第一阶段,仅通过企业自身的扩大而产生集聚优势,这是初级阶段;第二阶段是各个企业通过相互联系的组织而地方工业化,这是最重要的高级集聚阶段。在韦伯看来,集中化可以使基础设施共享,整个基础设施使单个企业廉价是可能的,从而降低一般经常性开支成本,并反过来进一步促进集中化。

区域经济学家胡佛在《经济活动的区位》中,也将集聚经济视为生产区位的一个变量,并把产业集群产生的规模经济定义为某产业在特定地区的集聚体的规模所产生的经济。他认为,规模经济有三个不同的层次,就任何一种产业而言,有单个区位单位(工厂、商店等)的规模决定的经济,有单个公司(即企业联合体)的规模决定的经济,有该产业某个区位的集聚体的规模决定的经济。

另一位区域经济学家巴顿(Barton)也讨论了企业的地理集中理论。他认为产业集群有利于熟练劳动力、经理、企业家的发展。巴顿理论的创新之处在于讨论了产业集群与创新的关系,指出地理上的集中能给予企业很大的刺激去进行改革。

(3)波特的产业集群理论

波特在《国家竞争优势》一书中首次把集群现象与产业竞争力的成长联系起来,并发现了一个发人深思的问题:在现代全球经济一体化的背景下,区位变得越来越不重要,但公司集聚却是产业成功国家普遍的现象。"各国竞争优势形态,都是以产业集群的面貌出现。这种相关产业集聚在一起的现象十分普遍;这显示,它是产业发达国家的核心特征。"①

波特认为,"国家竞争优势的关键要素会组成一个完整的系统,是形成产业集群现象的主要原因"。"相互强化国际竞争力的产业会出现地理集中性,通常是因为一个国家的钻石体系中,各个关键要素都具有地理集中性。"②

"在一个互动的过程中,一个有竞争力的产业会带动并创造了另一个产业的竞争力"。产业集群是竞争优势的关键要素之一。其原因在于以下几个方面:

一是"一旦产业集群形成,集群内部的产业之间就形成互助关系。它的效应是上下左右、向四处展现的。经由新的谈判筹码、扩散效益及企业的多元化经营,激烈的产业竞争气氛往往会由一个产业扩散到另一个产业"。同时,在产业集群内,新观念、新战略、新技巧能够快速便捷地在产业间扩散,激发产业的升级效益,在不断强化产业集群内的关联作用的同时,也带来新的竞争观念、新的机会、新人与新智慧的新的组合等。二是产业集群也帮助产业克服内在惯性与僵化、破解竞争过于沉寂的危机,进而将这些现象转为竞争升级,促使产业不断进行多元化尝试。三是完整的产业集群也会放大或加速国内市场竞争时生产要素的创造力。四是产业集群会产生竞争力放大效应,使产业集群的竞争力大于各个部分加起来的总和。

总之,产业集群不仅仅降低交易成本、提高效率,而且改进激励方式,创造出信息、专业化制度、名声等集体财富。更重要的是,

---

① 〔美〕迈克尔·波特著,邱如美、李明轩译:《国家竞争优势》,华夏出版社2002年版,第140页。

② 同上,第47页。

集群能够改善创新的条件，加速生产率的成长，也有利于新企业的形成。

波特强调产业集群的萌芽和成长通常是自然形成的，然而一旦产业集群开始成型，政府就有强化它的责任。最好的做法是在大学研究所、职训中心、资料库、专业型基础设施等专业性生产要素上进行大量投资。因此，政府在产业集群的形成与发展方面可以发挥重要的促进作用。

波特于 1998 年发表的《企业集群与新竞争经济学》一文进一步系统地分析了其产业集群理论。[①]

（4）克鲁格曼的新经济地理学

克鲁格曼 1991 年在美国《政治经济学期刊》第 3 期发表的《收益递增与经济地理》是一篇更有影响和代表性的重要文献。在这篇论文中，克鲁格曼建立了一个简明而有效的关于中心—外围的模型。通过这个模型，克鲁格曼力图说明区域或地理在要素配置和竞争中的重要作用。在他的模型中，处于中心或核心（core）的是制造业地区，外围（periphery）是农业地区，这种模型的形成及其效率取决于运输成本、规模经济和制造业的聚集程度。可以说，克鲁格曼是继马歇尔之后第一位把区位问题和规模经济、竞争、均衡这些问题结合在一起的主流经济学家。他对产业聚集给予了高度的关注，认为经济活动的聚集与规模经济有紧密联系，能够导致收益递增。由于克鲁格曼是一位颇有名气的经济学家，加之他的这篇论文完全符合经济学的研究规范，所以，克鲁格曼和他的这篇论文成为近十多来年产业集群研究领域被引用最多的人物和成

---

① M. E, Porter, "Clusters and New Economics of Competition", *Harvard Business Review*, 1998. 11.

果。同年,克鲁格曼出版的一本研究聚集经济的著作——《地理与贸易》也成了产业集群研究引用最多的学术文献之一。

1991年以来,克鲁格曼发表了一系列有关经济聚集和产业集群的论文和著作,为自己树立了新经济地理学、新国际贸易理论和聚集经济学说代表人物的地位。除了这篇论文和精练的专著外,克鲁格曼20世纪90年代以来还发表了几部重要著作,在产业集群研究领域产生了较大的影响。1995年,克鲁格曼发表了《发展、地理学与经济地理》一书,该书既是他的新经济地理学的代表性著作,又是对他的产业集群理论的进一步补充,尤其是他建立了关于集聚经济(可应用于产业集群)的新的模型。1999年,克鲁格曼和另外两位学者合作,发表了《空间经济:城市、区域与国际贸易》一书,相当系统地论述了产业集群和集聚经济的形成因素,并完全用经济学的方法解释和分析产业的集群和经济的集聚这些现象,这部著作在美国经济学界有较高的地位,在重要学术期刊上能见到该书的书评。

以上学者分别从外部经济、地理区位、竞争优势以及新经济地理等角度提出了各自的产业集群理论,促进了产业集群理论的不断丰富与发展。

此外,还有很多学者从不同的角度对产业集群理论进行了深入分析。亚历克斯·霍恩(Alex Hoen)1997年从理论角度对群进行分类:群的概念分为微观层(企业群)、中观和宏观群(产业集群);群内企业通常通过创新链和产品链进行连接。林恩·马特尔卡(Lynn Mytelka)和富尔维亚·法瑞涅利(Fulvia Farinelli)采用了不同于马库塞(Markusen)的产业集群分类方法,他们把产业集群分为:非正式群、有组织群和创新群。探讨如何在传统产业中培育创新群,建立创新系统,从而使传统产业保持可持续的竞争优势。

Magnus Holmen 和 Staffan Jacobsson 探讨了产业集群的确

定问题,传统的投入产出分析和用户—供应商关系是基于产品和产业对于确定基于知识外部性和扩散产业集群是不合适的,并提出了基于专利的确定产业集群的新方法。Gabriel Yoguel,Marta Novick 和 AnabelMarin 通过对大众公司在阿根廷企业的研究,从生产网络(群)的角度探讨群内企业关联度、创新能力和社会管理技能(工作流程的组织和合同的形成机制)。J. Vernon Henderson,Zmarak Shalizi 和 Anthony J. Venables 从经济发展和地理的角度探讨产业为什么会群集、新集群是如何形成的、脱离集群的后果等问题。为了解释以上问题,他们对国际和国内经济的地理特征进行了实证研究。Suma S. Athreyr 通过对剑桥高科技群增长和变迁的实证研究,探讨了剑桥高科技群是如何增长和变迁的、哪些微观经济要素可以解释这些现象、为什么剑桥高科技没有达到硅谷的水平等问题。其研究的理论基础是经济组织和集聚的关系。

Aldo Romano,Giuseppina Passiante 和 Valerio Elia 分析了 29 个虚拟群,用组织接近的概念来代替传统的地理接近概念,认为组织接近是虚拟群形成动力的新来源,而组织的接近则通过供应链和客户关系管理来实现。他们突破传统的产业集群的地理限制,利用信息通信技术的进步把产业集群置于全球化的虚拟学习环境中,扩展了产业集群活动的空间。Henry G. Overman,Stephen Redding 和 Anthony J. Venables 从经济地理学的角度探讨贸易流的方式、要素价格和生产的区位问题,分析了贸易成本的决定因素和贸易成本影响贸易流,认为地理条件是要素价格的重要决定因素,提出了基于地理的贸易流和要素价格影响产业集群产生与发展的机理[①]。

---

① 陈剑锋,唐振鹏:《国外产业集群研究综述》,《外国经济与管理》,2002-08。

2. 产业集群是区域产业成长的动力机制

根据学术界对产业集群的理论分析,本书认为,产业集群实质上已成为区域产业成长的重要的动力机制。产业集群,通过不同的经济效应,形成区域产业发展的强大动力,不断促进区域产业从而区域经济的发展。

(1)外部经济效应

在产业集群过程中,外部经济效应有两种方式发挥作用。不管是在同一产业集中于某一特定地区的产业地理集聚(industrial geographic cluster)中,还是相关与支持性产业的集群,产业集群都会产生巨大的外部经济效应。马歇尔认为产业的地理集聚会创造出熟练劳动力市场、专业化服务性中间行业和技术外溢,并且改进铁路交通和其他基础设施。

瓦伊纳(Viner)则提出了外部货币经济(pecuniary economy)的概念,将其与技术经济(常被称为非货币经济)区分开来。他指出,一个企业是某个行业的一部分,当整个行业增长时,企业为它的生产要素支付的价格降低而使企业的单位成本减少,这时候就存在外部货币经济。一般而言,外部货币经济是通过时间来起作用的,而外部技术经济则是在一个静态均衡的框架里起作用。

克鲁格曼认为,正是与供给、需求相关的外部货币性经济,而不是纯粹的技术外溢,导致了制造业的地理集中和中心—外围模式的形成。他认为,在完全竞争性一般均衡中,外部货币经济不产生福利影响,也不会产生动态性问题。但在不完全竞争和收益递增的假设下,外部货币经济则起着重要的作用。

波特认为产业集群内的激烈竞争,是形成外部经济的最核心的力量。他认为所谓外部经济指的是由产业环境或一群企业活动所产生的利益。外部经济是在创新和竞争优势的升级过程中逐渐形成的,它不仅能对单一产业有多重积极影响,也会延伸到这个产业的关联产业中。另外,地理上的邻近也对外部经济的强度有所影响。

产业集群内的企业可以通过域内合作和共同的行动来获得额外的收益,这也是外部经济效应的表现之一。休伯特·施密茨(Hubert Schmitz)称之为"集体效率(collective efficiency)",这种集体效率对其中的每个企业都是可以利用的。产业集群有利于企业自我组织并且相互提供互利服务。

总之,外部经济包括基于知识集中与外溢的技术外部经济和基于市场联系的外部货币经济。前者强调生产函数(技术)上相互依赖,后者强调价格体系(市场)的相互依赖,两者有时候是相互包容重叠在一起的。外部经济不仅是产业集群的重要的产生原因之一,也是产业集群的重要结果。

(2)集聚经济效应

产业集群必然伴随着区域集聚,众多同行业企业集聚在同一个地方,就容易在人才、技术、环保、运输、销售、原材料采购等方面形成集聚优势,并形成成本优势、品牌优势、区位优势和配套优势,正是这种优势产生的吸附能力吸引了更多的企业进入。集聚经济效应如同"森林效应",由树而林,由林而森,木聚鸟集,水渊鱼聚。

(3)规模经济效应

规模经济又称为收益的报酬递增,是指在生产函数保持不变的情况下,由于企业规模的扩大或投入的增加,产出会以更大的比例增加。规模经济的内在原因是由于企业规模的扩大,单位产品的固定成本会下降,原材料等投入物的大规模采购所导致的成本下降,更为精细合理的分工,以及对资源的充分地利用等。产业集群规模效应突出地表现在以下几个方面:

一是产业的地理集中在促进产业区（industrial districts）[①]形成并发展，众多企业的地理集中能够高效率地利用区内基础设施，从而降低企业的固定成本。

二是产业集群有效地提升了特定产业以及相关与支持性产业的竞争优势，从而不断促进着集群内企业的快速成长，由此伴随的企业规模的扩大，必然给每个企业带来规模经济效应。而规模经济效应反过来会进一步加快企业的成长，增强产业竞争优势，巩固和强化产业集群。产业集群所导致的规模经济效应机制可以表述为：

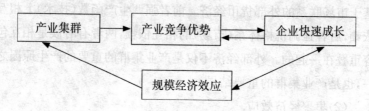

（4）创新效应

产业集群首先能够产生模仿效应，导致同行业之间信息的高速、高频率流动，有利于技术、先进管理理念与方法的扩散；产业集群有利于促进同业间的合作，加强联合技术攻关，加快技术创新；产业集群有利于促进企业间的竞争，竞争进一步促进创新的进程；产业集群还能促进人才的不断高级化，促进人力资本的积累，从而从人力资本的角度保障创新的实现；此外，产业集群还有利于市场创新。

---

① 产业区概念是意大利学者别卡提尼（G. Becattini）于 20 世纪 80 年代末提出的，其基本特征是：地理靠近性，部门专业化，中小企业为主，在创新基础上的企业间密切合作和激烈竞争，社会文化同一性，企业间信任和积极的自组织，支持性的区域和地方政府等。

（5）生产率效应

产业集群的外部经济效应、集聚经济效应、规模经济效应、创新效应能够有力地促进企业生产效率的提高，并能从整体上提高社会经济运行的效率。产业集群能够有力地促进分工的深化，而分工是提高劳动效率的根本途径。

（6）财富放大效应

产业集群必然形成品牌集群，提升区域内企业品牌的市场知名度和美誉度，从而以较少的品牌投入实现较多的品牌塑造。而品牌可以实现较大程度的市场增值效应，在很大程度上提高产品的市场价格，从而实现财富放大效应。

（7）产业关联效应

产业集群有力地促进着特定产业的快速发展，必然带来相关产业的配套建设，带动上游、下游产业的协调发展，形成完整的产业链条，产生强劲的产业关联效应。

（8）产业结构升级效应

产业关联效应发挥的最终结果是围绕着集群产业形成一个完整、协调的区域产业结构，在集群产业发展的主体带动作用下，促进着各个产业的快速发展，并形成新的产业增长点，带动着区域产业结构的升级。

六、区域产业结构优化中的产业类型理论

区域产业结构的优化升级，必然涉及产业的类型与状态问题，如区域基础设施产业、区域主导产业、区域支柱产业以及区域衰退产业等。由此形成了区域产业结构优化中的产业类型理论。此处重点分析主导产业、支柱产业与衰退产业。

（一）区域主导产业理论

主导产业在产业结构优化升级、国民经济与区域经济发展过程中具有非常重要的意义。国内有些学者[①]认为，主导产业是现代经济发展的驱动轮，也是形成合理的区域产业结构的核心。从某种意义上来说，区域产业结构调整的过程也就是主导产业的选择过程。它们是同一过程的两个不同方面，而不是两个不同的发展阶段和过程。通过发挥区域主导产业的作用，能带动许多产业部门的发展，推动整个经济以较快的速度发展。

主导产业理论研究先驱者，美国著名经济学家罗斯托认为，主导产业具有引入新的生产函数、增长率明显快于整个经济增长率、较强的产业关联效应等主要特征。国内学术界根据国外学者对主导产业的理论研究，尝试对主导产业概念进行界定。但目前国内众多的文献中存在一定的差异，尚没有形成一个统一公认的学术解释。[②] 有些文献将其解释为起带头作用的产业，也称之为先导产业；有的文献既强调其带头作用和较高的增长速度，也强调其在国民经济中应占较大比重；还有人将其称为带头产业、领衔产业或领航产业。本书认为，主导产业是与基础产业、支柱产业等范畴相对应的概念，应该是指在经济发展过程中创新性较强、增长速度高且发展前景良好、产业关联效应突出、对经济发展具有主导作用的某些产业。通过这样界定，能突出主导产业的核心特征，它们是创新性、高增长性、关联性、主导性。

[①] 如江世银：《区域产业结构调整与主导产业选择研究》，上海三联书店、上海人民出版社 2004 年版，第 9 页。

[②] 据笔者初步统计，国内对于"什么是主导产业"的认识，目前大致有 14 种说法。

1. 罗斯托经济成长阶段论与主导产业研究

罗斯托将经济成长分为六个阶段:传统社会、为起飞创造条件阶段、起飞阶段、向成熟推进阶段、高额群众消费阶段与追求生活质量阶段。罗斯托强调,起飞阶段与从高额群众消费阶段向追求生活质量阶段的过渡是社会发展中的两次重大的突破。前者是经济成长序列中的一个关键阶段,其中主导部门的发展在此阶段中起着关键作用。起飞阶段所需要具备的三个相互关联条件之一就是要迅速建立和发展一种或多种重要的制造业部门——主导部门(leading sectors)。"一个新的部门可以视为主导部门的这段时间,是两个相关因素的复合物:第一,……不仅增长势头很大,而且还要达到显著的规模。"①罗斯托认为,经济增长阶段的更替,表现为主导部门次序的变化,"近代经济成长实质上就是部门的成长过程"。"增长的进行,是以不同的模式、不同的主导部门,无止境地重复起飞的过程。"主导部门的扩大产生扩散效应或外部效应,包括回顾效应、旁侧效应和前向效应,从而实现经济增长。

罗斯托认为经济成长的各个阶段都存在相应的起主导作用的产业部门。经济成长总是由某个或某几个主导部门采用先进技术开始,该部门降低了成本,扩大了市场份额,扩大了对其他一系列部门产品的需求,通过回顾效应、旁侧效应和前向效应产生巨大的产业关联效果,从而带动了整个经济的发展。同时,罗斯托认为,经济成长阶段的不断更替与演进,主导力量在于主导部门的不断升级更替。主导部门序列不可随意改变,任何国家或地区都必然经历由低级到高级的发展过程。经济成长阶段的更替表现为主导

① 〔美〕W. W. 罗斯托编,贺力平译:《从起飞进入持续增长的经济学》,四川人民出版社 1988 年版,第 9 页。

部门序列的变化,而主导部门序列的变化又是经济成长阶段演进的内在力量。"主导部门的迅速发展对于保持经济的全面的冲力起着重要的直接和间接作用。"①与经济成长阶段相对应,罗斯托列出了六种主导部门综合体系,见表2—8。

表2—8　罗斯托经济成长阶段与相应主导部门

经济成长阶段	主导部门(群)
传统社会	农业
为起飞创造条件阶段	仍以农业为主,食品加工业一定发展
起飞阶段	棉纺织业(英)、铁路交通(美、法、德、加、俄)
向成熟推进阶段	钢铁业、煤炭业、电力业、化工业等
高额群众消费阶段	重型工业及制造业尤其是汽车业
追求生活质量阶段	服务业、城市和城郊建筑业

在传统社会阶段,由于科学和技术长期停滞,社会经济发展缓慢,社会主要经济活动围绕农业而展开。为起飞创造条件的主要任务是为了获得实现现代化所需要的大笔资本,为此必须提高农业和采掘业的生产率以迅速增加其产量,他强调农业革命在创造条件时期的特殊重要性。主导部门在起飞阶段开始显示出前所未有的重要性,英国在起飞阶段的主导部门是棉纺织业,其发展对煤、铁、机器、流动资本、廉价运输等的需求,产生了连锁反应,有力地刺激和带动了工业在其他方面的发展。他认为在美国、法国、德国、加拿大和俄国的修建铁路是起飞阶段的一个最强大的发动力

---

① [美]W. W. 罗斯托著,国际关系研究所编译室译:《经济成长的阶段——非共产党宣言》,商务印书馆1962年版,第14页。

量,曾起过决定性的作用。在俄国、德国、日本的起飞阶段,军事力量的扩充和现代化在起飞阶段中也可以起到主导部门的作用。成熟阶段的主导产业体系是重型工业和制造业综合体系,如钢铁业、煤炭业、电力业、化工业、通用机械等产业部门为经济的主导产业体系。进入高额群众消费阶段,更多的资源将被用来生产耐用消费品,服务业开始大发展。缝纫机、自行车、汽车以及各种家用电器设备逐渐普及。罗斯托认为:"从历史上看,廉价的供群众使用的汽车对社会生活和期望所造成的非常具有革命性的影响——社会上和经济上的影响——是个带有决定作用的因素。"他把1913—1914年福特汽车工厂开始采用自动装配线的时间看做是一个历史转折点,把它作为美国社会进入高额群众消费阶段的重要标志。进入追求生活质量阶段以后,主导部门已经不是以汽车为主的耐用消费品工业,而是以服务业、建筑业等为代表的提高居民生活质量的有关部门。

2. 主导产业选择基准理论

罗斯托主导产业理论提出后,在学术界产生了广泛的影响。主导产业逐渐成为产业经济理论、区域经济理论和发展经济理论中的基本范畴之一。在其理论中,实际上也涉及到主导产业选择的基准问题,即产业关联度原则[①]。

产业关联度是指产业之间由于内在的相互依存和制约关系,

---

① 首次提出该观点的美国发展经济学家艾伯特·赫希曼,在其1958年出版的具有开创意义的发展经济学经典著作《经济发展战略》一书,第一次提出了发展经济学领域中的重要概念:前向和后向连锁效应。认为发展确实是按照主导部门带动其他部门增长,由一个行业引发另一个行业增长的方式进行的,是一些部门追随某一部门一系列不均衡进展的最终结果。前向和后向连锁效应被许多学者称为主导产业选择的关联度原则或赫希曼基准(Hirschman Criteria)。

在发展过程中通过前向效应、后向效应以及旁侧效应所最终产生的产业影响效果的高低程度。产业关联度原则就是要求在进行主导产业选择时，应重点考虑产业关联度强的产业作为主导产业。产业关联度一般可以用投入产出理论和方法进行分析，在产业间投入产出相互关系中，把某一产业影响其他产业的程度称为影响力；而把一个产业受其他产业影响的程度称为感应度，也就是其他产业发展对该产业发展所产生的诱发作用程度。衡量产业关联度的指标主要有产业感应度系数和产业影响力系数。

产业感应度系数＝该产业横行逆阵系数平均值/全部产业横行逆阵系数平均值的平均

产业影响力系数＝该产业纵列逆阵系数的平均值/全部产业纵列逆阵系数平均值的平均

如果用 E_i 表示第 i 产业的感应度系数，E_j 表示第 j 产业的影响力系数，n 为产业数目，C_{ij} 为列昂惕夫逆矩阵 $(I-A)^{-1}$ 中的元素 $(i,j=1,2,3,\cdots,n)$。那么，主导产业 i 的感应度系数 E_i 与主导产业 j 的影响力系数 E_j 可以分别用公式表示为：

$$E_i = \frac{n\sum_{j=1}^{n} C_{ij}}{\sum_{i=1}^{n}\sum_{j=1}^{n} C_{ij}}, (i,j=1,2,3,\cdots,n)$$

$$E_j = \frac{n\sum_{i=1}^{n} C_{ij}}{\sum_{i=1}^{n}\sum_{j=1}^{n} C_{ij}}, (i,j=1,2,3,\cdots,n)$$

某产业的感应度系数（影响力系数）若大于1，表明该产业的感应度（影响力）在全部产业中居平均水平以上，产业关联度较高。各产业的感应度系数和影响力系数在不同的国家、不同的区域和不同的发展阶段上是不相同的,从而会表现出不同的产业关联度。主导产业应选择那些影响力系数和感应度系数都高的产业。

一些学者为了进一步促进罗斯托主导产业理论的实践应用性,在其基础上开始重点研究主导产业选择标准问题。

日本学者筱原三代平率先创立了主导产业选择基准理论。20世纪 50 年代,为了规划日本的产业结构,以筱原三代平为代表的一批日本学者,依据主导产业的形成和作用机制,结合日本经济实际,形成了应用价值较高的主导产业选择理论。该理论仍将经济增长的非均衡性作为理论基础,认为经济增长首先出现于某些主导产业部门和少数经济发展条件优越的区域。筱原三代平提出了选择主导产业的两条基准,即收入弹性基准(norm of demand's income elasticity)和生产率上升率基准(norm of the rising of productivity)。

收入弹性基准是指在国内外市场上,某种产品的需求增长率与国民收入增长率之比。用公式表示是:

$$E_i = \frac{\mathrm{d}Q_i}{Q_i} \Big/ \frac{\mathrm{d}I}{I}$$

式中:Q_i 是第 i 部门的产品需求量,I 是国民收入。

该基准侧重考虑市场需求对区域产业成长的导向作用,不同收入弹性表示区域产业潜在的市场容量与空间。收入弹性大于 1 的产业,其增长速度将高于国民收入的增长,弹性小于 1 的产业增长速度低于国民收入的增长。由此,随着国民收入的提高,收入弹性高的产业在产业结构中的比重将逐渐提高,应该选择这些产业作为主导产业重点发展。

生产率上升率基准也称比较生产率原则,是指某一产业的要素生产率与其他产业的要素生产率的比率,一般用全要素生产率进行比较。全要素生产率是不能用资本与劳动投入的增长来解释的产出增长,全要素生产率上升主要取决于技术进步,因而也把全要素生产率称为技术进步增长率。技术进步增长率的计算公式可以表示为:

$$gt = G_N - W_K G_K - W_L G_L$$

式中:G_N 表示国民收入的增长率,G_K 表示资本(生产资料)的增长率,W_K 表示资本在整个国民收入中所占的部分,W_L 表示劳动报酬在整个国民收入中所占的份额,G_L 表示劳动就业增长率。

按照该原则选择主导产业,就是选择技术进步快、技术要素密集、经济效益好的产业。

生产率上升率基准与李嘉图的相对成本说具有一定的内在一致性,只是偏重于强调动态的比较优势。

产品的收入弹性基准是基于社会需求结构对产业结构的影响而言的,生产率上升率是从社会供给结构对产业结构的影响来说的。两者存在内在的联系。如果仅有较高的技术进步增长率,而缺少充满弹性的市场需求,较高的生产率上升率就无法真正实现;如果生产费用的下降与价格同步下降,则劳动生产率也不会上升;收入弹性较高的产业,意味着拥有广阔的市场,为大批量生产创造了条件,而大批量生产与技术进步存在必然的联系;大批量生产的规模经济效应所带来的生产成本的快速下降和持续下降的潜力是扩大需求的必不可少的条件。正是由于这两个基准之间存在内在一致的联系,两者表现的特性是一致的,要么都高,要么都低。依据收入弹性基准和生产率上升率基准选择区域主导产业,是着眼于区域潜在经济优势的开发与动态比较利益的获取。

1971 年,日本产业结构审议会在莜原三代平两基准的基础上,又增加了"过密环境基准(overcrowded environment criteria)"与"丰富劳动内容基准(rich labor content criteria)"两条基准,使主导产业选择基准更加符合可持续发展的趋势。前者是指政府在选择主导产业时,必须以环境污染少、能源消耗低、生态既不失衡又不至于造成过度集中的环境为基准,选择那些能满足提高能源的利用效率、强化社会防止和改善公害的能力并具有扩充社会资本能力的产业作为主导产业。近年来许多区域选择将环保产业、生态农业、旅游观光农业、绿色产业等作为区域的主导产业进行重点培育,就是该基准的运用。后者是指在选择主导产业时,要首先考虑发展能为劳动者提供舒适、安全和稳定的工作岗位和劳动场所的产业。该标准的提出反映了当时日本对社会经济发展最终目的认识的深化,在当前高度强调树立并落实以人为本的科学发展观的中国社会经济发展过程中,这一主导产业选择基准无疑具有比较重要的借鉴价值。当然,由于提高劳动场所的舒适安全程度在劳动者的需求层次上处于较高的层次上,该基准首先要求社会经济发展达到较高的水平,这在很大程度上限制了该基准的运用。对于社会经济发展水平较低的区域来讲,该基准可能显得勉为其难,使其很可能无法作为选择区域主导产业的主要标准。但是,该基准符合社会经济发展的根本目的要求,应该成为我国区域主导产业选择中的一条重要的参考标准,对于某些发达地区而言,已经具备了将其作为区域主导产业选择的主要基准的现实条件。

我国关于主导产业理论的研究始于 20 世纪 80 年代中期,至今已形成了一大批学术研究成果。其研究重点一般在于主导产业的选择理论与方法问题,并主要结合全国或具体区域的主导产业选择问题进行实证研究。例如周振华博士曾提出过中国主导产业选择的增长后劲基准、短缺替代弹性基准、瓶颈效应基准。[①] 一些学者还对主导产业的选择原则进行了研究，如中国人民大学李悦教授提出了主导产业选择的五原则，即要符合技术进步的方向，在经济增长中居战略地位，属供求矛盾的"瓶颈"和关键，成组原则，以及序列化原则等；[②]辽宁大学黄继中教授[③]提出了区域主导产业选择一般应遵循以下三原则："比较优势明显，输出前景光明；经济效益好，增长速度快；关联效应强"；江世银提出了区域主导产业选择的四原则："需求弹性原则、技术进步原则、关联强度原则、动态比较优势原则等"。[④] 本书认为，国内学术界对于主导产业选择原则的研究，其内容基本是与主导产业选择基准研究重合的，两者是同一问题的不同表述。

比较优势基准也是国内学术界普遍肯定的区域主导产业选择基准。区域主导产业必须建立在地区比较优势的基础上，并能充分发挥该比较优势。在如何识别地区比较优势的问题上，学术界存在两种基本的分析路径：一是从资源禀赋考察出发，判定地区优势"应该是什么"；二是从市场竞争格局中判定区域比较优势分布的"现实是什么"。前者一般是从区域资源优势直接过渡到产业优势上，或者存在资源优势决定产业优势的认识倾向，由此所制订出

---

① 周振华：《产业政策的经济理论系统分析》，中国人民大学出版社 1991 年版，第 205 页。

② 参见中国人民大学书报资料中心《国民经济与计划管理》，1988－01，第 155 页。

③ 黄继中：《区域内经济不平衡增长论》，经济管理出版社 2001 年版，第 166 页。

④ 江世银：《区域产业结构调整与主导产业选择研究》，上海三联书店、上海人民出版社 2004 年版，第 178 页。

的主导产业发展方向往往事与愿违;后者认为应将判断资源禀赋条件以及如何组合利用资源禀赋,捕捉未来优势变动方向以及塑造地区产业结构的责任还给市场主体——投资者和企业。研究者的责任在于从现有的市场信息中识别"现实比较优势是怎样分布的"以及多年来"现实比较优势是怎样演变的",以求对区域经济活动格局以及演变的历史轨迹有一个总体的判断,进而尽可能地把握未来的变化,并以此调整区域产业结构。在第二种路径中,采用什么样的方法,通过哪些指标来衡量区域比较优势呢? 学术界也存在不同的主张,比较具有代表性的有以下三种方法。

区位商法:如国家计委投资研究所、中国人民大学区域所课题组主张地区比较优势可以采取区位商方法,以现有统计提供的增加值数据为基础,加工生成各区域产业的"相对份额"指标,据以反映各地区产业的市场竞争力,达到识别地区比较优势的目的。第一种形式的区位商($LQ_{[,ij]}$)表示:i 地区 j 行业在本地区总产出中的份额与全国 j 行业占整个国民经济产出份额之比。其含义是假定各地区产出结构与全国相同,意味着这是一个自给自足的经济;而当各地区产出结构与全国产出结构存在差异时,意味着地区间存在着地域分工和产品贸易。具体说来,就是当 $LQ_{[,ij]}>1$ 时,意味着 i 地区的 j 行业供给能力能够满足本区需求而有余,可对外提供产品(大于 1 的部分意味着对区外市场的占领部分);当 $LQ_{[,ij]}<1$ 时,意味着 i 地区的 j 行业供给能力不能满足本区的需求,需要由区外调入;当 $LQ_{[,ij]}=1$ 时,意味着 i 地区的 j 行业供给能力恰好能够满足本区需求。第二种形式区位商表示的是:i 地区 j 行业占全国同业的比重与 i 地区经济总量占全国经济总量的比重之比。含义是如果 i 地区 j 行业的比重相对大于本地区总量占全国总量的比重,意味着 i 地区在 j 行业上具有优势地位。

两种区位商公式本质上是一致的。

比较优势系数法：如戴伯勋、沈宏达主张比较经济优势可以用比较优势系数表示，它是比较集中率系数、比较输出率系数、比较生产率系数、比较利税率系数的乘积。

其中，比较集中率系数即区位商，用公式表示为：

$$CC = \frac{C_{ik}/C_i}{C_k/C}$$

式中：CC 为比较集中率系数，C_{ik} 为 i 地区 k 产业的产值，C_i 为 i 地区所有产业的产值，C_k 为全国 k 产业的产值，C 为全国所有产业总产值。

如果 CC 大于1，说明 i 地区 k 产业在产业规模上具有优势，有成为区域主导产业的条件。

比较输出率系数用公式表示为：

$$CX = \frac{X_{ik}/X_i}{X_k/X}$$

式中：CX 为比较输出率系数，X_{ik} 为 i 地区 k 产业产品和劳务输出量，X_i 为 i 地区 k 产业产品和劳务生产总量，X_k 为全国 k 产业产品和劳务的区际交换量，X 为全国 k 产业产品和劳务生产总量。一般而言，主导产业的比较输出率系数必须大于1。

比较生产率系数用公式表示为：

$$CP = \frac{P_{ik}P_i}{P_kP}$$

式中：CP 为比较生产率系数，P_{ik} 为 i 地区 k 产业全要素生产率，P_i 为 i 地区所有产业平均全要素生产率，P_k 为全国 k 产业全要素生产率，P 为全国所有产业平均全要素生产率。当系数大于1时，说明某地区某产业全要素生产率高于全国平均水平，系数越高说明比较优势越明显。

比较利税率系数用公式表示为：

$$CT = \frac{T_{ik}}{T_k}$$

式中：CT 为比较利税率系数，T_{ik} 代表 i 地区 k 产业的产值利税率，T_k 为全国 k 产业的产值利税率。主导产业的 CT 值必须大于1。

比较优势系数公式为：

$$CS = CC \times CX \times CP \times CT$$

当 CS 值大于1时，说明 i 地区 k 产业与全国平均水平相比具有相对优势，数值越大，相对优势也就越大。当地区内不同产业进行比较时，可以按照 CS 值大小进行排序，无疑应优先选择 CS 值最大的产业作为区域主导产业。

比较优势系数法也可以通过相应调整来衡量区域内不同产业间的比较优势，以及区际间的比较优势。

区内相对比较优势度基准法：如江世银认为，区域比较优势是区内各产业（区域产业增加值比重、比较资本产出、比较劳动生产率、比较经济效率和综合经济效率等）相比较的结果，是动态的比较优势。因此，区域主导产业首先应具备的条件就是符合区域经济的发展阶段，它是由区内动态的比较优势所决定的产业或产业群。主导产业的形成与发展必须以所依赖的区域比较优势为基础。这种区域内比较优势度基准也就是区域产业的竞争优势。它是指某一区域某种产业同另一产业相比较所拥有的优势。这些优势包括区域人才相对优势、地理环境相对优势、区域产业规模相对优势等。区域产业竞争优势决定着区域主导产业的选择。其选择标准主要由五个指标组成：

一是具有较高的区内增加值比重，即主导产业要具备一定的

规模,规模过小的、代表区域未来发展方向的产业不能作为现实的主导产业。该指标的计算公式为:

$$WI_{ij} = (G_{ij}/G_i) \times 100\%$$

式中:WI_{ij} 为 i 区域 j 产业的增加值比重,G_{ij} 为 i 区域 j 产业的增加值,G_i 表示 i 区域的生产总值。一般而言,只有 $WI_{ij} >$ 15% 的产业才能成为区域主导产业;当 $WI_{ij} > 20\%$ 时,只要政府选择和培育该产业,即很容易成为区域主导产业;当 $WI_{ij} > 30\%$ 时,如果政府不加以限制,该产业会自动成为主导产业。

二是较高的区内比较劳动生产率,也称相对国民收入,其高低反映了产业技术水平的高低,代表了区域经济发展的方向和新的经济增长点。其计算公式为:

$$RI_{ij} = (G_{ij}/L_{ij}) \div (G_i/L_i)$$

式中:RI_{ij} 为 i 区域 j 产业的比较劳动生产率,G_{ij} 为 i 区域 j 产业的劳动生产率,L_{ij} 为 i 区域 j 产业的劳动力从业人数,G_i 为 i 区域各产业平均劳动生产率,L_i 为 i 区域各产业总的劳动力从业人数。一般而言,只当 $RI_{ij} > 2$ 时,该产业才能成为区域主导产业。

三是较高的区内比较资本产出率。资本积累是经济发展的直接动力,反映区内资本投向最现实的指标就是具有较高的区内比较资本产出率的产业。该指标的计算公式是:

$$VI_{ij} = V_{ij}/V_i$$

式中:VI_{ij} 表示 i 区域 j 产业的比较资本产出率,V_{ij} 表示 i 区域 j 产业的平均资本产出率。一般而言,只有当 $VI_{ij} > 2$ 时,该产业才有可能成为区域主导产业。

其他两个指标为区内比较经济效率指标与综合经济效率指标,是在区内比较劳动生产率指标与区内比较资本产出率指标的综合。

3. 对主导产业选择理论的评价与发展

罗斯托所开创的主导产业理论,是建立在赫希曼不平衡增长理论尤其是其产业联系效应(包括前向与后向效应)以及熊彼特创新理论基础之上的。罗斯托从经济史的研究出发,探讨经济成长的阶段,强调经济成长阶段主导产业的作用以及相应阶段主导产业的选择,并用来解释现代经济增长。罗斯托主要从供给角度分析,不同于新古典经济学从供给角度分析经济增长原因时把结构变动的资源配置基本排除在增长因素范围之外的做法,而是以产业创新为基点考察主导部门通过其扩散效应推动产业结构的转换与升级,从而加速经济增长的历史轨迹。罗斯托的理论,提供了一种全面突破凯恩斯(J. M. Keynes)所开创的宏观经济学总量分析的方法,独辟蹊径地从增长所依赖的那些主导部门中所起作用的动态力量入手分析经济成长的内在规律与路径。马克思断言:"工业较发达的国家向工业较不发达的国家所显示的,只是后者未来的景象。"[①]罗斯托的理论,是对发达国家经济成长经验的总结,对发展中国家以及发展中区域的经济发展,具有非常重要的借鉴意义,并成为一国产业经济研究以及区域产业研究中的重要的理论基础。

在主导产业选择基准问题的研究中,罗斯托对产业关联度的强调,抓住了主导产业最关键的特征。日本学者与政府所提出的筱原二基准以及过密环境基准与丰富劳动内容基准,是对主导产业选择基准研究的深化,促进了主导产业理论的现实可操作性,使主导产业理论顺利转化为产业政策,并在日本取得了巨大成功。

---

① 《马克思恩格斯全集》第23卷,人民出版社1972年版,第8页。

我国学者根据中国的整体或区域经济现实所提出的一系列新基准,为我国产业政策的制订与实施起到了良好的作用。在实际的主导产业选择实践中,还可以根据区域经济具体情况进一步研究新的选择基准。本书认为,在一般情况下,区域主导产业的选择,应该重点把握环境基准、产业关联度基准、需求收入弹性基准、生产率上升率基准以及区域比较优势基准这五大基准。在实际应用过程中,把握以上五个关键基准并不意味着在选择区域主导产业时必须要求其同时符合。一般情况下,很难找到每项指标都领先或同时较高的产业,特定产业在其中的某些指标上总会出现较低的现象,或者说不存在最优的情形。那么,在最优的条件不全部具备的情况下,如何寻求合理的方案呢?

本书认为,在以上五个关键方案中,环境基准是必须始终坚持的主导产业选择基准,必须坚持首选环境友好型的主导产业,选择绿色主导产业,树立生态文明观念,将人与自然和谐统筹起来。该基准对于西北民族地区主导产业的选择更具特别的意义。一般而言,对其他四个指标的处理,本书认为必须采用系统的思维方式和决策方法——层次分析法(AHP):第一步是粗选工作。即粗略地在区域全部产业中选出若干备选产业,而没有必要也不可能(经济学中的"不可能"不是指技术上的可能性,而是从成本的角度考虑的)对所有产业进行各项基准分析。粗选的依据可根据不同区域的实际情况,从规模、效益、发展速度等主要方面进行分析,选出若干备选主导产业。第二步是基准分析。即对备选产业按照五个关键基准的计算公式进行深入分析,其中首要的是进行环境影响分析。第三步是系统分析。针对特定备选产业五个基准的实际指标存在矛盾或高低差异的问题,采用系统方法计算综合基准系数,并对备选主导产业进行排序,并最终选出区域主导产业。在此实践中,有两种方法可供选择或结合使用:一是专家咨询打分法,即将基准分析的结果分送给遴选出的若干名专家,对备选产业进行排序。专家咨询法有多种灵活方式可供选择,并成为一种被世界银行、国际货币基金组织等著名国际组织在项目评估、可行性论证等工作中比较流行的方法;二是权数法,即按照重要程度赋予五项基准不同的权数,进行加权平均并计算出主导产业选择综合基准系数。其计算公式是:

$$CC = \sum_{i}^{n} a_i c_i$$

式中:CC 为综合基准系数,a_i 为权数,c_i 为各项具体选择基准指标值,$n=4$。(环境基准可以不参加加权平均计算,因为环境基准是首要的基准,而且要求备选主导产业必须具有较高的环境基准值。)

然后,根据综合基准系数对各备选产业进行排序选择。

第四步是后续分析。即区域主导产业通过排序基本上确定之后,在主导产业内部继续遴选主导产品与重点企业,以实现对主导产业发展的坚实支撑,并便于政府采取有针对性的、明确的主导产业发展政策。

4. 区域主导产业选择的约束条件

主导产业的形成与发展,受到客观经济规律和众多现实因素制约,一个产业能否成长为主导产业,需要具备和满足一定的条件。对于特定区域的主导产业选择问题,在坚持以上五大基准的同时,还必须充分考虑主导产业成长所面临的约束条件和和区域内的具体社会经济情况。这些约束条件主要有资源状况、人力资源状况、市场状况、产业状况、生产技术结构和水平状况、政策因素等。

(1)资源状况对主导产业选择的约束

区域主导产业的选择与培育是与其要素禀赋密不可分的,各种资源的丰富程度直接影响到该区域内相应产业的发展,资源条件常常是主导产业选择和培育的基础。比较优势基准主要从经济运行所产生的现有区域产业发展中来衡量,与比较优势基准不同,要素状况是从天然投入供给(当然也包括后天所形成的劳动力供给)的角度来考察。区域主导产业不可能是无源之水,即使是在当今全球经济一体化时代,大部分国家、区域的产业结构演变和主导产业选择都带有鲜明的资源禀赋的痕迹,只是表现形式不同。这在波特的竞争优势理论中同样有所体现,"国家的天然条件明显地在企业竞争优势上扮演了重要角色,像中国香港、台湾和近年来的泰国。"①由于各产业部门在特定的条件下,存在着经济技术特征上的差异,对各种资源的需求量不同,因而区域主导产业的选择必须充分考虑现实的资源条件的约束,以及改变这些约束条件的可能性。强调资源状况对主导产业选择的约束,并非主张有什么样的资源,就发展什么样的产业。② 但不可否认的是,经济发展从来就不可能是无源之水,无本之木,任何产业的发展都离不开相应的资源支撑,这对于经济发展水平落后的地区或处于经济发展较低阶段的区域来讲,资源约束或经济发展对资源的依赖性尤为突出。各区域主导产业的选择和培育取决于建立在区域资源禀赋基础上的比较优势的大小,这种资源比较优势的大小,是区域主导产业发展的必要和前提条件。

① [美]迈克尔·波特著,邱如美、李明轩译:《国家竞争优势》,华夏出版社2002年版,第70页。

② 有些学者反对有什么样的资源就发展什么样产业的观点,主要是针对资源高度依赖性的产业 发展模式或拼资源拼消耗的不可持续发展道路。

（2）人力资源主导产业选择的约束

舒尔茨（Theodore W. Schultz）的人力资本理论使人们对人力资本在经济发展中的重要性的认识产生了革命性变革，传统的资本第一的观点或劳动从属于资本的观点被颠覆，人力资源开始处于经济发展的核心位置。在知识经济时代，人力资本在经济发展中的作用更是得到了充分的体现。在资本整体上相对过剩、技术创新层出不穷、技术传播扩散日益加快的今天，劳动要素成为经济增长的关键。在主导产业选择的基准中，生产上升率基准要求主导产业必须是技术密集型的，从而对特定区域内劳动者素质与数量提出了更高的要求。主导产业对人力资源的要求是多层次的全方位的，它既要求有创新的执行者、主导产业发展的领航人、最稀缺的人力资源、经济增长的国王——企业家，也需要有相对规模的研发队伍以及数量充足的熟练劳动者。没有这样的人力资源储备，一个区域即使有优势的资源，有较好的市场需求，产业也不能发展壮大，或者说产业的竞争优势就必然低下，区域主导产业也无法健康成长，所谓"富饶的贫困"、"知识贫困"就在所难免。

与资源约束的先天性特点不同，人力资源约束在很大程度上表现出鲜明的后天性特点。由于人力资本的形成需要长期持续不断的投资，对区域主导产业选择的约束性更强。正如波特所言："大多数产业的竞争优势中（尤其是对先进经济体中最根本带动生产率的产业而言①，生产要素通常是创造得来而非自然天成的，并且会随各个国家及其产业性质而有极大的差异。""知识和技术型人力资源虽是提升竞争优势的两大条件，却也是贬值最快的两个

---

① 此处本书将其理解为主导产业。

条件。"①

人力资源对主导产业选择的约束,还体现在其高流动性的特点上。对于发达地区,不仅自身能够以较高的投入保证教育的快速发展,较为发达的社会经济也造就了较高素质的人力资源存量。同时,由于其要素集聚的功能强大,能够比较容易地从外地吸引各类人力资源,从而能以便捷的方式、较低的成本为产业发展提供比较充足的人力支撑。因此,发达地区主导产业的选择与发展,所受到的人力资源约束一般比较小。而对于落后地区,一方面教育事业的落后使得区域人力资源的素质较低,熟练劳动者缺乏;另一方面,极化效应使得区域内比较优秀的人才大量外流。这样,人力资源对落后地区主导产业选择与成长的约束就不可避免地成为一种硬约束。

(3)市场状况对主导产业选择的约束

波特强调需求条件是产业冲刺的动力,是影响产业竞争优势的关键之一。主导产业的培育与发展,从根本上取决于市场或市场是主导产业发展的主体力量,市场供需状态以及市场形态是区域主导产业选择中必须充分重视的问题。

没有需求,就不可能有供给,没有较大规模的需求,就不可能形成较大规模的产业。特定区域主导产业的选择,很难在供大于求的市场上寻求到发展机会,只有供求相对平衡以及求大于供的市场上,主导产业才能有较好的成长空间。这里所讲的市场供求状况,既包括全国乃至全球市场,也包括区域内市场状况。市场的供求状况是高度动态化的,主导产业的选择,既要考虑当前的市场

①　[美]迈克尔·波特著,邱如美、李明轩译:《国家竞争优势》,华夏出版社2002年版,第70页、75页。

供求状况,更要着眼于未来的市场变动趋势,寻求良好的市场空间,保证所选择的主导产业拥有良好的市场前景。

市场形态是指市场的竞争结构,理论上包括完全竞争市场、垄断竞争、寡头市场、完全垄断市场等。完全竞争市场或垄断竞争市场是比较有利于主导产业发展的,而在寡头垄断或完全垄断的市场上,特定区域要想培育出一批新的企业并形成一个主导产业几乎是不可能的。区域主导产业的选择原则上应该在完全竞争市场(现实经济生活中几乎不存在理论上所讲的完全竞争市场,但存在准完全竞争市场)与垄断竞争市场中进行。

对于经济落后区域如西北民族地区而言,虽然存在许多特色资源与特色产业,从市场形态上看几乎接近完全垄断市场,但由于市场的规模有限或市场创新不足,导致其迟迟不能成为区域主导产业。

(4)产业状况对主导产业选择的约束

主导产业的选择是在现有产业基础上进行的,必然会受到现有产业发展状况的影响与约束。产业发展具有关联性、连续性和继承性,产业发展在区域经济发展中结构效应的发挥,在很大程度上类似于"木桶原理",产业结构中最短、最薄弱的部分往往对区域内的其他产业发展造成严重制约,从而限制产业经济结构效应的发挥,同样也会对区域主导产业的选择、培育与发展造成极大制约。当某一产业特别是基础产业处于瓶颈状态时,会造成前向关联的诸产业的生产能力闲置。如果首先发展这些瓶颈产业,无疑会大大释放其他产业的闲置能力,提高整个经济的综合效益。因此,在选择区域主导产业时,必须根据区域产业结构现状,消除现有产业中的瓶颈制约。

主导产业的选择与培育,需要在考虑国民经济与区域经济发展的战略方向的基础上,充分考虑现有产业结构状况与国民经济、区域经济发展战略方向的适应关系,以及产业结构的演进需要等。

(5)区域生产技术结构和水平状况对主导产业选择的约束

主导产业一般是具有先进技术的或技术密集型的产业,区域生产技术结构和发展水平状况是影响主导产业选择的重要条件和因素。主导产业的技术水平是由区域生产技术结构决定的,区域生产技术结构的综合水平越高,区域主导产业的层次水平也就越高,进一步发展新兴产业、技术密集型产业、高新技术产业或知识密集型产业的基础条件也就越好,区域主导产业就越能起到产业带动作用。区域生产技术结构的变化与进步,是区域主导产业发展、区域产业结构演变的强大推动力。如果区域生产技术结构不合理,区域生产技术水平低,则成功选择最优的区域主导产业的难度就非常之大。要选择和培育出区域先进合理的主导产业,必须努力改善区域生产技术结构,不断提高区域生产技术水平。

(6)政策因素对主导产业选择的约束

国家的宏观经济政策或产业政策对区域主导产业的选择具有重大影响,这在政府主导型的市场经济模式下表现得更为明显。国家或区域特殊的政策扶持也可能使特定区域在某一时期内获得发展某一产业的优势条件,从而促进了特定产业快速成长并形成后天获得性比较优势,成为区域主导产业。政策因素对主导产业选择的影响还可能表现在由于政府政策的不当,阻碍着主导产业成长的环境,丧失了主导产业发展的良好机遇。

(二)区域产业结构演进中的支柱产业理论

在产业经济研究文献以及现实经济实践中,与主导产业非常接近、使用非常频繁的一个概念是支柱产业。对此概念国内外学术界并没有统一的定义,对于主导产业与支柱产业之间的关系,学术界也存在不同的意见。有些学者认为两者具有同一性,主导产业就是支柱产业,如郭万达、李震中、宋效中等;也有一些学者主张两者既有联系又有区别,如王家新、方甲、于刃刚、江世银等。

本书认为,主导产业与支柱产业在表象上往往有一些重合之处,存在着一些内在联系。但两者是从不同的角度对产业经济的考察,强调的是不同的内容,两者之间存在比较明显的区别。

1. 主导产业与支柱产业间的联系

主导产业与支柱产业间的联系主要表现在:特定区域一旦按照特定基准选择确定出区域主导产业,那么如果条件适宜,一般能最终成长为区域支柱产业;有些支柱产业本身也具备主导产业的基本特征,从而也是区域主导产业。

2. 主导产业与支柱产业的区别

(1)两者强调的着重点或两者在国民经济中重要性的体现方式不同

支柱产业的重要性在于其在国民经济中所占的比例较大,比重大的即为支柱产业。它对一定时期内的经济增长具有较大贡献,其增加值一般占 GDP 的 5% 以上。主导产业的重要性在于其对其他产业的带动作用以及未来发展方向的导向作用,侧重的是关联性、技术性、成长性。

(2)两者是不同的时态概念

支柱产业是一个静态的概念,仅强调特定产业的当前状况,现在比重大的就是支柱产业,即使该产业的比重呈下降趋势,或该产业正处于衰退阶段,只要其比重仍然较大,仍可称之为支柱产业。正如目前我国大多数资源型城市与地区一样,短期内在其单一的产业结构中,并不能因为资源的逐渐枯竭而出现资源开采或加工业面临衰退问题而否定其支柱产业地位,但很明显这不能称之为区域主导产业。主导产业强调未来趋势,是一个动态的概念。它主要着眼于未来长期国民经济增长点的培育、未来产业结构的塑造和产业发展的优势,是产业结构演进的突破口和切入点,更强调前瞻性。主导产业具有比较广阔的发展前景,代表了产业发展的方向,可能成为未来国民经济发展的支柱产业。主导产业的选择主要侧重于国民经济和产业结构的中长期目标,而支柱产业则侧重于当前或短期目标,在于培育国民经济增长的主力产业。主导产业的更替速度要快于支柱产业,支柱产业一旦形成,就具有相对的稳定性,在相当长的一段时期内稳定发挥国民经济增长的主力和国民收入来源与就业的主渠道作用。而主导产业需要进行适时更替,前一阶段的主导产业如果发展成功,就会成为新阶段的支柱产业,同时又会有新的产业替代原来的主导产业,形成"主导产业—支柱产业—新的主导产业"的良性循环。从而带动区域产业结构的不断升级与经济的持续发展。

总之,支柱产业与主导产业是两个既有区别又有着密切联系的概念。支柱产业不等于主导产业,支柱产业是在经济总量中占有较高比重的产业,对于特定区域来讲,它既可能是朝阳产业,也可能是盛阳产业或夕阳产业;既可能仍存在较大的发展空间,也可能是衰退中的产业;既可能是在整个国民经济(即相对于具体区域而言)中占有较大比重的产业,也可能只是在特定区域内占有较大比重的产业。而主导产业具有比支柱产业更多的动态优势,担负着更多的发展功能。正确区分主导产业与支柱产业具有非常重要的实践意义,有助于在区域经济发展中制定和实施正确的区域产业政策和主导产业发展政策。对于西北民族地区而言,这一点更是具有特别的意义。

（三）区域产业结构演进中的衰退产业理论

衰退产业的出现是产业发展的必然现象。从完整的产业生命周期来看，衰退产业是指那些经过了由主导产业成长为支柱产业，在正常运行了一段时期以后，由于社会经济发展所导致的产业内外因素的重大变化，导致面临市场不断萎缩从而产业发展空间不断缩小、效率不断降低乃至整体亏损等状况，从而处于产业生命周期最后阶段的特定产业。处在衰退期产业的显著特征是产业规模已失去扩张能力并逐渐萎缩，收入逐步下降，在产业结构中的作用和影响力日趋减少等。造成特定产业衰退并陷于困境的主要因素有市场需求的重大转变、更好的替代产业的形成、技术停滞或技术创新、资源枯竭、比较优势转移等。

以上对衰退产业的界定是从产业成长的一般生命周期角度来分析的。但是，对于特定区域而言，某一产业的衰退可能并不意味着更广范围内该产业的全面衰退，还可能是由于特定区域内该产业竞争不力或一些特殊原因导致该产业仅在本区域内处于衰退状态，在其他区域内可能仍然是主导产业或支柱产业，这就涉及产业的区际转移问题。如劳动力密集型产业在国际间由发达国家向发展中国家的转移，在一国范围内由发达区域向欠发达区域的转移；再例如，某一资源型产业在特定区域内由于资源的枯竭而成为该区域内的衰退产业，但在另一个资源丰裕的区域则是区域支柱产业。从这个角度看，由于各个区域之间存在要素禀赋的不同、比较优势的差异以及经济发展水平的落差等，整体上不存在绝对意义上的衰退产业，只存在特定产业在特定区域之内的衰退问题。或者说，产业衰退只与特定区域相关，是一个区域经济现象。只有与特定区域相联系，研究产业衰退问题才具有现实的意义。此外，与特定区域相联系,区域内某些产业的衰退可能是由于产业内产品过于单一、技术落后过时、体制不合理等原因,导致产业在市场上的竞争能力欠缺,或由于市场的急剧变化而使产业陷入衰退状态。从这个意义上讲,一般情况下,只有衰退的产品,而没有衰退的产业。

1. 区域衰退产业的类型

由于区域内的产业衰退问题具有不同的情形,因此对于特定区域经济来讲,需要对衰退产业进行进一步的分析。区域衰退产业的形成大致有两种情形:一是由于正常的产业发展规律所导致的特定产业处于衰退阶段,如资源型城市与地区由于资源的枯竭而导致的采掘业的衰退,产业内由于产品过于单一、技术落后、体制不合理等原因所造成的产业衰退等,本书将其称为自然性产业衰退或自然性区域衰退产业;二是由于不合理的政府行为所促成的不具备条件的产业发展(如某些不合理的重复建设),由于不具备区域比较优势、违背区域分工规律等原因,这些产业不具备在本区域内健康发展的基本条件,缺乏基本的产业竞争优势,从而从一开始就无法产生较好的经济效益,本书将其称为非正常性产业衰退或非正常性区域衰退产业。

由自然性产业衰退所导致的区域衰退产业与因人为因素所导致的非正常性区域衰退产业是两种性质截然不同的产业现象,需要采取不同的产业政策予以应对解决。

2. 区域衰退产业的应对政策

衰退产业的出现,会对特定区域的社会经济发展造成比较严重的影响。如果衰退产业是区域内支柱产业或者衰退突然而至或者是在区域内产业大面积的衰退而新的产业又不能及时形成壮大之时,产业衰退的消极影响将会非常严重,持续的时期会相当长。这已经为发达国家的经济发展历史所证明,也是当前我国许多传统老工业基地与许多资源型城市与地区社会经济发展所面临的突出问题。产业衰退会直接影响到区域经济的健康发展，影响到区域收入水平的提高，造成大量的失业，并由此引发一系列相应的社会问题。

如何正确处理区域衰退产业，是区域经济发展需要正确处理的一个世界性、历史性难题。根据区域衰退产业的不同成因与类型，需要不同的分类应对处理政策。

(1)区域衰退产业转移

对于因产业成长而处于正常的衰退阶段的产业，可行的做法之一是采取产业区际转移。区位转移的实质是实行区位创新，将特定产业由不具备比较优势的区域转移到具备产业发展优势的区域，实现在新的区域内的产业再生。即通过区际转移实现产业成长阶段的后置，使产业由衰退阶段变为成长阶段或成熟阶段。区域产业转移，一方面可以通过区域的变迁以较低的成本实现产业成长阶段的前置，从而延长产业的生命周期，实现更多的产业效益；另一方面，通过区域产业转移，使被迁入区域能够大规模吸引外来资本、技术、管理与制度，快速形成新的产业，在比较短的时间内优化产业结构，有效带动产业迁入区域的经济发展。一般而言，产业迁出区域一般是经济发展相对发达的地区，被迁入区域一般是经济发展相对落后的区域，两者之间存在一个经济发展的梯度。成功的产业转移，往往能够带来两个区域经济发展的双赢局面，有利于区域经济的协调发展或共同发展。

区域产业转移是世界经济发展史与大国经济发展史中的一个比较普遍而意义重大的产业经济现象。二战后"亚洲四小龙"的成功崛起，就是及时而充分地利用了发达国家产业结构快速升级而导致的劳动密集型产业开始衰退，并从而需要产业转移的难得的历史机遇。我国东部沿海地区改革开放以来的发展，也是在很大程度上利用了劳动密集型产业国际转移的机遇。

区域产业转移需要具备以下几个关键条件：

一是迁出区域的特定产业的确进入衰退期，在区域内不再拥有产业发展的必要条件，成本居高不下，亏损严重，生产经营举步维艰，产业失去竞争优势，从而产生区际转移强烈的内在需要。

二是在整体上，该产业市场需求仍然较大，只是在原区域内无法形成有竞争力的供给。这是衰退产业区域转移的外部关键条件。如果在全世界或全国范围内市场需求不复存在，那么该产业即已经彻底进入其生命周期的尽头，应尽快退出历史舞台，就像人类经济史上许多被彻底淘汰的产业一样。

三是存在适宜的迁入区域。这些迁入区域需要具备适合该产业发展的要素禀赋、区位优势以及较好的投资软环境，包括良好的发展氛围、比较完善的公共服务、比较充足的熟练劳动者队伍、相对完善的市场体系等。其中投资软环境是最为关键的因素，对吸引转移产业具有非常重要的影响。特别是在中国，由于产业迁入区域经济一般相对落后，市场化程度较低，虽然具备劳动密集型产业、资源密集型产业发展的较好要素条件，但其投资软环境一般不理想，直接影响到产业的迁入。西部大开发以来，人们普遍预期的大规模产业西移、东西互动的局面迟迟未能出现，这在很大程度上就是因为西部地区的投资软环境较差，对东部地区的许多适宜转移的产业吸引力太低。①

---

① 当然，造成这种局面的原因还有很多，主要的有：东部地区虽然劳动力成本不断上升，但由于广大中西部地区成为东部地区的劳动力蓄水池，单纯的候鸟式、打工型劳动力流动与就业模式以及劳动者收入排斥型增长压制了工资上升的空间，导致劳动成本能长期维持在不合理的低位区间；又由于不合理的资源价格使得东部地区仍可以以较低的价格获取中西部的廉价资源。这样，东部地区许多劳动密集型产业仍然可以保持一定的竞争优势，尚未真正面临产业衰退的压力，使得产业转移的内在需要缺乏。

　　区域产业转移从本质上看是一个经济自主行为,是市场运行的自然结果。只在衰退产业存在区际转移的内在动力与存在适宜的转移目的地相结合的情况下,产业的区际转移才能成为现实,也只有这样的产业转移从理论上讲才是成功的。这就是区域产业转移的客观经济规律,违背这一规律而进行的任何人为实践,最终都不会产生理想的经济效果。但是,如果存在不合理或扭曲的市场机制或(和)不合理的资源配置方式,如扭曲的分配方式与分配机制(如本书所提出的单纯候鸟式的打工型劳动力流动与就业模式以及劳动者收入排斥型增长)及扭曲的资源价格体系,就会人为地阻碍特定产业(如劳动密集型产业)在特定区域(如发达区域)的衰退进程,影响衰退产业区际转移的实现,其结果是造成发达区域与欠发达区域的两败俱伤。因为对于发达区域而言,特定产业的不适时转移实际上限制了产业升级将产生的结构效益和分工深化的分工效益,违背了"两利相权取其重"的比较优势原则,虽然表面上仍然是有利可图,实际上付出了较高的机会成本;对于适宜产业迁入的落后区域而言,使经济发展的产业转移机遇迟迟难以来临,后发优势的发挥受到较大限制,产业结构的演进受阻,产业结构的低级化难以有效改变,经济发展的"落后陷阱"或"低水平均衡"缺乏强劲的外力来打破。这种两败俱伤的局面使区域分工极不合理,强化了发达地区经济发展的极化效应,回波效应低下,导致区域经济差距持续扩大。这样会损害社会经济发展的区际公平,不利于全面、协调、可持续发展,甚至导致许多严重的政治、社会问题。

　　由于中国目前尚处于社会主义市场经济体制基本框架基本确立但仍然非常不完善的状态,产业区际转移绝不是纯粹靠其自发进行那样理想、那样简单,政府在其中存在较大的发挥作用的空间,因此需要通过户籍制度、就业制度、分配制度、社会保障制度、投资体制等方面的深化改革,尽快完善市场机制,发挥市场在产业区际转移中的自主作用。同时,制定科学的产业转移引导促进政策,实现衰退产业区际转移的市场内在自主动力与外部促进力的有机结合,促成区域衰退产业区际转移的顺利、及时进行。

（2）区域衰退产业接续

以资源开采为主的城市与地区所面临的区域产业衰退主要表现为由于自然资源衰竭而导致的资源型产业发展的不可持续性。由于资源型城市与地区产业结构单一,社会经济发展整体水平较低,生态环境破坏严重,劳动者技能单一,资源型产业的衰退对区域经济发展造成的冲击非常严重,并导致应对之策非常艰难。对此,相关区域当局曾先后提出并采取了许多应对举措,从总体上看,这些对策的基本特征是围绕着产业转型做文章,强调发展替代产业,以此优化产业结构,实现经济增长。虽然在实践中也取得了一些成效,但它存在一些不足之处,主要表现在以下几个方面:

一是忽略了资源型城市与地区的传统与历史,即新制度经济学所强调的初始条件,而初始条件对经济发展的路径选择及其结果有着重大的影响;二是产业转型中人为的、行政性力量主导,替代产业的选择带有一定的盲目性和空想性,许多资源型城市与地区所提出的替代产业选择,最终多以失败告终,导致越调越差,不仅新的替代产业没有形成,反而造成新的负担;三是受传统惯性影响,替代产业的确定多是单一产业型,如阜新市 20 世纪 80 年代以来曾先后提出过"纺织城"、"电子城"、"化工城"设想以替代"煤炭城",无一取得成功;四是在调整中由于市场的力量有限或不重视、不相信市场,"等、靠、要"的依赖观念比较突出,民间资本、社会力量的动员与参与度低;五是产业发展规划与城市发展规划联系不密切,产业经营与城市经营未能有机结合在一起;六是对自身的比较优势及市场定位不充分、不准确,拘泥于产业结构演进的一般规定性,表现出较强的机械性。

由于以上几个方面的原因,资源型城市与地区经济转型的努力虽然取得了一定的成效,但未能从根本上解决其所面临的结构性矛盾,许多资源型城市与地区的发展仍然举步维艰,经济增长缓慢,财政入不敷出,就业压力大,人民生活水平提高缓慢,生态环境破坏严重,治理难度很大,难以从根本上摆脱社会经济弱可持续发展的困境。

理论研究和实践探索要求人们实现从发展替代产业向发展接续产业的思路转变。在此背景下,中共十六大报告首次提出:"支持以资源开采为主的城市和地区发展接续产业",标志着资源型城市与地区发展思路的重大调整,为这类城市与地区的发展指明了方向。发展接续产业的思路,充分考虑了资源型城市与地区的产业状况,注重延续和继承,反映出对产业结构演进规律的遵从;该思路不再简单地强调传统资源型产业的负面作用,而是客观地对其进行评价,并充分而恰当地利用其作为发展接续产业的平台;发展接续产业的思路应该是发散式的,不是单纯地局限于一个产业链条,不是单纯的产业升级换代、提高加工深度的问题,而是包括产业链条的增加;发展接续产业的思路,是在社会主义市场经济体制基本框架已初步形成的背景下提出的,是以市场需求为导向的;发展接续产业,体现了可持续发展的思想,通过对资源型城市与地区发展接续产业的支持,实现其社会经济的可持续发展;发展接续产业,就处于成长期和鼎盛期的资源型城市与地区而言,是一个主动接续的过程,而对于处于衰退期的资源型城市与地区则是一个被动接续的问题,显得更为必要与迫切。

在发展接续产业的过程中,必须坚持市场化原则、可持续发展原则、产业结构优化原则、区域产业集群经济原则、多重化经济原则以及比较优势升级原则等。

——市场化原则。当前我国正处于市场经济体制不断完善的关键时期,而资源型城市与地区的市场发育比较落后,市场化程度比较低。因此,在发展接续产业的过程中,尤其要坚持市场化原则,原先进行的产业结构调整工作之所以成效较差,原因之一就在于对市场经济规律的把握不够,人为、行政的力量压倒了市场的力量。坚持市场化原则,首先要坚持需求导向,把市场需求与自身的资源供给状况有机结合起来。必须充分相信并依靠市场主体的力量来发展接续产业。资源型城市与地区接续产业的发展,产业结构的调整优化,其主体力量应该是市场,是各个分散的市场主体,尤其是其中的民间资本的力量,市场化应突出地表现为民间资本主体化。这当然并不意味着忽视或否定国有资本的作用,由于历史的原因,国有经济在资源型城市与地区一般都占有绝大部分比重,在当地经济运行与发展过程中起着主导作用,在发展接续产业的过程中,这是一种非常重要的力量。但由于其改革尚未取得实质性突破,与市场经济的要求相距甚远,表现出机制不灵,效益低下,困难重重甚至积重难返,相当一部分成为当地社会经济发展中的沉重负担。如何充分利用这一巨大存量,变消极因素为积极因素,是坚持市场化原则中应着重解决的问题之一。其出路只能在深化改革中寻找,通过深化国有企业分类改革,重塑市场主体,寻找切合实际的公有制实现形式,使其成为充满生机与活力的市场主体。与此同时,创造并维护宽松、公平的市场环境,放手发展各种形式的民营经济,积极开展项目融资,吸引外部资本的进入,让各种资本的活力竞相迸发。

——可持续发展原则。可持续发展战略是我国社会经济发展过程中所必须坚持的一项基本战略,中共十六大再次重申"必须把可持续发展放在十分突出的地位",这对资源型城市与地区意义更为重大。通过发展接续产业,优化其产业结构,由此增强其可持续发展的能力。但在发展接续产业的过程中,必须坚持可持续发展的原则,针对资源型城市与地区的实际情况,应着重解决好资源持续利用、环境治理保护、劳动力素质提高三个方面的问题。

——产业结构优化原则。产业结构优化原则是通过产业结构优化,实现产业的关联效应、扩散效应,推动并保持国民经济较快、较好的发展。资源型城市与地区发展接续产业,必须围绕着产业结构优化这一主题进行。首先要对原有的支柱产业——资源开采加工产业进行升级换代,实施集约化、知识化、生态化改造。所谓集约化改造,就是要通过改革、改组和改造,组建一批适应市场经济要求、竞争力较强的大型企业集团,充分利用两个市场、两种资源,提高资源的深加工、综合加工的能力,改变资源开发利用中资源利用率低、资源产业效益差的粗放经营模式。所谓知识化改造,就是要切实实施科教兴城战略,努力提高资源型产业的科学技术含量,加快科技进步速度,提高科技进步贡献率,提高资源利用率,变资源密集型产业为技术密集型产业,进行资源的深度加工,提高产品的附加值。生态化改造则是指在资源开采利用过程中,实行清洁生产,并努力改善生态环境,实现资源的持续利用,把资源开发、经济发展与环境保护有机结合起来,形成资源开发、经济发展与环境保护的良性循环。其次,实施多元发展战略,围绕着特色产业和优势产业,大力发展接续产业,形成多重、多极主导产业并存的格局,形成多重、多极主导产业。

——区域产业集群经济原则。根据波特的竞争理论,一群在地理上相互靠近、在技术和人才上相互支持并具有竞争力的相关产业和配套产业所形成的产业集聚或产业扎堆,是区域与产业竞争优势的重要来源。究其原因在于区域产业集群能够实现信息、技术、基础设施等资源共享,加强竞争,促进合作,激励创新,从而能够降低生产成本,节约交易费用,提高生产效率,产生外部经济和集体效率。

区域产业集群经济应该成为资源型城市与地区发展接续产业的指导原则之一。产业集群的形成一般需要以下几个必要条件,如存在一个专业化劳动力市场、存在原料或设备供应商、靠近最终市场或原材料集散地、特殊的智力或自然资源的存在、有基础设施可共享以及特殊的政策激励等。在发展接续产业的过程中,资源型城市与地区应围绕着这些方面,为产业集群的形成与快速发展创造条件,大力发展相关的中小企业,从而形成区域竞争能力,在区域分工格局中占据有利的地位。

——多重化经济原则。多重化经济是指在一个区域之内,既有高新技术产业,也有传统的劳动密集型、资本密集型产业;既有新经济,也有旧经济;一方面提升发展传统产业,一方面加快发展高新技术产业。由此形成初级、中级、高级等层次不等的多重经济分布状态。

资源型城市与地区在发展接续产业的过程中,应根据自身的实际情况,量力而为,循序渐进,不应片面追求高新技术产业的发展,要对劳动密集型、资源密集型经济予以高度重视。例如,对于许多资源性城市与地区来讲,发展第一产业也是一种现实而成功的产业接续,例如阜新的产业转型实践。

——比较优势升级原则。坚持并充分利用自身的比较优势已成为各地经济发展战略中的一个共识,但人们普遍强调的多是利用自身静态比较优势,这虽然也能够促进当地经济的发展,但难以根本提高自身在区域分工与竞争格局中的地位。根据初始的静态比较优势进行的专业化生产,随着时间的推移,有可能会带来区域整体福利的降低,这已为国际分工与国际贸易的现实绩效所证实。资源型城市与地区发展接续产业,不仅要重视自身比较利益的实现,更要强调比较利益的升级,坚持利用并实现自身动态比较优势的原则。通过产业政策,引导本区域当前可能不具备比较优势,但未来具有"边干边学"能力较强的比较劣势产业进行专业化生产,从而不断实现自身比较优势的升级换代,形成新的优势产业与产品,通过产业的关联与扩散效应,带动整体经济的快速发展。

(3)区域衰退产业重振

区域内有些产业的衰退,可能是由于特定产业内产品结构单一、技术陈旧过时、体制不合理等原因造成的。对于这类区域衰退产业而言,实际上是衰而不亡。按我们国家产业分类的标准,各大类下边还分有若干中类和更多的小类,每一个中类或小类都可称为一个产业。每一个产业是由众多的企业集合而成,产业的产品又是由众多的企业系列产品集合而成的。作为单个的产品可以走到生命的尽头,在市场上消失;作为单个企业也可以破产,从生产经营领域中退出,但作为产业却不会衰亡,就如同作为个体的人可以死亡,但作为整个的人类不会死亡一样。其原因:一是每一种产业生产的产品不是单一的,而是系列的。即使有一两种产品的市场需求在不断萎缩,还有其他众多的产品在支撑着。产品的系列化保证了产业的生命力,支撑着产业不会消亡。随着市场竞争的加剧和有序化,生产企业也在不断成熟。为应对瞬息万变的市场,生产企业内部逐渐形成了开发、研制和生产三位一体的梯级生产机制,按照市场的需求,新产品也会源源不断地投向市场。从产业整体看,这种三位一体的梯级生产机制就更加完善,更能适应市场的变化,从而也就保护了产业整体的生命力。二是科技进步所导致的满足同类需求的方式与途径发生了重大变化,如新产品的出现能够更好地满足同一需求,也就是产业没有变化,只是产业内的产品表现发生了变化而已,或产业的科技含量发生了变化。

对于这种情形的区域衰退产业,实际上本身就蕴藏着一种振兴的力量,只要抓准产业衰退的内在原因,采取有利的措施,激活产业内蕴涵的复兴力量,衰退产业不仅可以停止衰退,还会呈现出产业在成长期或成熟期的一些特征。因此,适宜采取区域衰退产业重新振兴的策略与对策。

产业振兴可以通过产业内具体企业的改组、改造、改革等方式进行,或进行体制改革,或进行技术改造,或进行技术创新,或采取产品升级或多元化战略,激发蕴涵在产业内的复兴力量,从而使衰退产业重焕青春。如机械行业衰退的主要因素是设备陈旧老化,新技术的应用率低。如果用先进的技术设备武装机械工业,和电子工业结合起来,走机电一体化的发展之路,那么,机械工业很快就会振兴起来,呈现出成长期或成熟期那种强劲的发展势头。我国许多传统老工业基地内许多产业的衰退,就基本属于这种类型。

(4)区域衰退产业退出

对于那些无法进行区际转移、无法重振的区域衰退产业,需要采取积极的产业退出对策。即根据区域产业发展的重点,停止对衰退产业的投资,有计划地将资源从衰退产业向新的产业转移,尽可能盘活衰退产业的存量资产,为新的产业发展提供空间与资源,实现产业结构调整中有序的"有进有退"。如在西部地区实施的退耕还林还草的产业调整中,许多地区的种植业由于生态环境的不断恶化,事实上早已成为衰退产业,这种区域种植业无法实行区际转移,也很难进行产业重振,可行的做法就是及时而坚决地退出,将产业存量资产或资源转移到新的产业——林业或草业上,形成区域经济新的增长点。

在衰退产业的退出过程中,不可避免地要放弃大量的沉没成本,这往往成为区域衰退产业退出过程中的巨大障碍,影响着产业退出的进程。同时,在资产或资源从衰退产业退出的过程中,还会产生大量新的退出成本,如人力资源的培训。为了保证区域衰退产业退出的顺利进行,需要政府制定并实施衰退产业退出援助政策。这种援助政策的重点包括三个方面:一是通过财政、金融、价格等手段在资金方面的援助;二是通过职工技能培训、就业信息、再就业促进等手段在劳动就业方面的援助;三是失业救济与社会保障政策。

第三章 西北民族地区经济发展的
基本特征与态势

　　西北民族地区包括宁夏、新疆、青海三个民族省区,甘肃的临夏回族自治州、甘南藏族自治州以及张家川、肃南、肃北、阿克塞、天祝等五个少数民族自治县,总面积为 264 万平方公里,占全国总面积的 28%,占西部地区总面积的 37.9%。该地区是我国藏、回、蒙古、维吾尔、哈萨克等二十多个少数民族的主要聚居区,2003年,西北民族地区总人口达 3365.4 万人,占全国总人口的 2.6%,占西部地区总人口的 9.1%。其中,少数民族人口 1739.9 万人,分别占全国民族自治地方少数民族总人口、西部地区少数民族总人口与本地区总人口的 21.7%、25.1%与 51.7%。该地区有漫长的国境线,新疆与俄罗斯、哈萨克斯坦、吉尔吉斯斯坦、塔吉克斯坦、巴基斯坦、蒙古、印度、阿富汗等八国接壤,在历史上是沟通东西方、闻名于世的"丝绸之路"的要冲,现在又成为第二座"亚欧大陆桥"的必经之地,战略位置十分重要。在国防安全和边疆安定等方面具有举足轻重的地位。

　　因此,西北民族地区的经济发展,对于西部大开发战略的成功实施,对于全国民族经济的发展,对于该地区 3288.3 万人民特别是其中 1739.9 万少数民族群众全面建设小康社会目标的如期实现,对于全国战略生态屏障的建设与保护,对于各民族和谐发展与全国和谐社会的形成,对于国防安全和边疆安定,有着重大的现实意义。

研究西北民族地区的经济发展,首先需要比较清晰地把握该地区经济发展的基本特征与发展态势。

一、西北民族地区的区域经济特征

(一)区域经济发展中民族经济特征鲜明

西北民族地区经济发展具有鲜明的(少数)民族经济特征,集中表现在经济主体的(少数)民族性、产业结构与产业发展的特殊性、经济发展外力推动的明显性、制度安排与政策的特殊性等几个方面。

西北民族地区经济主体具有明显的(少数)民族性,突出地表现在该地区从事经济活动的个人以少数民族为主。该地区生活着藏、回、蒙古、维吾尔、哈萨克等二十多个少数民族,其中有裕固、保安、东乡三个全国独有的少数民族。2003 年,该地区少数民族人口 1739.9 万人,占该地区总人口的 51.7%。其中,宁夏少数民族人口占宁夏总人口的 35.5%,作为一个民族省区的青海,其少数民族人口占全省总人口的 35.6%,新疆少数民族人口占全区总人口的 60.1%,甘肃民族自治地方少数民族人口占其总人口的 54.6%。由于受独特的宗教、民族文化与传统等精神文化因素的影响,西北民族地区经济主体在社会经济活动中也相应地表现出独特的经济行为方式。如青海和甘肃民族自治地区的甘南州、天祝、肃南、肃北、阿克塞等基本信奉藏传佛教,而新疆、宁夏、甘肃民族自治地方的临夏州、张家川基本信仰伊斯兰教。

西北民族地区在产业结构与产业发展方面的民族经济特征主要表现为：第一产业中畜牧业占有很大比重，许多地方甚至主要以畜牧业为主，如 2003 年，新疆、青海畜牧业产值占第一产业的比重分别为 24.5％、48.4％，甘肃民族自治地方达到 42.2％；第二产业中民族用品生产加工业占有较大比重；第三产业中传统的民族饮食服务业、商贸流通业占有较大比重，对外经济贸易关系中与具有相同宗教信仰的中亚、中东地区保持比较密切的交往。

西北民族地区民族经济特征也表现在经济发展具有明显的外力推动特征，如作为民族地区，国家长期以来对其进行了重点倾斜投资，对其社会经济发展产生了较大的外力推动作用。

西北民族地区的民族经济特征最为鲜明地表现在该地区特殊的制度安排以及政策供给方面。西北民族地区中的宁夏回族自治区、新疆维吾尔自治区以及甘肃民族自治地方作为民族自治、民族自治州、民族自治县适用《中华人民共和国民族区域自治法》；青海作为一个多民族省份，一方面包括众多民族自治州与自治县，整体上享受国家民族地区的优惠政策。总体上看，该地区施行特殊的民族自治制度，在国家统一领导下，各少数民族聚居的地方实行区域自治，设立自治机关，行使自治权。如西北民族地区（民族自治地方）的人民代表大会有权依照当地民族的政治、经济和文化的特点，制定自治条例和单行条例；其自治机关可以采取特殊措施，优待、鼓励各种专业人员参加自治地方各项建设工作；该地区内的企业、事业单位依照国家规定招收人员时，优先招收少数民族人员，并且可以从农村和牧区少数民族人口中招收；其自治机关可以根据本地方的特点和需要，制定经济建设的方针、政策和计划，自主地安排和管理地方性的经济建设事业；在坚持社会主义原则的前提下,可以根据法律规定和本地方经济发展的特点,合理调整生产关系和经济结构,努力发展社会主义市场经济;自治机关根据法律规定,可以确定本地方内草场和森林的所有权和使用权;在国家计划的指导下,可以根据本地方的财力、物力和其他具体条件,自主地安排地方基本建设项目;可以自主地管理隶属于本地方的企业、事业;民族自治地方依照国家规定,可以开展对外经济贸易活动,经国务院批准,可以开辟对外贸易口岸;与外国接壤的民族自治地方如新疆经国务院批准,开展边境贸易;该地区财政是一级财政,是国家财政的组成部分,其自治机关有管理地方财政的自治权;根据本地方经济和社会发展的需要,可以依照法律规定设立地方商业银行和城乡信用合作组织;自治机关自主地决定本地方的科学技术发展规划,普及科学技术知识,等等。以上这些民族区域自治制度安排,为西北民族地区经济发展创造了良好的条件与保障。同时,在相应的政策供给方面,西北民族地区享有国家诸多致力于民族经济发展的优惠的财政、金融、投资、外贸、资源开发、教育、扶贫开发政策。如国家设立各项专用资金,扶助民族自治地方发展经济文化建设事业;根据国家的民族贸易政策和民族自治地方的需要,对民族自治地方的商业、供销和医药企业,从投资、金融、税收等方面给予扶持;国家制定优惠政策,扶持民族自治地方发展对外经济贸易,扩大民族自治地方生产企业对外贸易经营自主权,鼓励发展地方优势产品出口,实行优惠的边境贸易政策;通过一般性财政转移支付、专项财政转移支付、民族优惠政策财政转移支付以及国家确定的其他方式,增加对民族自治地方的资金投入,用于加快民族自治地方经济发展和社会进步,逐步缩小与发达地区的差距;上级国家机关在投资、金融、税收等方面扶持民族自治地方改善农业、牧业、林业等生产条件和水利、交通、能源、通信等基础设施；扶持民族自治地方合理利用本地资源发展地方工业、乡镇企业、中小企业以及少数民族特需商品和传统手工业品的生产；对口支援帮扶政策；资源输出民族地区的利益补偿政策；扶贫优惠政策；民族教育与少数民族人才培养优惠政策，等等。这些优惠政策的施行，为西北民族地区社会经济的发展，发挥着积极的推动作用。

（二）地理环境的同质性

西北民族地区地处中国西北内陆，在地理环境上具有较为明显的同质性。该地区地处黄土高原、蒙古高原、青藏高原与帕米尔高原，海拔整体上较高。新疆境内山脉与盆地相间排列，盆地被高山环抱，北为阿尔泰山，南为昆仑山，天山横亘中部，把新疆分为南北两半，南部是塔里木盆地，北部是准噶尔盆地，俗称"三山夹两盆"，习惯上称天山以南为南疆，天山以北为北疆。塔里木盆地是中国最大的盆地，位于天山与昆仑山中间，塔克拉玛干沙漠位于盆地中部，是中国最大，也是世界第二大流动沙漠。塔里木河是中国最长的内陆河，东部的吐鲁番盆地是中国海拔最低的地方。新疆属典型的温带大陆性干旱气候，年均天然降水量一百多毫米。区内山脉融雪形成众多河流，绿洲分布于盆地边缘和河流流域，总面积约占全区面积的5%，具有典型的绿洲生态特点。青海省位于中国西部的青藏高原，是长江、黄河、澜沧江的发源地，被誉为"江河源头"、"中华水塔"、"亚洲水塔"。境内有全国最大的内陆咸水湖——青海湖。全省面积72.23万平方公里，东西长一千二百多公里，南北宽八百多公里，周边与西藏、新疆、甘肃、四川四省区接壤，气候属典型的高原大陆性气候，日照时间长。青海省境内多山多水，主要山脉的主峰一般都在4500米以上。昆仑山是青海山脉的主体,平均海拔 5500 米;唐古拉山横亘在青海西南部;阿尔金山、祁连山位于青海西北部;还有巴颜喀拉山和阿尼玛卿山等著名山脉。青海河流众多,境内大小湖泊 2043 个,水体总面积 13665平方公里。宁夏回族自治区处在中国西北的黄河上游地区,东邻陕西省,西部、北部接内蒙古自治区,南部与甘肃省相连,是黄土高原与内蒙古高原的过渡地带,地势南高北低。从地貌类型看,南部以流水侵蚀的黄土地貌为主,中部和北部以干旱剥蚀、风蚀地貌为主,是内蒙古高原的一部分。境内有较为高峻的山地和广泛分布的丘陵,也有由地层断陷又经黄河冲积而成的冲积平原,还有台地和沙丘。宁夏地形中丘陵占 38%,平原占 26.8%,山地占15.8%,台地占 17.6%,沙漠占 1.8%。全区分为北部川区和南部山区两部分。川区主要是宁夏平原,是由卫宁平原和银川平原组成的引黄灌区,海拔 1100—1200 米,素有"塞上江南鱼米乡"的美誉。南部山区包括地处灵盐台地、罗山周围山间盆地、黄土丘陵和六盘山地的 8 县,是全国最贫困的地区之一,海拔一般在 1300—1500 米,主要山脉有贺兰山、罗山、牛首山、香山、六盘山等,其中贺兰山是中国外流区与内流区的分水岭,也是季风气候与非季风气候的分界线,是银川平原的天然屏障。宁夏属温带大陆性气候,年降雨量一般在 200—400 毫米,由南向北递减。日照时间长,一般在 3000 小时左右,光热资源充足,昼夜温差较大,无霜期 170天,是全国日照和太阳辐射最充足的地区之一。甘南藏族自治州位于甘肃省西南部,地处青藏高原东北边缘,东连秦陇,西接雪域,南邻天府,北与省内的临夏回族自治州接壤。历史上是中原地区通往青、藏及川北的交通要道。特殊的地理位置决定了甘南州在内地与藏区之间起着承接过渡的作用,是青藏高原社会大系的窗口,是"藏族现代化的跳板",气候属高原大陆性气候——高寒湿润区。因受大气环流和高原地貌的影响,全年无明显的四季之分,仅有冷暖之别,而且高寒多风雨雪。冷季长达 172 天左右,寒冷而且漫长,夏季暖温但短暂,无霜期平均只有 19 天,全年无绝对无霜期。临夏回族自治州地处青藏高原与黄土高原过渡地带,山谷多、平地少,平均海拔 2000 米,大部分地区属温带半干旱气候,西南部山区高寒阴湿,东北部干旱,河谷平川温和,年平均气温 6.3℃,年平均降雨量 537 毫米,蒸发量 1198 至 1745 毫米,日照时数 2572.3 小时,无霜期 137 天。肃南裕固族自治县位于祁连山中部北麓、河西走廊南侧,地势西高东低。境内除明花区属沙漠外,其余均系山地,平均海拔高度约 3200 米。气候差异明显,全年平均气温 3.6℃,日照时数 3085 小时,无霜期 83 天左右,年平均降水量、蒸发量分别为 253 毫米、1828 毫米,年平均无霜期 127 天,年均日照时数 2665 小时。肃北蒙古族自治县位于甘肃最西端,周边与 1 国 3 省 10 县(市)接壤,全县总面积 6.67 万平方公里,约占全省总面积的 14.8%。辖地分南北两部分,南部为祁连山脉西缘,平均海拔 3000 米以上;北部为马鬃山镇,与蒙古国国境线长 65.017 公里。阿克塞哈萨克族自治县介于甘肃、青海、新疆 3 省区交界处,位于青藏高原高寒地带,南部和东南部属高寒半干旱气候,北部属温带干旱气候,牧区年平均气温小于 3.9℃,新城区为 6.9℃,年平均降水量 19—176 毫米,蒸发量 1600—2500 毫米,年日照时数 3100—3500 小时,日照百分率为 70%—80%。天祝藏族自治县位于甘肃中部,地处青藏高原、黄土高原和内蒙古高原的交汇地带,河西走廊东端,系河西走廊门户,素有"高原金盆"之称,是全国第一个少数民族自治县。张家川回族自治县位于陇山西麓,地势由东北向西南倾斜,平均海拔 2011.4 米,年平均气温 7.45℃,无霜期 163 天左右,年平均降雨量为 593 毫米。

（三）社会经济发展的高度互动性

由于历史、地缘、民族、宗教信仰等多重因素的影响，西北民族地区社会经济发展具有较高程度的互动性。该地区社会经济发展过程中的广泛交流与合作的历史源远流长，茶马互市、丝绸之路等将该地区紧密联系在一起。改革开放以来，西北民族地区经济交流与合作不断增强，并建立了许多有效的区域经济合作工作机制，如"西北五省区联席会议"等，力求在相互交流与合作中取长补短，优势互补，共同发展。这种相互交流与合作，直接受益于相互之间天然的地缘关系。从地缘关系上看，宁夏与甘肃接壤，历史上在相当长的一段时期内曾经是同一个行政区；青海与甘肃有相当漫长的省界线，其中甘肃的甘南、肃北、阿克塞、临夏与青海接壤；新疆与青海、甘肃接壤，由此在地缘上紧密结为一体。从民族构成上看，甘肃的甘南州、天祝县与青海省的少数民族以藏族为主体；甘肃的临夏州、张家川县以及宁夏以回族为主体；新疆则以维吾尔族为主体。西北民族地区在宗教信仰上，藏族、蒙古族、裕固族等信仰藏传佛教，甘肃的甘南州素有中国的"小西藏"和甘肃的"后花园"之称，是外界了解整个青藏高原社会大系的窗口；回族、维吾尔族、东乡族等信仰伊斯兰教，甘肃临夏市素有"中国小麦加"之称，在伊斯兰界享有崇高地位。

（四）经济发展水平的相对落后性与相对先进性并存

从人均生产总值方面看，相对于全国以及东部地区而言，西北民族地区经济发展水平表现出明显的相对落后性。但与自身所处的西北地区、西部地区以及全国少数民族自治地方相比，该地区经济发展水平则又表现出相对发展的一面，见表3—1。

表 3—1　西北民族地区经济发展水平(人均生产总值)双重性

(单位:元)

年度 \ 区域	全国	东部地区	西部地区	西北五省区	全国少数民族自治地方	西北民族地区
2000	7086	11334	4751	4947	4496	5865
2001	7651	12811	5043	5439	4848	6542
2002	8214	14159	5515	5895	5287	7024
2003	9101	16306	6217	6805	6031	8108

资料来源:根据《中国统计年鉴》(2001—2004)、《甘肃年鉴》(2001—2004)整理。

从表 3—1 可以看出,西北民族地区人均生产总值与全国人均 GDP 相比,存在较大差距。从 2000 年到 2003 年,绝对差距分别为 1221 元、1109 元、1190 元与 993 元,分别为后者的 82.8%、85.5%、85.5% 与 89.1%;相对差距分别为 17.2%、14.5%、14.5% 和 10.9%。虽然与全国相比,西北民族地区人均生产总值尚存在较大差距,但相对差距呈不断缩小的趋势。这一现象是令人振奋的。

与东部地区 11 省市相比,西北民族地区人均生产总值的绝对与相对差距均悬殊且呈不断扩大的趋势。从 2000 年到 2003 年,绝对差距分别为 5478 元、6269 元、7135 元与 8198 元,分别为后者的 51.7%、51.1%、49.6% 与 49.7%;相对差距分别为 48.3%、48.9%、50.4% 与 50.3%。

但是与西部地区 12 省市区、西北 5 省区以及全国少数民族自治地方人均生产总值相比,西北民族地区经济发展表现出相对先进性。从 2000 年到 2003 年,西北民族地区人均生产总值比西部地区 12 省市区分别高出 1114 元、1499 元、1509 元与 1891 元,分别为后者的 123.4%、129.7%、127.4% 与 130.4%，领先优势不断明显化；从 2000 年到 2003 年，西北民族地区人均生产总值比西北地区 5 省区分别高出 918 元、1103 元、1129 元与 1303 元，分别为后者的 118.6%、120.3%、119.2% 与 119.1%，领先优势同样比较明显，但相对差距基本保持稳定；从 2000 年到 2003 年，西北民族地区人均生产总值比全国少数民族自治地方分别高出 1369 元、1694 元、1737 元与 2077 元，分别为后者的 130.4%、134.9%、132.9% 与 134.4%，领先优势最为明显。由此可以推断，西北民族地区在西部地区、西北地区以及全国民族地区的经济发展过程中是较为先进的地区，也是最有希望在较短时间内赶上全国平均发展水平的地区，是最有希望尽快扭转与东部地区发展差距不断扩大趋势的地区。

（五）较低的恩格尔系数与较低的人民收入水平并存

恩格尔定律主要表述的是食品支出占总消费支出的比例随收入变化而变化的一定趋势，即随着家庭和个人收入增加，收入中用于食品方面的支出比例将逐渐减小，反映这一定律的系数被称为恩格尔系数。其公式表示为：

恩格尔系数（%）＝食品支出总额/家庭或个人消费支出总额 ×100%

恩格尔定律揭示了居民收入和食品支出之间的相关关系，用食品支出占消费总支出的比例来说明经济发展、收入增加对生活消费的影响程度。一个国家或家庭生活越贫困，恩格尔系数就越大；反之，生活越富裕，恩格尔系数就越小。国际上常用恩格尔系数来衡量一个国家和地区人民生活水平的状况。根据联合国粮农组织提出的标准，恩格尔系数在 59% 以上为贫困，50%—59% 为温饱,40%—50%为小康,30%—40%为富裕,低于30%为最富裕。

西北民族地区经济发展中一个特殊的现象是较低的恩格尔系数与较低的人民收入水平并存,即城镇居民人均可支配收入与全国、东部地区以及西部地区存在较大差距,如2000年以来,该地区城镇居民人均可支配收入远低于全国、东部地区以及西部地区,但城镇居民家庭恩格尔系数却低于后三者。从分省区的情况看,只有新疆的城镇居民家庭人均可支配收入在2001年以后略高于西部地区,其恩格尔系数却较大程度地低于西部地区。从恩格尔系数方面看,该地区城镇居民生活已经达到相当富裕的程度,其富裕程度反而高于全国与东部地区,更高于西部地区,从而表现出一个明显的悖论。在农民人均纯收入与农村居民家庭恩格尔系数方面,该地区也类似地表现出这样一个特点,只不过相对不明显而已。

西北民族地区较低的恩格尔系数与较低的人民收入水平并存的情况,反映了该地区特殊的消费结构与市场化进程对其居民生活水平的消极影响。较低的恩格尔系数很显然不是收入水平提高的必然现象和逻辑结果。对于这一问题,本书将在第四章作进一步的分析。

(六)相对较高的人均生产总值与较低的人民收入并存

从表3—2可以看出,西北民族地区虽然人均生产总值远高于西部地区,但其城镇居民人均可支配收入却远低于西部地区。从2000年到2003年,西北民族地区城镇居民人均可支配收入分别比西部地区低816元、887元、952元与1014元,差距逐步扩大。其中,只有新疆在2000年、2001年、2002年分别高出西部地区

159 元、225 元、225 元,但到 2003 年又比西部地区低 32 元。从农民人均纯收入角度看,西北民族地区农民人均纯收入与西部地区存在着更大的差距。

因此,与西部地区相比,西北民族地区的人均生产总值相对较高,而人均收入水平相对较低。形成了相对较高的人均生产总值与相对较低的人民收入水平并存的特殊现象。

表 3—2　西北民族地区人均生产总值与人民收入对比　（单位:元）

	2000 年			2001 年			2002 年			2003 年		
	(1)	(2)	(3)	(1)	(2)	(3)	(1)	(2)	(3)	(1)	(2)	(3)
西部地区	4751	5486	1632	5043	6170	1755	5515	6675	1854	6217	7205	1966
西北民族地区	5865	4670	1482	6542	5283	1557	7024	5723	1661	8108	6191	—

资料来源:根据《中国统计年鉴》(2001—2004)、《甘肃年鉴》(2001—2004)整理计算。

注:(1)为人均生产总值;(2)为城镇居民人均可支配收入;(3)为农民人均纯收入。

(七)区域社会经济发展的不和谐性

中共十六届三中全会正式提出要"按照统筹城乡发展、统筹区域发展、统筹经济社会发展、统筹人与自然和谐发展、统筹国内发展和对外开放的要求",积极推进改革,为全面建设小康社会提供强有力的体制保障;强调"坚持以人为本,树立全面、协调、可持续的发展观,促进经济社会和人的全面发展"。西北民族地区社会经济发展的不和谐问题非常突出,表现在城乡发展差距较大,地区内区域发展的差距较大,经济社会发展不协调,人与自然的矛盾突出以及各民族发展的不均衡等方面。

1. 城乡发展不和谐

西北民族地区城乡发展的统筹性较低,突出表现在城镇化水平低,城乡居民收入差距非常明显等方面。从城镇化水平方面看,2000年,西北民族地区城镇化水平仅为31.6%,比全国以及东部地区分别低4.6个、14.5个百分点。其中,宁夏、青海、新疆与甘肃民族自治地方分别比全国低3.8个、1.4个、2.4个、25.8个百分点,分别比东部地区低13.7个、11.3个、12.3个、35.7个百分点。从2000年到2003年,西北民族地区城镇化水平缓慢上升,到2003年底,西北民族地区城镇化水平与全国相比仍然低6.4个百分点。从城乡居民收入差距方面看,2000年,全国城市居民人均可支配收入是农民人均纯收入2.8倍,而西北民族地区是3.2倍;到2003年,前者变为3.2倍,而西北民族地区变为3.3倍,城乡收入差距呈扩大趋势并仍然高于全国水平。

西北民族地区城乡发展的统筹性较低,主要是由于以下几个主要原因造成的:一是由于体制改革的相对滞后性。传统的城乡分割的户籍制度在西北民族地区表现得更为明显,阻碍城乡统筹发展的体制性障碍巨大;二是城市化水平低,城市密度小,城市的聚集、辐射带动功能较弱;三是城镇社会经济的首位度偏高,没有形成相对合理的大、中、小、城市体系;四是城市化质量低,以外延扩展为主[①];五是农业产业化、商品化程度低,农民非农产业收入来源有限;六是农村贫困面较大,贫困人口较多。

2. 地区内区域发展差距较大

西北民族地区内部区域经济发展差距比较明显,突出地表现在人均生产总值、人民收入水平等方面。

---

① 高新才、毛生武:《西北民族省区城镇化战略模式选择与制度创新》,《民族研究》,2002-06。

从人均生产总值角度看,从表 3—3 可见,2000 年以来,新疆最高,持续高于宁夏、青海与甘肃民族自治地方。2000 年后三者人均生产总值分别比新疆低 2631 元、2383 元、5808 元;到 2003 年,该差距进一步扩大,分别扩大为 3009 元、2423 元与 7321 元。此外,宁夏人均生产总值也低于青海,而甘肃民族自治地方则非常低,与宁夏、青海、新疆三省区存在巨大差距。

表 3—3　西北民族地区人均生产总值区域内部差距　（单位:元）

地区 年度	西北民族地区	宁夏	青海	新疆	甘肃民族自治地方
2000	5865	4839(25)	5087(21)	7470(12)	1662
2001	6542	5340(21)	5735(18)	7913(11)	1866
2002	7024	5804(25)	6426(19)	8382(12)	1890
2003	8108	6691(23)	7277(20)	9700(12)	2379

资料来源:《中国统计年鉴》(2001—2004),《甘肃年鉴》(2001—2004)。

表 3—4　西北民族地区内部区域人民收入水平差距　（单位:元）

	宁夏		青海		新疆		甘肃民族自治地方	
	城镇居民人均可支配收入	农民人均纯收入	城镇居民人均可支配收入	农民人均纯收入	城镇居民人均可支配收入	农民人均纯收入	城镇居民人均可支配收入	农民人均纯收入
2000	5170	1724	4912	1490	5645	1618	2954	1096
2001	5544	1823	5854	1557	6395	1710	3338	1139
2002	6067	1917	6171	1669	6900	1863	3752	1195
2003	6530	2043	6745	1794	7173	2106	4314	1309

资料来源:同表 3—3。

在人民收入水平方面,从表 3—4 可见,2000 年以来,新疆的城镇居民人均可支配收入均连续高于青海、宁夏与甘肃民族自治地方,而宁夏仅在 2000 年高于青海,从 2001 年开始,则与青海存在较大差距。从绝对差距上看,2003 年,水平最低的甘肃民族自治地方城镇居民人均可支配收入比最高的新疆低 2859 元,宁夏比新疆低 643 元,青海比新疆低 428 元。从农民人均纯收入方面看,则状况不同。2000 年到 2002 年,西北民族地区内部各地区农民人均纯收入水平从高到低排序为宁夏、新疆、青海、甘肃民族自治地方。其中 2000 年,宁夏比后三者分别高出 106元、234 元、628 元。2003 年,情况略有变化,新疆农民人均纯收入比宁夏高出 63 元,比青海高出 312 元,比甘肃民族自治地方高出 797 元。

可见,西北民族地区城乡发展的差距较大,省(区、地方)际区域发展差距比较突出,且差距有不断扩大的趋势,实现区域协调发展的任务比较艰巨。

3. 经济社会发展不和谐

与全国以及东部地区的差距而言,由于特殊的历史、地理、人文等多重因素的制约,西北民族地区社会发展水平相对更为滞后,经济社会发展的统筹性较差。胡鞍钢、温军[①]研究指出,西部民族地区(包括西北民族地区)存在着三大发展差距,即经济发展差距

---

① 胡鞍钢、温军的"社会优先发展战略"抓住了西部民族地区社会发展严重滞后的问题,对加快民族地区发展提供了一个有重要价值的思路。但本书认为,经济发展仍然是加快西北民族地区发展的核心与关键,社会发展是经济发展的目的,也是进一步加快经济发展的基础保障。当前适宜的战略应该是经济社会统筹协调发展。此外,胡鞍钢、温军的三大差距划分中存在交叉部分。为了突出西北民族地区社会发展的滞后性,本书重点研究社会发展内容中的几个关键方面。

(地区人均 GDP 发展差距、城乡收入差距、城乡公共服务发展差距)、人类发展差距(医疗卫生差距、生活水平差距、生活质量差距)和知识发展差距(教育差距、信息差距、技术差距、体制差距)。其中,最大的发展差距则是知识发展差距。因此,西部民族地区应该实行新的现代化追赶战略——社会发展优先战略,即由过去单纯关注缩小经济发展差距,转向注重"以人为本,优先加快社会发展",通过优先缩小知识发展差距与人类发展差距,进而加速缩小经济发展差距,切实扩大各民族的发展机会、增强各民族的发展能力,大力开发人力资源,保护民族文化,以最终实现全面的可持续发展。

西北民族地区社会发展的滞后性突出表现在教育发展严重滞后、人力资源素质较低,公共卫生事业发展水平低,贫困问题突出、人口预期寿命较低等方面。

4. 人与自然矛盾突出

西北民族地区虽然地域广大,人口密度比较小。但该地区总体上处于高原地带,地形地貌复杂多样;气候以干旱半干旱为主,以高寒著称,降水量稀少,蒸发量很大,水资源严重缺乏;沙漠面积大,地面沙化严重,森林覆盖率极低,仅为 2.79%;风沙、干热风、冰雹、霜冻等自然灾害频繁等自然条件比较恶劣,由此导致生态环境非常脆弱。根据生态环境脆弱度计算(值越大越脆弱),甘肃为 0.78,青海为 0.80,宁夏为 0.84,新疆为 0.65,与全国其他生态环境较好的省份相差甚远,如广东为 0.16,浙江为 0.20。恶劣的生态环境使得环境的人口承载力很低,人与自然的矛盾非常突出。例如,青海沿黄地带的人口数量已经远远超过了该区域的自然承载能力,按照国际标准,干旱半干旱地区的人口承载能力仅为 7.5 人/平方公里,而该区域已经超过了 200 人/平方公里。这种状况在西北民族地区是比较普遍的。西北民族地区人与自然矛盾的突出性集中表现在该地区整体日益恶化的生态环境上。

西北民族地区土地荒漠化问题非常突出。根据国家林业局2005年6月发布的《中国荒漠化和沙化状况公报》数据,截至2004年底,全国荒漠化土地总面积为26362万公顷,占国土总面积的27.46%。其中,新疆、青海、宁夏三省区荒漠化面积分别为10716万公顷、1917万公顷、297万公顷,三省区荒漠化面积占全国荒漠化总面积的49.05%。截至2004年底,全国沙化土地面积为17397万公顷,占国土总面积的18.12%。其中,新疆、青海、宁夏三省区面积分别为7463万公顷、1256万公顷、118万公顷,三省区占全国沙化总面积的50.80%。全国具有明显沙化趋势的土地面积①为3186万公顷,占国土总面积的3.32%,主要分布在内蒙古、新疆、青海、甘肃四省区,其中,新疆、青海面积分别为481万公顷、420万公顷,两省区面积占全国具有明显沙化趋势土地面积的28.28%。在黄河首曲,素有黄河"蓄水池"之称的甘南州玛曲县,随着近年来全球气候的转暖,风蚀作用的加剧,草原鼠害以及过度放牧的影响,草原荒漠化程度已经比较严重,给黄河中下游带来的生态危机是不可估量的。从1980年到1998年,玛曲县的沙化面积由最初的1440公顷发展到44787公顷,平均沙化速度达21.8%。在靠近黄河岸边的植被,因黄河水长期侵蚀,淘空了植被下面的流沙层,形成大面积塌陷沙滩。像这样的沙化带,在玛曲县境内的黄河沿岸已达119公里。

中国工程院课题组①在其2003年完成的《西北地区水资源配

---

① 包括35位中国工程院、中国科学院院士在内的众多专家参与了这项研究。其中,西北民族地区是其研究的重点领域。

置、生态环境建设和可持续发展战略研究》课题研究报告中强调指出,土地荒漠化已成为西北地区①生态环境的主要危机。该研究报告认为,在内陆干旱区,由于河流上中游用水过多,造成下游河湖干涸,荒漠扩大。如近年来,新疆的罗布泊、台特玛湖,河西走廊石羊河下游的青土湖,黑河下游的东、西居延海以及疏勒河下游的哈拉诺尔等湖泊都先后干涸。青海省的青海湖和柴达木盆地的达布逊等湖,水面也有不同程度的缩小。该研究报告指出,许多内陆河流的上中游大量引水灌溉,使下游水量减少甚至完全断流。由于内陆河流的下游都处于极端干旱的沙漠中心,两岸天然绿洲和向荒漠过渡的植被都需要依赖河流径流所补给的地下水,河湖干涸断绝了地下水的补给,造成天然绿洲和向荒漠过渡的植被衰败以至死亡。另外,新疆古尔班通古特沙漠边缘的奇台县、甘肃腾格里沙漠边缘的民勤县,由于中游过量用水,在河流来水不足的情况下,大量超采地下水,导致地下水位大幅度下降,不但造成植被衰亡,而且使大片土地沙化。而在大中型灌区,由于缺少完整的灌排渠系和科学的灌溉制度,使灌区地下水位过高,也会造成灌区内土壤的次生盐碱化。除上述原因外,该研究报告认为草原牧区严重超载过牧、农牧交错区的滥垦滥采、不合理的种植结构和耕作制度等,也是西北地区土地荒漠化的重要原因。

西部大开发以来,国家与地方各级政府对该地区生态环境保护与建设进行了大规模的资金投入与政策投入,如"三北"防护林的建设、退耕还林还草工程、天然林保护工程、全面禁牧禁垦等等,

---

① 该研究报告所称的西北地区指新疆、青海、甘肃、宁夏、陕西和内蒙古六省(区)范围的内陆河流域(含新疆的国际河流)和黄河流域。可以看出,西北民族地区是其研究的重点领域。

已初步取得了一些成效,但西北民族地区生态环境仍然呈现出"局部有所好转、整体上继续恶化"的演化态势。因此西北民族地区实现人与自然的和谐任务非常艰巨,其社会经济发展面临也着非常严峻的生态环境制约。

值得重视的是,西北民族地区是中国生态环境的战略高地,是全国生态环境的咽喉,这里是全国许多大江、大河的发源地,如甘南州玛曲县是黄河首曲,素有黄河"蓄水池"之称;自东向西依次分布于河西走廊西南部的天祝县、肃南自治县、肃北自治县和阿克塞县等四县位居石羊河、黑河、疏勒河、党河等河西主要河流的上游,是河西地区水源涵养地带及祁连山生态保护工程的主体;青海素有"中华水塔"、"亚洲水塔"之美誉,是长江、黄河和澜沧江的发源地;新疆的塔里木河是中国最长的内陆河,也是世界第五大内陆河,伊犁河是新疆水量最大的河流、同时也是一条著名的国际内陆河,额尔齐斯河是中国唯一流入北冰洋的河流,它源出我国阿尔泰山南坡、自东南向西北奔流出国、经俄罗斯的鄂毕河注入北冰洋。西北民族地区生态环境的恶化,直接导致了长江、黄河等大江、大河的流量,对全流域生态环境带来了重大影响。西北民族地区也是我国沙尘暴的主要产生地,直接影响着我国华北、东北、东部地区范围广大的地域。

因此,西北民族地区人与自然的矛盾,在某种意义上就是全国范围内人与自然的矛盾。没有西北民族地区人与自然的和谐,就没有全国人与自然的和谐。

(八)区域经济发展的封闭性特点突出

西北民族地区的甘肃民族自治地方、青海、新疆位于古丝绸之路沿线,宁夏也是受丝绸之路辐射的地方,其中的回族人民大多有经商的传统,在民族渊源与宗教信仰等各方面因素的作用下,西北民族地区曾经是对外贸易比较发达、社会经济发展比较开放的地区。但在传统体制下,西北民族地区经济发展的封闭性变得非常突出,集中表现为经济发展的外向程度非常低,见表3—5。

表3—5　西北民族地区经济发展的封闭性

	外贸依存度（%）				人均利用外资额（US$）			
	宁夏	青海	新疆	临夏州、甘南州	宁夏	青海	新疆	临夏州、甘南州
2000 年	13.8	5.0	13.7	1.2	3.1	—	1.0	—
2001 年	14.7	4.1	9.8	0.8	3.0	7.0	1.1	
2002 年	11.1	4.8	13.9	1.0	3.8	8.9	1.0	
2003 年	13.9	7.2	21.0	1.9	12.4	31.7	8.3	—

资料来源:根据《中国统计年鉴》(2001—2004),《甘肃年鉴》(2001—2004)整理计算。

注:美元与人民币汇率为1美元=8.28元人民币,《2001中国统计年鉴》中无青海2000年实际利用外资额,故数据空缺。

外贸依存度与人均利用外资额是衡量区域经济发展外向程度的两个重要指标,反映着特定区域利用两个市场、两种资源的能力和规模。表3—5显示,西北民族地区外贸依存度与人均利用外资额都非常低,是典型的封闭型经济发展模式。此外,该地区外贸依存度与人均利用外资额这两项指标年度变动很大,表现出低水平之上的高度不稳定性。从外贸依存度指标看,宁夏从2000年的13.8%上升到2001年的14.7%,增加了0.9个百分点,但到2002年则降为11.1%,比2001年下降了3.6个百分点,2003年仍未达到2001年的水平;青海则在2001年、2002年连续两年低于2000年的水平,在2003年迅速提高,外贸依存度达到7.2%,比2002年增加了2.4个百分点;与2000年相比,新疆2001年外贸依存度下降了 3.9 个百分点,2002 年则在 2001 年的基础上上升了 4.1 个百分点,略高出 2000 年的水平,2003 年则急剧增加,达到 21 个百分点;甘肃民族自治地方①经济发展的外向程度最低,其外贸依存度到 2003 年尚未超过 2%。从人均利用外资额指标看,从 2000 年到 2002 年,宁夏人均利用外资额均未超过 4 美元,2003 年增长速度很快,达到 12.4 美元;青海 2003 年人均利用外资额为 31.7 美元,比 2002 年 8.9 美元增加了 22.8 美元,在西北民族地区中是最高的;从 2000 年到 2002 年,新疆人均利用外资额很低且几乎没有变动,分别仅为 1.0 美元、1.1 美元、1.0 美元,到 2003 年,才增长到 8.3 美元。

(九)经济结构效应较差

1. 区域产业结构水平较低

西北民族地区产业结构水平较低,产业结构升级与优化的进程较慢。在三次产业结构中,第一产业比重很高;第二产业比重远低于全国平均水平,加工业以初级产品加工为主;第三产业虽然有较高的比重,但传统服务业占主导,新型服务业和高新技术产业比重很低。对此,本书将在第四、第五章作进一步深入分析。

在轻重工业结构中,西北民族地区重工业结构较高,而重工业就业贡献相对较小,对地方财政收入、人民生活水平的提高效应较低。2003 年,全部国有及规模以上非工业企业增加值结构中,宁夏轻重工业比为 20.05∶79.95,青海为 6.44∶93.56;新疆为

---

① 临夏州、甘南州是甘肃民族自治地方的主体,由于缺乏甘肃其他民族自治县的相关数据,本书此处以该两州为代表。

15.41:84.59。而全国 2003 年轻重工业之比为 35.70:64.30。

　　2. 区域所有制结构中公有制经济比重高

　　西北民族地区所有制结构调整速度较慢,公有制经济在国民经济中占有较高比重,远高于全国整体水平,见表 3—6、表 3—7。从工业总产值的经济类型来看,2003 年,青海国有及规模以上非国有工业企业工业总产值为 247.90 亿元,其中国有及国有控股企业完成 195.01 亿元,占总量的比重高达 78.66%,占有绝对优势;集体企业完成 2.98 亿元,占 1.20%;全部公有制经济所占比重高达 79.86%。宁夏国有及规模以上非国有工业企业工业总产值为 352.81 亿元,其中国有及国有控股企业完成 211.74 亿元,占总量的 60.02%;集体企业完成 4.83 亿元,占 1.37%;全部公有制经济所占比重高达 61.39%。新疆国有及规模以上非国有工业企业工业总产值为 1113.14 亿元,其中国有及国有控股企业完成 909.99 亿元,占总量的比重高达 81.75%,占有绝对优势;集体企业完成 14.91 亿元,占 1.34%;全部公有制经济所占比重高达 83.09%。甘肃民族自治地方 2003 年国有及限额以上非国有工业总产值为 304890.9 万元,国有及国有控股企业总产值为 141145.4 万元,占总量的 46.29%,加上集体企业总产值,公有制经济所占比重超过了 50%。可见,西北民族地区在工业总产值的经济类型构成方面,公有制经济所占比重远高于全国整体水平,在工业总产值中占有绝对主导地位。而全国 2003 年国有及国有控股企业、集体企业工业总产值分别为 53407.9 亿元、9458.43 亿元,分别占全部国有及规模以上非国有工业企业工业总产值的 37.54% 与 6.65%,公有经济所完成的工业总产值占全部国有及规模以上非国有工业企业工业总产值的 44.04%。

表 3—6　2003 年西北民族地区工业总产值与增加值中各经济类型比重

（单位:%）

	国有及规模以上非国有工业总产值		国有及规模以上非国有工业增加值	
	国有及国控企业	集体经济	国有及国控企业	集体经济
全国	37.54	6.65	44.86	6.08
青海	78.26	1.20	80.75	—
宁夏	60.02	1.37	63.31	—
新疆	81.75	1.34	87.89	—
甘肃民族自治地方	46.29	5.83	—	—
西北民族地区	76.30	1.40	—	—

资料来源:根据《中国统计年鉴》(2004)、《甘肃年鉴》(2004)计算。

从工业增加值的经济类型来看,西北民族地区公有制经济的主体地位更加显著。例如,2003 年青海国有及规模以上非国有工业企业工业增加值为 95.23 亿元,其中国有及国有控股企业完成 76.90 亿元,占总量的比重高达 80.75%,占有绝对优势;集体企业增加值 0.83 亿元,占 0.87%;全部公有制经济所占比重高达 89.37%。宁夏国有及规模以上非国有工业企业工业增加值为 109.41 亿元,其中国有及国有控股企业完成 69.27 亿元,占工业增加值总额的 63.31%。新疆国有及规模以上非国有工业企业工业增加值为 463.36 亿元,其中国有及国有控股企业完成 407.23 亿元,占工业增加值总额的 87.89%。

而 2003 年在全国 41990.23 亿元全部国有及规模以上非国有企业工业增加值中,国有及国有控股企业占 44.86%,集体企业占 6.08%,两者相加为 50.94%。西北民族地区远高于全国平均水平。

从城镇劳动力就业方面看,西北民族地区就业的主渠道以国有、集体单位为主,其国有单位、集体单位就业人员比重远远高出全国整体水平。2003年,青海、宁夏、新疆该比例是分别是全国的1.63倍、1.68倍、1.90倍。2003年,在全国城镇就业结构中,在国有单位、集体单位、其他单位①就业的人员占比分别为26.82%、3.90%、30.64%。青海则分别为46.81%、3.39%、49.66%;宁夏分别为 48.66%、2.80%、47.81%;新疆分别为 56.02%、2.36%、41.56%。

从总体上看,西北民族地区非公有制经济基础薄弱,民间资本积累匮乏,由于受投资环境和经济发展水平制约,当地非公有制经济发展总体实力较弱,非公有制经济扩张能力不强。该地区所有制结构呈现出显著的"国(国有经济)强民(民营经济)弱"的格局,国有经济战线过长,覆盖面过广,非公有制经济发展的空间受到限制,公有制经济与非公有制经济之间协同发挥各自比较优势、相互促进、共同发展的良好局面尚未形成,在很大程度上限制了非公有制经济在就业、收入以及地方经济发展中积极作用的发挥,导致该地区所有制结构效应比较低下。全国工商联根据2003年全国31个省市区的统计数据并经过计量实证分析指出:民营经济工业总产值比重每提高1个百分点,该地区人均生产总值会提高大约203元;民营经济工业增加值比重每提高1个百分点,该地区人均生产总值会提高大约202元;城镇就业中民营经济就业比重每提

---

① 其他单位包括股份合作单位、联营单位、有限责任公司、股份有限公司、港澳台商投资单位以及外商投资单位等其他登记注册类型单位。在城镇就业结构中,除国有单位、集体单位、其他单位以外,还有其他类型的就业渠道,所以以上三项相加不等于100。

高 1 个百分点,该地区人均生产总值会提高大约 518 元。①

3. 投资结构以国家与国有经济投资为主体

投资是推动西北民族地区经济增长的第一动力。但西北民族地区的投资结构比较单一,资金来源渠道很少。因此,其投资结构中以国家与国有经济投资为主体,见表 3—7。

表 3—7　2003 年西北民族地区全社会固定投资经济类型结构

(单位:亿元、%)

	全社会固定资产投资								
总额	国有经济		集体经济		个体经济		其他经济	
	总额	比重	总额	比重	总额	比重	总额	比重
全国	55566.60	21661.0	38.98	8009.50	14.42	7720.1	13.89	18176.0	32.61
青海	255.63	151.37	59.21	13.22	5.17	23.36	9.14	67.68	26.48
宁夏	317.99	152.35	47.91	35.70	11.23	60.22	18.94	69.72	21.92
新疆	973.40	472.35	48.53	41.50	4.26	125.15	12.86	334.40	34.35

资料来源:根据《中国统计年鉴》(2004)计算。

2000 年,宁夏全区完成固定资产投资 160.82 亿元,比上年增长 23.1%。按经济类型划分,国有经济投资 100.79 亿元,占总投资的 63%,非国有经济投资 60.03 亿元,占总投资的 37%。按隶属关系分,中央项目投资 28.18 亿元,占总投资的 17.52%;地方项目投资 132.64 亿元,占总投资的 82.48%。2001 年全区完成全社会投资 195.8 亿元,同比增长 21.8%。其中国有投资 125.5 亿

① 转引自余力:《非公经济 36 条:清道与开闸》,《南方周末》2005 - 02 - 02。

元,占总投资的 64％;非国有投资 70.2 亿元,占总投资的 36％。直到 2003 年,宁夏才首次实现了非国有单位投资超过国有单位投资,在当年全社会固定资产投资总额 317.99 亿元中,国有单位投资 152.35 亿元,占总投资的 47.91％;集体经济投资 35.70 亿元,占全部投资的 11.23％;其他单位投资 129.94 亿元,占总投资的 40.86％,非国有单位投资占全部投资的 52.09％,比国有单位投资比重超出 4.18 个百分点。青海直到 2003 年仍然以国有经济投资为绝对主体,在其 255.63 亿元固定资产投资总额中,国有经济投资 151.37 亿元,占 59.21％;集体经济投资 13.22 亿元,占总量的 5.17％;个体经济投资 23.36 亿元,占总投资的 9.14％;其他经济投资 67.68 亿元,占总投资的 26.48％。新疆在 2003 年 973.4 亿元的全社会固定资产投资中,国有经济投资 472.35 亿元,占投资总额的 48.53％;集体经济投资 41.50 亿元,占投资总额的 4.26％;个体经济投资 125.15 亿元,占投资总额的 12.86％;其他经济类型投资 334.40 亿元,占投资总额的 34.35％。

　　与全国相比,西北民族地区的投资结构,与全国存在显著的差别。2003 年,在全国全社会 55566.6 亿元固定资产投资总额中,国有经济投资占 38.98％,而青海、宁夏、新疆分别比全国高出 20.23、8.93、9.55 个百分点,说明这三个省区国有经济在国民经济发展中的作用高于全国;集体经济投资占 14.42％,而青海、宁夏、新疆分别比全国低 9.05、3.19、9.86 个百分点,说明这三个省区个体经济发展水平与全国整体水平存在较大差距;个体经济投资占 13.89％,而青海、新疆分别比全国低 4.75、1.03 个百分点,只有宁夏高出全国 5.05 个百分点,个体经济发展呈现较好趋势;其他经济投资占 32.71％,而青海、宁夏分别比全国低 6.23、10.79 个百分点,只有新疆略高出全国 1.64 个百分点。

总之,西北民族地区在全社会固定资产投资结构上,表现出来的鲜明特征是:国有经济投资为主体,经济发展对其存在过度依赖;集体经济、个体经济发展薄弱,投资能力低下;股份合作单位、有限责任公司、股份有限公司、外商投资及港澳台投资总量很少,所占份额很低。

4. 资源型经济特征明显

区域经济的发展一般离不开自然资源的支撑与保障,这在经济发展的初级阶段表现得更为明显。一般而言,区域经济发展水平越低,其经济的资源型特征就越为突出;区域产业结构层次越低,其经济的资源型特征就越为显著。

西北民族地区存在着较为明显的资源优势,如面积广袤的草原,数量众多的物种资源,储量丰富的矿产资源等,构成了该地区经济发展相对较好的资源基础。

丰富的自然资源,为西北民族地区经济的快速发展,奠定了良好的基础。但是,由于建国以来国家生产力布局以及众多历史与现实因素的综合影响,西北民族地区产业结构升级速度非常缓慢,区域经济发展仍然表现出鲜明的资源型特征,具体表现在以下两个主要方面:

一是农业在生产总值中占有较大比重且远高于全国整体水平,农业现代化水平整体低下,农业产业化发展滞后,产业链条较短,综合生产能力与农业效益较低。

二是第二产业中形成了以初级资源开采为主体的产业格局,成为全国重要的能源、原材料提供基地。产业链条较短,能源、原材料产业对区域经济发展的带动辐射作用不强,资源工矿型城市与地区较多,二元结构明显。如资源型企业以中央在当地企业为主体,企业的建立与发展带有鲜明的"嵌入式"特点,在现有利益分配格局下,地方政府与人民所得利益甚少,且对当地带来环境污染、生态破坏等消极的外部效应。如青海现有的四大支柱产业全部是资源型产业,即水电、石油天然气、盐化工、有色金属等;宁夏、新疆的支柱产业同样带有这样的特征,如宁夏的传统支柱产业为石化、冶金、机电、煤炭、轻纺、建材等,新疆为石油天然气、纺织、房地产等。在新型工业化加速、知识经济迅猛发展的当代,面临着产业接续难、结构升级与优化速度慢以及可持续发展压力大等一系列现实的困境。

三是新兴产业与高新技术产业发展缓慢,所占比重低。例如,2003 年青海高新技术产业工业总产值仅 5.48 亿元,比上年增长 7.3%,仅占全省工业总产值的 4.54%,增长速度落后于全省工业总产值 9.8 个百分点,而同期全国高技术产业增长较快。规模以上工业中,高技术产业增加值比上年增长 20.6%。光通信设备、程控交换机、移动电话机和微型电子计算机等信息通信产品产量分别增长 25.9%至 1.2 倍。

三是出口商品以初级原材料产品为主。2003 年宁夏出口总额 5.1 亿美元,增长 56%。其中铝制品出口 8304 万美元,增长 42.9%;硅铁出口 7843 万美元,增长 227.4%;钽制品出口 3908 万美元,增长 20.7%;金属镁出口 3894 万美元,增长 43.4%;无毛绒出口 2699 万美元,增长 60.9%;轮胎出口 2252 万美元,增长 1.4%;双氰胺出口 2074 万美元,增长 150.8%。青海 2.74 亿美元出口额中,机电产品出口仅 0.18 亿美元,增长 1.68 倍,高新技术产品出口仅 0.05 亿美元。而在 2003 年全国出口商品结构中,高新技术产品出口 1101.6 亿美元,增长 62.7%,高出全国外贸出口增幅 28.1 个百分点,占全国外贸出口总额比重达到 25.1%。

西北民族地区资源型经济面临着现实的"资源陷阱",即区域经济发展过程中过分注重自然资源开发,而资源开发中又过分注重开采而忽视深加工,不注重延长产业链条与提高产品的附加值,一时的繁荣却为可持续发展埋下了隐患。在全球化的时代,企业可以充分利用两个市场、两种资源,从而使东部地区对该地区资源的依赖性大大减弱。西北民族地区在区域分工格局中的不利地位得到进一步强化。

西部大开发战略实施以来,国家在西北民族地区进行了大规模投资,虽然也强调对区域优势特色产业进行支持,但总体上并没有明显减弱该地区资源型经济的色彩,资源型经济特征反而在一定程度上得以进一步强化。

(十)经济发展的政府推动特征显著

西北民族地区经济发展过程中政府的推动作用远高于全国整体水平,经济发展的政府推动特征非常显著。这一特点突出的表现为上文已分析过的"三个为主"上,即工业总产值与增加值的完成主要以国有及国有控股企业为主,全社会固定资产投资以国有经济为主体,城镇就业以国有单位为主体。

由于目前国有企业及国有控股企业离完善的法人治理结构、与现代企业制度目标还存在着不小的距离,政企关系尚未真正理顺,国有企业及国有控股企业与政府存在着千丝万缕的关系,政府在这些企业的改革与发展过程中尚发挥着重大的作用。

全社会固定资产投资主体以国有经济为主,说明政府在资源配置过程中尚发挥着主体性作用。结合基本建设投资的资金来源与隶属关系来看,这一特点更为明显。2003年全国基本建设投资22820.87亿元,其中国家预算内资金占 9.21%,国内贷款占 26.91%,利用外资占 5.42%,自筹资金占 49.31%,其他资金占

9.15％。而青海分别为 25.50％、11.18％、1.06％、46.57％、15.69％；宁夏分别为 17.67％、38.53％、0.71％、31.42％、11.67％；新疆分别为 22.34％、20.69％、1.39％、45.09％、10.48％。三省区中的国内预算资金比例均远高于全国,在全国31 个省市区中分别排在第二、第六、第三位,国内贷款比例只有宁夏高于全国；外资比例与全国差距悬殊,自筹资金比例与全国存在较大差距。从基本建设投资隶属关系方面看,西北民族地区基本建设投资以中央项目为主。2003 年中央项目占基本建设投资的比重,青海为 18.86％,宁夏为 17.95％,新疆为 46.50％,三省区该比重分别排在全国第五、第十二、第九位,其中新疆当年中央项目投资总额在全国排名第一。基本建设投资资金来源和隶属关系指标反映了西北民族地区经济增长不仅在很大程度上依靠政府推动,而且在很大程度上反映了该地区的经济增长还主要靠中央政府投资推动。

　　西北民族地区经济发展的政府推动型特征具有很强的路径依赖性,并且在西部大开发的背景下,因中央政府投资、地方政府投资等因素而形成自我强化机制。由于国有经济在经济社会发展过程中具有举足轻重的地位和影响,"蝴蝶效应"的存在导致其微小的波动都会对经济社会发展造成较大的影响,从而政府必然对其进行格外的关注与支持。从静态效率的角度来看是合理的,但这必然影响区域经济发展中的动态效率,客观上间接限制了民营经济发展的领域与空间。使政府与市场的合理分工体系难以形成,市场处于弱势地位,限制了市场优化资源配置的能力发挥,降低了全社会资源配置的整体效率。

　　可以说,西北民族地区政府推动型经济与深化体制改革、完善社会主义市场经济体制存在着一定的冲突与矛盾。在经济发展水平较低、经济发展制约因素较多、民族关系比较特殊的西北民族地区,政府推动型经济有其一定的内在合理性。但要强调指出的是如何在充分发挥政府主导推动经济发展的同时,充分发挥市场机制的作用,充分调动民间资本的积极性,让市场在微观经济运行中发挥出资源配置的基础性作用,形成政府与市场合理分工、有机协作、高效运转的政府—市场双轮推动机制,以充分调动各个方面的积极性,"放手让一切劳动、知识、技术、管理和资本的活力竞相迸发,让一切创造社会财富的源泉充分涌流",①实现区域经济社会的快速、协调发展。

(十一)贫困面相对较广,贫困人口较多

相对国际标准来说,中国的贫困温饱线的标准是比较低的,仅仅是维持温饱的生活标准。中国脱贫的标准是年人均收入 627 元人民币,国际通行的脱贫标准是每天 1 美元,算来我们每天也只有 70 美分,仅相当于国际通行标准的 70%。根据国家统计局对全国农村贫困状况的监测调查,2003 年农村绝对贫困标准由上年的人均纯收入 627 元调整为 637 元。按此标准,2003 年底我国农村绝对贫困人口为 2900 万,比上年增加 80 万,贫困发生率为 3.1%,比上年反弹 0.1 个百分点。西部开发 12 省的绝对贫困人口共1698 万,比上年减少 44 万人,占全国农村绝对贫困人口的 58.6%。

西北民族地区贫困面仍然较大,贫困人口仍然较多。在 2004 年新发布的 592 个"国家扶贫开发工作重点县"名单中,西北民族

———————

① 中共十六大报告:《全面建设小康社会,开创中国特色社会主义事业新局面》。

地区有 64 个,占国家扶贫开发工作重点县总数的 10.8％,占该地区县级区划数的 35.6％。其中,新疆有 27 个,占其总县数的 27.3％,此外还有三个自治区扶贫开发工作重点县;宁夏 8 个,占其总县数的 38.1％;青海 15 个,占其总县数的 34.9％,此外还有 10 个省定重点县;甘肃民族自治地方 14 个,占其总县数的 82.4％。

从贫困人口的角度看,2003 年,新疆农村尚有 57 万户、259 万贫困人口(其中有 44 万特困人口),占全区总人口的 13.4％,占其农村总人口的 20.4％;宁夏八个国家扶贫开发工作重点县农民人均纯收入仅为 1292.5 元,人均纯收入在 1000 元以下的低收入人口尚有 128.6 万,其中未解决温饱的 52.7 万人;青海省尚有贫困人口 145 万。甘肃民族自治地方贫困问题最为突出,仅有肃南、肃北、阿克塞三个民族自治县不是国家扶贫开发工作重点县,但该三县地域广阔,人口稀少,2003 年其总人口仅有 5.56 万人,只占甘肃民族自治地方总人口的 1.8％。2000 年,临夏州贫困人口高达 87.78 万,农村贫困面达 52.5％;甘南州绝对贫困人口达 17.63 万,占全州农牧民总人口的 33.5％,有 44.64 万低收入人口,占全州农牧民总人口的 84.8％。

当前,西北民族地区现有贫困人口的扶贫开发面临着重大的挑战,难度非常之大。贫困人口大多集中分布于自然环境恶劣、生态脆弱、交通不便的地区,人民生产生活条件非常恶劣。如甘肃民族自治地方的高寒阴湿地区,干旱半干旱地区。宁夏的南部山区——西海固地区,地处黄土高原丘陵带,土地沟壑纵横,自然灾害频繁,生态环境脆弱,生产生活条件差,经济文化落后,是宁夏的"半壁河山",也是 1983 年以来国家"三西"建设的主战场之一,目前仍然是全国扶贫开发的主要地区之一。青海省贫困人口主要集中在海东地区、黄南州、果洛州、玉树州等地,都是自然环境比较恶劣、生态非常脆弱的地区,如果洛州玛多、达日、甘德三县和玛沁县西部四乡所处的地理位置,东部的东南积石山阻挡了东南暖湿气团,南面巴颜喀拉山削弱了北上西南季风,北部与干旱的柴达木盆地荒漠相邻,造成寒冷、干旱、大风、降水变率大等为主的气候环境,使原本就十分脆弱的生态植被易受水、风、冻融、侵蚀而退化。加之近半个世纪来,受青藏高原大部分地区气候变暖影响,冻土融化,湿地衰退,植被退化。全州草场退化、沙化、荒漠化日趋严重,黑土滩面积增加,可利用草场面积减少,生态恶化加剧。新疆贫困人口基本分布在干旱半干旱地区,水资源严重短缺,沙漠化问题严重。随着生态环境条件的整体性持续恶化,西北民族地区中的许多贫困地方,投入很大但成效甚微,实际上已经很难就地实现脱贫致富,必须经过异地移民开发。

总体上看,与东中部地区相比,西北民族地区由于经济发展整体水平较低、地方财政困难而导致地方扶贫开发的投入能力有限,难以靠自身力量解决如此大规模贫困人口的脱贫问题,表现为"整体滞后中的大面积贫困";而东中部地区特别是东部地区则是"相对发达中的小范围贫困"。东中部地区的贫困人口大多集中在粮食主产区,少部分是由于自然条件所导致,表现为"产业型贫困";而西北民族地区的贫困人口大多分布在高寒阴湿山区、黄土高原地区、石漠化地区、沙漠戈壁地区、严重风沙区,区域贫困整体上表现为"生态环境型贫困",脆弱的自然条件、恶劣的生态环境很难实现人与自然的和谐。东中部地区解决贫困问题有较好的经济社会发展基础、市场与产业条件可以利用,通过农业产业化、城镇化等途径能就地解决;而西北民族地区自身可有效利用的经济、社会与产业条件较差,开发性扶贫面临严峻挑战,许多地方实际不宜进行开发,从生态安全角度看许多贫困地区不发展优于发展,需要移民开发。此外,经过多年来大规模持续的扶贫开发,西北民族地区现有贫困人口还表现出"代际延续型贫困"特征,贫困具有自我传递机制。作为民族地区,西北民族地区的贫困问题又表现为突出的"民族贫困型",贫困人口大量分布在牧区、边疆及偏远地区,这样西北民族地区的反贫困问题与东中部地区相比具有非常特殊的社会政治效应,事关民族和谐、政治稳定与国防安全。西北民族地区的贫困往往表现为多类型相互叠加现象,是多类型复合性贫困。

(十二)区域经济发展的外部效应强烈

经济发展总是存在着或多或少的外部效应,但西北民族地区经济发展的外部性比较特殊,主要体现在以下几个方面:

一是区域经济发展的生态环境效应显著。西北民族地区地处中国的"生态环境战略区",是我国的"生态环境高地",其生态环境的好坏直接关系到全国生态环境,对全国的生态环境具有举足轻重的影响。由于该地区地处干旱、半干旱地区,生态环境比较脆弱,加之长期不合理的垦殖和人为的破坏以及长期粗放式的经济增长,该地区生态环境"局部有所改善、整体上仍然恶化"的局面至今仍未根本转变。该地区可持续发展能力普遍较弱,经济增长对生态环境的负面效应仍然较大,人与自然的矛盾较为突出。西北民族地区经济发展的这种区域内的生态环境负效应进一步在全国范围内扩展,直接影响着全国范围内人与自然的和谐。

二是区域经济发展具有积极的社会政治效应。经济平等、经济发展水平是民族平等的关键要素之一。西北民族地区的经济发展,能缩小该地区内各民族之间经济发展的差距,从而缩小各民族在文化、社会、教育、卫生等方面的发展差距。经济的发展为各民族和谐创造了坚实的基础,如果各民族间经济发展差距过大,可能造成严重的民族对立甚至民族冲突。西北民族地区的稳定,就是西北地区的稳定,甚至也是西部地区的稳定。区域民族自治制度的成功,也在很大程度上取决于西北民族地区经济能否快速发展,取决与该制度的经济发展绩效。总之,西北民族地区经济发展的社会政治效应,充分体现在有利于该区域内各民族和谐发展、共同发展。

三是区域经济发展具有积极的边防巩固效应。西北民族地区拥有漫长的边境线,其中新疆地处亚欧大陆腹地,与俄罗斯、哈萨克斯坦、吉尔吉斯斯坦、塔吉克斯坦、巴基斯坦、蒙古、印度、阿富汗等八国接壤,边境线长达 5600 公里,在历史上是沟通东西方闻名于世的"丝绸之路"的要冲,现在又成为第二座"亚欧大陆桥"的必经之地,战略位置十分重要。甘肃民族自治地方中的肃北与蒙古接壤,边境线长 65 公里。西北民族地区由于在民族、宗教、历史传统等方面与这些接壤国家存在着紧密的联系,该地区经济的发展,对于边防巩固具有积极的外部效应。

因此,西北民族地区经济的发展,不仅仅是惠及该区域内 3000 多万人口的大事,不仅仅是惠及该区域内 1700 多万少数民族人口的大事,而且也是事关全国每个人切身利益的大事,事关全国全面、协调、可持续发展的大事。加快西北民族地区经济的快速发展、缩小与全国以及东部地区的发展差距,不仅仅是西北民族地区自身的使命与责任,也是全国人民义不容辞的使命。

(十三)经济发展的后继保障力较弱

区域经济的持续、快速发展需要有较强的后继保障力支撑,所谓经济发展的后继保障力,是指支撑一个国家或区域经济发展的动力结构由一种核心动力源为主及时向一种新的核心动力源为主转换并以此保障经济持续发展的能力。区域经济的后继保障力是体制保障力、产业保障力、市场保障力、人才保障力、资源保障力、资本保障力等构成的整体系统。从总体上看，西北民族地区经济发展的后继保障力较弱。

一是市场化相对进程较慢，市场体制的保障力较弱。在资源稀缺与人类需求日益多样化的条件下，市场经济在资源配置中无可替代的优势和能力已经成为人类社会的共识，相对完善的市场经济体制是特定区域经济发展最有效、最根本的保障。发达区域的优势，不仅仅在于其经济社会发展的高水平，更在于其相对完善而优越的制度安排。正是在这个意义上，我们说改革是 20 多年来推动我国经济社会快速发展的强大动力。美国学者曼库尔·奥尔森(Mancher Olson)[1]强调，在后进地区，有效的市场制度甚至比物质资本的投入更为重要。研究结果表明，我国各省市区的市场化指数[2]的高低与各自的经济发展水平具有内在的正相关性。西北民族地区市场化指数普遍很低。2000 年，宁夏、青海、新疆三省区在全国大陆地区 30 个省市区(缺西藏)中分别为倒数第三、倒数第二、倒数第一。西北民族地区市场化进程的相对缓慢，突出表现在这样几个关键方面：在政府与市场的关系上，政府在资源配置中占有主导地位，政府垄断着重要资源的配置，而且西部大开发以

---

[1]　[美]曼库尔·奥尔森著，吕应中等译：《国家兴衰探源》，商务印书馆 1992 年版。

[2]　具体内容可参见樊纲、王小鲁主编，由经济科学出版社出版的系列研究《中国市场化指数——各地区市场化相对进程报告》。"市场化指数"是从五个方面来反映一个地区市场化进展的情况：政府与市场的关系、非国有经济的发展、产品市场的发育程度、要素市场的发育程度、市场中介组织和法律制度环境。

来,西北民族地区甚至出现了政府配置资源的比重上升、市场配置资源的比重下降的现象;政府机构臃肿,财政供养的人口比重高;政府职能转变缓慢,公共服务和社会管理明显不足,政府职能的"越位"、"缺位"、"错位"现象普遍,政府管理效率较低,形成了"大政府、小市场"的基本格局。在所有制结构上,国有经济比重远高于全国平均水平,更高于东部沿海地区;国有经济的效益整体上不理想,面临的改革任务非常艰巨;非国有制经济发展环境不甚理想,非国有制经济基础薄弱,民间资本积累匮乏。由于受投资环境和经济发展水平制约,当地非国有制经济发展总体实力较弱,非国有制经济扩张能力不强。导致了非国有制经济所占比重较低,力量较弱,发展速度较为缓慢。这说明西北民族地区经济主体多样化程度低下,地方经济活力较低。在产品市场的发育程度上,该地区整体上是输入工业制成品、输出初级产品与原材料产品的市场格局,初级产品的市场往往受制于许多非市场因素,出于地方利益或部门利益的影响,对输入产品多存在地方市场保护的现象,阻碍着产品市场的健康运行。要素市场作为市场化改革的重要构成是衡量市场化程度的重要指标。在要素市场发育方面,西北民族地区银行的独立性地位有待加强,信贷资金的配置在很大程度上仍受到政府政策干预;政策性与合作性金融发育迟缓,作用有限,农村金融服务薄弱;劳动力流动以汉族外流为主,受观念、生活与生产方式以及文化素质的影响,少数民族劳动力流动较缓慢;利用外资尚处于起步阶段,吸引和有效利用的外资额度很低。市场中介组织和法律制度环境是市场经济的重要的"基础设施",也是市场化程度进一步提高的重要制度保障和发动机制,在完善社会主义市场经济过程中起着重要的作用。除宁夏外,西北民族地区市场中介组织整体上发育比较滞后,虽然有一些具体指标排名比较靠前,但有其内在的客观原因而不是说在这方面做得较好,如国有经济比重较高,而非国有经济比重低的特征导致经济类诉讼案件数量明显较小。

可见,西北民族地区市场机制对经济发展的保障能力较弱,进一步完善社会主义市场经济的任务非常艰巨,改革面临着巨大的攻坚难题。

二是产业保障能力较低。区域经济发展的后继保障力直接地体现在区域产业保障能力上,产业保障能力是区域经济发展后继保障力的核心内容。区域产业保障能力体现在由基础产业、支柱产业、主导产业合理发展所形成的区域产业结构效应。较强的区域产业保障力,能够在充分利用、发挥现有区域比较优势的基础上,实现区域比较优势的不断升级,促进区域经济的可持续发展。

西北民族地区区域产业保障力相对较低,[①]主要体现在以下几个主要方面:

第一,基础产业仍然比较薄弱。西部大开发以来,虽然国家在交通设施、邮电通讯、水利、电力等基础设施建设方面进行了大量投资,较大地改善了西北民族地区的基础设施状况。但由于该地区基础设施历史欠账较多,底子薄,其基础设施发展水平与全国相比存在较大差距,与东部地区相比差距更大。基础设施对经济社会发展的瓶颈制约仍然明显。

第二,支柱产业以传统产业为主,对区域经济发展的支撑能力下降。

第三,新兴主导产业发展缓慢,迟迟不能发展成为支柱产业。

---

① 关于西北民族地区基础产业、支柱产业和主导产业具体状况,本文将在第六章进行专题分析。

如青海现有五大优势产业为旅游、建材、农畜产品、煤炭与医药业，宁夏优势特色产业为旅游业、特色绿色食品业、特色生物医药产业、天然气化工产业、新材料产业等，新疆优势主导产业为旅游业、特色农产品加工业等。与其支柱产业状况类似，西北民族地区现有的主导产业也具有高度的同一性。同时，这些现有的优势特色产业与主导产业选择的五大基准（环境基准、产业关联度基准、需求收入弹性基准、生产率上升率基准以及区域比较优势基准）的要求存在较大差距，能否顺利发展成为未来的支柱产业有待商榷。

三是市场保障力较弱。分工意味着交换，从而意味着市场的发育与发展，不断促进着更大规模、更大范围交换的进行，反过来又进一步有利地促进着分工的深化与发展，形成经济发展的良性循环机制。正是在这个意义上，斯密断言分工受制于市场的规模。根据分工、交换、市场之间的良性循环机制，市场是区域经济发展最重要的动因就是一个水到渠成的结论。凯恩斯革命所确立的有效需求理论本质上也是强调市场在经济发展中的核心作用。法国历史学家费尔南德·布罗代尔（Fernand Braudel）这样描述英国的工业革命："真正为工业带来推动力，可能也刺激了技术革新的，是国内市场的大幅扩张。"[①]新经济时代强调市场作用的代表性学者以美国经济学家杰夫·马德里克（Jeffary Madrick）为代表，他认为，经济增长的产生与促进是许多因素共同作用的结果，这些因素也是相辅相成、相互影响的。这些因素起码包括市场规模和市场成长、信息传播、技术进步、人口的文化素质和健康状况、财富或盈利性资产的分配、金融资本的可获得性、金融和法律制度的发

①　Fernand Braudel，*Civilization and Capitalism*，Harper & Row，1999，Vol. 3，p. 544.

展、资源丰裕度,企业家精神的活力以及和平状况和政局的稳定性等。所有这些因素,既是经济增长之因,也是经济增长之果。但这些因素中的一些因素要比其他因素更加重要,其中一些因素相比其他因素更加接近经济增长的首要原动力,更加接近真正的繁荣之源。其中,市场规模和信息传播作为经济增长之因重于经济增长之果,是最接近经济增长的首要原动力的因素,是真正的繁荣之源。其中首要的又是商品和服务市场的规模和扩张,贸易的扩展提供了大规模商品生产的可能性,特别创造出那些与货物交易相关的通讯、运输、批发、零售等服务业的强大需求,促进了有效产权制度的形成与完善,并且激发了新产品和新技术创造的积极性。交流与贸易不断带动着丰富的创意和信息的出现,形成贸易与信息的良性互动。马德里克强调指出:“由贸易发展、殖民地化、国内市场膨胀所导致的市场成长是西方经济发展最重要的动因。这里的市场,指的是从事商品和服务交易的人群。”[①]马德里克认为,美国历史关于市场规模和市场成长对经济发展的影响的最好的例子,最终使这个国家独一无二的是其“语言统一、免交通税、横贯大陆的国内市场庞大规模以及交通和通讯系统的效率”[②]。而20世纪后期美国经济缓慢增长的真正的也是最顽固的原因是市场性质的变化。“曾经为美国带来得天独厚的巨大优势的大规模市场,在来自海外的强烈竞争以及消费者需求变化的冲击下开始产生分化,消费者需求的变化体现在他们开始对更高质量的低标准化产品有更多的需求。”[③]美国企业适应这种市场分化的形势存在难

---

① ［美］杰夫·马德里克著,乔江涛译:《经济为什么增长》,中信出版社 2003 年版,第 3、4 页。

② 同上,第 85 页。

③ 同上,第 143 页。

度,市场分化成为阻碍生产率提高的最重要的因素。而计算机价格的急剧下降、许多影响深远的新产品的开发与标准化所形成的大规模市场及其规模经济、通货膨胀的控制以及商品和服务市场需求的快速膨胀等四大因素实现了美国经济在 20 世纪 90 年代后期再度繁荣。这里,市场又一次创造了庞大的规模经济,标准化产品再次统治了市场,市场重新具备了斯密所描述的那种功能:永久增长的市场促进分工和大规模生产。

　　根据以上分析,我们可以判断出,市场(包括从事商品和服务交易的人群、市场的规模与市场的成长)是区域经济发展的根本保障。如何保证市场的不断成长并形成大规模的市场,是实现区域产业顺利成长从而实现区域经济快速、持续发展的关键条件。市场经济体制是目前人类较优的资源配置方式,相对完善的市场经济是区域经济发展的体制保障。但由此产生的一个问题是,当今大多数国家已经采用市场经济体制,为什么彼此间的经济差距如此悬殊?除了众多历史、人文、环境等客观原因外,有些学者(如吴敬琏、钱颖一)将其归因于所谓"好"的市场经济与"坏"的市场经济之分。[①] 对于特定国家而言,这是有道理的,但从全球所有国家的视角来看,就遇到了所谓的"合成推理谬误"问题,而且所谓的"好"、"坏"总是相对而言的。从市场的经济发展功能上看,在特定的时限内,有限的市场不能保证所有的国家能够同时或同步繁荣,有限的市场总是只能为其他条件更好的有限国家所充分利用或更多地利用,这也是市场极化效应的表现之一。改革开放以来中国所实行的东部沿海地区优先发展战略,实质就是通过倾斜政策,保

---

　　① 吴敬琏:《改革 20 年感言》,《经济研究》,1998 - 11;钱颖一:《警惕滑入坏的市场经济——论市场与法治》,《经济学消息报》,2000 - 06 - 23。

障这些地区充分利用传统体制下形成的短缺市场状态在"对内搞活"后所形成的大规模的需求。或者说,政府的产业、投资、金融、税收等倾斜政策限制了各个地区公平、充分利用市场成长的机会,提高了东部地区利用市场的能力,而限制了内陆地区利用市场的能力。

　　资源丰富的内陆地区包括西北民族地区,为什么会出现所谓的"富饶的贫困"? 为什么在市场规模不断扩大、政策倾斜逐渐弱化的背景下西北民族地区经济发展差距仍然持续扩大,资源优势不能有效转化为经济优势呢? 根据以上理论,本书提出以下假说:西北民族地区虽然拥有丰富的资源,但在改革开放以来相当长的黄金发展时期内,因国家区域经济改革与发展战略以及政策的限制,二元体制以计划体制特别是中央企业为主,成为向东部地区制造业发展提供原材料与初级产品的基地与东部地区工业制成品的销售市场,由此不能有效而充分地利用既有的大规模的市场需求,导致了其产业结构的初级化状态长久化,并从根本上削弱了其日后利用大规模市场以求快速发展的能力。东部地区制造业的发展以及由此带来的产业结构的快速升级与合理化不断强化着其利用市场的能力。这两个能力的消长是区域经济发展差距不断扩大的根本原因,并为当前及今后相当长的时期内西北民族地区的经济追赶形成了巨大的障碍。当 20 世纪 90 年代中后期市场经济框架逐步建立、全面开放格局初步形成,西北民族地区可以去利用市场的时候,市场条件却发生了巨大的变化。也就是说,在信息化的引领下,知识经济成为全球经济发展的方向,社会需求层次快速升级,市场需求日益个性化、多元化,市场呈现出显著的分化特征,产品的技术密集、资本密集型特征日益显著,市场竞争非常激烈。在这样的市场条件下,西北民族地区由于产业发展层次低,人力资本特别是商业性人力资本非常稀缺等原因,其利用市场的能力比原先更为低下,在市场利用、市场竞争中处于非常不利的地位。由此,所谓的"资源优势"就很难顺利转换为市场优势、经济优势。

在市场分化与利用市场的能力较低的情况下,西北民族地区经济发展中的市场保障就非常薄弱。该地区整体上表现为输出资源型产品、输入加工型产品的市场状态,并且输入大于输出,经济循环中自身财富增加的速度比较缓慢。

四是人力资本保障力较低。人力资本理论充分揭示了现代经济增长中人力资本的重要性,结构合理、数量适度、素质较高的人力资源是区域经济发展的重要保障条件。西北民族地区由于教育与科技事业比较落后,其人力资源的文化素质相对较低,结构不合理,人口数量相对于环境承载力而言已经偏高,已经远远超出了联合国制定的干旱、半干旱地区人口密度标准。就人口的文化素质而言,西北民族地区与全国特别是东部地区存在较大差距。这不仅直接削弱了其经济发展的人力资本保障力,制约着区域经济的发展,而且严重影响着区域社会的发展。据国家统计局抽样调查显示,2003 年文盲半文盲占 15 岁及以上人口的比重,全国为10.95%,东部地区为 10.32%,西部地区为 14.01%。而西北民族地区的青海为 23.45%,在全国排名第二;宁夏为 17.57%,在全国排名第六;新疆为 6.94%。从人口受教育程度看,2003 年全国在6 岁及以上人口中,小学程度人口占 33.42%,初中程度人口占38.04%,高中程度人口占 13.37%,大专以上占 5.49%。东部地区分别为 30.35%、38.68%、14.97%、6.77%。而青海分别为35.20%、27.42%、11.08%、5.06%;宁夏分别为 35.37%、31.06%、12.86%、5.53%;新疆分别为 36.80%、34.28%、12.36%、9.99%。

从整体上看,西北民族地区人口的发展还停留在"高生育率—低人口素质—低劳动生产率—高生育率"的模式中。早婚、早育、多胎生育的现象仍然比较普遍,人口数量增长速度偏高而人口文化素质偏低且提高速度缓慢并存是西北民族地区人力资源发展的基本状况。

五是资源保障不均衡。西北民族地区虽然在矿产、土地、风力、水力、光照、农产品、中药材等资源方面具有较明显的资源优势,但资源的匹配性较差,资源开发利用的难度较大。其中最短缺的就是水资源。

六是资本短缺仍然是制约经济发展的一大要素。虽然从国际金融市场以及全国范围内来看,资本已经不是传统上的短缺要素,但对于西北民族地区而言,资本短缺仍然是其经济发展过程中面临的一大难题。西北民族地区资本保障力较弱主要表现在以下几个方面:第一,由于经济发展水平较低,通过储蓄形成资本的能力较弱。这一方面可以从本书第四章关于西北民族地区城镇居民人均可支配收入差距与农民人均纯收入差距分析中得以说明。也可以从其金融业发展方面得以直接说明。例如,截止 2003 年底,全国城乡居民人均储蓄存款为 8018.27 元,当年人均新增储蓄存款 1292.84 元。而青海城乡居民人均储蓄存款仅为 4878.28 元,当年人均新增储蓄存款仅为 702.43 元,宁夏则分别为 6512.07 元、1222.07 元,新疆分别为 7091.98 元、1208.94 元。三省区均与全国存在较大差距。第二,由于企业的数量较少,竞争力较弱,市场占有率较低,企业效益相对较差,自身资本积累的能力较低。例如,截至 2003 年底,青海、宁夏、新疆三省区全部国有及规模以上非国有工业企业数分别为 400 个、418 个和 1254 个,分别列全国倒数第二、第三、第五位,仅占全国的 0.20%、0.21% 和 0.64%,而其人口在全国人口中的比重分别为 0.41%、0.45%、1.50%,前者远低于它们各自在全国人口中的比重。截至 2003 年底,全国企业存款余额为 72487.1 亿元,人均 5609.28 元,总额比上年增长了 20.75%。而同期青海企业存款余额为 187.83 亿元,人均 3517.41 元,总额比上年增长 4.85%;宁夏企业存款余额 247.7 亿元,人均为 4270.69 元,总额比年初增长 28.1%。新疆企业存款余额为 763.49 亿元,人均仅为 3947.72 元,总额比上年初增长了 8.17%。与城乡居民储蓄相比,西北民族地区企业存款与全国差距更为明显。2003 年,全国全部国有及规模以上非国有工业企业平均利润为 4.25 万元,而青海、宁夏、新疆分别为 3.04 万元、2.13 万元,远低于全国平均水平,只有新疆高于全国为 11.14 万元。此外,在总资产贡献率、工业成本费用利润率、全员劳动生产率等指标方面,除新疆高于全国平均水平外,青海、宁夏纷纷低于全国并存在显著差距。第三,由于资本市场的制约,资本集中的能力较低。[①] 2003 年,全国上市公司达 1287 家,其中青海有 9 家,宁夏有 10 家,新疆有 26 家,均为 A 股上市公司,甘肃民族自治地方则尚没有上市公司,西北民族地区上市公司数量仅占全国上市公司总数的 3.49%。该比例与西北民族地区的国有企业总数、地域、人口极不相称。而且上市公司的资产规模小,股权结构简单;筹资数额较小,配股意识弱;工业类上市公司较多,综合类上市公司极少;多立足于主业,行业特征明显;上市公司科技含量低,初级产品多,高附加值产品少;上市公司总体获利能力低于全国平均水平。第

---

① 西北民族地区资本市场的具体分析可见:高新才:《资本市场与西北四个民族和准民族省(区)经济发展》,《陕西师范大学学报》(哲学社会科学版),2002 - 04。

四,吸引内、外资的能力较弱。由于基础设施、区位因素等主客观条件的限制,西北民族地区投资环境与东部地区存在显著差距,虽然在招商引资方面做了大量工作,但吸引的外资数量仍然很少。2002 年,青海、宁夏、新疆三省区外商直接投资额为 8825 万美元,仅占全国的 0.16%,2003 年不增反降,全年吸引外商直接投资5799 万美元,不足全国的 0.11%。此外,吸引国内其他地区的投资也非常有限。第五,经济发展水平较低导致地方政府财政困难,地方政府投资能力非常有限。2003 年,国家财政收入 21715.25亿元,人均 1680.40 元。而青海、宁夏、新疆财政收入分别为240411 万元、300310 万元和 1282218 万元,人均财政收入分别为450.20 元、517.77 元和 662.99 元,分别仅为全国平均水平的26.79%、30.81%和 39.45%。三省区同期财政支出为 1220438万元、1057793 万元和 3684676 万元,财政赤字分别高达 980027万元、757483 万元和 2402458 万元。其中很大比重是靠中央政府财政转移支付和国家经济财政政策投资倾斜实现的,地方财政投资比重非常小。从财政自给率看,2003 年,青海、宁夏、新疆三省区分别为 19.70%、28.39%和 34.80%。

二、西北民族地区经济发展的基本态势

在西部大开发战略的推动下,近年来西北民族地区经济发展的基础、环境与条件得到了较大程度的改善,保持了较高的经济增长速度,整体上表现出较好的发展态势。但经济粗放式增长模式尚未得到根本转变,经济自主增长的能力较低,结构调整优化的任务繁重。总体上看,西北民族地区经济发展基本态势可以归纳为以下六个方面:

(一)区域经济发展的环境与条件向有利方向发展

西北民族地区的基本态势之一是区域经济发展的环境与条件正在向有利的方向发展。具体表现在以下几个方面：

第一，西部大开发战略的深入实施，为该地区经济发展提供了强劲的外部动力

实施西部大开发战略，加快中西部地区发展，是党中央高瞻远瞩、总揽全局做出的重大决策；是关系国家经济社会发展大局，关系民族团结和边疆稳定的重大战略部署。西部大开发战略实施五年来，围绕着生态环境、基础设施、农村经济与农业发展、教育与科技等西部地区经济社会发展中的薄弱环节，国家对西北民族地区进行了大规模的投资，兴建了一大批项目，对西部地区经济社会发展产生了重大的促进作用，成效比较显著。西部大开发已取得重要进展，基础设施建设迈出实质性步伐，生态建设和环境保护明显加强，科技教育加快发展，人才开发力度加大，特色产业发展步伐加快，改革开放取得新的突破，推动了西部地区经济社会发展和精神文明建设。对扩大国内需求，调整经济结构，促进东西互动，保持国民经济持续快速健康增长，巩固全国改革发展稳定的大局，作出了重要贡献。五年来，西部地区新开工建设 60 项重点工程，投资总规模约 8500 亿元，西部地区交通、水利、能源、通信等重大基础设施建设取得了实质性进展。国家在青海、宁夏、新疆布局了一批重点项目，代表性的有贯穿西北民族地区的西气东输工程、青藏铁路工程、新疆机场改扩建工程、退耕还林还草工程、宁夏沙坡头大型水利枢纽工程、宁夏扶贫扬黄灌溉一期工程等，此外还有涉及能源开发、流域治理、交通建设、优势资源开发等多个方面。

2001 年 8 月 28 日颁布的《国务院关于西部大开发若干政策

措施的实施意见》中特别强调指出："加大对西部地区特别是民族地区(指民族自治区、享受民族自治区同等待遇的省和非民族省份的民族自治州)一般性转移支付的力度。""在一般性转移支付资金分配方面,对民族地区给予适度倾斜。从 2000 年起,中央财政安排一部分财力,专项用于对民族地区的转移支付。"温家宝总理在2004 年年初召开的国务院西部开发工作会议上指出,西部大开发是一个长期的重大战略,将贯穿于中国推进现代化建设的全过程。"中央继续推进西部大开发的战略不会动摇,国家对西部大开发的支持力度不会减弱,西部地区经济社会发展步伐不会放慢。"2004年 3 月 11 日发布的《国务院关于进一步推进西部大开发的若干意见》强调要"继续推进西部大开发","对一些经济发展明显落后、少数民族人口较多、国防或生态位置重要的贫困地区,国家给予重点支持,进行集中连片开发。继续开展'兴边富民'行动。"中央政府对民族地区开发的倾斜政策,为西北民族地区经济发展提供了强劲的外部动力。据新疆财政厅提供的数据,新疆财政每支出 100元,其中 60 元就是中央财政补贴的,这个比例是相当高的。从2000 年开始,中央财政每年对新疆的财政支持力度都在 100 亿元以上,2003 年达到 238 亿元。

总之,西部大开发的实施与不断深入,特别是西部开发过程中对民族地区的大力倾斜,显著地改善了西北民族地区脆弱的生态环境,加快了其基础设施建设的步伐,强化了其优势资源开发和特色经济发展的力度,推进了其改革与体制创新的速度,优化了该地区投资与发展环境,提高了该地区利用市场的能力,为该地区经济发展提供了强劲的外部动力。

第二,科学发展观为西北民族地区经济发展提供了有力的观念保障,并极大地提高了该地区在全国发展大局中的战略地位党的十六届三中全会明确提出了"坚持以人为本,树立全面、协调、可持续的发展观,促进社会和人的全面发展",强调"按照统筹城乡发展、统筹区域发展、统筹经济社会发展、统筹人与自然和谐发展、统筹国内发展和对外开放的要求",推进改革和发展。"五个统筹"是实现新发展观的根本要求,其实质是在全面建设小康社会和实现现代化的进程中,选择什么样的发展道路和发展模式,如何发展得更好的问题。统筹就是兼顾,对于执政党和政府来说,统筹兼顾具有极端重要的意义。这一系列"统筹"都是从对经济改革和发展的要求来说的,都是实现全面、协调、可持续发展所必须的。科学发展观的确立,为西北民族地区发展提供了科学有力的战略保障,为该地区如何更快、更好地发展指明了方向,较好地保障了地方政府在制订当地发展战略、发展思路、发展模式、发展决策时的科学性、可行性。

此外,从我国区域经济社会发展现实来看,全国范围内坚持并落实科学发展观,就必须高度重视西北民族地区的经济社会发展,没有西北民族地区的经济快速发展并不断缩小与全国尤其是东部地区的差距,就不能实现全国范围内的区域统筹发展;没有西北民族地区社会事业的快速发展,全国范围内的经济社会统筹发展就大打折扣;没有西北民族地区生态环境的显著改善,就难言全国范围内的人与自然和谐发展。因此,西北民族地区的发展,在全国全面、协调、可持续发展大局中具有极其重要的地位。这必将为该地区的发展带来难得的战略性历史机遇。

第三,改革的不断深化与社会主义市场经济体制的逐步完善,为西北民族地区经济发展提供了有力的体制保障

十六大特别是十六届三中全会提出了经济体制改革的基本任务和要求,并对进一步完善社会主义市场经济体制进行了详细部

署。当前,公有制为主体、多种所有制经济共同发展的基本经济制度正在得到进一步完善;作为深化经济体制改革的重大任务,国有经济的布局和结构调整正在快速进行,国有资产管理体制改革成效显著,国有企业改革步伐加快;劳动、资本、技术和管理等生产要素按贡献参与分配的原则得以确立,按劳分配为主体、多种分配方式并存的分配制度继续得到完善;市场在资源配置中的基础性作用在更大程度上得以发挥,各类市场主体平等使用生产要素的环境进一步形成,促进了商品和生产要素在全国市场自由流动;政府的经济调节、市场监管、社会管理和公共服务的职能不断完善,政府驾御市场经济的能力得到较大提高。

这一方面有利于进一步提高西部大开发的资源配置效率,另一方面将充分发挥西北民族地区体制创新的后发优势,提高该地区制度创新的效率,充分发挥市场在资源配置中的灵活性与效能。此外,全国范围内市场体制的完善与中央政府驾驭市场经济能力的提高以及国家宏观调控职能的不断健全,能够更好地促进落后区域的经济发展。在西北民族地区经济发展过程中实现政府有形之手与市场无形之手的高效配合,形成有力的体制保障。

第四,入世以来全面开放局面的基本形成,为西北民族地区更好地利用两个市场、两种资源创造了条件

按照入世承诺,我国 2005 年将实行全面开放,由此进入入世的后过渡时期,全方位的对外开放格局将最终形成,中国与世界经济将进一步接轨,融入全球经济一体化的进程必将进一步加快。这样,西北民族地区在积极应对由此所带来的挑战的同时,国际经济合作与交流必将在更高的层次、更广的领域,以更多的方式和途径全面展开,将更有效地利用国际资源与国际市场,在更大范围内实现资源的优化配置。

第五，和谐社会命题的提出，为西北民族地区经济社会发展提供了重要机遇

与以人为本、"五个统筹"一脉相承，十六届三中全会首次提出了建设社会主义和谐社会的战略任务。和谐社会要求区域和谐、各阶层和谐、各民族和谐等等。这对地处西北内陆欠发达区域、民族众多、多元文化高度兼容的西北民族地区经济社会发展提出了更高的要求，也为其经济社会发展提供了重要机遇。

（二）建立实现经济自主增长的体制保障任务繁重

全国范围内市场经济体制的不断完善虽然为西北民族地区经济发展带来了良好的体制保障条件，但市场经济在区域经济发展中的极化效应亦不容忽视。而且，西北民族地区市场化进程远落后于全国整体水平，传统计划体制意识和行为模式的烙印比较明显，路径锁定的现象比较突出。经济发展中的政府推动型特征非常明显，政府投资是经济发展的最主要的动力，民间投资薄弱，市场主体欠多元化和民间化。由此所导致的粗放型增长、外延式扩大再生产成为经济发展中的主导模式，经济发展内生的自主增长机制尚未建立起来。一旦政府尤其是中央政府投资力度减弱，其经济发展速度就会大受影响。

2004 年 12 月 5 日结束的中央经济工作会议再一次强调了促进经济增长方式转变的重要性与紧迫性。因此，如何建立实现经济自主增长的体制保障以提高经济运行的自组织能力、避免经济增长的大起大落、实现内涵式集约型经济增长的任务非常繁重。

（三）结构调整与优化将成为今后发展的主旋律之一

根据对西北民族地区经济发展基本特征的分析，城乡结构、所

有制结构、产业结构等结构性矛盾突出是西北民族地区经济发展过程中面临的难题,经济发展中的结构效应比较低下。目前,全国正处于工业化中后期阶段、国有企业改革突破阶段,包括城乡结构、所有制结构、产业结构、技术结构等在内的结构转换与升级趋于活跃与剧烈,这在东部沿海地区表现得尤为明显。

在这样一种区域内外客观背景下,加快西北民族地区经济结构调整与优化不仅具备了良好的外部环境与条件,而且成为其自身经济发展的内在需求。在追求经济总量迅速扩大的过程中高度重视结构的调整与优化,以结构效应实现财富的乘数倍增效应,实现经济发展数量与质量的统一,将是今后很长一段时期内西北民族地区经济发展的主旋律。其中,产业结构与城乡结构的优化升级是该主旋律中的两大核心问题。产业发展与区域产业结构的优化升级是发挥区域比较优势、变区域资源优势为经济优势的关键环节,是强区富民的根本依托。所有制结构、技术结构等的调整与优化,是直接为区域产业的发展与区域产业结构的优化服务的,是区域产业结构优化的促进力量。而西北民族地区城镇化进程的推进与区域城乡结构的优化,其基本的推动力量是区域产业发展与区域产业结构优化。经济发展的历史充分证明,工业化是城市化的内在推动力,没有工业化就没有城市化。区域产业尤其是非农产业的发展,产生出巨大的要素聚集效应;快速转变着人们的思想观念,深刻改变着人们的生活生产方式,促进城市(城镇)的形成与发展。而区域产业的发展与城镇的形成,产生了对服务业发展强大需求的连锁效应,内在地促进着第三产业的兴起,形成区域产业结构优化与城镇化深化的内生动力以及相互之间互为因果的循环累积促进效应,构成区域经济持续发展的内在逻辑。

（四）相对于西部地区的领先优势将进一步增强

西北民族地区经济发展水平在西部地区持续表现出一定的领先优势,且该优势存在不断强化的趋势,见表3—8。

从表3—8可以看出,在人均生产总值指标方面,从2000年到2003年,西北民族地区人均生产总值分别比西部地区高出1114元、1449元、1509元和1837元,领先优势不断增强。从生产总值增长速度来看,从2000年到2003年,西北民族地区年均增长10.3%,而西部地区则为10.1%,略快于西部地区。

在西部大开发战略深入实施的同时,国家尤其加大了对民族地区经济发展的支持力度。因此,在现有相对于西部地区较好发展态势的基础上,今后西北民族地区经济发展将在很长的一段时期内保持快速增长的势头,相对于西部地区经济发展的领先优势将得到进一步巩固和增强。

表3—8　西北民族地区经济发展相对西部地区的领先优势

		2000年	2001年	2002年	2003年
人均生产总值(元)	西北民族地区	5865	6542	7024	8108
	西部地区	4751	5043	5515	6217
生产总值增长速度(%)	西北民族地区	8.5	10.6	10.8	11.3
	西部地区	8.7	10.1	10.3	11.4

资料来源:根据《中国统计年鉴》(2001—2004)整理计算。

（五）相对于东部地区的差距将在很长一段时期内持续扩大

在西北民族地区经济保持较高速度增长的同时,东部地区实现了更高的经济增长速度,这导致了西北民族地区与东部地区之间经济发展差距呈现出持续扩大的趋势,见表 3—9。

表 3—9　西北民族地区经济发展相对东部地区差距持续扩大

		2000 年	2001 年	2002 年	2003 年
人均生产总值(元)	西北民族地区	5865	6542	7024	8108
	东部地区	11334	12811	14159	16306
生产总值增长速度(%)	西北民族地区	8.5	10.6	10.8	11.3
	东部地区	10.4	9.9	11.0	12.4

资料来源:同表 3—8。

从人均生产总值指标看,2000 年,西北民族地区是东部地区的 51.75%,2001 年为 50.36%,2002 年为 49.61%,2003 年为 49.72%,比重明显呈现出逐年下降趋势。

从生产总值增长速度指标看,2000 年以来,西北民族地区增长速度仅在 2001 年高于东部地区 0.7 个百分点,其他年份全部低于后者。在西部大开发战略刚刚开始实施的 2000 年则与东部地区存在较大差距,低于后者 1.9 个百分点。2002 年增长速度被东部地区赶超并低于后者 0.2 个百分点,差距相对较小;2003 年的经济增长速度差距则被迅速扩大,低于后者 1.1 个百分点。在生态、资金、人力资本、技术等多重因素约束下,2001 年以来西北民族地区生产总值增长速度能保持在 10% 以上已经难能可贵,预计今后一段时期内能够保持在 11%—12% 的增长速度区间。但从东部地区经济增长趋势与工业化实际进程综合考虑,今后相当长的一段历史时期内生产总值年均增长可能保持在 12%—13% 的速度区间内。西北民族地区与东部地区在生产总值增长速度上存在的差距难以在短时期内较大程度地缩小或者超过后者。

在现有人均生产总值存在很大差距、而生产总值增长速度持续存在一定差距的经济增长态势中,西北民族地区与相对于东部地区的经济发展差距将在很长一段时期内持续扩大。在继续深入实施西部大开发、振兴东北等老工业基地、促进中部崛起、鼓励东部地区加快发展的国家区域经济统筹协调发展整体性战略安排下,加快西北民族地区经济发展的现实目标,不应是追求在一个不够长的历史时期内实现人均生产总值与东部地区持平,而是力争把差距稳定在一个相对合理的区间之内,并通过财政转移支付等手段实现基本生活质量与公共服务水平的相对协调。

(六)人均生产总值有望在 2010 年左右赶上全国平均水平

2000 以来,西北民族地区生产总值增长速度明显高于全国平均水平,其人均生产总值与全国平均水平的差距呈不断缩小的良好趋势,见表 3—10。

表 3—10 西北民族地区经济发展相对于全国平均水平的追赶

(单位:元、%)

		2000 年	2001 年	2002 年	2003 年
人均 GDP(生产总值)	全国	7086	7651	8214	9101
	西北民族地区	5865	6542	7024	8108
GDP(生产总值)增长速度	全国	8.0	7.3	8.0	9.1
	西北民族地区	8.5	10.6	10.8	11.3

资料来源:同表 3—8。

当前和今后一段历史时期是我国正面快速发展、实现中华民族伟大复兴的重大战略机遇期。从现有发展态势来看,如果不出现重大意外事件的冲击,我国 GDP 增长能够在较长的时期内保持较高的年均速度。在西部大开发战略不断深入实施、国家加大对民族地区的发展扶持力度以及西北民族地区自身所具备的比较明显的资源禀赋等有利发展条件下,西北民族地区生产总值的增长速度能够在相当长的时期内保持比全国更高的增长速度。

从 2000 年到 2003 年,全国人均 GDP 年均增长速度为 8.71%,西北民族地区人均生产总值增长速度为 11.45%。假设 2004 年以后全国人均 GDP 年均增长速度为 8.5%,西北民族地区人均生产总值年均增长速度为 11.0%,则西北民族地区人均生产总值将在 2008 年基本赶上全国平均水平,届时全国人均 GDP 将为 13685 元,而西北民族地区将达到 13662 元。到 2009 年,西北民族地区将赶超全国平均水平并达到 15165 元,比全国 14848 元的人均 GDP 水平高出 317 元。

但以上这种相对静态的预测是不大现实的,因为随着国家区域经济发展整体性战略布局的实施,今后西部大开发、东北地区经济振兴、中部地区崛起以及东部加快发展的基本格局将加快全国经济增长的速度,因此需要适当提高对全国人均 GDP 年均增长速度的预期值。假设 2004 年以后全国人均 GDP 年均增长速度为 9.0%,西北民族地区人均生产总值年均增长速度仍为 11.0%,则西北民族地区人均生产总值将在 2009 年基本赶上全国平均水平,届时全国人均 GDP 将为 15263 元,而西北民族地区将达到 15165 元。到 2010 年,西北民族地区将赶超全国平均水平并达到 16833 元,比全国 16236 元的人均 GDP 水平高出 570 元。

因此,乐观地估计,到 2010 年左右,西北民族地区人均生产总值将赶上甚至超过全国人均 GDP 水平。

总之,西北民族地区经济发展的基本态势是:经济发展的机遇与条件向好的方向转化;经济增长表现出较为强劲的上升势头;人均生产总值与全国人均 GDP 的差距呈现出不断缩小的良好态势,有望在 2010 年左右即"十一五"规划期末赶上甚至超过全国人均 GDP 水平;相对于西部地区经济整体发展水平的领先优势比较明显并可能得到进一步增强;但与东部地区经济发展水平的差距将在很长的一段历史时期内持续扩大;在实现全面、协调、可持续发展的过程中,西北民族地区建立实现经济自主增长的体制保障任务比较繁重,深化改革与扩大开放是其经济发展的最根本动力;结构调整与优化将成为今后发展的主旋律之一,是加快经济发展的主体内容和核心路径。西北民族地区只有牢牢抓住难得的发展机遇,充分利用较好的发展条件与环境,尽快深化体制改革,完善制度保障,积极参与全球经济一体化与区域经济集团化进程,努力扩大对内、对外开放,利用市场机制促进结构调整尤其是产业结构调整,寻求经济发展过程中的产业效应与结构效应,在经济增长量变的基础上实现质的飞跃。

第四章　西北民族地区经济
发展的多重差距

　　西北民族地区的经济发展,整体上存在着多重差距,经济发展的相对滞后性比较明显。西部大开发战略实施以来,国家对西北民族地区投资增长较快,特别是在基础设施和生态环境建设等方面,较大程度地改善了其经济发展的基础条件,区域经济实现了较快的增长。但由于西北民族地区经济发展的落后局面是多种因素在过去长期的历史过程中综合作用而导致的,不可能在短时期内得到根本的转变。而西部大开发是一项长期而艰巨的历史任务,五年来西部大开发的着重点主要是基础设施建设和生态环境保护与建设,是为西部发展打基础的阶段,加之该地区的投入产出效果整体上较差,因此,国家大规模的投资拉动并没有根本遏止区域增长不平衡的趋势,尤其是与东部地区经济发展的差距。目前,西北民族地区经济发展的差距在某些方面仍然呈现出持续扩大的态势。这在上文中已有所分析,本章重点对西北民族地区经济发展过程中存在的多重差距进行深入研究。

一、生产总值①增长速度及其人均水平差距

(一)西北民族地区生产总值增长率差距分析

不论发展战略或者发展观如何改变,保证较快的生产总值(GDP)增长率,是发展区域经济、缩小区域差距的必然要求。西部大开发以来,在国家大规模投资拉动下,西北民族地区经济发展明显加速。从表4—1可以看出,2000年以来,该地区生产总值增长速度连续四年均高于全国GDP增长速度,有两年高于自身所处的西部地区。2000年到2003年生产总值年均增长速度高于西部地区。从生产总值增长速度角度看,西北民族地区生产总值增长速度逐年加快,经济发展表现出了良好的发展态势。

表4—1 西北民族地区生产总值年均增长率差距 (单位:%)

年 份	全国	东部地区	西部地区	宁夏	青海	新疆	甘肃民族地方	西北民族地区
2000	8.0	10.4	8.7	9.8	9.0	8.2	7.3	8.5
2001	7.3	9.9	10.1	10.1	12.0	8.1	12.3	10.6
2002	8.0	11.0	10.3	10.2	12.4	8.1	12.6	10.8
2003	9.1	12.4	11.4	12.2	12.1	10.8	10.1	11.3
2000—2003	8.1	10.9	10.1	10.5	11.4	9.3	10.6	10.3

资料来源:《中国统计年鉴》(2001—2004),《甘肃年鉴》(2001—2004)。

但是,与东部地区相比,西北民族地区生产总值增长速度尚存

---

① 中国自2004年开始地区国内生产总值(GDP)改称生产总值。

在一定差距,见表4—1。在西部大开发战略开始实施的 2000 年,西北民族地区与东部地区生产总值增长速度差距为 1.9 个百分点,此后在 2001 年加速,高出东部地区 0.7 个百分点,但在 2002 年、2003 年又分别低于东部地区 0.2 个、1.1 个百分点。总体上看,在 2000 年至 2003 年的四年内,西北民族地区生产总值平均增长速度低于东部地区 0.6 个百分点。

(二)人均生产总值差距及其变动分析

虽然对 GDP 指标存在众多争议,但人均生产总值仍然是目前衡量一个国家和地区经济发展水平的一个重要指标,也是我国衡量小康社会的基本标准之一。我国小康社会基本标准规定,①人均生产总值达到 2500 元(按 1980 年的价格和汇率计算,2500 元相当于 900 美元)以上。从这个角度看,西北民族地区在人均生产总值方面与小康标准尚有很大距离。

在人均生产总值方面,西北民族地区不仅在内部各省区、地方之间存在较大差距,与全国、东部地区相比,整体上亦存在较大差距。

----

①　1991 年国家统计局与计划、财政、卫生、教育等 12 个部门的研究人员组成了课题组,按照党中央、国务院提出的小康社会的内涵确定了 16 个基本监测指标和小康临界值。即(1)人均 GDP2500 元(按 1980 年的价格和汇率计算,2500 元相当于 900 美元);(2)城镇人均可支配收入 2400 元;(3)农民人均纯收入 1200 元;(4)城镇住房人均使用面积 12 平方米;(5)农村钢木结构住房人均使用面积 15 平方米;(6)人均蛋白质日摄入量 75 克;(7)城市每人拥有铺路面积 8 平方米;(8)农村通公路行政村比重 85%;(9)恩格尔系数 50%;(10)成人识字率 85%;(11)人均预期寿命 70 岁;(12)婴儿死亡率 3.1%;(13)教育娱乐支出比重 11%;(14)电视机普及率 100%;(15)森林覆盖率 15%;(16)农村初级卫生保健基本合格县比重 100%。

1. 西北民族地区人均生产总值差距及其变动

从人均生产总值差距来看,西北民族地区与全国、东部地区、西部地区相比表现出不同的特点,见表4—2。

与东部地区人均生产总值相比,由于西北民族地区生产总值的增长速度略低于东部地区而人口增长速度略高于东部地区,导致该地区经济发展与东部地区差距扩大的趋势比较明显。从2000年到2002年,东部地区与西北民族地区人均生产总值分别由11334元、5865元变为14159元、7024元,西北民族地区占东部地区人均生产总值的比重由51.7%变为49.6%,下降了2.1个百分点;绝对差距由2000年的5469元扩大到7135元,扩大了53元;相对差距由48.3%扩大为50.4%,扩大了2.1个百分点。到2003年,西北民族地区占东部地区人均生产总值的比重变为49.7%,比上年略有上升,绝对差距为8198元,相对差距为50.3%,比上年略有下降。

从2000年到2003年,西北民族地区人均生产总值一直高于西部地区,绝对差距由2000年的1114元扩大到2003年的1891元,净差距扩大了777元;西部地区与西北民族地区的相对差距扩大了5.1个百分点。表明西北民族地区经济增长相对于西部地区整体而言表现出良好的发展态势。

与全国人均GDP相比,西北民族地区人均生产总值仍存在较大差距,但该差距呈现出不断缩小的趋势。从2000年到2003年,全国人均GDP、西北民族地区人均生产总值分别由7086元、5865元增加到9101元、8108元;西北民族地区占全国人均GDP的比重由82.8%变为89.1%,提高了6.3个百分点;绝对差距由1221元缩小到993元,缩小了228元;相对差距由17.2%缩小到10.9%。

表 4—2　西北民族地区人均生产总值差距及其变动情况

		2000年	2001年	2002年	2003年	2000—2003年差距变动
人均GDP/生产总值(元/人)	全国	7086	7651	8214	9101	
	东部地区	11334	12811	14159	16306	
	西部地区	4751	5043	5515	6217	
	西北民族地区	5865	6542	7024	8108	
绝对差距(元)	与全国相比	−1221	−1001	−1160	−993	+220
	与东部地区比	−5469	−6269	−7135	−8198	−2729
	与西部地区比	+1114	+1499	+1509	+1891	+777
相对差距(%)	与全国相比	17.2	13.3	14.2	10.9	+6.2
	与东部地区比	48.3	48.9	50.4	50.3	−2.0
	与西部地区比	18.2	22.9	21.5	23.3	−5.1

资料来源:同表 4—1。

注:相对差距=(地区甲人均生产总值−地区乙人均生产总值)/地区甲人均生产总值。

2. 西北民族地区人均生产总值内部差距

西北民族地区内部各省区、地方人均生产总值差距及其变动状况也存在较大的不同,见表 4—3。

西北民族地区内部以新疆人均生产总值为最高,从 2000 年以来一直高于全国平均水平,但这种优势正在变得越来越小,2000年高于全国 384 元,到 2002 年时则仅高出 98 元(2003 年出现非常态快速增加)。而与东部地区人均生产总值的差距较大,且差距呈不断扩大的趋势。2000 年落后于东部地区 3864 元,相对差距为 34.1%,到 2003 年则落后于东部地区 6606 元,相对差距变为40.5%。其中,绝对差距扩大了 2742 元,相对差距扩大了 6.4 个百分点。

青海人均生产总值在西北民族地区排名第二,但与新疆差距较大。与全国相比,差距比较明显。该差距从 2000 年到 2002 年出现逐渐缩小的可喜趋势,但 2003 年差距迅速扩大。从 2000 年到 2002 年,与全国的绝对差距由 1999 元缩小到 1788 元,缩小了 211 元;相对差距由 28.2% 下降到 21.8%,缩小了 6.4 个百分点。与东部地区相比则存在着巨大差距,其人均生产总值一直不及东部地区的一半,2000 年、2001 年、2002 年、2003 年分别仅为东部地区的 44.9%、44.8%、45.4% 和 44.6%,差距呈现出不断扩大的趋势。

表 4—3　西北民族地区内部各省区、地方人均生产总值差距

	年度	全国	东部地区	宁夏	青海	新疆	甘肃民族自治地方
人均地区生产总值(元/人)	2000	7086	11334	4839	5087	7470	661
	2001	7651	12811	5340	5735	7913	1866
	2002	8214	14159	5804	6426	8382	1890
	2003	9101	16306	6691	7277	9700	2379
与全国差距	2000	—	+4248	−2247	−1999	+384	−5425
	2001	—	+5725	−2311	−1916	+262	−5785
	2002	—	+5945	−2410	−1788	+98	−6324
	2003	—	+7205	−2467	−2062	+594	−6722
与东部地区差距	2000	—	—	−6495	−6247	−3864	−9673
	2001	—	—	−7471	−7076	−4898	−10945
	2002	—	—	−8355	−7733	−5777	−12269
	2003	—	—	−9672	−9267	−6611	−13927

资料来源:同表 4—1。

宁夏人均生产总值在西北民族地区排名第三,与青海相比存在较大差距。与全国相比,则存在更大差距。与东部地区相比,2000年以来,其人均生产总值均不及前者的一半,分别仅为前者的42.7%、41.7%、41.0%和41.0%,差距在不断扩大。

甘肃民族自治地方的人均生产总值最低,不仅与东部地区相比存在巨大差距,而且与全国相比同样巨大,处于全国极低水平。与全国相比,从2000年到2002年,其人均生产总值分别仅为全国的23.5%、24.7%、23.1%,差距呈不断扩大趋势。与东部地区相比,其人均生产总值分别仅为前者的14.7%、14.6%、13.3%,差距同样呈不断扩大的趋势。因此,从人均生产总值的角度来看,加快甘肃省民族自治地方经济发展的要求极其迫切,任务也极其艰巨。

从人均生产总值在全国的排名来看,2000年,宁夏、青海、新疆分别排在全国第25、21、12位,到2002年,三省区排名变为第25、19、12位。其中,宁夏、新疆的排名未发生变化,而青海由2000年的第21位上升至第19位。2003年,宁夏排名上升两位,青海排名下降一位,新疆排名保持不变。

二、人民生活水平差距

不断提高人民生活水平是经济发展的最终目的。西北民族地区人民生活水平与全国相比差距较大且不断扩大的趋势比较明显;与东部地区相比存在更大差距,差距扩大趋势更明显;与西部地区相比,除新疆以外,宁夏、青海以及甘肃民族自治地方的人民生活水平存在较大差距,并且呈不断扩大趋势。西北民族地区人民生活水平差距具体表现在城镇居民人均可支配收入、农民人均纯收入以及城镇居民家庭恩格尔系数、农村居民家庭恩格尔系数的差距等方面。

（一）城镇居民人均可支配收入差距

城镇居民人均可支配收入是衡量城镇居民生活生平的一个重要指标，也是我国小康社会以及全面建设小康社会的一个重要衡量标准。我国小康社会标准规定该指标要达到2400元（1990年价格）以上。

西北民族地区的宁夏、青海、新疆三省区城镇居民人均可支配收入虽然2000年以来一直高于该标准，已进入小康社会，但甘肃民族自治地方仅完成了73.1%。与全国平均水平、东部地区平均水平以及西部地区平均水平相比，西北民族地区城镇居民人均可支配收入均存在明显的、程度不一的差距，并且差距呈现不断扩大趋势。

1. 与全国相比，差距较大且不断扩大的趋势显著

西北民族地区城镇居民人均可支配收入与全国相比，差距较大，而且总体上呈现出不断扩大的趋势。2000年，宁夏、青海、新疆、甘肃民族自治地方城镇居民人均可支配收入比全国分别低1110元、1368元、635元和3326元，分别是全国的82.3%、78.2%、89.9%、47.0%。到2003年，宁夏、青海、新疆城镇居民人均可支配收入与全国的差距变为1942元、1740元、1251元，分别是全国的77.1%、79.5%、85.2%，只有青海提高了1.3个百分点，而宁夏、新疆则分别降低了5.2个、4.7个百分点。甘肃民族自治地方城镇居民人均可支配收入占全国的比重由2000年的47.0%变为48.7%，提高了1.7个百分点。由于青海、甘肃民族自治地方人口在西北民族地区总人口中所占比重较低，由以上数

据可以看出,西北民族地区城镇居民人均可支配收入与全国相比不仅存在较大差距,而且差距整体上存在不断扩大的趋势,见表4—4。

表4—4　西北民族地区城镇居民人均可支配收入差距　（单位:元)

年度	全国	东部地区	西部地区	宁夏	青海	新疆	甘肃民族自治地方
2000	6280	7850	5486	5170	4912	5645	2954
2001	6560	8610	6170	5544	5854	6395	3338
2002	7703	9356	6675	6067	6171	6900	3752
2003	8472	11039	7264	6530	6745	7173	4314

资料来源:《中国统计年鉴》(2001—2004),《甘肃年鉴》(2001—2004)。

从西北民族地区城镇居民人均可支配收入在全国的位次来看,2000年,新疆位次最高为第18位,宁夏、青海分别位列第28、21位。到2002年,新疆提高至第13位,宁夏提高至第23位,而青海保持不变。

2. 与东部地区相比,存在更大差距且差距扩大趋势更加明显

2000年,宁夏、青海、新疆、甘肃民族自治地方城镇居民人均可支配收入比东部地区分别低2680元、2938元、2205元、4896元,分别是东部地区的65.9％、65.9％、71.9％、37.6％。到2003年,宁夏、青海、新疆城镇居民人均可支配收入与东部地区的差距变为4509元、4307元、3818元,分别是东部地区的59.2％、61.0％、65.4％,分别降低了6.7、4.9、6.5个百分点,见表4—4。

3. 与西部地区的差距

2000年,与西部地区城镇居民人均可支配收入水平相比,只有新疆高出159元,宁夏、青海、甘肃民族自治地方则分别低出316、574、2532元,分别是西部地区的94.2％、89.5％、53.8％。到

2003 年,新疆比西部地区仅高出 43 元,而宁夏、青海则分别低出 734 元、532 元,分别是西部地区的 90.0%、92.7%。而甘肃民族自治地方 2002 年与西部地区的差距为 2850 元,占西部地区的比重虽然提高了 5.5 个百分点,但绝对差距仍有所扩大,见表 4—4。

(二)城镇居民家庭恩格尔系数差距

恩格尔系数(Engle Coefficient)是国际上用来衡量生活水平的一个常用的重要指标,一个国家或地区的家庭生活越贫困,恩格尔系数就越大,反之就越小。根据国际粮农组织提出的标准,恩格尔系数在 59% 以上为贫困,50%—59% 为温饱,40%—50% 为小康,30%—40% 为富裕,低于 30% 为最富裕。中国的小康社会制定的标准之一是恩格尔系数达到 50%。

在城镇居民家庭恩格尔系数方面,西北民族地区(缺甘肃民族自治地方数据)2000 年以来一直低于 40%,从恩格尔系数国际标准方面处于富裕生活水平阶段。但与全国相比,该地区在此方面表现出了一定的特殊性。见表 4—5。

表 4—5 西北民族地区城镇居民家庭恩格尔系数差距 (单位:%)

年度	全国	东部地区	西部地区	宁夏	青海	新疆	甘肃民族自治地方
2000	39.4	40.2	39.2	35.7	40.9	36.4	—
2001	38.2	39.0	37.7	34.0	38.1	34.8	—
2002	37.7	38.5	37.4	34.8	36.7	33.9	—
2003	37.1	38.0	38.0	36.0	36.8	35.9	—

资料来源:《中国统计年鉴》(2001—2004)。

宁夏、新疆城镇居民家庭恩格尔系数 2000 年以来一直低于全国、东部地区、西部地区,青海在 2000 年高于全国、东部地区以及西部地区,但在 2001 年、2002 年、2003 年连续低于全国与东部地区。表面上看,似乎西北民族地区的城镇居民家庭生活水平较高,但结合其较为低下的城镇居民人均可支配收入与消费性支出结构分析,可以找出现象背后的实质。西北民族地区较低的城镇居民家庭恩格尔系数是在可支配收入较低的收入约束下,由于市场化所带来的其他消费性支出(特别是教育、住房、水电暖、医疗)快速增长而被动降低食品支出的结果。在食品消费总量与营养结构上,西北民族地区城镇居民与全国以及东部地区相比,都存在较大的差距,见表 4—6。

表 4—6　2003 年西北民族地区城镇居民家庭平均每人全年消费性支出差距

(单位:元、%)

项　目	全国①	东部地区②	西部地区③	宁青新三省区④	④/①	④/②	④/③
消费性支出	6510	7867	5859	5424	83.32	68.95	92.58
食品	2417	2930	2228	1964	81.26	67.03	88.15
粮食	194	201	197	207	106.71	102.99	105.08
肉禽及其制品	473	542	458	377	79.70	69.56	82.31
蛋类	61	65	49	45	73.77	69.23	91.84
水产品	170	314	72	50	29.41	15.92	69.44
奶及奶制品	125	151	126	103	82.40	68.21	81.75
衣着	638	644	656	661	103.61	102.64	100.76
服装	455	463	460	454	99.78	98.06	98.70
家庭设备用品及服务	410	501	353	335	81.71	66.87	94.90
耐用消费品	213	262	174	168	78.87	64.12	96.55
医疗保健	476	585	414	420	88.24	71.79	101.45

项　　目	全国①	东部地区②	西部地区③	宁青新三省区④	④/①	④/②	④/③
交通通信	721	927	654	565	78.36	60.95	86.39
教育文化娱乐服务	934	1150	781	722	77.30	62.78	92.45
文娱用品	264	337	218	217	82.20	64.39	99.54
教育	514	615	442	397	77.24	64.55	89.82
居住	699	860	568	540	77.25	62.79	95.07
住房	256	340	190	173	67.58	50.88	91.05
杂项商品与服务	215	270	206	217	100.93	80.37	105.34

资料来源:《中国统计年鉴》(2004)。

注:由于甘肃民族自治地方缺乏城镇居民家庭平均每人全年消费性支出统计资料,此处仅分析西北民族地区的宁、青、新三省区。

　　较低的城镇居民人均可支配收入水平条件下的较低城镇居民家庭恩格尔系数成为西北民族地区社会经济发展中的一个特殊现象。

(三)农民人均纯收入差距

　　农民人均纯收入是衡量农民生活水平的一个重要指标,也是我国小康社会指标体系中的一个重要指标。其中规定,农民人均纯收入要达到1200元(1990年价格)以上。西北民族地区农民人均纯收入远未达到该标准,农村小康社会建设任务艰巨。农民收入水平低下、增长速度缓慢的问题,在西北民族地区表现得非常突出。如果说"三农"问题是中国全面建设小康社会任务中的重中之重,那么西北民族地区的"三农"问题又是该"重中之重"中的重点之一,见表4—7。

　　1. 与全国农民人均纯收入差距

根据表 4—7 可以看出,从 2000 年到 2003 年,宁夏、青海、新疆农民人均纯收入与全国的差距分别由 529 元、763 元、635 元变为 579 元、828 元、516 元,宁夏、青海农民人均纯收入与全国的差距持续扩大。三省区农民人均纯收入占全国农民人均纯收入的比重分别由 76.5%、66.1%、71.8%变为 77.9%、68.4%、80.3%。从 2000 年到 2003 年,全国农民人均纯收入年均增长 3.9%,而宁夏、青海、新疆农民人均纯收入年均增长分别为 5.8%、6.4%、9.2%,均高于全国,表现出较好的发展态势。其中与国家实施退耕还林(草)、特色农业发展、粮食等农产品价格回升等因素密切相关。

但是,甘肃民族自治地方农民人均收入水平与全国的差距较大且呈现出不断扩大趋势,从 2000 年到 2003 年,该差距由 1157 元扩大到 1313 元,分别仅是全国农民人均纯收入的 48.6%、49.9%,均不及全国平均水平的一半,农民收入水平与增长速度问题均比较严峻。

从全国排名来看,2000 年,宁夏、新疆、青海三省区农民人均纯收入分别排在全国第 24、25、26 名,略高于云南、陕西、贵州、甘肃与西藏。到 2003 年,新疆、宁夏、青海三省区农民人均纯收入分别排在全国第 24、25、26 名,新疆上升一位,宁夏则下降一位,青海排名未发生变化。

2. 与东部地区农民人均纯收入差距

与东部地区相比,西北民族地区农民人均纯收入水平低、增长速度缓慢的问题表现得更为明显。

从 2000 年到 2003 年,宁夏、青海、新疆农民人均纯收入与东部地区的差距分别由 1752 元、1986 元、1858 元扩大为 2271 元、2497 元、2208 元。宁夏、青海农民人均纯收入占东部地区的比重相应地分别由 49.3％、42.9％降为 47.4％、42.1％,只有新疆的比重略有提升,由 46.5％增至 48.8％。而甘肃民族自治地方情况更差,2000 年比东部地区低 2380 元,仅为后者的 31.5％,到 2002年,差距进一步扩大为 2721 元,是后者的 30.5％,差距不断扩大。

3. 与西部地区农民人均收入差距

与西部地区相比,宁夏自 2000 年以来一直略高于西部地区100 元左右,青海则一直低于西部地区,新疆在 2000 年、2001 年低于西部地区,从 2002 年开始,略高于西部地区。而甘肃民族自治地方则一直远低于西部地区。由此反映出西北民族地区农民人均纯收入水平以及增长状况在西部地区处于相对较为有利的发展态势之中。

表 4—7　西北民族地区农民人均纯收入差距　（单位:元）

年度	全国	东部地区	西部地区	宁夏	青海	新疆	甘肃自治地方
2000	2253	3476	1632	1724	1490	1618	1096
2001	2366	3687	1755	1823	1557	1710	1139
2002	2476	3916	1854	1917	1669	1863	1195
2003	2622	4314	1966	2043	1794	2106	1309

资料来源:《中国统计年鉴》(2001—2004),《甘肃年鉴》(2001—2004)。

(四)农村居民家庭恩格尔系数差距

从农村居民家庭恩格尔系数来看,根据表 4—8 中的数据,西北民族地区的宁夏比较特殊,从 2000 年以来连续低于全国平均水平和西部地区平均水平,但联系其较低的农民人均纯收入水平综合考虑,其农村居民家庭恩格尔系数较低的现象,并非意味着其已处于较高的发展阶段,而是说明了其特殊的民族消费结构以及市场化进程不利影响问题。青海、新疆的农村居民家庭恩格尔系数2000年以来连续高于全国平均水平。与西部地区平均水平相比，新疆2000年以来连续低于西部地区，与其农民人均纯收入水平相对较高相适应。青海在2000年高于西部地区，从2001年开始，其农村居民家庭恩格尔系数开始连续低于西部地区，与其农民人均纯收入水平低于西部地区平均水平不对应，反映了与其特殊的消费支出结构与市场化进程的消极影响。因此，从总体上看，与城镇居民家庭恩格尔系数状况类似，较低的农民人均纯收入水平与较低的农村居民家庭恩格尔系数并存，成为西北民族地区在人民生活水平方面的又一个特殊反常现象。

从小康社会标准来看，宁夏2000年即已进入小康社会，青海、新疆在2002年才进入小康社会，但青海农村居民家庭恩格尔系数由2000年的58.0%急剧下降到2001年的51.8%，其真实性值得怀疑。虽然缺乏甘肃民族自治地方的资料，但联系其较低的农民人均纯收入水平，其农村居民家庭恩格尔系数必定处于较高水平，建设小康社会的任务极其艰巨。

表4—8　西北民族地区农村居民家庭恩格尔系数差距　（单位：%）

年度	全国	东部地区	西部地区	宁夏	青海	新疆	甘肃民族自治地方
2000	49.1	44.5	54.3	49.0	58.0	50.0	—
2001	47.7	43.1	56.2	46.9	51.8	50.3	—
2002	46.2	41.0	50.2	44.6	48.0	49.0	—
2003	45.6			41.5	49.1		—

资料来源：《中国统计年鉴》(2001—2004)，《甘肃年鉴》(2001—2004)。

三、城镇化水平差距

城镇人口比重是反映社会经济发展,特别是工业发展水平的重要标志,也是衡量一个地区、一个国家现代化水平的重要指标之一。"城市是人民政治、经济与精神生活的中心,是前进的主要动力。"城市化是"一种世界性的社会经济现象,是乡村分散的人口、劳动力和非农业经济活动不断进行空间上的聚集而逐渐转化为城市的经济要素,城市相应地成长为经济发展的主要动力的过程。"①据世界发展报告的统计,2000年世界平均城市化水平达47%、中等发达国家为50%,高收入国家为79%。

西北民族地区的城镇化水平不仅与东部地区平均水平相比存在着较大差距,也低于全国平均水平,见表4—9。

表4—9　西北民族地区城镇化水平差距　　（单位:%）

年度	全国	东部地区	西部地区	宁夏	青海	新疆	甘肃自治地方	西北民族地区
2000	36.2	46.1	26.1	32.4	34.8	33.8	10.4	31.6
2003	40.5	—	—	36.9	38.2	34.4	10.9	34.1

资料来源:根据《中国统计年鉴》(2001)、《中国统计年鉴》(2004),《甘肃年鉴》(2001、《甘肃年鉴》(2004)计算。

根据2000年第五次全国人口普查数据,2000年全国城镇化率达到36.2%,而宁夏、青海、新疆、甘肃民族自治地方的城镇化率则分别为32.4%、34.8%、33.8%和10.4%,分别比全国低3.8个、1.4个、2.4个和25.8个百分点;比东部地区分别低13.7个、11.3个、

---

① 蔡孝篪:《城市经济学》,南开大学出版社1998年版,第50页。

12.3个和35.7个百分点;与西部地区相比,宁夏、青海、新疆三省区则分别高出6.3个、8.7个、7.7个百分点,只有甘肃民族自治地方远低于西部地区,落后15.7个百分点。从西北民族地区城镇化整体水平看,2000年低于全国4.6个百分点,低于东部地区14.5个百分点,高出西部地区5.5个百分点。因此,从总体上来看,西北民族地区中的宁夏、青海、新疆三省区城镇化水平基本相当,与全国差距较小。但甘肃民族自治地方城镇化水平非常低下,社会发展水平很低。

到2003年,宁夏、青海、新疆三省区的城镇化率分别低于全国3.6个、2.3个、6.1个百分点。与2000年相比,宁夏城镇化水平与全国差距缩小了0.2个百分点,而青海、新疆与全国的差距有所扩大,分别扩大了0.9个、3.7个百分点,反映了这两个省区城镇化速度落后于全国。

四、经济发展外向程度差距

在全球经济一体化以及国家全面对外开放的时代背景下,一个国家(地区)的对外开放程度已经成为促进其经济发展的重要因素,也成为衡量一个国家、一个地区经济实力的一个重要指标。就中国区域经济发展而言,这一规律表现得比较明显。虽然经济全球化确实有众多负面效应,但经验证实,经济全球化已成为且一直是促进经济增长与降低贫困的有力武器。研究结果[1]表明,一国

---

① Jeffrey. A. Frankel and David Romer, "Does Trade Cause Growth", *The American Economic Review*, June, 1999, pp. 379—399; Dollar David and Aart Krnay, "Trade Growth and Poverty", *Policy Research Working Paper*, 2001, No. 2199; Sachs, D. Jeffrey and Andrew Warner, "Economic Reform and the Progress of Global Integration", *Brookings Papers on Economics Activity*(1), 1995, pp. 1 - 118.

或地区的对外开放度与其经济增长呈强正相关关系。特定区域或国家对外开放、发展外向型经济对其经济发展的关键意义在于尽可能利用更多更有效的资源,在于尽可能利用更大规模的市场空间,而市场规模的作用在于有利于促进分工,而分工则是区域劳动生产力提高的根本动因。

西北民族地区经济发展的相对滞后,经济外向程度低下不仅是一个重要原因,也是一个重要的表现。具体表现在经济外贸依存度低、一般外贸贡献率小、吸引外资数量少等方面,见表4—10。

表4—10　西北民族地区经济外向程度差距

	年度	全国	东部地区	西部地区	宁夏	青海	新疆	甘肃民族自治地方
外贸依存度(%)	2000	43.9	64.7	8.5	13.8	5.0	13.7	—
	2001	43.3	63.2	7.6	14.7	4.1	9.8	—
	2002	49.6	69.3	8.5	11.1	4.8	13.9	—
	2003	60.2	82.4	10.0	13.9	7.2	21.0	—
外贸贡献率(%)	2000	−0.5	1.5	0.5	1.2	0.9	−1.0	
	2001	−0.1	−0.4	−0.7	−1.3	0.1	−3.2	
	2002	0.7	1.3	0.1	1.2	0.3	−2.8	
	2003	−2.2	−0.7	1.3	4.0	2.5	2.0	
人均利用外资额($)	2000	46.8	71.0	5.2	3.1	—	1.0	
	2001	38.9	87.8	5.3	3.0	7.0	1.1	
	2002	42.8	98.5	5.5	3.8	8.9	1.0	
	2003	41.4	159.9	10.0	12.4	31.7	8.3	

资料来源:根据《中国统计年鉴》(2001—2004)、《甘肃年鉴》(2001—2004)整理计算。

注:美元与人民币汇率为1美元＝8.28元人民币,《中国统计年鉴》(2001)年中无青海2000年实际利用外资额,故数据空缺。

(一)西北民族地区外贸依存度差距

外贸依存度是指一定时期内一个国家或地区对外贸易总额(进出口总额)占该国国内生产总值的比重,它是衡量一国贸易开放程度的一个基本指标,也是反映一国与国际市场联系程度的标尺。与全国以及东部地区相比,西北民族地区外贸依存度存在着非常显著的差距。

1. 与全国外贸依存度的差距

改革开放以来,中国外贸依存度得到了快速提高。1978 年到2003 年间,我国对外贸易年均增长 16%,比国民经济增长快 7 个百分点,外贸依存度从 1978 年的 10% 提高到 1990 年的 30%,2003 年又进一步升至 60.2%。世界银行认为,中国外贸依存度经过十几年的时间就赶上了发展中国家平均水平,表明了中国经济开放取得了显著成就。而在西北民族地区,宁夏、青海、新疆三省区的外贸依存度普遍较低。其中,青海的外贸依存度最低,与全国的差距也最大。2000 年低于全国 38.9 个百分点,到 2003 年则进一步扩大为 53 个百分点,差距不但没有缩小,反而净扩大了 14.1 个百分点,仅为全国的 12.0%。宁夏外贸依存度在 2000 年以来小幅震荡,2001 年有所提高,但在 2002 年又出现较大程度下降,在 2003 年则小幅上升为 13.9%,比 2000 年仅高出 0.1 个百分点。与全国的差距由 2000 年落后 30.1 个百分点扩大到 2003 年的 46.3 个百分点。新疆外贸依存度提高速度相对较快,在该地区内相对较高,由 2000 年的 13.7% 提高到 2003 年的 21.0%,三年内提高了 7.3 个百分点,但与全国的差距仍然在拉大,由 2000 年落后于全国 30.2 个百分点扩大为 2003 年的 39.2 个百分点,净差距扩大了 9 个百分点。

2. 与东部地区外贸依存度的差距

与东部地区相比,西北民族地区外贸依存度差距更加悬殊。东部地区在 2000 年外贸依存度即已高达 64.7%,到 2003 年一跃而提高至 82.4%。从而体现出与国际市场较高或较为紧密的相互联系程度,东部地区利用国际、国内两种资源、两个市场的能力迅速提高。

3. 与西部地区外贸依存度的差距

西部地区的外贸依存度整体上较低,西北民族地区的宁夏、新疆同期外贸依存度均远高于西部地区。2000 年,宁夏、新疆分别比西部地区高出 5.3 个、5.2 个百分点,到 2003 年,则分别比前者高出 3.9 个与 11.0 个百分点,宁夏与西部地区领先优势有所缩小,而新疆的领先优势迅速扩大。只有青海与西部地区存在一定差距,但该差距到 2003 年有所缩小,从 2000 年低于西部地区 3.5 个百分点缩小到 2.8 个百分点。

(二)西北民族地区外贸贡献率差距

外贸贡献率是一国外贸净出口与上年度 GDP 之比,是衡量外贸对经济增长贡献程度的主要指标[①]。对于西北民族地区,虽然其外贸净出口规模较小,但其外贸贡献率表现出较高的水平。其中,青海 2000 年以来的外贸贡献率一直大于零。

1. 与全国相比

从全国方面来看,由于 2000 年、2001 年、2003 年的全国外贸净出口增加额是负数,所以由此计算出的外贸贡献率相应表现为

---

① 林毅夫、李永军认为这种计算方法实际低估了外贸对经济增长的贡献,见《经济参考报》2001 - 08 - 23。

负值,2002 年由于外贸净出口的较大幅度的增加,该年外贸贡献率为 0.7%。2000 年,宁夏、青海的外贸贡献率分别为 1.2%和0.9%,分别比全国高出 1.7%和 1.4%个百分点,只有新疆比全国低 0.5 个百分点。到 2002 年,宁夏高出全国 0.5 个百分点,而青海、新疆则分别比全国低 0.4 个和 3.5 个百分点,新疆的差距有较显著的扩大。到 2003 年,宁夏、青海、新疆三省区外贸贡献率得以全面、大幅度提高,分别高达 4.0%、2.5%、2.0%,而全国则为—2.2%。

2. 与东部地区相比

除 2001 年外,东部地区外贸贡献率高于全国水平。与东部地区相比,2000 年,西北民族地区外贸贡献率存在较大差距,宁夏、青海、新疆分别比前者低 0.3 个、0.6 个、2.5 个百分点。到 2001 年,宁夏、新疆分别比前者低 0.9 个、2.8 个百分点,而青海则高出0.5 个百分点。到 2003 年,宁夏、青海、新疆比前者分别高出 4.7个、3.2 个、2.7 个百分点。

3. 与西部地区相比

与西部地区外贸贡献率相比,2000 年,宁夏、青海两省区比前者分别高出 0.7 个与 0.4 个百分点,而新疆则低于前者 0.5 个百分点。2001 年,宁夏、新疆分别低于前者 0.6 个与 2.5 个百分点,而青海则比前者高出 0.8 个百分点。2002 年,宁夏、青海分别比前者高出 1.1 个与 0.2 个百分点,而新疆则低于前者 2.9 个百分点。到 2003 年,宁夏、青海、新疆三省区的外贸贡献率普遍高于西部地区,分别高出西部地区 2.7 个、1.2 个与 0.7 个百分点。

(三)西北民族地区人均实际利用外资额差距

人均实际利用外资额的高低,反映着地区投资环境的优劣与发展机会的大小,也在一定程度上衡量着一个国家与地区的对外开放程度甚至经济发展水平。西北民族地区各省市区与地方虽然非常重视招商引资工作,也取得了一定成效,其人均实际利用外资额在经过 2000 年、2001 年、2002 年低位徘徊之后,在 2003 年实现了比较快的增长。但从整体上看,西北民族地区人均利用外资额仍然很小,与全国以及东部地区相比,存在非常显著的差距。即使与西部地区相比,也存在一定差距。

1. 与全国的差距

2000 年,宁夏、新疆人均实际利用外资仅 3.1 美元与 1.0 美元,而全国人均实际利用外资分别是其 15.1 倍与 46.8 倍。到 2003 年,宁夏、青海、新疆三省区人均实际利用外资取得较大幅度的增长,与全国的差距有所缩小,但差距仍然非常悬殊。全国人均实际利用外资分别是宁夏、青海、新疆的 3.3 倍、1.3 倍与 5.0 倍。

2. 与东部地区的差距

与东部地区相比,西北民族地区人均实际利用外资相对差距在缓慢缩小,但绝对差距表现得非常悬殊。2000 年,宁夏、新疆人均实际利用外资分别是前者的 4.4% 与 1.4%,2001 年则变为 3.4% 与 1.3%,差距有所扩大,2002 年变为 3.9% 与 1.0%,新疆的差距有所扩大,直到 2003 年,相对差距才有所缩小,分别为东部地区的 7.8% 与 5.2%。青海人均实际利用外资由 2001 年的 7.0 美元增加到 2003 年的 31.7 美元,由 2000 年为东部地区的 8.0% 提高至 2003 年的 19.8%。

3. 与西部地区的差距

与西部地区人均实际利用外资额相比,西北民族地区的新疆 2000 年以来、宁夏在 2000 年至 2002 年间一直低于西部地区整体水平,到 2003 年,宁夏人均实际利用外资额开始高出西部地区

2.4 美元。青海 2001 年以来一直高于西部地区，2001 年、2002
年、2003 年三年内分别高出西部地区 1.7 美元、3.4 美元与 21.7
美元，领先优势在不断扩大。由此反映出西北民族地区在招商引
资方面，在西部地区尚表现出较明显的相对优势。

　　从以上分析可以看出，西部大开发战略实施以来，西北民族地
区生产总值增长速度虽然较快，但在人均生产总值、城镇居民人均
可支配收入、农民人均纯收入、城镇化水平以及经济外向度等方面
与全国尤其是东部地区的差距状况不容乐观。

　　如何加快西北民族地区经济发展，尽快遏止与东部地区特别
是全国平均水平之间差距扩大的趋势，如期实现全面建设小康社
会的奋斗目标，是西北民族地区面临的重大任务。

第五章 产业发展与西北民族地区经济发展

产业发展是区域经济发展的主体内容。本章将根据区域产业成长理论,构建一个以产业与市场成长为核心的区域经济发展路径,并对西北民族地区的产业结构问题进行深入研究。

一、以产业与市场成长为核心的区域经济发展路径

区域之间经济发展的差距问题,需要从区域产业结构中寻求答案。在实施西部大开发战略之前,西北民族地区因产业发展的滞后以及产业结构层次较低,产业结构不合理,导致了其人均生产总值、居民收入、城镇化水平等方面的相对低下,与全国以及东部地区存在比较大的差距。

(一)对西部大开发以来西北民族地区经济发展差距问题的再认识

西部大开发战略实施伊始,需要集中力量抓好五方面的工作:加快基础设施建设,切实搞好生态环境治理、保护和建设,调整优

化产业结构,大力发展科技教育,深化改革,进一步扩大对外开放等。但迄今为止,国家在西部大开发中把重点放在基础设施建设与生态环境保护方面,十六大报告重申西部大开发战略的重点是抓好基础设施和生态环境建设。大规模的基础设施建设投资以及生态环境建设投资较大地提高了该地区生产总值增长速度,对改善西北民族地区的基础设施条件与生态环境保护起到了积极的作用,使西北民族地区的条件得到改善和发展,因而对改变该地区面貌也是有益的。但这些建设更多的是服务于全国,服务于中东部地区,如西气东输、西电东送、南水北调等西部大开发中的标志性工程。但这种大规模的投资,大多与当地经济联系不够紧密,有的通过东部沿海地区采购和承包,对当地经济的带动和乘数效应较小。而且,大规模的生产性基础设施的建设,尚未实现综合配套,还远未充分发挥出综合经济效益。同样严重落后的社会性基础设施建设基本上还没有被大幅度改善,社会性基础设施主要包括各类教育设施、医疗卫生设施、体育及文化娱乐设施、社区服务设施、以及城乡行政管理设施等等,它们直接关系到西北民族地区生活条件和发展环境的改善,关系到人们实际生活水平的提高。生态环境的保护与建设本身就带有非经济效益的特点,并且有可能在短时期内产生生态环境保护与人民收入提高的矛盾。基础设施建设与生态环境保护都是在长时期内才能发挥重要效应的。基于以上原因,西部大开发中对基础设施与生态环境建设的大规模投资,对西北民族地区的人均生产总值的提高、人民收入水平的增加未能产生直接的当期作用。同时,对该地区原有产业结构的优化提升作用甚微。

西部大开发的重点任务虽然包括了调整优化产业结构的内容,但实际效果并不明显,事实上不能称其为重点任务,或者说由于多种原因而表现得"雷声大、雨点小"。西北民族地区产业结构层次较低、产业结构不合理的状况并未得到较大程度的改进,与东部地区的垂直分工格局没有得到较大程度的改观。

正确认识导致西北民族地区经济发展差距以及差距持续扩大的原因,寻求切实可行的解决对策,需要从区域产业经济视角入手,抓住区域产业结构调整优化、区域产业发展这一核心内容。如果西北民族地区只是开发和输出资源,而没有加工制造业的配套发展,地方经济就难以快速发展,与全国以及东部地区的经济发展差距就难以缩小。

(二)一个简单的模型

经济增长表面上是经济总量的增加过程,实质则是结构转换和调整的过程,结构决定功能,结构决定资源配置的效率。库兹涅茨认为:"绝大多数增长常伴随着人口增长和结构的巨大变化。在当今时代,发生了以下这些产业结构的变化:产品的来源和资源的去处从农业活动转向非农业活动,即工业化过程;城市和乡村之间的人口分布发生了变化,即城市化的过程。"[①]经济增长可以从结构上来考察。钱纳里工业化阶段理论[②]提出,任何国家和地区的经济增长都会规律性地经过三个阶段、六个时期,从任何一个发展阶段向更高阶段的跃升都是通过产业结构的转化来推动的,产业结构与经济发展阶段存在着内在的联系,经济增长是经济结构(其

---

① [美]西蒙·库兹涅茨著,戴睿等译:《现代经济增长》,北京经济学院出版社 1989 年版,第 1 页。

② [美]H. 钱纳里等著,吴奇、王松宝译:《工业化和经济增长的比较研究》,上海三联书店、上海人民出版社 1995 年版。

核心是产业结构)转变的结果。罗斯托将经济成长分为传统社会、为起飞创造条件阶段、起飞阶段、向成熟推进阶段、高额群众消费阶段与追求生活质量阶段六个阶段。经济增长阶段的更替,表现为主导部门次序的变化。在任何阶段,一个经济系统能够具有或保持"前进的冲击力",是由于若干个主导部门(leading industry)扩张的结果。这些主导部门在自身扩张的同时,产生扩散效应或外部效应,包括回顾效应、旁侧效应和前向效应,从而实现整个经济增长。[①] "现代增长本质上是一个部门的过程","离开了部门的分析,就无法解释经济增长为什么会发生"。这是由于经济增长是"根植于现代技术所提供的生产函数的积累扩散之中。这些发生在技术和组织中的变化只能从部门角度加以研究。"新技术的吸收总是发生在某个特定部门的具体经济问题上,当某个部门引进了新的技术或有了创新之后,将通过经济系统的运行和纵横交错的关系,对其他部门产生影响。整个经济增长就是通过这些"一连串的部门中高潮的继起"而完成的,"增长的进行,是以不同的模式、不同的主导部门,无止境地重复起飞的过程"。[②]

区域产业结构从部门分类组成方面反映着区域经济发展的质量演进,区域产业结构的合理化与高度化程度,决定着特定区域资源配置的效率与财富增加的程度,关系到该区域在宏观经济中的分工地位、发展位次与未来的发展希望。区域经济的盛衰主要取决于其产业结构的优劣。根据以上理论,可以构建一个以产业结

---

① [美]W.W.罗斯托著,国际关系研究所编译室译:《经济成长的阶段——非共产党宣言》,商务印书馆1962年版。

② [美]W.W.罗斯托编,贺力平译:《从起飞进入持续增长的经济学》,四川人民出版社1988年版,第3、5、7页。

构变动为核心的区域经济增长模型。

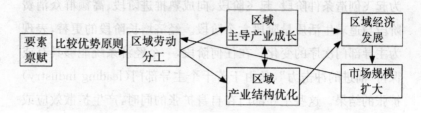

1. 按照比较优势原则进行区域劳动分工

亚当·斯密开创的比较优势理论创立了区域分工的基本原则——比较优势原则,为了财富最大程度地增进,区际之间应该按照各自的要素禀赋或优势进行合理的劳动分工。而合理的劳动分工是经济增长的关键,"劳动生产力上最大的增进,以及运用劳动时所表现的更大的熟练、技巧和判断力,似乎都是分工的结果。"①地区间的分工既是各具体部门之间、行业之间、企业之间和劳动者个人之间分工发展的产物,又是这些分工进一步发展的重要前提。

区域分工同时受制于市场的规模,市场规模的大小制约着区域劳动分工的程度。

2. 区域产业发展

区域产业结构本身就是地域分工的产物,依据比较优势原则,各区域应重点发展那些本地拥有突出比较优势的产业,而放弃那些本地不具备优势条件的产业,建立起区域优势产业群,实现从要素优势向产业优势的转化。同时与其他地区建立起高效的分工协作体系,以实现区域资源的优化配置,实现区域经济的

---

① [英]亚当·斯密著,郭大力、王亚南译:《国民财富的性质与原因的研究》(上卷),商务印书馆1981年版,第5页。

快速发展。

区域产业结构本身的优化，就是按照比较优势原则，各区域主导产业形成、发展、壮大的过程。区域产业的形成与发展，与三个方面的基本效应息息相关。

(1)资源禀赋效应

由于自然地理、区位条件等客观因素的作用，不同区域的资源供给能力和资源供给结构必然存在客观的差异，这种资源禀赋的差异在特定时期内是难以改变的。由此决定了在资源配置下所形成的区域生产结构必然不同。在社会经济发展的初期阶段，资源禀赋是决定区域经济状况的主导因素。

不同区域不同产业的形成与发展，其基本原因在于自然资源和条件的不均匀分布以及生产要素的不完全流动性，区域经济中生产要素的不完全可分性，以及空间运输成本所引致的产品和服务的不完全流动性。

(2)规模经济与极化效应

规模经济的客观效应必然导致要素在特定地域、特定产业进行集聚，从而形成增长极，进而形成极化效应，最终导致特定产业的集群效应或扎堆效应，形成区域产业。

(3)区域间分工协作关系的深化效应

社会经济的发展，必然导致区域间分工协作关系的发展与深化。这种分工协作关系发展的一个重要效应就是充分发挥不同区域的比较优势，从而促使各地区形成各具特色的具有相对或绝对比较优势的区域产业，形成自身的经济优势与竞争优势，进而不断发展形成新的后天获得性比较优势，产生新的分工。

3. 区域产业发展的经济效应

"结构的效率引起经济的增长、停滞或衰退"。① 区域产业结构具有结构效率。区域产业的发展,会产生就业效应、收入效应、财富效应以及要素创造效应,从而实现区域经济的发展。

所谓就业效应,是指区域产业的发展导致区域产业结构的变迁,在创造就业机会的同时,由于各个产业的比较经济效益(或相对国民收入)以及就业弹性的不同,会引导劳动力从第一产业向第二产业、第三产业转移。

配第-克拉克定理发现了各国国民收入差异和经济发展不同阶段与产业结构的内在关系。由于各产业间存在比较经济效益的差异,各产业对人均国民收入的贡献存在较大的不同。农业的比较经济效益呈下降的趋势,而第二产业的比较经济效益呈上升趋势,在人均国民收入创造中具有突出的效应。在工业化完成之后,第三产业的国民收入比重呈稳定上升、就业比重呈快速上升的趋势,在收入创造中发挥重要作用。因此,区域产业结构状况对人均国民收入水平具有直接影响,发挥着关键的收入效应。

所谓财富效应,是指区域主导产业或主导产业群的形成,会通过产业关联效应带动一大批相关产业的发展,产生巨大的乘数效应,形成新的产品供给,创造出新的物质财富。产业的发展,会促进社会分工的进一步深化,而分工会提高劳动生产率;会促进交易的进行,而交易的进行会创造出交易剩余,有效增进社会的财富。正如亚当·斯密所言:"凡能采用分工制的工艺,一经采用分工制,便相应地增进劳动的生产力。各种行业之所以各各分立,似乎也是由于分工有这种好处。一个国家的产业与劳动生产力的增进程

---

① [美]道格拉斯·C. 诺斯著,厉以平译:《经济史上的结构和变革》,商务印书馆 1992 年版,第 5 页。

度如果是极高的,则其各种行业的分工一般也都达到极高的程度","在一个政治修明的社会里,造成普及到最下层人民的那种普遍富裕情况的,是各行各业的产量由于分工而大增。"①因此,分工会引起普遍富裕。产业发展的集聚经济还会带动城市化的进程,使城市成为财富创造的新载体。

所谓要素创造效应,是指既有的要素禀赋促进了区域产业的发展与区域产业结构的优化;区域产业的发展以及区域产业结构的优化必将会进一步创造出新的生产要素,促进区域要素禀赋的升级与变迁。从而形成"既有要素禀赋—区域产业发展、结构优化—创造出新的生产要素—形成新的生产要素禀赋—促进区域产业的进一步发展"的良性循环机制。产业发展的要素创造效应突出地表现在波特所讲的"高级生产要素"与"专业型生产要素"创造上。"初级生产要素"与"一般型生产要素"在经济发展的初级阶段对区域产业发展起着基础性甚至主导性的作用,但其重要性会随着经济的发展而日益下降。在区域经济发展的较高阶段上,起关键作用的是"高级生产要素"与"专业型生产要素"。区域产业发展与产业结构的优化,是一个创新过程,在这个过程中,必然伴随着生产要素的创造。这种要素创造效应,表现为原有资源经济价值的提升,区位优势的增强,在"边干边学"中人力资源素质的提升与高素质人力资本的创造等。虽然政府在生产要素创造方面也起着积极的作用,特别是在教育发展以及科学研究等方面,但政府创造生产要素的效果离不开与产业界的有效衔接。例如,如波特所言,政府投资的基础科学研究"也许是创新科技商业化的种子,但是除非产

---

① ［英］亚当·斯密著,郭大力、王亚南译:《国民财富的性质和原因的研究》(上卷),商务印书馆 1981 年版,第 11 页。

业界能将有关的研究成果转换应用成产品或服务,进一步发挥,否则基础科学不会导致竞争优势"。"由企业、行业协会或个人共同大力投资创造生产要素,才是催生国家与产业竞争优势的主力"。①

对于中国而言,产业发展的区域经济意义还特别表现在以下三个方面:

第一,作为区域经济的实体或主要支撑,区域产业发展是缩小区域经济差距的突破口。区域之间人均生产总值的差异、人均收入差异等的根本原因是不同地区区域产业发展的非均衡性。西北民族地区与东部地区的经济差距,源于具有比较优势的高附加价值产业发展差距,源于产业结构的经济效应,源于高收入产业部门健康发展所必需的市场条件的差异。西北民族地区具有比较优势、市场竞争力较强的区域产业比较缺乏,产业发展水平较低,产业结构不合理,单位投入所产生的区域收入极其有限。因此,缩小西北民族地区发展差距的根本举措在于调整、优化其产业结构,促进其具有比较优势的高收入产业的成长,提高区域内资源配置的效率。

第二,区域产业的均衡发展对统一市场的形成具有直接推动作用。统一市场的形成与发展是区域经济均衡发展的前提条件,统一市场的基础条件在于供给与需求的相对均衡分布。产业的区域化既关系到供给能力的均衡分布,也关系到需求的空间组合。只有通过区域产业来有效带动各区域经济资源的合理开发,才能促使各区域市场关系的相对均衡成长,并在此基础上实现区域市场的高度整合。因此,从某种意义上讲,区域产业的培育与发展,不仅关系到资源配置格局,也关系到全国统一大市场的形成。

---

① [美]迈克尔·波特著,邱如美、李明轩译:《国家竞争优势》,华夏出版社2002年版,第76页。

第三,区域产业的配置及其区域结构,是决定我国资源配置总效率的重要因素。产业发展水平与产业的空间布局有着密切的关系,合理的产业布局有利于发挥地区比较优势,有利于在全国范围内形成合理的分工协作关系,提高资源配置总体效率。

4. 区域经济发展与市场规模的扩大

区域经济的发展,表现为市场需求的不断扩大,从而导致市场规模的扩展。而市场规模的扩展,进一步深化区域劳动分工,促进区域产业的发展与区域产业结构的优化,使区域要素优势进一步转化为区域产业优势与区域经济优势。

对于市场规模对经济发展的重要性,亚当·斯密一开始就给予了高度的重视。他的"分工受市场范围的限制"的命题,对市场规模对于财富增加的重要性的论述,闪烁着经济学鼻祖思想的光辉。因分工而导致的专业化能够有效提高生产效率。如果一个人工作半天可以生产一个单位的经济价值,则工作全天可以生产超过两个单位的价值。由此顺理成章的是市场规模或交换关系网络的密集程度决定专业化水准及总产值。因此,有效市场之扩展可以带来更多价值。但这一真知灼见,似乎被以后的经济增长理论所遗忘。储蓄、资本、技术、人力资源、企业家精神、知识等分别被先后认为是经济增长的首要源泉。美国知名经济学者杰夫·马德里克[①]从历史性和制度性的角度重新审视了 20 世纪 90 年代后期美国经济的繁荣,强调技术因素并不像人们所想像的那样可以决定一切,而市场规模和信息传播才是经济增长的首要原动力,才是真正的繁荣之源。值得注意的是,这种市场规模的扩大,不仅仅是

---

① [美]杰夫·马德里克著,乔江涛译:《经济为什么增长》,中信出版社 2003 年版。

区域内市场规模的扩大,而且包括更大的区域外市场规模的扩大。与国民经济不同,特定区域的经济增长在更大程度上要依赖于该区域以外的外部需求。"无论企业和区域光靠自产自销都富不了,要增加收入就得出售点什么,因此输出产品是为区域增长提供的经济基础。"①由此可以推导出区域产业甚至区域经济的发展在于它的开放性和它对周边区域经济发展的依存性。生产要素和商品的区际流动是区域产业以及区域经济发展的基本条件。或者可以说,区际间就经济贸易是区际间以及区域经济发展互为依存关联的基本条件。

因此,在一定的市场规模保证下,特定区域立足于自身的要素禀赋,按照比较优势原则,进行合理的区域分工,形成合理的区域产业结构与区域主导产业群,在四大效应的作用下,实现区域经济发展。而区域经济的发展,进一步促进了市场规模的扩大,由此形成一个"市场—要素禀赋—区域产业—区域经济发展"的良性循环机制。在这一良性循环机制中,区域要素禀赋是区域产业进而区域经济发展的基础,这种要素禀赋,既包括自然资源禀赋、地理区位优势,也包括人力资源禀赋,如劳动力的数量、结构、素质与技能等。也就是亚当·斯密所讲的一个国家或区域所拥有的固有的自然优势(natural advantage)与后来获得性优势(acquired advantage)。这一优势是区域分工的客观基础。虽然有些学者强调,即使在要素禀赋相同或类似的两个国家或区域之间也可以存在劳动分工,进行专业化生产,从而各自发展不同的产业,然后通过合作性交易使双方获得好处。如杨小凯发展出一个严密的分析框架,

---

① [美]埃德加·M. 胡佛著,王翼龙译:《区域经济学导论》,商务印书馆1990年版,第249页。

解释纵然在所有有关方面完全相同的人们之间,基于专业化选择的交易依然可能。这种专业化就不是基于交易者之间在禀赋、能力或偏好上的差异。但对杨小凯理论持高度评价态度的1986年诺贝尔经济学奖得主,美国公共选择学派的代表詹姆斯·布坎南(James Buchannan)也承认比较优势理论并没有错误。[①] 基于要素禀赋的比较优势原则并不排斥基于专业化效率的区域分工与区域产业发展,后者可以说是前者的补充。基于专业化效率的区域分工是在经济发展到了一定程度的基础上才有可能大规模出现,在经济发展的初级阶段尤其是在经济发展的较低水平上,基于要素禀赋的区域分工与区域产业发展,才是经济发展的必然选择。比较优势原则却是最基本、主导性的区域分工与区域产业发展的指导原则。这里实际上也涉及"路径依赖"的问题。

二、产业结构与西北民族地区经济发展水平

根据以上分析,西北民族地区经济发展的差距,要从其产业发展与产业结构差距这一核心环节入手进行研究。西北民族地区产业结构自身的优化升级进程比较缓慢,与全国以及东部地区存在较大差距。同时,由产业结构决定的区域劳动就业结构与全国以及东部地区亦存在较大差距。

(一)西北民族地区三次产业结构状况分析

西部大开发战略实施以来,西北民族地区虽然在地区生产总值的增长速度方面有所加快,但地区产业结构的优化调整效果较

---

① 见杨小凯:《一个经济学者的敬意》,《南方周末》,2004-09-02。

差,产业结构的高级化的进程较慢。在某些方面甚至表现出与产业结构高级化进程不相一致的趋势,产业结构变化表现出较为明显的特殊性,需要深入分析背后的原因。西北民族地区产业结构与全国、东部地区以及自身所在的西部地区相比,存在明显的差别,见表5—1。

表5—1　西北民族地区产业结构状况　　　　(单位:%)

年度 地区	2000	2001	2002	2003
全国	16.4:50.2:33.4	15.8:50.1:34.1	15.4:51.1:33.5	14.8:52.9:32.3
东部地区	11.4:49.2:39.4	10.9:48.7:40.4	10.2:47.3:42.5	9.3:50.9:39.8
西部地区	22.3:41.5:36.2	21.0:40.7:38.3	20.0:41.3:38.7	19.4:42.8:37.8
宁夏	17.3:45.2:37.5	16.6:45.0:38.4	16.1:45.9:38.0	14.4:49.8:35.8
青海	14.6:43.3:42.1	14.2:43.9:41.9	13.2:45.1:41.7	12.1:47.2:40.7
新疆	21.1:43.0:35.9	19.4:42.4:38.2	19.1:42.1:38.8	22.0:42.5:34.5
甘肃民族自治地方	35.4:32.2:32.4	35.2:31.0:33.8	33.9:34.3:31.8	33.4:34.7:31.9
西北民族地区	20.1:43.1:36.8	18.7:42.7:38.6	18.2:42.8:39.0	19.4:44.2:36.4

资料来源:《中国统计年鉴》(2001—2004),《甘肃年鉴》(2001—2004)。

1.与全国的差距

与全国产业结构相比,2000年以来,宁夏、青海、新疆三省区的第三产业比重均高于全国,但这并不意味着其产业结构的高级化程度高于全国,而是一种在第一产业不发达、工业化水平较低的情况下的一种低级化表现,社会生产与消费之间的结构畸形。这也可以从其第三产业内部结构中得到印证。以第三产业比重最高的青海为例,2002年第三产业内部结构中,传统的交通运输仓储及邮电通信业、批发零售贸易及餐饮业共占 37.2%,而全国是 13.8%,国家机关、党政机关和社会团体所占比重也高于全国,教育、文化艺术及广播电影电视业、社会服务业、金融保险业所占比重则低于全国。总体上看,宁夏、青海、新疆三省区尚处于工业化的初期阶段,其产业结构在一定程度上表现出明显的早产型特征,第一产业比重仍然较高,第二产业比重较低且提高缓慢,第三产业比重接近第二产业,比重较高且有不断提高趋势,但主要以传统的流通和服务业、机关事业为主,为现代农业、工业服务的金融、通讯和信息产业比重较低,现代化水平不高。这种超前发展而现代化水平低下的第三产业对今后的经济发展将带来消极的影响。

在宁夏、青海、新疆三省区中,新疆第一产业比重最高,下降也最为缓慢,而且 2003 年受农产品价格上涨因素影响,比重不降反升,这与其较低的城镇化水平相对应。宁夏、青海第一产业比重稳步下降,宁夏的第一产业比重到 2003 年首次低于全国,而青海的第一产业比重一直低于全国。结合农民人均纯收入指标来看,由于这两个省区的农民人均纯收入与全国差距较大,因此,较低的第一产业比重并不能说明其经济发展的较高水平,而是表明了第一产业人均劳动生产率的低下。从第二产业比重来看,虽然三省区均低于全国,但 2002 年宁夏工业化进程明显加快,与全国的差距由 2000 年落后 5 个百分点缩小到 2003 年的 3.1 个百分点;青海的工业化进程缓步加快,第二产业比重与全国的差距由 2000 年的 6.9 个百分点缩小到 2003 年的 5.7 个百分点;而新疆自 2000 年以来第二产业比重不断远低于全国呈现出不断下降的特殊趋势,2000 年、2001 年、2002 年、2003 年分别低于全国 7.2 个、7.7 个、9.0 个、10.4 个百分点,与自身相比,2003 年的比重反而低于 2000 年 0.5 个百分点。对于甘肃民族自治地方,经济发展远落后于宁夏、青海、新疆三省区,是西北民族地区经济发展的"锅底"。其产业结构表现出典型的前工业化的农业经济特征。

整体而言,在西北民族地区产业结构中,第一产业比重较高于全国,农业经济特征明显;而第二产业比重较低于全国,工业化水平低下;第三产业高于全国,但以传统的流通与服务业为主,新兴第三产业比重低,对经济发展的服务支撑功能较差。从近年来产业结构的演变趋势看,全国第一产业比重在以较快的速度下降,从2000年的16.4%下降到2003年的14.8%,接近钱纳里模式中的工业化中期阶段第一产业的比重标准。而西北民族地区第一产业比重较高且下降的速度较慢,2002年尚接近钱纳里模式中的工业化前期阶段的标准。从第二产业比重看,全国第二产业比重从2000年的50.2%提高到2003年的52.9%,第二产业比重在高位水平上呈现出继续快速提高的趋势,表明全国工业化进程已进入以居民消费结构升级所形成的市场需求为主要动力的重化工业化加快发展的中期阶段,如钢铁、化工、汽车、有色冶金等行业快速发展,重化工业发展与居民消费形成良性互动,对经济增长的拉动刺激乘数效应大大增强。而西北民族地区第二产业比重却呈现出在低于全国水平基础上持续下降的态势,反映出该地区在市场化浪潮中,第二产业发展竞争力下降、产业整体萎缩的严峻局面。西北民族地区虽然在第三产业比重上高于全国水平,但结合高比重的第一产业与较低比重的第二产业状况、较低的人均生产总值水平,以及第三产业内部结构,可以判断出其较高水平的第三产业比重并不是较高发展阶段上的必然结果,而是经济发展阶段较低、工业化进程缓慢甚至倒退的结果,具有工业化前期甚至前工业社会阶段的某些特征。没有第二产业发展的坚实基础,第三产业的健康发展就失去了根本的保证。结合其第三产业内部国家机关、政党机关和社会团体的过高比重考虑,西北民族地区第三产业比重高也带有明显的体制畸形的特点,或者说是体制畸形的一个外在表现。

2. 与东部地区的差距

从整体上看,东部地区的产业结构表现出钱纳里模式所揭示的工业化中期阶段的基本特点。农业比重很低并且持续下降,到2003年,仅占全部生产总值的9.3%;工业化比重在经过三年的徘徊后获得较大程度上升,说明第二产业在结构优化的基础上高级化进程的加快;第三产业由于有坚实的经济依托而获得较高的比重,且现代服务业的比重高于西北民族地区。与东部地区的产业结构相比,西部民族地区的差距非常悬殊。2003年,东部地区的第一产业比重首次降低到10%以下,第二产业比重首次高于50%,受SARS影响,第三产业比重有较大幅度下降。从产业结构上看,西北民族地区与东部地区处于两个完全不同的经济发展阶段。

3. 与西部地区相比

与西部地区相比,西北民族地区的产业结构总体上优于西部地区,第一产业比重均低于西部地区,第二产业比重则高于西部地区,而第三产业比重基本相当,尤其是宁夏、青海。因此,三省区产业结构的合理化与高级化要优于西部地区。

即使考虑到经济发展水平较低的甘肃民族自治地方,西北民族地区的第一产业比重仍稍低于西部地区,而第二产业比重仍略高于西部地区,第三产业比重基本相当。从产业结构角度看,西北民族地区的经济发展在西部地区尚处于比较优越的地位。

4. 西北民族地区产业结构转换速度

产业结构转换是在产业结构转换能力的推动下进行的。产业结构转换的最直接原因是地区各产业经济总量的增长速度的差异。一个地区其内部各产业增长速度差异大,结果是该地区产业结构转换快;反之,如果一个地区各产业增长速度相当,则产业结构转换较慢。因此,衡量一个地区产业结构转换速度可以转化为如何衡量一个地区产业增长速度差异问题。

为此构造如下产业结构转换系数 δ 计算公式:

$$\delta = \sqrt{\sum (X_i - X_p)^2 \frac{R_i}{X_p}} \qquad 5.1$$

其中:X_i 是 i 产业的年均增长速度,X_p 是地区生产总值(GDP)年均增长速度,R_i 是 i 产业在地区生产总值(GDP)中的比重。

采用几何平均数计算全国、东部地区、西部地区以及西北民族地区 2000—2003 年 GDP 和第一、二、三产业的年平均增长速度,利用公式 5.1 计算各地区产业结构转换系数,结果见表 5—2。

表 5—2　西北民族地区产业结构转换速度比较

地区＼速度	2000—2003 年年均增长速度(％)				δ
	GDP	第一产业	第二产业	第三产业	
全国	8.1	5.3	10.9	9.2	
东部地区	10.9	4.6	14.1	12.7	0.0966
西部地区	10.1	6.3	12.6	12.9	0.0914
宁夏	10.5	6.5	17.2	11.5	0.1544
青海	11.4	6.3	17.4	12.9	0.1359
新疆	9.3	13.7	10.9	11.0	0.0826
甘肃民族自治地方	10.6	6.4	12.3	11.4	0.0818
西北民族地区	10.3	11.9	12.8	11.4	0.0599

资料来源:《中国统计年鉴》(2001—2004),《甘肃年鉴》(2001—2004)。

从表 5—2 计算结果可以看出,2000 年以来东部地区产业结构转换系数最高,表明其产业结构转换速度最快;西部地区在西部大开发战略的推动下,区域产业结构转换速度也较快;而西北民族地区的产业结构转换速度则较慢,产业结构转换系数与东部地区、西部地区相比分别存在 0.0367、0.0315 的差距。在西北民族地区内部,产业结构转换速度存在很大差异,宁夏产业结构转换速度最快,青海次之,且两省区远高于东部地区和西部地区;新疆和甘肃民族自治地方产业结构转换速度较慢。

(二)西北民族地区劳动力就业结构分析

区域产业结构与区域劳动力就业结构息息相关,产业结构的变动必然伴随着劳动力就业结构的相应变化。由于西北民族地区产业结构与全国以及东部地区存在较大差距,所以该差距同样表现在该地区的劳动力就业结构方面,见表5—3。

表5—3　西北民族地区三次产业劳动力就业结构状况

(单位:%)

地区＼年度	2000	2001	2002	2003
全国	50.0：22.5：27.5	50.0：22.3：27.7	50.0：21.4：28.6	49.1：21.6：29.3
东部地区	42.9：27.2：29.9	42.0：27.6：30.4	40.4：28.0：31.6	38.1：29.8：32.1
西部地区	61.7：12.9：25.4	61.1：12.9：26.0	59.9：13.3：26.8	58.1：13.9：28.0
宁夏	57.8：18.1：24.1	56.5：18.2：25.3	55.4：19.4：25.2	51.8：21.7：26.5
青海	60.9：13.4：25.7	60.0：13.0：27.0	56.4：13.8：29.8	54.1：15.8：30.1
新疆	57.7：13.8：28.5	56.6：13.5：29.9	55.9：13.6：30.5	55.1：13.3：31.6
甘肃民族自治地方	60.8：18.2：21.0	60.6：18.3：21.1	60.4：18.4：21.2	59.6：18.8：21.6
西北民族地区	58.7：15.2：26.1	57.8：15.0：27.2	56.5：15.5：28.0	54.9：16.2：28.9

资料来源:《中国统计年鉴》(2001—2004)、《甘肃年鉴》(2001—2004)。

1. 与全国相比

与全国相比,西北民族地区第一产业就业比重差距最大,第二产业次之,第三产业就业比重差距最小。具体来看,西北民族地区第一产业就业比重一直远高于全国平均水平,但全国第一产业就业比重自 2000 年来下降速度较慢,而西北民族地区则以年均1.27 个百分点的速度下降,两者差距呈不断缩小的良好态势,从2000 年的 8.7 个百分点缩小到 2003 年的 5.8 个百分点。第二产业就业比重与全国的差距由 2000 年的 7.3 个百分点缩小到 2003年的 5.4 个百分点,但从 2000 年到 2002 年,全国第二产业就业比重呈缓慢下降趋势,在 2003 年又有所上升。西北民族地区第二产业就业比重整体上则呈现出持续缓慢上升的势头,从 2000 年到2003 年,提高了 1 个百分点。第三产业就业比重与全国相比差距较小,2003 年仅落后于全国 0.4 个百分点;从 2000 年到 2003 年,西北民族地区第三产业就业比重上升了 2.8 个百分点,比全国同期高出了 1 个百分点。

从西北民族地区内部看,宁夏第一产业就业比重下降与第二产业就业比重上升的速度均较快。2003 年,前者仅高出全国 2.7个百分点,后者则由 2000 年低于全国 4.4 个百分点变为 2003 年高出全国 0.1 个百分点,可见宁夏工业化进程较快。青海第一产业就业比重下降幅度最大,由 2000 年的 60.9% 下降到 2003 年的54.1%,三年内下降了 6.8 个百分点;第二产业就业比重由 2000年的 13.4% 上升到 2003 年的 15.8%,三年内提高了 2.4 个百分点。新疆的三次产业就业比重最为特殊,第一产业就业比重高但下降缓慢,与 2000 年相比仅下降 2.6 个百分点,2003 年比全国高出 6 个百分点;第二产业就业比重低却持续下降,由 2000 年的13.8% 持续下降至 2003 年的 13.3%;第三产业就业比重一直高于全国,2003年比全国高出2.3个百分点。

2. 与东部地区相比

与东部地区相比,西北民族地区三次产业就业比重对比悬殊。2003年,西北民族地区第一产业就业比重高出东部地区16.8个百分点,第二产业就业比重低于东部地区13.6个百分点,第三产业就业比重低于东部地区3.2个百分点。

(三)西北民族地区三次产业结构效率

对三次产业结构与三次产业就业结构进行对比分析,可以比较清楚地揭示西北民族地区经济发展水平较低与其较低的三次产业结构效率存在内在联系。具体可以从三次产业劳动生产率、三次产业比较劳动生产率、三次产业就业贡献率和三次产业对生产总值(GDP)增长贡献率等指标进行分析。

1. 三次产业劳动生产率比较

从三次产业就业人员所创造的人均增加值——产业效率看,西北民族地区三次产业的产业效率远高于全国整体水平,第一产业、第二产业、第三产业分别比全国高出2831.1元·人/年、20777.7元·人/年和7464.6元·人/年。与东部地区相比,西北民族地区第一产业略低于东部地区174.2元·人/年,第三产业效率与东部地区差距较大,低于东部地区13818.5元·人/年;但第二产业效率高出4322.3元·人/年,见表5—4。

西北民族地区较高的产业效率并不能掩盖其内部各省区存在的巨大差异。其中,新疆各产业效率最高,并对西北民族地区产业效率产生了决定性的影响,2003年新疆第一产业效率高达10395.3元·人/年,分别是全国平均水平和东部地区平均水平的2.2倍、1.4倍,第二产业效率分别是全国和东部地区的2.2倍、

1.5 倍,第三产业效率是全国平均水平的 1.6 倍。宁夏、青海第一产业效率则低于全国和东部地区水平,更远低于新疆;宁夏第二产业效率远低于全国和东部地区,但青海则高出全国 7619.1 元·人/年;宁夏、青海第三产业效率高于全国但均低于东部地区平均水平。

表 5—4　2003 年西北民族地区三次产业劳动生产率对比

(单位:亿元;万人;元·人/年)

	第一产业			第二产业			第三产业		
	增加值	就业数	生产率	增加值	就业数	生产率	增加值	就业数	生产率
全国	17092.1	36546.0	4676.9	61274.1	16077.0	38112.9	38885.7	21809.0	17830.1
东部地区	7305.9	9510.2	7682.2	40579.7	7436.5	54568.3	31397.6	8006.9	39213.2
宁夏	55.5	150.6	3685.3	192.0	63.2	30379.7	137.8	76.9	17919.4
青海	46.2	137.6	3357.6	184.3	40.3	45732.0	159.8	76.4	20916.2
新疆	412.9	397.2	10395.3	796.8	95.7	83260.0	667.9	228.2	29242.6
西北民族地区	514.6	685.4	7508.0	1173.1	199.2	58890.6	965.5	381.7	25294.7

资料来源:根据《中国统计年鉴》(2004)整理计算;因为缺少甘肃民族自治地方三次产业就业数据,故表中"西北民族地区"相关指标仅包括宁、青、新三省区。

根据表 5—4 中的数据,可以进一步计算出西北民族地区生产总值整体效率状况。2003 年,全国、东部地区、西北民族地区三次产业就业人员人均创造的 GDP 分别为 15752.9 元、31772.2 元、20952.1 元,西北民族地区比全国高出 5199.2 元,但比东部地区低 10820.1 元。宁夏、青海、新疆三省区三次产业就业人员人均创造的生产总值分别为 13254.2 元、15348.0 元和 26030.8 元。其中,青海与全国基本接近,宁夏低于全国 2498.7 元,新疆则高于全国 10277.9 元。与东部地区相比,三省区特别是宁夏、青海差距悬殊。

以上分析结果提出了一个令人进一步思考的问题,即为什么西北民族地区三次产业劳动生产率高于全国整体水平而人均生产总值低于全国? 为什么西北民族地区三次产业劳动生产率高于全国整体水平而城镇居民人均可支配收入、农民人均纯收入低于全国? 可能的因素包括:西北民族地区劳动人口总负担系数高于全国;重型工业结构突出;分配结构中资本所得比重高而劳动所得比重低;较高的政党机关国家机关与社会团体比重增加了当地人民的税赋等。

如何有效改变以上两个明显的悖论或矛盾呢? 由于区域人口结构在短时期内难以有较大改变,较快提高西北民族地区人均生产总值特别是人均收入水平的根本出路就自然落到加快区域优势产业的发展以及区域产业结构的优化调整方面。

2. 西北民族地区三次产业比较劳动生产率比较

比较劳动生产率是衡量区域产业结构效率的一个有效指标,用某产业增加值占 GDP(生产总值)份额与该产业从业人员占全社会从业人员份额之比来表示。据此我们可以对西北民族地区三次产业比较劳动生产率进行对比分析,见表5—5。

从 2000 年到 2003 年,西北民族地区第一产业平均比较劳动生产率略高于全国而较大程度的高出东部地区;第二产业大幅度高出全国和东部地区;第三产业高于全国但大幅度低于东部地区。

表 5—5　西北民族地区比较劳动生产率对比

		全国	东部地区	宁夏	青海	新疆	甘肃民族地方	西北民族地区
2000	第一产业	0.328	0.266	0.299	0.223	0.366	0.582	0.353
	第二产业	2.231	2.187	2.497	3.224	3.116	1.769	2.730
	第三产业	1.215	1.433	1.556	1.638	1.260	1.543	1.410
2001	第一产业	0.316	0.260	0.294	0.237	0.343	0.581	0.324
	第二产业	2.247	1.764	2.473	3.377	3.141	1.694	2.847
	第三产业	1.231	1.329	1.518	1.552	1.278	1.602	1.419
2002	第一产业	0.308	0.252	0.291	0.234	0.342	0.561	0.322
	第二产业	2.388	1.689	2.325	3.628	3.096	1.864	2.761
	第三产业	1.171	1.345	1.655	1.399	1.272	1.500	1.393
2003	第一产业	0.301	0.241	0.278	0.224	0.399	0.560	0.353
	第二产业	2.449	1.718	2.295	2.987	3.195	1.846	2.730
	第三产业	1.102	1.234	1.351	1.352	1.089	1.477	1.259
2000—2003	第一产业	0.313	0.255	0.291	0.230	0.363	0.571	0.338
	第二产业	2.329	1.840	3.398	3.304	3.137	1.793	2.767
	第三产业	1.180	1.651	1.520	1.485	1.225	1.531	1.370

资料来源:根据《中国统计年鉴》(2001—2004)、《甘肃年鉴》(2001—2004)整理计算。

从发展趋势看,全国以及东部地区 2000 年以来第一产业比较劳动生产率呈现下降趋势,而西北民族地区变动不明显;全国第二产业比较劳动生产率呈现上升态势,东部地区呈现小幅度下降趋势,而西北民族地区则保持相对稳定状态;全国、东部地区以及西北民族地区第三产业比较劳动生产率均呈现下降趋势。

3. 三次产业就业贡献率比较

经济增长就业贡献率——可用就业弹性系数表示。三次产业就业贡献率与区域人民收入水平及其增长有着密切的关系,是反映劳动者共享经济增长或产业发展成果程度的重要指标。

就业弹性系数就是研究经济发展与就业增长之间数量关系的函数,是指劳动力就业的增长率与经济增长率之间的比率。就业弹性系数的经济含义是:经济每增长 1‰,就业能增长多少个百分点。就业弹性系数也是衡量产业结构与就业结构偏差程度的一个重要指标,产业结构与就业结构偏差程度越大,就业弹性系数就越小。其计算公式如下:

$$就业弹性系数 = 就业增长率/GDP 增长率 \qquad 5.2$$

三次产业就业贡献率计算公式为:

$$产业就业贡献率 = 特定产业就业人员增量/全社会就业人员增量$$

$$5.3$$

根据 2000 年以来全国、东部地区、西北民族地区 GDP(生产总值)增长状况和就业增长状况,利用公式 5.2、5.3 可以对西北民族地区就业弹性系数与三次产业就业贡献率进行对比分析,见表5—6、表5—7。

表 5—6 西北民族地区就业弹性系数对比

	2000	2001	2002	2003	2000—2003
全国	0.1000	0.1781	0.1225	0.1033	0.1260
东部地区	0.0577	0.0867	0.0133	0.2223	0.0950
宁夏	0.1357	0.1299	0.1234	0.2650	0.1635
青海	−0.1198	0.0594	0.2349	0.2339	0.1021
新疆	0.0528	0.2368	0.2900	0.2613	0.2102
西北民族地区	0.0229	0.1065	0.2161	0.1901	0.1339

资料来源:根据《中国统计年鉴》(2000—2004)整理计算。

从表 5—6 可以看出,2000 年以来,全国、东部地区以及西北民族地区的就业弹性系数经历了一个剧烈变动的时期。全国与东部地区逐年变动幅度都很大;宁夏在 2003 年出现剧烈变动;青海、新疆在 2001 年变动剧烈,而在 2001 年后相对稳定。其背后原因是复杂的,既有改革加速的原因,有产业结构快速调整的因素,也有西部大开发战略深入实施的影响。总体上看,西北民族地区 2000—2003 年年均就业弹性系数略高于全国而远高于东部地区。

表 5—7 西北民族地区三次产业就业贡献率对比(单位:%)

		全国	东部地区	宁夏	青海	新疆	西北民族地区
2000	第一产业	37.41	−29.63	2.78	−288.89	96.43	31.58
	第二产业	−40.07	19.99	91.67	−288.89	−221.43	−123.68
	第三产业	102.66	109.64	5.55	477.78	225.00	192.10
2001	第一产业	50.03	−52.93	−41.67	−58.82	2.33	−12.09
	第二产业	14.67	72.29	27.78	−47.06	−3.88	−1.65
	第三产业	35.30	79.64	113.89	205.88	101.55	113.74
2002	第一产业	49.93	−69.65	−38.24	−70.00	22.50	−9.85
	第二产业	−70.49	57.24	117.65	42.86	22.50	40.15
	第三产业	120.56	112.41	20.59	127.14	55.00	69.70
2003	第一产业	−46.82	−46.37	−55.91	−25.71	27.14	−4.42
	第二产业	42.92	95.07	91.40	88.57	−0.50	40.33
	第三产业	103.90	51.30	64.51	37.14	73.36	64.09
2000 —2003	第一产业	22.64	−49.40	−33.26	−51.51	37.10	1.30
	第二产业	−13.14	61.15	82.13	28.12	−50.83	−11.21
	第三产业	90.50	88.25	51.13	123.39	113.73	109.91

资料来源:同表 5—6。

从表5—7中可以看出,就第一产业就业贡献率而言,全国在2000年到2002年间都是正的且贡献率较高,到2003年转变为—46.82%,第一产业就业人数迅速减少;而东部地区2000年以来则一直小于零,且呈现出逐步扩大的趋势;西北民族地区在2000年还高达31.58%,但从2001年开始则开始变为负数,但只是略低于零;宁夏则从2000年的2.78%迅速下降并变为负数;青海2000年全社会就业人数出现绝对下降,第一产业就业人数也出现绝对下降,以后第一产业就业贡献率一直远低于零;新疆比较特殊,2000年以来第一产业贡献率一直大于零。从第二产业就业贡献率看,全国在2000年、2002年均为负数;东部地区则一直保持较高的就业贡献率;西北民族地区则在2000年、2001年连续两年低于零,从2002年开始保持在40%以上;宁夏在2000年以来一直大于零,且从2001年开始保持着较高的就业贡献率;青海从2002年开始第二产业贡献率大于零且保持在较高的水平上;新疆第二产业贡献率仅在2002年达到22.50%,其余年份则均小于零。从第三产业就业贡献率来看,第三产业总体上对全国、东部地区以及西北民族地区就业贡献最大。全国除2001年以外,均保持在102%以上;东部地区在最低的2003年也达到51.30%;西北民族地区在2000年曾一度高达192.10%。

从2000年到2003年,西北民族地区第一产业就业贡献率平均为1.30%,比全国低21.34个百分点,比东部地区高50.7个百分点;第二产业就业贡献率平均为—11.21%,分别比全国和东部地区低1.93个、72.36个百分点;第三产业就业贡献率平均为109.91%,分别比全国和东部地区高19.41个、21.66个百分点。在三省区中,新疆第一产业平均就业贡献率最高且大于零,宁夏、青海均为负数且青海最小;宁夏、青海第二产业就业贡献率均大于零且宁夏最高,新疆最低且小于零;青海、新疆第三产业就业贡献率均高于 100% 且青海最高,宁夏最低。

由于第二产业人均劳动生产率远高于第三产业,所以西北民族地区第三产业就业贡献率较高而第二产业就业贡献率较低的现实,导致了在区域新增生产总值方面与东部地区存在持续扩大的差距。如何提高西北民族地区第二产业就业贡献率就成为加快西北民族地区经济发展步伐的重要着眼点。

4. 三次产业经济增长贡献率对比

区域产业结构效率也体现在三次产业对经济增长(GDP 增长)贡献率方面。三次产业经济增长贡献率计算公式为:

$$三次产业经济增长贡献率 = \frac{产业增加值增量}{GDP(生产总值)增量} \qquad 5.4$$

根据 5.4 式,可以对西北民族地区三次产业经济增长贡献率进行对比分析,结果见表 5—8。

表 5—8 西北民族地区三次产业经济增长贡献率比较 (单位:%)

		全国	东部地区	宁夏	青海	新疆	甘肃民族地方	西北民族地区
2000	第一产业	2.26	2.10	−8.55	−7.98	10.05	59.67	6.55
	第二产业	59.78	53.16	72.09	63.97	64.41	−502.43	63.91
	第三产业	37.96	44.74	36.46	44.01	25.54	342.76	29.54
2001	第一产业	9.99	5.85	11.03	11.40	−0.05	34.23	5.13
	第二产业	48.62	43.83	43.68	48.66	35.94	22.19	39.14
	第三产业	41.39	50.32	45.29	39.94	64.11	43.58	55.73
2002	第一产业	8.99	3.58	10.58	5.25	14.96	36.32	12.61
	第二产业	53.83	53.20	54.34	54.36	36.99	−10.97	42.57
	第三产业	37.18	43.22	35.08	40.39	48.05	74.65	44.82

		全国	东部地区	宁夏	青海	新疆	甘肃民族地方	西北民族地区
2003	第一产业	8.07	3.18	4.74	2.55	38.63	8.33	28.40
	第二产业	68.66	63.72	72.85	61.61	44.66	55.70	51.09
	第三产业	23.27	33.10	22.41	35.84	16.71	35.97	20.51
2000—2003	第一产业	7.33	3.68	4.45	2.81	15.90	34.64	13.17
	第二产业	57.72	53.48	60.74	57.15	45.50	−108.88	49.18
	第三产业	34.95	42.84	34.81	40.04	38.60	124.24	37.65

资料来源:根据《中国统计年鉴》(2000—2004)、《甘肃年鉴》(2000—2004)整理计算。

表5—8表明,2000年以来,全国第一产业贡献率保持在2.26%—8.99%之间,并在2001年以后保持相对稳定;东部地区保持在2.10%—5.85%之间,期间有较大起伏;西北民族地区保持在5.85%—28.40%的高位区间;宁夏、青海在2000年均为负数,2001年分别保持在4.74%—11.03%、2.55%—11.40%区间之内;从2000年到2002年,甘肃民族自治地方最低时也高达34.23%,到2003年降为8.33%。从第二产业贡献率来看,全国与东部地区除2001年低于50%外,其余年份均高于53%,并在2003年双双突破了60%;西北民族地区仅在2000年、2003年突破了50%,而在2001年、2002年仅为39.14%、42.57%;宁夏在2000年、2003年高达70%以上,在2001年仅为43.68%,低于同期全国和东部地区;青海保持在48.66%—63.97%之间较高的水平上;甘肃民族自治地方第二产业增加值在2000年、2002年出现绝对下降,2002年贡献率仅为22.19%,直到2003年第二产业增加值才首次超过1999年的水平,当年的贡献率达到55.70%。就

第三产业贡献率而言,全国在 2000 年到 2002 年保持相对稳定,在 2003 年出现较大幅度的下降;东部地区情况与全国类似,但同期贡献率均高于全国;宁夏在 2001 年达到其 2000 年以来的最高值 45.29%,但在 2003 年为 22.41%,低于全国平均水平;青海则保持在 35.84%—44.01% 之间,并且变动幅度在 10 个百分点左右;新疆在 2001 年、2003 年大幅度低于其他地区,在 2001 年、2002 年达到较高的水平;受新疆影响,西北民族地区表现出与新疆相似的特征;甘肃民族自治地方总体上保持在较高的水平上。

从 2000—2003 年的各产业平均贡献率来看,西北民族地区第一产业贡献率比全国、东部地区分别高出 5.84 个、9.49 个百分点;第二产业贡献率比全国、东部地区分别低 8.54 个、4.30 个百分点;第三产业贡献率比全国高 2.70 个百分点,低于东部地区 5.19 个百分点。

(四)西北民族地区轻重工业结构分析

轻重工业结构是衡量产业结构的一个重要指标。重工业比重的高低对特定区域的资源开发、经济发展、劳动就业、人民收入水平等产生复杂影响。

1. 西北民族地区轻重工业结构状况

在西北民族地区工业结构中,重工业占绝对主导地位。西部大开发战略实施以来,工业结构呈现出进一步重型化趋势,见表 5—9。

在 2000 年全部国有及规模以上非工业企业增加值结构中,宁夏、青海、新疆三省区轻重工业比分别为 15.92：84.08、7.57：92.43 和 18.71：81.29,重工业比重分别比全国高出 21.54 个、29.89 个和 18.75 个百分点。到 2003 年,宁夏、青海、新疆三省区

轻重工业比变为 20.05：79.95、6.44：93.56、15.41：84.59,各
自的重工业比重分别比全国高出 15.65 个、29.26 个、20.29 个百
分点。

在西北民族地区三省区中,2000 年以来,只有宁夏轻工业比
重有较大幅度的上升,从 2000 年的 15.92% 上升到 2003 年的
20.05%。而青海、新疆两省区轻工业比重双双下降,分别比 2000
年降低了 1.13 个、3.30 个百分点。

表 5—9 西北民族地区轻重工业结构对比

	轻重工业增加值比重	
	2000 年	2003 年
全国	37.46：62.54	35.70：64.30
宁夏	15.92：84.08	20.05：79.95
青海	7.57：92.43	6.44：93.56
新疆	18.71：81.29	15.41：84.59

资料来源:《中国统计年鉴》(2001、2004)。

2. 西北民族地区轻重工业结构效应

西北民族地区重工业比重的整体性持续上升,可以在很大程
度上解释该地区较高的人均生产总值与较低的人民收入并存现
象;解释第二产业就业比重增长为何缓慢的问题。

第一,显著的生产总值增长效应。由于重工业企业一般具有
产值高的特点,因此,重工业的发展,对区域生产总值指标的增长
作用非常明显,具有显著的生产总值增长效应。西北民族地区重
工业比重的持续上升,在很大程度上促进了该地区生产总值的快
速增长。该地区较高的重工业比重是其相对于西部地区而言表现
出较高的人均生产总值水平的重要原因。

第二,较低的收入增长效应。由于重工业发展需要大规模投资,属于典型的资本密集型产业,因此,重工业创造就业岗位的能力有限,就业贡献率较低,对农村剩余劳动力的转移吸纳能力不强。据统计,重工业部门每亿元投资提供的就业机会,只及轻工业部门的三分之一。[①] 西北民族地区日益明显的重化工业化趋势,导致工业、第二产业的就业贡献较低,产业就业结构改善进程较慢,并直接影响着城乡社会经济一体化发展,难以有效消除城乡二元对立格局。重工业分配以资本所得为主,劳动所得份额较低,直接影响着城镇居民整体收入水平的提高,从而对区域人民收入水平产生重大影响。

第三,生态环境负效应严重。西北民族地区重工业的发展,对生态环境的破坏和污染是比较严重的。矿产资源的开发会对矿区脆弱的对生态环境造成严重破坏,如山体的植被破坏、水土流失、地质灾害等;矿产资源的冶炼需要占用大量的土地,大量消耗水资源,工业"三废"排放严重,环境污染问题突出。严重威胁着区域可持续发展。

3. 西北民族地区重工业比重持续上升的原因

西北民族地区重工业比重持续上升是多方面因素长期共同作用的结果,既有资源因素、历史因素在起作用,也有国家政策与市场需求等方面的影响,同时与近几年来全国产业结构重型化趋势紧密相关。

首先,西北民族地区拥有丰富的矿产资源,这一特点已在本书第三章进行了比较详细的分析,从而为采掘业和冶炼业等重工业行业发展奠定了良好的资源基础。

---

① 吴敬琏:《中国应当走什么样的工业化道路》,《文汇报》,2005 - 02 - 28。

　　其次,新中国成立以来的生产力布局是,在传统重工业优先发展战略的推动下,西北民族地区被国家列为重要的能源、原材料基地,大规模地建设了一大批发电厂、矿山和相关冶炼加工厂,在改革开放之前即形成了重工业比重较高的区域产业结构。改革开放以来,在国家"双轨过渡"、"东部优先发展"等改革与发展战略实施过程中,西北民族地区重工业在国家计划安排下继续发展。西部大开发战略实施以来,加快地方优势资源开发的工作力度持续加大。2004年3月颁布实施的《国务院关于进一步推进西部大开发的若干意见》将"能源、矿业、机械"列为西部地区优势产业之首,强调"逐步将西部地区建设成为全国能源、矿产资源主要接替区"。因此,作为拥有显著资源优势的西北民族地区,其重工业在西部大开发以来获得了进一步的发展。

　　再次,西北民族地区重工业的快速发展也与全国宏观经济形势与市场需求息息相关。2000年以来,中国经济进入一个新的增长周期,东部地区进入新一轮以房地产、汽车、家电等产业为主导的工业化周期,加之全国范围内城市化进程的加快,以及西部大开发实施过程中大规模基础设施和一系列重大项目的开工建设,导致了对钢材、水泥、电力、能源等重工业产品的强劲需求,造成生产资料供给价格的快速上涨。在市场需求的拉动下,全国范围内掀起了一股工业化浪潮,第二产业在三次产业中的比重持续上升,其中增幅最大的就是重工业。西北民族地区重工业的快速发展和重工业比重的持续上升是全国范围内重化工业快速发展的一个缩影和区域反应。

　　但是,西北民族地区的重工业化与东部地区重工业化有着本质性区别。东部地区在很大程度上是现代生活资料生产所引致的重工业化,如住宅、家庭轿车、家用电器等,其产品是作为终端产品直接面向市场消费者,具有价高利大、产业链较长、产业带动能力强等特点。而西北民族地区的重工业化,则处于产业链条的低端,其重工业以采掘业和原材料工业为主,产业链条短,附加值低,对区域经济发展带动能力弱。

第四,现有的不合理的制度安排鼓励了地方政府发展重工业的积极性。例如,各级政府仍然拥有过多的资源配置权,如土地批租权力、影响贷款发放的权力等等;生产总值(GDP)、工业总产值等指标仍然在干部考核、经济发展水平排名、社会各界对政府官员政绩评定时起重要作用甚至关键作用;以生产型增值税为主要税种在中央政府与地方政府间分成的财政收入制度仍然起着激励各级政府重工业、轻服务以及热衷于发展价高利大的重化工业的作用。

第五,西北民族地区重工业比重的持续上升,在很大程度上也是该区域内轻工业相对衰退的结果。着眼于生产力布局均衡发展的目标,建国以来中央在该地区兴建了一大批以轻纺工业为代表的轻工业。但在市场化改革过程中,由于体制、区位、技术、经营管理等多方面因素的综合制约,西北民族地区的轻纺工业处于不断衰退的状态。此外,以本地丰富的优势农产品资源为原料的轻工业发展比较缓慢,市场竞争力较弱。

第六章　西北民族地区比较 优势与产业发展

西北民族地区的比较优势体现在其固有的资源优势与后来获得性优势两个方面，且两者之间存在着内在的联系。本章根据区域优势理论对西北民族地区的比较优势进行了全面分析，并在此基础上结合区域产业发展理论对该地区具体产业类别的发展状况进行剖析。

一、区域比较优势的两种判别路径与方法

对于区域比较优势的辨别确定方法，学术界有不同的认识。对自然资源禀赋、区位优势等固有的自然优势或区域优势条件进行分析，以判断区域比较优势应该是什么，是相关文献中比较普遍的现象。有些学者①认为按照这样一种路径在实践中以失败者居多。在市场经济条件下，一个地区的优势产业不是先验确立而后自封的。地区优势产业（或产业优势区位）是庞大的厂商群体选

---

① 国家计委投资研究所、中国人民大学区域所课题组：《我国地区比较优势研究》，《管理世界》，2001－02。

择、竞争活动的结果。既定行业厂商的区位选择和既定区位厂商的行业选择,在地区间形成的具体产业活动的密度差异,也就是构成区域间产业结构差异,赋予各个地区与其禀赋条件高度相关的、能占有区外市场的优势产业。地区优势就是这样在市场中自发形成。因此,各地区优势产业(或说各产业的优势区位)的标志就是在全国市场上占有较大区外市场份额。这种较大份额既反映着区际市场对具体地区具体产品的需求强度,同时意味着区际市场对具体地区具体产品优势的认可程度。谁也没有理由拒绝和否认市场对地区优势的鉴别与判定。区域优势作为市场竞争的结果已经存在,只是它淹没在混乱的信息中。由此,他们强调应该从市场竞争格局中而不是从"地区优势条件"分析来识别和判断区域比较优势。

本书认为,对特定区域固有的自然优势进行分析是必要的,特别是就落后区域而言,以确定该区域内经济发展中"应该的比较优势"或"可能的比较优势"。在此基础上再对区域内后来获得性优势——产业优势进行分析,并通过先天或固有的比较优势与后天或现实的比较优势进行对比分析,才能更深入、更全面地把握特定区域的比较优势状态,才能更深入地分析两者之间的相关程度及其内在原因。的确,由市场自发形成的以优势产业为显示表征的区域内现实的比较优势才是特定区域经济发展的真正依托,但它需要一个前提条件,即存在一个相对健全的市场体系和充分发挥作用的市场规则。在此背景下,一般而言,特定区域的经济发展在其初期所表现出的产业优势往往与自身的固有自然优势相对应,并在此基础上不断扩充、增强自身后来获得性优势。

强调这一点,对于中国有重要的意义。因为中国的产业布局与工业化道路有其自身的特殊性,从建国以后到改革开放之前的这一段时期内,生产力布局强调均衡特征并有意识向内地倾斜,而且特别强调重工业优先发展,强调各地构建相对独立完整的国民经济体系,"大而全"、"小而全"。这样一来,包括西北民族地区在内的全国各省区产业结构基本雷同,区域产业结构不能充分体现各自固有的自然优势,甚至出现逆自然优势的现象。改革开放以来,在东部地区优先发展的政策倾斜、投资倾斜以及价格双轨制的背景下,西北民族地区原有轻工业的发展在很大程度上被人为遏制,而重工业着眼于为东部地区提供廉价原材料与初级产品而在计划体制下继续获得发展。由此导致西北民族地区逐渐成为东部地区工业制成品的销售市场与廉价原材料的提供地;导致了西北民族地区固有的自然优势与获得性优势出现了一定的背离。而东部地区充分利用自身优越的区位优势、廉价的原材料、优惠的政策以及廉价的劳动力,抓住国内相对短缺的卖方市场机遇,积极开拓国际市场,大力发展加工制造业,甚至在一段时期内实施"大进大出、两头在外"的发展战略,使得不具备多少固有自然优势的东部地区高速发展,不断增强着自身利用市场的能力,不断增强着自身后来获得性优势,造就了众多所谓的"没有铁矿资源而发展起现代钢铁业"、"不产羊毛而现代毛纺业发达"的发展模式,甚至成为有些学者否认比较优势理论科学性的重要依据。东部地区后来获得性优势的增强,特别是其利用市场能力的强化,客观上使西北民族地区在利用自己比较优势的过程中面临着巨大的市场竞争压力,使自身的资源比较优势转化为市场优势、经济优势困难重重。

着眼于比较优势理论,通过与东部地区发展路径的比较,可以得出这样的结论:当市场可以比较容易的利用时(短缺经济与卖方市场),西北民族地区有资源优势而不能充分利用,区域固有的自然优势难以转化为后天获得性优势,难以提高自身利用市场的能力,即有"鱼"而不能、不允许"渔",或不能为自身而"渔"。而当西北民族地区可以充分利用市场时(社会主义市场经济体制基本确立与全面开放),要么是原有的资源优势已经大大弱化,如资源型城市与地区的资源衰竭问题、环境破坏问题,而从经济发展阶段看,这一般是发达国家工业化后期所面临的问题;要么是拥有独特资源而缺乏大规模市场;要么是拥有优势资源而以其为原材料的产品市场竞争激烈等等,即可"渔"而难得"鱼"。

实际上,东部地区、西北民族地区的发展实践,都没有根本否定比较优势理论。东部地区充分利用了全国范围内的劳动力成本低廉的优势,利用了自身的区位优势,自身所享有的政策优势,尽快形成了自身获得性优势,走的是一条以充分利用后天获得性优势的比较优势道路,并为自己在全国产业分工格局中占据了优势地位,形成了强大的利用市场的能力;而西北民族地区走的是一条部分利用其固有自然优势——矿产资源的比较优势道路,由于计划体制以及以采掘业和原材料初加工为主的重工业产品生产与市场具有其特殊性,如企业以中央国有企业为主,政府主导定价,产业链条短,附加值低,就业贡献小等,导致西北民族地区后天获得性优势培育迟缓,区域利用市场的能力难以有效增强。可见西北民族地区的发展走的也是区域比较优势之路,但与这种区域比较优势之路存在 3 个突出的问题:

一是从利用的范围看,存在着区域比较优势利用的不完全性问题。西北民族地区固有的自然优势表现在其农牧资源与矿产资源两个方面,但从获得性比较优势看,该地区相对集中利用了后者,并形成了重型化产业结构。以农牧资源为基础的轻工业比较优势薄弱,而以矿产资源开采、加工为主的重工业比较优势明显,并在进一步得以强化。

二是从利用的程度看,存在着区域比较优势利用的不充分性问题。这种不充分性,突出表现在产业链条普遍较短,产品以原材料、初级产品为主。从完整价值链所表现出的两端的研究、设计、品牌营销、供应链管理等环节附加价值和盈利率高、中间的加工环节附加价值和盈利率低的"微笑曲线"来看,西北民族地区不仅处于附加价值和盈利率低的中间环节,且处于该环节中最低端的初级产品加工部分,加工程度低,附加值低,盈利率低。

三是从利用的方式看,存在着区域比较优势利用的粗放性问题。经济增长明显表现为投资推动型、资源密集型特征,区域生产总值的增加,往往靠大规模的投资和大量不可再生资源的消耗,科技水平与科技含量较低,科技贡献率不高,是比较典型的外延式粗放型增长模式,降低了资源利用效率。对区域比较优势的粗放式利用,也造成了巨大的生态环境压力,使西北民族地区原本脆弱的生态环境雪上加霜,成为该地区生态环境日益恶化的主要原因之一。

二、西北民族地区比较优势

根据以上分析,对西北民族地区比较优势的分析,需要将固有的自然优势与后天获得性优势结合起来进行分析,才能全面揭示该地区比较优势状况,才能比较准确地把握其产业发展可能的方向和路径。

(一)固有自然优势分析

西北民族地区固有的自然优势比较明显,集中表现在以下几个方面：

1. 农牧资源优势突出

从土地资源方面看，青海、宁夏、新疆三省区拥有耕地 5942.5 千公顷（合 8913.75 万亩），占全国耕地总面积的 4.58%。其中，宁夏人均耕地 0.23 公顷（合 3.45 亩），居全国第二位，有 66.67 万公顷（合 1000.05 万亩）荒地可开发成良田，是全国八个宜农荒地较多的省区之一；新疆人均占有耕地 0.23 公顷，为全国人均耕地面积 0.10 公顷的 2.4 倍。

草地资源丰富。其中，新疆是全国五大牧区之一，在三山和两盆的周围有大量的优良牧场，草场总面积 5160.24 万公顷，可利用草原面积仅次于内蒙古、西藏，居全国第三；青海拥有草场 3645 万公顷，其中可利用面积达 3160 万公顷，占全国可利用草原面积的 15%，为全国五大牧区之一；宁夏有 266.67 万公顷，为全国十大牧区之一；作为全国六大牧区之一的甘肃，其草原面积主要分布在其境内的民族自治地方，约有 249 万多公顷。

从物种资源与地方名优特产资源方面看，由于西北民族地区多样化的气候条件与特殊的地理环境，该地区拥有丰富的物种资源以及众多名优特产资源。如在青海辽阔的土地上，分布着类型多样、品种繁多的植物群落，具有从森林向荒漠过渡的多种植被。其中藏量大、用途广的经济植物多达数百种。仅药用植物就有大黄、甘草、贝母、雪莲、黄芪、党参、藏茵陈、羌活、虫草、柴胡等百余种，尤其冬虫夏草是驰名中外的贵重药材。淀粉作物中的蕨麻，营养丰富，被称为"人参果"，还有开发价值较高的野菜（如蘑菇、发菜等）、野果及观赏植物等。其野生动物种类多、数量大、价值高，有不少属于国家保护的稀有珍贵品种。新疆发展特色农产品的优势突出，许多产品饮誉国内外。主要有棉花、啤酒花、红花、枸杞、番茄、哈密瓜、吐鲁番葡萄、库尔勒香梨、和田石榴等。其中棉花占全国总产的 40％以上,啤酒花占 70％,枸杞占 50％以上,红花占60％以上。天然药物资源也很丰富,在全国有一定影响的有麻黄、罗布麻、甘草、贝母、肉苁蓉、紫草、雪莲等。宁夏特殊的生态环境孕育了种类繁多、药用价值和经济价值较高、独具特色的中药材品种。全国重点普查的 363 种常用中药材中,宁夏就有 157 种,占普查品种的 43.3％。全国重点保护的 42 个药用植物物种中,宁夏就有 7 个,占重点保护品种的 1/6。特别是高品质的枸杞、甘草、麻黄、葫芦巴、苦豆子等药用原料,主要依靠宁夏供给的局面已经形成。此外,青海的牦牛、宁夏的滩羊以及新疆细毛羊等成为闻名的畜牧业优质品种。

2. 能源、矿产资源比较丰富

长江、黄河、澜沧江均发源于青海省境内,流经之处,山大沟深,落差巨大。青海省境内水能理论储量在 1 万千瓦以上的河流有 108 条,水能资源主要分布在黄河、通天河、扎曲、解曲等河流。水能总储量达 2337.46 万千瓦,分别占全国的 3.5％和西北地区的 27.8％,在国内居第五位(仅列湖北、四川、云南、西藏之后),居西北五省区之首。青海人均水能储量是全国人均水平的八倍。矿产资源品种比较齐全,分布集中,有很高的开采价值。到 1999 年底,青海境内已发现的矿产有 125 种,探明储量的矿种 105 种,探明矿区 700 余处。其中,大型矿床 119 处,中型矿床 144 处。有潜在价值的 62 种矿产保有储量潜在价值约17.3 万亿元,占全国矿产保有储量潜在价值的 19.2％。人均占有量为 375 万元,是全国人均水平的 50 倍,名列首位。在编入全国矿产品储量表中,青海省有 50 种矿产储量列前十位,其中列第一位的有 11 种,列第二位的有五种,列第三位的有七种。

在国家经济建设急需的 45 种矿产中,青海省有 21 种列全国前十位。青海省柴达木盆地的盐湖资源在全国有非常明显的比较优势,具有储量大、品位高、类型全、分布集中、组合好等特点。非金属矿产资源也很丰富,石棉、电石用石灰石、蛇纹岩、玻璃用石英岩、冶金用石英岩的储量在全国也名列前茅。石棉储量居全国第一位。茫崖的石棉以纤维长、可纺性强闻名于世。祁连石棉以其独特的湿纺性能,可与加拿大魁北克棉相媲美。青海省柴达木盆地石油、天然气资源有较好的成矿条件,盆地内共发现油田 16 处、气田 6 处。据全国第二次盆地油气资源评价结果,盆地总的石油资源有 12.44 亿吨,已探明 2 亿吨;天然气资源已探明 472 亿立方米。

宁夏已经发现各类有用矿藏资源近 50 种,产地近千处。D 级以上储量的矿产地 110 余处,这些矿产储量大、品质好、易开采。储量丰富的有煤、石膏、石灰岩、硅石等。煤炭是宁夏的优势矿产资源,煤炭预测储量 2027 亿吨,居全国第五位。已探明储量 316.5 亿吨(不含预测储量),居全国第六位,人均占有量居全国第一位。

新疆矿产种类全、储量大,开发前景广阔。目前发现的矿产有 138 种,其中,5 种储量居全国首位,24 种居全国前五位,41 种居全国前 10 位,23 种居西北地区首位。石油、天然气、煤、金、铬、铜、镍、稀有金属、盐类矿产、建材非金属等蕴藏丰富。新疆石油资源量 208.6 亿吨,占全国陆上石油资源量的 30%;天然气资源量为10.3 万亿立方米,占全国陆上天然气资源量的 34%。全疆煤炭预测资源量 2.19 万亿吨,占全国的 40%。黄金、宝石、玉石等资源种类繁多,古今驰名。甘肃民族自治地方的天祝、肃南、肃北、阿克塞等地也有比较丰富的矿产资源。

3. 气候资源①丰富

西北民族地区由于特殊的地理位置和气候条件,使得该地区拥有丰富的气候资源可供开发利用。如日照时间长、太阳辐射充足可以充分利用太阳能这一新能源,并用以发展农产品生产;风力资源丰富,开发潜力大,可以用来发展风能产业等等。

(二)后天获得性优势——区位商分析

对区域后天获得性优势分析的常用方法是计算区位商(location quotient,LQ)。区位商即一个地区特定部门产值在地区总产值中所占比重,与该部门全国的产值在全国总产值中所占比重的比值。当某一产业的区位商大于1,则表明该产业专业化程度比较高,专业化率较高也就意味着该产业生产较为集中、具有相对规模优势、发展较快,在整个区域中具有一定的比较优势,否则该产业的专业化率比较低。区位商也可直观地反映各产业参与区际贸易的竞争能力。区位商计算公式为:

$$LQ_{ij} = \frac{\dfrac{L_{ij}}{\sum_j L_{ij}}}{\dfrac{\sum_i L_{ij}}{\sum_i \sum_j L_{ij}}} \qquad 6.1$$

式中:LQ_{ij} 为 i 地区 j 行业的区位商;L_{ij} 为第 i 个地区、第 j 个行业的增加值;根据公式 6.1,可以对西北民族地区主要产业的

---

① 1979 年 2 月在瑞士日内瓦召开的世界气候大会上,会议主席罗伯特·怀特(Robert M. White)在其《发展时期的气候——主题报告》中指出:"这次大会的实质性准备中产生了一个重要的新概念,这就是我们应当开始把气候作为一种资源去思考。"气候资源学术概念由此诞生。

发展优势状况进行分析,以明确该地区现实的优势产业分布状况或各产业参与区际贸易的竞争能力,见表6—1。

表6—1 西北民族地区区位商比较　　　　　（单位:%）

	2000 年						2003 年					
	行业结构			区位商-1①			行业结构			区位商-1		
	农业	工业	服务业	农业	工业	服务业	农业	工业	服务业	农业	工业	服务业
全国	16.4	44.3	33.4				14.8	43.5	32.3			
内蒙	25.0	32.5	35.3	52.4	−20.5	5.7	19.5	33.6	35.2	31.8	−22.8	9.0
广西	26.3	30.2	37.2	60.4	−31.8	11.4	23.8	29.6	39.3	60.8	−32.0	21.7
重庆	17.8	33.2	40.8	8.5	−25.1	22.2	15.0	34.1	41.6	1.4	−21.6	28.8
四川	23.6	34.8	34.0	43.9	−21.4	1.8	20.7	35.2	37.8	39.9	−25.3	17.0
贵州	27.3	31.7	33.7	66.5	−28.4	3.6	22.0	30.3	35.3	48.6	−22.5	9.3
云南	22.3	35.7	34.6	36.0	−19.4	3.6	20.4	35.4	36.2	37.8	−18.6	12.1
西藏	30.9	8.8	45.9	88.4	−80.1	37.4	22.0	7.5	52.0	48.6	−82.8	61.0
陕西	16.8	33.1	39.1	2.4	−25.3	17.1	13.3	34.8	39.4	−10.1	−20.0	22.0
甘肃	19.7	33.4	35.6	20.1	−24.6	6.6	18.1	34.5	35.3	22.3	−20.7	9.3
青海	14.6	30.6	42.1	−11.0	−30.9	26.0	12.1	31.0	41.0	−18.2	−21.8	26.9
宁夏	17.3	35.0	37.5	5.5	−21.0	12.3	14.4	37.2	35.8	−2.7	−14.5	10.8
新疆	21.1	30.9	35.9	28.7	−30.2	7.5	22.0	30.4	35.6	48.6	−30.1	10.2

资料来源:根据《中国统计年鉴》(2001、2004)整理计算。

———————————

① "区位商-1"的含义是:某地区某行业的输出份额/该地区对该行业产品的需求份额,可称之为贸易比率。贸易比率有正有负,正值反映输出比率,负值表示负输出比率,亦即输入比率。

1. 西北民族地区农业比较优势明显

新疆农业比较优势在西北民族地区三省区中最为明显,且呈现出不断增强的趋势,贸易比率由 2000 年的 28.7% 上升到 2003 年的 48.6%,是典型的农产品输出大区,在西部地区排名第二;青海、宁夏农业比较优势则呈快速下降趋势,2003 年分别为 -19% 和 -2.7%,比 2000 年分别下降了 7.2 个、8.2 个百分点,两省区已变为农产品净输入地。

从西北民族地区整体水平看,由于新疆农业增加值绝对量大,且甘肃民族自治地方农业在生产总值中的比重高于全国,因此,西北民族地区农业贸易比率整体上大于 1,是农产品净输出地,农业具有明显的比较优势。

2. 西北民族地区服务业优势比较明显

与农业相比,西北民族地区服务业优势更加明显,且呈现稳步增强的趋势。其中,青海服务业贸易比率从 2000 年的 26.0% 提高到 2003 年的 26.9%,在西部地区处于第三位;宁夏服务业贸易比率出现轻微下降,由 2000 年的 12.3% 下降到 2003 年的 10.8%,降低了 1.5 个百分点;新疆服务业贸易比率则呈较快提高趋势,由 2000 年的 7.5% 提高到 2003 年的 10.2%,上升了 2.7 个百分点。

3. 西北民族地区工业整体处于比较劣势

青海、宁夏、新疆三省区工业贸易比率均持续为负值,说明该地区工业处于比较劣势。其中,新疆比较劣势最为突出,在西部地区排名倒数第三;青海次之,在西部地区排名倒数第六;宁夏则在西部地区最具有相对比较优势,工业贸易比率在西部地区排名第一。

(三)西北民族地区工业比较优势度分析

工业在国民经济中占有及其重要的位置,工业化是区域经济发展的必然选择,提高工业各产业的竞争力,是增强国民经济实力,实现区域经济快速发展的关键。

1. 工业比较优势度计算方法

本书主要从规模、效益和增长等方面构造指标体系,建立模型,与全国对比分析西北民族地区产业比较优势度。

(1)根据上述原则构筑指标体系,具体见表6—2。

表6—2　工业经济比较优势评价指标及权重

一层	二层及权重	指标	权重
产业比较优势	规模优势 (0.42)	产值规模	0.28
		固定资产总额	0.27
		职工人数	0.16
		区位商	0.29
	科技、效益优势 (0.37)	利税总额	0.31
		全员劳动生产率	0.15
		百元固定资产实现的产值	0.26
		工业增加值率	0.11
	增长优势 (0.21)	流动资产周转次数	0.17
		产值增长率	0.47
		固定资产投资增长率	0.21
		劳动生产率增长率	0.32

(2)数据的标准化处理。因所选指标的量纲不同,其数据变化

较大,不利于不同指标在量上进行对比。为得出科学性、可比性结果,计算时先将各指标进行标准化处理。计算公式为:

$$X_i' = \frac{X_i - \mathrm{Min}X_i}{\mathrm{Max}X_i - X_i} \qquad 1 \leqslant i \leqslant 34 \qquad 6.2$$

其中,X_i 为第 i 个产业指标数据,X_i' 为标准化后的指标值。

(3)权重的确定。本书运用层次分析法,将每个指标进行两两比较,构造判断矩阵,通过求解判断矩阵的最大特征值和它所对应的特征向量,就得出每个指标的相对重要程度,即权重值。

(4)综合优势度的计算。其公式为:

$$Y_j = \sum_{i=1}^{n} \alpha_i X_i' \times 100 \qquad i = (1,2,\cdots,34) \qquad 6.3$$

其中,Y_j 为第 j 个产业的比较优势度,α_i 为第 i 个指标的权数。

(5)优势度的划分。运用标准差来划分优势度的强弱程度。

$$S = \sqrt{\frac{(Y_j - \bar{Y})^2}{35}} \qquad i = (1,2,\cdots,34) \qquad 6.4$$

具体划分标准如下:

$$Y_j < \bar{Y} \qquad\qquad\qquad 无比较优势$$

$$\bar{Y} < Y_j < \bar{Y} + S \qquad\qquad 弱比较优势$$

$$\bar{Y} + S < Y_j < \bar{Y} + 2S \qquad 较强比较优势$$

$$\bar{Y} + 2S < Y_j \qquad\qquad\quad 强比较优势$$

2. 比较优势度结果

各指标数据通过标准化处理、确定权重,综合计算各产业优势度。一般情况下,产业优势度大于平均值属于具有比较优势产业,计算结果见表6—3。

表 6—3　西北民族地区各产业比较优势度

	全国	宁夏	青海	新疆
平均值	42.42	25.12	23.26	25.89
煤炭开采和洗选业	43.38	62.23	27.57	59.29
石油和天然气开采业	54.24	23.07	104.09	109.06
黑色金属矿采选业	40.54	5.00	6.45	8.76
有色金属矿采选业	35.46	43.50	50.60	56.80
非金属矿采选业	32.86	20.13	36.10	30.68
农副食品加工业	49.32	33.75	28.05	32.85
食品制造业	38.84	19.43	14.37	19.61
饮料制造业	37.86	27.01	16.43	26.00
烟草制品业	53.40	18.10	0.00	55.79
纺织业	51.42	2.15	9.52	11.13
纺织服装、鞋、帽制造业	46.03	12.36	13.02	15.49
皮革、毛皮、羽毛(绒)及其制品业	45.75	16.03	16.14	25.01
木材加工及木、竹、藤、棕、草制品业	35.14	5.04	10.36	20.69
家具制造业	38.23	11.02	7.82	17.01
造纸及纸制品业	38.55	53.22	5.30	35.19
印刷业和记录媒介的复制	34.79	14.16	4.21	12.19
文教体育用品制造业	37.98	12.52	5.41	14.43
石油加工、炼焦及核燃料加工业	49.38	67.32	21.05	99.22
化学原料及化学制品制造业	54.48	18.73	29.76	27.40
医药制造业	40.94	22.83	17.41	28.34

	全国	宁夏	青海	新疆
化学纤维制造业	36.58	15.31	2.03	29.92
橡胶制品业	36.54	17.89	2.10	12.83
塑料制品业	39.80	9.36	3.01	20.55
非金属矿物制品业	48.59	27.90	27.40	34.08
黑色金属冶炼及压延加工业	60.33	34.74	103.16	22.30
有色金属冶炼及压延加工业	42.92	97.00	74.80	45.61
金属制品业	42.55	14.75	11.20	14.63
通用设备制造业	48.08	19.32	13.60	19.23
专用设备制造业	42.94	20.10	16.00	18.92
交通运输设备制造业	60.24	4.21	3.13	27.96
电气机械及器材制造业	51.02	19.36	5.31	22.55
通信设备、计算机及其他电子设备制造业	63.20	3.80	0.00	3.50
仪器仪表及文化、办公用机械制造业	42.86	22.70	11.0	19.44
电力、热力的生产和供应业	63.26	63.10	103.68	38.65
燃气生产和供应业	32.84	19.44	17.83	16.71
水的生产和供应业	30.44	21.31	24.10	19.95

资料来源:《中国统计年鉴》(2003、2004),《宁夏年鉴》(2003、2004),《青海年鉴》(2003、2004),《新疆年鉴》(2003、2004)。

表6—3显示了在36个工业行业中,西北民族地区产业比较优势度状况:

(1)工业整体比较优势度低于全国平均水平

三省区比较优势度均低于全国平均水平。根据模型测算,

2003年,三省区工业平均比较优势度,仅相当于全国平均水平的58.37%。其中,宁夏、青海、新疆三省区分别仅相当于全国平均水平的59.22%、54.83%和61.03%。

(2)具有比较优势的工业行业数量少

从工业内部36个产业看,宁夏、青海、新疆三省区比较优势度高于全国的分别只有5个、5个和6个。主要包括煤炭开采和洗选业、有色金属矿采选业、有色金属冶炼及压延加工业、石油加工及炼焦业、石油和天然气开采业、非金属矿采选业、电力、热力的生产和供应业、造纸及纸制品业和烟草制品业。其中,宁夏比较优势工业行业为煤炭开采和洗选业、有色金属矿采选业、有色金属冶炼及压延加工业、石油加工及炼焦业、造纸及纸制品业;青海为有色金属矿采选业、有色金属冶炼及压延加工业、石油和天然气开采业、非金属矿采选业、电力、热力的生产和供应业;新疆为煤炭开采和洗选业、有色金属矿采选业、有色金属冶炼及压延加工业、石油加工及炼焦业、石油和天然气开采业和烟草制品业。

(3)西北民族地区大多数产业没有比较优势

根据模型测算,2003年,西北民族地区具有弱比较优势的产业有非金属矿采选业(新疆)、农副食品加工业、非金属矿物制品业、饮料制品业、水的生产和供应业等。

(4)资本技术密集型产业比较优势度远远低于全国

由表6—3可知,通用设备制造业、交通运输设备制造业、电气机械及器材制造业、通信设备、计算机及其他电子设备制造业和仪器仪表及文化、办公用机械制造业比较优势度远远低于全国平均水平。这些产业均属于资本技术密集型产业,由于也是竞争性行业,市场占有份额日趋下降,有些逐渐变为空白。

(5)比较优势行业以资金密集型产业为主,呈现出较为明显的重型化、资源化特征。

三、西北民族地区基础设施产业[①]状况

基础设施也被称为社会先行资本[②],对经济社会发展具有显著的直接辐射带动作用。"基础设施完备与否有助于决定一国的成功与另一国的失败,无论是在使生产多样化、扩大贸易、解决人口增长问题方面,还是在减轻贫困及改善环境条件方面,都是如此。……基础设施存量增长 1%,GDP 就会增长 1%。"[③]虽然西部大开发战略实施以来,国家对西北民族地区基础设施进行了大规模的投资倾斜,西北民族地区基础设施建设得到了很大程度的加强,基础设施产业获得快速的发展,有力地改善了该地区生产生活条件,但由于西北民族地区基础设施基础薄弱,历史欠账较多,投资渠道与数量有限,在许多方面仍然存在较大差距。

---

① 学术界一般认为,基础设施产业基本应该满足以下三个条件:可间接地提高生产资本的生产力;是人类生产生活必不可少的;政府必须参与的。对满足这三个基本条件的产业,还可以从不同的角度进行细分,如广义与狭义之分、生产性与非生产性之分、济济与社会之分等。此处只分析关系到国民经济整体利益和长远利益的电信、交通、电力、供水等经济基础设施产业,欧美习惯称其为"公用事业(public utilities)",日本称其为"公益事业"。

② 美国经济学家罗森斯坦-罗丹(Rosdenstein-Rodan)于 1943 年在《东欧和东南欧国家的工业化问题》一文中首先提出:"社会先行资本包括诸如电力、运输、通讯之类所有的基础工业,这些基础工业的发展必须先于那些收益来得较快的直接生产投资……在这个具有集聚性特征领域无疑要求计划化。通常的市场机制不能提供最适度的供给。"

③ 世界银行:《1994 年世界发展报告——为发展提供基础设施》,中国财政经济出版社 1994 年版,第 16 页。

(一)交通运输仍然是经济发展的突出瓶颈

西部大开发以来,西北民族地区交通运输建设进入了一个快速发展的新时期,投资力度和规模前所未有,在较短的时期内显著改变了其交通运输非常薄弱的状况,有力地促进了区域经济社会的发展。但是,由于西北民族地区交通运输历史欠账多、底子薄、投资周期较长等众多因素的影响,交通运输仍然是西北民族地区经济社会发展中的突出瓶颈。

从公路、铁路交通方面看,除宁夏的高速公路比重、铁路密度两项指标高于全国平均水平以外,西北民族地区公路、铁路条件均差于全国。2003 年全国公路密度为 18.85 公里/百平方公里,其中高速公路 29745 公里,占 1.64%,一级公路 29903 公里,占 1.65%;铁路营业里程 73002 公里,全国铁路密度为 0.76 公里/百平方公里。而青海公路里程为 24377 公里,公路密度仅为 3.37 公里/百平方公里,高速公路总里程仅 118 公里,仅占公路总里程的 0.48%,一级公路 144 公里,仅占公路总里程的 0.59%;铁路营业里程 1091.8 公里,铁路密度仅为 0.15 公里/平方公里。宁夏公路里程 11916 公里,公路密度为 17.95 公里/百平方公里,其中高速公路 526 公里,占 4.41%,一级路 142 公里,占 1.19%;铁路营业里程 791.4 公里,铁路密度为 1.19 公里/百平方公里。新疆公路有 83633 公里,公路密度为 5.04 公里/百平方公里,其中高速公路 431 公里,仅占 0.52%,一级路 353 公里,仅占 0.42%;铁路营业里程达 2773.3 公里,铁路密度为 0.17 公里/百平方公里。

在青海交通运输中,公路运输一直是其主要运输方式,每年完成的客运量的 90% 以上,完成货运量的 80%,公路状况直接决定着青海的运输状况。就招商引资和经济社会发展的硬环境而言，当前的公路交通状况和通行能力仍不能满足青海经济社会发展的需要，运输成本高的问题仍然严重。由于缺乏足够的省际高等级公路及大吨位运输能力，公路运输尚无法承担铁路运力不足导致的工农业产品陆路出省的任务。具体包括：第一，公路密度小，等级低，通行能力差，需要建设的线路长。大部铺装水平低，车速低，通过能力差，道路非网络化的状况没有根本改观。第二，公路病害多，抗灾能力低。全省地处青藏高原，海拔 3000 米以上的地区约占全省面积的 85%，自然条件差，水文地质条件复杂，多数公路处于不良地质地区，风沙、冰雪、盐渍土等病害严重。第三，边远落后地区的公路正在成为制约其投资和资源开发转化的又一显著因素，全省大部分资源地的交通运输条件都较差。铁路方面，铁路密度低，布局单一，病害严重，运输成本高，特别是出省通道少，加之受各种"瓶颈"因素及各行业生产销售周期的影响，制约着全省经济社会的发展。2003 年，铁路运力全线紧张，年底积压货物 60 多万吨，随着百万钾肥、天峻煤田、青海碱业和其他项目的投产，西宁——格尔木段铁路将更加紧张。民用航空基础落后，航空网络布局尚未形成，进出难的问题仍较严重。

在新疆，交通运输仍然是制约全区资源开发和外运、经济社会快速发展的突出因素。如全区公路总量少，客源低，通达深度不够，抗突变能力弱；公路建设资金紧张，供需矛盾日益突出，债务负担沉重；公路建设管理，技术人才缺乏，不能适应公路交通大发展的需要；道路运输结构性矛盾较突出，市场主体多、小、散、弱，运力结构不合理的现象较普遍，制约了道路运输业的发展等；农村地区的交通运输条件非常落后，现有农村公路 3.5 万公里，大部分都是比较简易的土路，还有 3 个乡、945 个行政村不通公路，严重制约了当地的经济发展。

宁夏近年来交通运输建设虽然取得了跨越式的迅猛发展,但交通运输对其资源开发、旅游业发展的制约作用仍然非常突出,并成为制约其旅游业快速发展的最大因素。

(二)电讯条件与全国相当,但邮政条件存在一定差距

从邮政通讯角度看,2003 年全国设有邮政局、所的乡(镇)比重为 82.8%,已通邮的行政村比重为 97.8%,而西北民族地区这两个指标均低于全国。2003 年全国电话普及率(包括移动电话)33.6 部/百人,已通固定电话的行政村比重为 87.9%。青海电话普及率则为 33.04 部/百人,但通信业务发展存在严重的地域不平衡现象,省内地区间差距悬殊,农牧区乡镇电话普及率很低,约18%左右的乡、55%左右的村不通电话。在网络方面没有形成环状结构,等级差。个别区段明线传输、出省路没有备份,省内干线缺少迂回路,网络覆盖延伸不够,网络安全性得不到有效保障。宁夏这两项指标分别为 39.2 部/百人、100%;新疆分别为 33.8 部/百人、79%。可见,西北民族地区的通讯条件与全国基本相当,对经济社会发展的保障力较强,但邮政业与全国相比尚存在一定差距。

从信息化水平角度看,西北民族地区的信息化水平与全国相比存在较大差距。根据国家统计局课题组《中国信息化水平测算与比较研究》数据,1998 年宁夏、新疆、青海三省区信息化总指数分别为 27.92、22.78、21.54,在西部地区分别排在第三、第五、第六位;但信息网络建设要素指数在西部地区分别排在第七、第十、第十一位。郭萍认为,西部地区是我国信息化的后发地带,且内部存在三个层次,其中青海处于比较落后的第三个层次,宁夏、新疆

信息化水平处于西部地区的中间状态①。

(三)电力仍然相对短缺

西北民族地区虽然拥有丰富的水电、火电资源和较显著的产业比较优势。但由于该地区高耗能企业居多,导致电力工业仍然成为区域经济发展的显著制约。2003 年,既使外购高价电后,以水电作为支柱产业之一的青海省,仍然缺电 16 亿千瓦时,电力瓶颈非常显著。随着一大批高耗能重化工项目的相继建成投产,电力短缺的问题将更加严重。

(四)城市基础设施条件较好,但农村基础设施条件较差

西北民族地区的城乡二元结构在基础设施方面表现得更为突出。城市的基础设施条件较好,而农村生产生活基础设施条件较差。表现在农田基础设施建设、农村交通条件与通达状况、农村卫生防疫设施建设、农村电网建设、农村清洁饮用水供应等方面。

基础设施建设的多元差距直接影响了与之紧密相连的社会发展,在经济发展多元差距的基础上又形成了社会发展的多元结构。在西北民族地区,城乡牧发展不协调、不平衡的矛盾非常突出。例如,在青海,城市、农村、牧区三元结构特征明显,差距逐年加大。广大农牧区中小学校舍缺乏,危房面积大;区域卫生资源分布不平衡,少数城市集中了大部分的卫生资源,广大农牧区的县乡卫生基础设施不全,县乡卫生院缺乏基本的医疗条件。根据国家第三次卫生服务调查资料显示,2003 年青海省各地区卫生资源总费用分布情况是:西宁市占全省的 54％,海东地区占 16％,海西州占

---

① 　郭萍:《西部信息化问题的国际比较与借鉴》,《陕西经济研究》,2005－08。

8%,海南州占6%,海北州占5%,玉树州占5%,黄南州占4%,果洛州占2%。农牧区文化设施破旧、短缺,文化经费投入严重不足。

四、西北民族地区支柱产业再认识

(一)西北民族地区支柱产业分布

西北民族地区现有支柱产业的形成是在建国以来国家大规模开发的基础上形成和发展起来的,与国家生产力布局和重工业优先发展战略密不可分,并不是区域产业结构自发演化的自然结果,带有强烈的外部推动色彩。但不可否认的是,西北民族地区的支柱产业充分反映了该地区的区域比较优势,与其自然禀赋高度契合。青海省现有四大支柱产业为水电、石油天然气、盐化工、有色金属业,新疆现有支柱产业为石油天然气化工业、纺织业、有色金属业、建材以及房地产业等,宁夏传统支柱产业为石化业、冶金业、机电业、煤炭业、轻纺业、建材业等。可见,西北民族地区现有的支柱产业具有高度的同一性。

(二)西北民族地区支柱产业特点

西北民族地区支柱产业共同的特点集中表现在:

属于高度的资源指向性产业、资源密集型产业、资本密集型产业,在产业链条上大多处于上游;在价值链条上处于"微笑曲线"的低端,产品附加值较低;产业关联效应、产业升级效应不明显,对区域就业、城镇化以及当地人民生活水平的提高贡献相对较小,对生态环境的压力相对较大;这些传统的支柱产业大多属于"重量经济"，在知识经济、信息社会或后工业时代只是经济社会发展的基础性条件，而不是其主导与潮流，"无重量经济"才是新经济时代的核心；产业的创新效应比较低下。

从整体上看，西北民族地区现有支柱产业的不足在于：采掘业比重高，制造业比重低；单一产业多，产业链条短；初级产品生产比重高，深加工产品比重低；上游产业居多，而缺乏下游产业；粗放型、资源掠夺式开发居多，内涵型、集约式综合利用少；能耗高，资源配置效率较低，如 2002 年，青海生产总值能源消耗系数（能源消费量与生产总值之比）为每万元 2.99 吨标准煤，而全国仅为 1.45 吨，不足青海的一半；科技含量较低，科技贡献率不高，产业发展尚未真正转到依靠科技进步和提高劳动者素质上来，知识和技术进步在产业发展中的作用较弱；环境污染严重，环境友好型生产不足，如采掘业对矿区植被的破坏严重，矿石、矿渣的露天随意堆放污染土壤和空气，在工业化水平不高的同时却存在着主要污染物均来自工业的尴尬，如青海工业排放的二氧化硫气体、烟尘、废水分别占全省排放总量的 69%、64%、32%，高于工业化水平比西北民族地区高的一些省市区。

（三）对西北民族地区支柱产业的正确认识

在承认西北民族地区区域支柱产业合理性的同时，我们也必须充分认识到其弊端和不足。加快地区经济发展，不能单纯依靠发展采掘和原材料工业，走"卖原材料"、"卖初级产品"的道路，这样往往难以真正启动整个地区的全面、协调、可持续发展，尤其是西北民族地区现有支柱产业大多是生态环境非友好型的，在原本脆弱的生态环境条件下，大规模开发能源矿产资源，大规模进行冶炼，势必造成巨大的生态压力，影响着人与自然的和谐，威胁着区域可持续发展。

主要以资源型产业为区域支柱产业,其产出大多为大宗资源性产品,重量大,难运输,这对地处西北内陆地区的西北民族地区的交通运输带来了巨大压力。

由于支柱产业的产业链条较短,加工层次较低,支柱产业与其所在地区及周边地区的经济联系比较松散,没有按生产联系形成一个紧密的地域生产综合体,地区经济增长的乘数效应比较低下。工业结构过于单一且以资源型产业为支柱的区域,也容易因区域内优势资源的枯竭和市场需求的变化,造成区域经济增长的不稳定,形成大起大落的局面,严重时甚至会产生区域经济的结构性衰退。

以优势自然资源初级开发和加工的资源型产业为支柱的区域,往往在资源禀赋较好的、效益有保障的同时,或者说在运行形势较好的同时,造成区域短期化心理,尤其是在资源开发收益分享机制不够健全的时候。导致在充分享受资源丰厚收益的时候,只注重了对既有比较优势的开发,而忽视对后天获得性优势的培育和开发,从根本上损害着区域长远的动态比较优势的培育和强化。自然资源禀赋好的地区,社会的进取心普遍较低似乎是一种国际范围内的普遍现象。

以优势自然资源初级开发和加工的资源型产业为支柱的区域,在经济发展过程中,很容易丧失经济发展的自主性和能动性,产生强烈的依附现象,容易导致区域经济被排除在核心之外,成为外围依附性经济,这在全球化时代表现得更为突出。

因此,西北民族地区支柱产业发展需要在继续保持现有优势的基础上,进一步提高对优势资源的综合开发和集约利用,进行深加工,延伸产业链条,构建以产业链条为核心的地域生产共同体。

同时,培育新兴特色优势产业,培育新的产业增长点,形成区域支柱产业的有效及时接续和替代,形成多元且相对均衡的区域产业结构。

五、西北民族地区主导产业发展

成功实现对现有区域支柱产业的及时有效接续甚至替代的新兴产业增长点,就是要培育区域主导产业。

近年来,西北民族地区根据自身的比较优势,纷纷确立了各自特色优势产业发展的重点,并取得了一定成效。青海现有五大优势产业为旅游、建材、农畜产品、煤炭与医药业,宁夏优势特色产业为旅游业、特色绿色食品业、特色生物医药产业、天然气化工产业、新材料产业等,新疆优势主导产业为旅游业、特色农产品加工业等。与其支柱产业状况类似,西北民族地区现有的主导产业也具有高度的同一性。

根据主导产业选择的五大基准——环境基准、产业关联度基准、需求收入弹性基准、生产率上升率基准以及区域比较优势基准分析可以发现,这些特色优势产业基本符合主导产业的基本要求。但在西北民族地区现有资源型、采掘重化型产业"一支(支柱产业)独大"的产业格局中,由于这些支柱产业资源消耗大,资金需求旺盛,对交通运输等占用大,因此不可避免地会挤占这些特色优势产业发展的资源,有可能事实上阻碍其成长为真正支柱产业的进程。

从资源优势方面讲,这些产业的确具备了比较坚实的资源优势基础,但也必须清醒地认识到以下几个方面的问题。

（一）旅游资源优势突出与制约因素严重并存

宁夏面积仅占全国的 0.54％,但旅游资源却占全国自然旅游资源基本类型的 33.3％,人文旅游资源的 3/4。另据中科院旅游规划中心的资源调查显示:全国 10 大类、95 种类型的旅游资源中,宁夏占 8 大类、46 种,涵盖山岳、森林、草原、戈壁、沙漠、湖泊、绿洲等多类型、多层次的温带生态系统景观,造就了"天下黄河美宁夏"的壮丽山河。青海旅游资源总量大、类型多、功能全、组合优良,科学文化内涵丰富,不少指标居全国前列。青海除海滨海岛类等少数类型外,绝大部分资源类型均具备,有的则属全国独有或稀有类型。其中寺庙类旅游资源居全国第一位,盐湖旅游资源居第一位。由于青海特殊的地理环境结构和战略区位,使它成为大江、大河的发源地,成为大湖泊、大盆地、大山脉、大草原、大雪山、大峡谷、大盐湖、大寺庙、大动物乐园的荟萃地。青海还是中国湖泊较多的省份,总面积仅次于西藏。青海还是鸟的世界,动物的王国。青海湖鸟岛居八大鸟类保护区之首,堪称自然界一大奇观;隆宝滩自然保护区是世界黑颈鹤分布最多的地方;动物王国有可可西里;塔尔寺是中国六大喇嘛寺之一,为黄教信徒心往神驰的圣地,其艺术三绝名闻天下;青海是中国五大牧区之一,广阔的高原草原、高原牧场与雪山相映衬,形成青藏高原独特的风景线;乐都县柳湾古墓群是我国发掘规模最大、保存最完整的原始社会墓地之一;中国四大盆地之一的柴达木盆地是盐的世界,这里有世界第一盐桥——万丈盐桥;青海的花儿也是一绝;中国第一大湖——青海湖;中国土族的唯一分布地;万山之祖——昆仑山;牦牛之乡;藏区的两大神山——阿尼玛卿和年保玉则雪山;驰名中外的玉树康巴歌舞和玉树赛马会;中国最奇特的藏传佛教景区——莱巴沟;藏区人民朴实好客,能歌善舞,成为青藏高原最生动、最活泼、最具吸引力的人文景观旅游资源;昆仑神话的王母娘娘,格萨尔王的遗迹;唐蕃古道唯一遗留下来的有关文成公主的真迹——文成公主庙;世界最大的嘛呢石堆——新寨嘛呢石城;青海冬虫夏草、贝母等土特产品和藏药也都闻名中外。新疆的旅游资源更为丰富,神奇的自然景观,绚丽多彩的民族风情以及灿烂的古代文明不仅成为新疆旅游业的宝贵资源,而且早已蜚声海内外。其特色在于以大山系自然景观、干旱区自然风光为主,自然资源气势恢弘,雄伟壮观;自然保护区众多,珍稀野生动植物资源丰富;举世闻名的丝绸之路与众多的文物古迹交相辉映;具有西域特色的民族风情绚丽多彩;物产丰富,名扬海外等。甘肃民族自治地方具有特色鲜明的牧场以及山川自然风光和探险旅游资源;具有闻名于世的藏传佛教文化、裕固族文化等民俗人文旅游资源。

但旅游业发展的制约因素也同样突出,主要表现在以下几个方面:

1. 地处内陆,交通不便

西北民族地区深处祖国西北内陆,本地旅游市场有限,旅游业发展在很大程度上依赖于国内中东部市场需求和国际需求。但受制于我国假期制度安排、人均收入水平、交通制约等因素的制约,国内目前旅游仍以中短途旅游为主,直接降低了对国内市场需求的吸引能力。国际游客进入区内以航空运输为主要交通形式,但进入区内则必须以公路交通为主,比较滞后的公路建设直接降低了旅游资源吸引力,使区域内旅游资源优势大打折扣。

2. 旅游业具有显著的系统性,需要多行业协调配套

旅游业涉及国民经济中的衣食住行、娱乐购物等众多行业,具有极其显著的系统性、集成性,"木桶原理"体现的最为明显,是一

个综合性经济产业,其中的资源分属不同的部门管理,某个环节、某一行业所表露出的缺陷和不足极有可能抵消其他方面所谓的突出优势。这样,发展旅游业,就离不开系统规划和协调配套。而这对于传统体制影响较大、市场化进程较低、经济社会整体发展水平不高的西北民族地区而言,显然是一个巨大挑战。目前,西北民族地区的旅游部门还难以实施统一有效的规范、监督和管理,旅游开发中条块分割、盲目建设难以从根本上加以解决。旅游发展的资金明显不足,旅游开发与促销受资金短缺制约,旅游资源富集地的财力有限,专项用于旅游的资金仍然很少。旅游从业人员素质比较低,特别是中高级旅游管理人才缺乏,旅游管理水平和服务质量有待提高。文化内涵挖掘不够,配套服务设施不健全,尤其是大交通制约严重,景区及道路沿线厕所少,档次低,游客对此反映强烈。旅游企业和景区、宾馆参与促销的主动性不够,等客上门、坐享其成的思想严重存在。旅游企业"小、散、弱",机制不活,市场竞争力不强,对发展旅游产业重要性的认识有待进一步提高,促进旅游产业快速发展的社会整体环境需要进一步优化。

3. 旅游产业组织形式单一,对当地人民的收入带动作用不大

在旅游资源的开发和游客接待过程中,以旅游企业为主,当地人民的参与程度较低,在接受越来越多的外部信息以及外部新的生活方式与文化、观念影响的同时,难以有效分享旅游业发展的成果。不利于当地人民生活水平的提高,难以共同发展,有悖社会主义和谐社会的本质要求,容易造成一些比较严重的社会问题。

(二)农畜产品加工业市场竞争激烈

西北民族地区具有一定的特色农牧产品资源优势,但国内该市场竞争非常激烈,市场先发优势非常明显,营销与广告投入要求

高,品牌因素具有战略性意义。从实际发展情况看,宁夏的特色绿色食品业发展相对较快,成效较好,代表性的有其枸杞资源的系列开发和深加工、优质大米等。新疆的农产品资源中有许多是早已驰名的特色产品,具有原产地性质,如库尔勒香梨、哈密瓜、吐鲁番葡萄等,品牌的培育具有相当好的便利条件。但青海的情况则较为薄弱,如冬虫夏草资源,虽然是特色或特有的资源,但其市场容量有限,用途有限,市场带有较强的特殊性。从青海农畜产品发展资料看,2003 年,青海的谷物商品率约为 50%,豆类 70%,薯类50%,油料 80%,牛羊肉平均为 26%,农畜产品商品率较低;农畜产品以省内需求自给为主;以农畜产品为原料的轻工业国有及规模以上非国有工业企业总产值仅占总量的 0.05%,而全国为22.22%,从区位商的角度来看根本不具备比较优势。农畜产品加工业的优势地位在全省各产业中的"优势"还远远未显示出来,是全省四大优势产业中最为薄弱的一个。

(三)特色生物医药产业、医药制造业、天然气化工产业、新材料产业要求较高的科技投入和资金投入,风险较大

这些产业的科技含量与附加值较高,西北民族地区目前业具备了一定的发展基础,应该说代表了其产业结构演进的方向,符合新型工业化道路的基本要求,是比较理想的主导产业选择。但这些产业的前期投入较大,要求有较强的研发队伍,投资风险较高。如何在引进外部新技术、新工艺、新设备的同时,能够尽快建立起一支相对稳定、研究能力突出的科研人才队伍,是西北民族地区面临的艰巨任务。例如,在经济社会发展水平较低、物质待遇较低的情况下如何吸引人才? 如何培养人才? 如何留住人才? 如何利用人才? 在资金比较困难的情况下,如何加大投入力度? 以何种方式加大投资力度？等等。只有切实解决这些问题,以上特色优势产业才能真正成长为区域主导产业。

六、西北民族地区衰退产业调整

正如在本书第二章中所揭示的,衰退产业是就产业一般的生命周期而言的,但具体到特定区域而谈衰退产业,情况则比较复杂。从比较宽泛的意义上讲,区域内凡是根本不具备比较优势、规模产业与效率指标不断下降的产业,原则上都可以认为是区域衰退产业。这样,对照西北民族地区各具体产业比较优势分析结果,我们可以认定该区域内有许多这样的产业。在《中国统计年鉴》中列举的36个工业行业中,西北民族地区几乎全部拥有,甚至有一个行业只是几个企业的情况。对于西北民族地区的衰退产业,情况是比较复杂的。例如,在产业结构调整中,许多制造业和轻工业比重越来越低,市场形势越来越严峻。对这些表现出衰退趋势的产业,要进行具体分析,有些是由于政府支持的不够和支柱产业的挤出效应导致的,有些是由于缺乏比较优势而丧失了发展空间和条件。

因此,对于西北民族地区的衰退产业,需要根据具体情况区别对待,有些具有比较优势的产业需要继续进行扶持,有些不具备比较优势的产业需要作为沉没成本及时退出。

七、产业发展与西北民族地区经济发展

西北民族地区产业发展差距既是区域经济发展差距的客观表现与结果,也是区域经济发展差距形成的主要原因。产业结构的

调整、优化与升级,是一个国家和地区经济发展的主旋律。产业结构通常被用来作为衡量区域经济发展的价值判断。正是在这个意义上,经济发展理论中才出现了著名的被经济学界和各国政府所普遍认可的库兹涅茨模式与钱纳里模式。在区域经济发展中,产业发展及产业结构起着基础性作用。从静态上看,它既是经济发展的结果,也是区域经济进一步发展的起点和基础。从动态上看,区域经济发展的历史,也是具体产业发展及产业结构不断演化的历史,产业结构的优化与高级化推动着区域经济发展水平的不断提高和经济发展阶段的不断演进。对于经济发展相对落后的地区,把握产业发展、产业结构演进的一般规律,有意识地推动产业结构的优化调整,是实现经济快速发展的有效途径。实现西北民族地区经济的快速发展,尽快缩小区域经济发展差距,必须从区域产业发展角度,制定科学合理的产业政策,促进优势产业、支柱产业发展,推进劣势产业退出,实现产业结构的不断优化升级,最终实现区域经济的快速、持续、健康发展,缩小区域经济发展差距。所以,产业发展是西北民族地区经济发展的基点。缩小产业发展差距,优化产业结构,是实现西北民族地区经济快速发展,尽快缩小其与全国、东部地区经济发展差距的必然途径。

第七章　西北民族地区工业化进程、路径与模式

产业发展和产业结构的优化升级过程,构成区域工业化进程的主体内容。如何加快西北民族地区特色优势产业发展,如何强化或改善区域支柱产业,如何构建合理的区域产业结构,关键在于正确判断所处的工业化阶段,根据比较优势选择可行的新型工业化路径与模式。

一、西北民族地区工业化进程判断

对区域工业化进程的判断,学术界大多是根据罗斯托的经济增长阶段理论、库兹涅茨模式、钱纳里的工业化阶段理论或者是霍夫曼的理论进行的。由于中国庞大的人口数量、特殊的工业化战略和道路等特定因素的综合影响,导致我们很难直接利用这些根据西方国家发展历史总结出来的经验性理论对中国以及西北民族地区的工业化阶段进行评判。库兹涅茨模式,钱纳里、艾金通和西姆斯模式,赛尔奎因、钱纳里模式根据人均收入水平、产业结构而确立的经济增长阶段划分标准,对于西北民族地区难以直接应用。由于霍夫曼系数可以近似地理解为轻重工业的比重,而西北民族

地区的工业化一开始就是重工业优先发展的,并导致重工业比重高达80%以上,由此若直接套用,可能得出该地区已处于工业化的第四个阶段的结论,这显然是不符合实际情况的。

因此,判断西北民族地区所处工业化阶段是一个比较复杂的问题,需要考虑多种因素并从多角度进行综合分析判断。

(一)根据工业化系数、工业化率和制造业比重判断

工业化系数(工业增加值/农业增加值)、工业化率(工业增加值/GDP 或生产总值)和制造业比重(制造业增加值/GDP 或生产总值)是国内学者经常用来判断区域工业化水平的简易指标。

工业化系数在 1.5 以下为农业社会,1.5—2.5 为工业化初期,2.5—4 为工业化中期,4—6 为工业化后期,6 以上为进入发达经济阶段。按照该标准,2003 年全国工业化系数为 3.1,已处于工业化的中后期阶段;东部地区为 4.9,处于工业化的后期;西部地区为 1.7,处于工业化的初期;西北民族地区为 1.6,低于西部地区。其中,宁夏、青海、新疆、甘肃民族自治地方分别为 2.58、2.62、1.38 和 0.8,宁夏、青海工业化水平基本相当,刚刚进入工业化中期阶段,而新疆和甘肃民族自治地方还没进入工业化初期阶段。

一般认为,工业化率在 20% 以下为农业社会,20%—40% 为工业化初期,40%—50% 为工业化中期,50% 以上为工业化后期。按照工业化率标准,2003 年全国、东部地区工业化率分别为 45.28%、45.20%,处于工业化中期的中间阶段;西部地区工业化率为 32.84%,处于工业化初期的中间阶段;西北民族地区工业化率为 31.26%,处于工业化初期并略低于西部地区。其中,宁夏工业化率为 37.19%,即将进入工业化中期阶段;青海、新疆工业化

率分别为 30.95％、30.41％，两者基本相当，处于工业化初期的中间阶段；甘肃民族自治地方工业化率为 23.75％，刚进入工业化初期阶段。

制造业比重与工业化率概念基本相同，之所以在工业化率之外再采取该标准，是由于采掘业、电力及煤气、自来水生产工业的技术含量较低，不能准确反映工业化水平，尤其是对一些资源富集、以资源开发为主导的国家和地区，尽管工业化率可能较高，但实际的工业化水平仍然较低。如中东地区的一些国家，石油工业占 GDP 比重在 50％以上，相应地其工业化率也很高，人均 GDP 甚至也高于一些发达国家，但国际上普遍认为这些国家仍然是处于工业化初期阶段，仍然是发展中国家。制造业则具有较高的加工度和技术含量，更能准确地代表工业化水平。因此，用制造业比重指标来衡量西部地区、西北民族地区这些资源富集地区的工业化水平可能更为合适。一般认为，制造业比重小于 25％为工业化初期，25％—40％为工业化中期，40％以上为工业化后期。2003 年，全国制造业比重为 29.07％，而西北民族地区刚刚超过 10％，新疆和甘肃民族自治地方还不足 10％，显然是处于工业化初级阶段。

（二）根据产业结构状况判断

根据产业结构判断工业化阶段是将区域三次产业结构与库兹涅茨模式、钱纳里、艾金通和西姆斯模式、赛尔奎因、钱纳里模式等经典理论进行比较分析。青海的第三产业比重 2000 年以来一直高于 40％，宁夏、新疆第三产业比重也曾经高达 38％以上，似乎达到了工业化的较高阶段；三省区第二产业比重也高达 40％以上甚至接近 50％，2003 年西北民族地区第二产业、第三产业整体上分别达到 44.22%、36.39%,似乎也表明已处于工业化的较高阶段。

但是,这些模式中的第一产业、第二产业含义与我国目前的划分不同,其第一产业是指农业和采掘业,第二产业指制造业(包括电力业)和建筑业。如果按照该划分标准,西北民族地区第一产业比重将大幅度上升 20 多个百分点,而第二产业将降低 20 多个百分点,且不足 20%,这充分说明该地区仅仅处于工业化初级阶段。

从第三产业看,西北民族地区偏高的第三产业比重由多种因素造成的,并非是经济增长已进入较高阶段的相应表现,见表 7—1。西北民族地区第三产业普遍偏高,除了前文所分析的市场化进程对该地区居民生活的不利影响之外,还突出表现为该地区由于党政机关事业单位机构臃肿,从业人员比重高,国家机关、政党机关和社会团体在第三产业中占有很高比重;农林牧渔服务业,地质勘查业、水利管理业,交通运输仓储及邮电通讯业(其中又以前者为主)等比重高于全国与东部地区,而金融保险业、房地产业、社会服务业、卫生体育和社会福利事业、科学研究和综合技术服务业比重远低于全国与东部地区。

表 7—1　2003 年西北民族地区第三产业构成比较　　　(单位:%)

	全国	东部地区	西部地区	宁夏	青海	新疆	西北民族地区
农林牧渔服务业	1.08	0.60	1.11	1.44	1.45	2.00	1.83
地质勘察、水利管理	1.07	0.60	0.99	2.70	3.58	2.01	2.37
交通运输仓储及邮电通讯业	17.27	19.34	20.15	20.20	20.39	18.15	18.81
批零贸易餐饮业	23.76	25.16	24.81	20.28	17.78	23.30	21.96

	全国	东部地区	西部地区	宁夏	青海	新疆	西北民族地区
金融保险	16.61	10.94	8.44	11.41	10.55	9.80	10.15
房地产业	12.89	10.47	8.13	6.28	3.72	3.70	4.07
社会服务	14.15	11.61	8.59	6.39	6.32	8.71	7.98
卫生体育和福利业	5.07	3.42	4.41	4.38	4.01	3.90	3.99
教育文艺及广电业	10.89	7.37	9.87	11.93	10.97	10.90	11.06
科研和综合技术	2.38	1.86	1.91	1.33	1.39	0.91	1.05
国家机关、政党机关与社会团体	10.28	6.37	10.20	10.39	18.35	15.49	15.24

资料来源:根据《中国统计年鉴》(2004)计算。

注:由于缺乏甘肃民族自治地方具体资料,故表中西北民族地区仅包括宁、青、新。

(三)根据人均收入水平判断

2003 年,全国与东部地区人均 GDP(或生产总值)分别为 9101 元、16306 元,根据表 2—6 综合判断,全国整体上已进入工业化的中期阶段,东部地区则接近工业化的中后期阶段,即将进入工业化后期阶段。西北民族地区人均生产总值达到 8108 元,基本处于由工业化初期向中期阶段转化的阶段,但内部存在较大不平衡。新疆人均生产总值最高,达到 9700 元,已进入工业化中期阶段,但新疆人均生产总值较高是与其优越的农业资源以及近年来快速发展的石油天然气开采高度相关;青海则有较大差距,宁夏差距更大,分别为 7277 元、6691 元,尚处于工业化初期阶段;甘肃民族自治地方人均生产总值仅为 2379 元,基本处于农业社会阶段。

(四)对西北民族地区工业化进程的一般判断

根据以上分析,本书对西北民族地区工业化进程的一般性判断结论可以归纳为以下几个方面:

在反映工业化阶段的产业结构上,西北民族地区表现出一定的特殊性,重工业比重和第三产业比重偏高,与自身所处的工业化阶段不相适应。其原因在于该地区突出的矿产资源优势而导致采掘业、原材料工业比重高,轻工业发展滞后,从而带动重工业比重偏高。但不论是采掘业还是原材料工业,其技术含量都不高,导致工业化水平实际并不高。偏高的第三产业比重以传统服务业为主,且党政机关事业单位占了很大的比重。

西北民族地区在较低人均收入水平的情况下,三次产业的比重已接近工业化中期甚至后期的水平,与西方经典的工业化理论不相吻合。这一方面是由于该地区要素禀赋具有特殊性,是资源富集区,在采掘业、原材料业的带动下,工业产值在经济水平还较低的情况下就达到了一个相对较高的水平;另一方面则是由长期沿用传统工业化模式以及产业的资本密集性特征所导致的,高积累,低消费,劳动分配所得比例偏低,人均收入被人为压低。

西北民族地区具有区域经济学、产业经济学、发展经济学研究上的独特价值,是一个充满诱惑力的研究对象,需要学术界展开深入的分析。作为处于全球化、信息化大背景下进行工业化的民族地区,任何已有的工业化理论或规律都不完全适用。

城市化滞后于工业化,工业与农业的产值结构与就业结构的偏离度越来越大,多元经济结构进一步加深,工业化所带来的利益不能被大多数人分享。

工业增加值占生产总值比重低,人均生产总值比重低。2003

年,全国工业增加值占 GDP 比重为 43.5％,而西北民族地区的宁夏、青海、新疆分别为 37.2％、34.0％和 30.4％,分别比全国低6.3 个、9.5 个和 13.1 个百分点。2003 年,全国人均工业增加值为 4108.5 元,西北民族地区的青海、宁夏、新疆分别为 2261.6 元、2470.9 和 2952.4 元,分别比全国低 1846.9 元、1637.6 元和1156.1 元,与各自的人均生产总值存在显著正相关。因此,加快西北民族地区工业化进程,提高工业增加值在生产总值中的比重,是加快该地区经济发展、提高人均生产总值的必然选择。

西北民族地区整体上尚处于工业化初期阶段,落后于全国特别是东部地区,工业的技术装备水平差距更大,许多企业还在沿用20 世纪 70、80 年代的生产设备和技术工艺,落后于全国平均水平10—20 年。

二、西北民族地区与新型工业化
要求相比存在的突出问题

与新型工业化道路的要求相比,西北民族地区存在着以下几个方面的突出问题。

(一)经济全球化参与程度低下,开放度不高

经济全球化已成为世界经济发展不可阻挡的时代潮流,而一国或地区的对外开放度与其经济增长呈强正相关关系。因此,西北民族地区要发挥比较优势与后发优势,必须向经济先行国家与地区学习,并积极引进外部雄厚的资本、先进的技术以及经营管理理念,加快自身的创新、发展进程,不可能闭门造车、固步自封。只有通过积极地引入并依靠外部力量,才能弥补自身

的不足,打破自身低水平均衡。但是,本书第三章已经比较详细地分析了该地区在外贸依存度、吸引和利用外资等方面的绝对低水平和巨大差距,在这样一种格局下是难以加快工业化进程和经济发展步伐的。

(二)社会信息化程度低

与全球经济一体化或经济全球化相伴随,信息化在 20 世纪末迅猛发展,已经成为一股不可阻挡的历史潮流,并成为新一轮科技革命的重要推动力量和依托形式。新型工业化要求以信息化带动工业化,以工业化促进信息化。西北民族地区社会信息化程度很低。虽然近年来信息网络基础设施建设在国家投资支持下有所加强,但配套软件开发和人才培训工作严重滞后,使得信息网络对传统产业的提升作用未能明显发挥,计算机普及率虽然较高,但利用率较低,水平不高,大多数还停留在打字阶段;企业信息化管理刚刚起步,主要集中在财务、档案管理等方面,而在行政、生产经营管理等方面基本还是采用传统的人工模式;企业上网率很低,利用网络寻找信息、存取资料的不多,建立网站、开展电子商务的企业很少;信息技术方面的投资占企业销售收入的比重不足 1%;科技创新投入少、能力弱,仅有部分科研和企业单位开始利用现代信息技术开展研发活动;企业信息机制尚不健全,人员数量少、素质低;企业经营管理乃至技术人员的信息素质差,有的甚至不能熟练使用电脑,跟不上信息化发展的要求。

(三)资源消耗大,集约度低

丰富的资源、长期粗放型经济增长以及在经济落后压力下对快速增长的冲动等多重因素的综合影响,导致了经济发展特别是工业化进程中资源消耗大,经济增长的集约度低下。西北民族地区采掘业和原材料业大多采取粗放型、资源掠夺式开发模式,"有水快流"、急功近利,缺乏必要的约束杠杆。企业在单纯经济利益的驱使下,采富弃贫,采厚丢薄,使矿产资源蒙受巨大损失。由于技术、工艺落后,对伴生、共生矿藏不能进行综合开采,矿产资源回收利用率低于发达国家几十个百分点。由于政府监管不力,乱挖滥采现象严重。

(四)科技含量不高,工业技术装备水平较低

这可以从科学研究和综合技术服务行业在第三产业中比重偏低得以充分说明。2003 年,全国该比重为 2.38%,而宁夏、青海、新疆分别仅为 1.33%、1.39% 和 0.91%,三省区整体上为 1.05%。

即使是在比重最高的青海省,各产业部门技术水平低、科技创新能力弱的现象仍然非常突出。2002 年,工业新产品的当年价产值为 6.19 亿元,仅占总量的 2.27%;高新技术产业的当年价工业总产值为 5.11 亿元,仅占总量的 1.87%;企业完成全省重大科技成果 11 项,其中有 6 项产生经济效益,新增产值 3073 万元,新增利税 428 万元,在各自的总量中微乎其微;全省 61 个大中型工业企业中,有科技活动的 30 个,不足总量的一半,有科技机构的 21 个,仅仅占 1/3 强;科技活动经费支出总额为 33709 万元,占产品销售收入的 1.72%;拥有科技活动人员 3630 人,占全部从业人员的 3.96%;全部科技项目 280 项,技术改造经费支出 31518 万元,技术引进经费支出 7265 万元,规模都非常小;在全省完成的重大科技成果中,企业仅占 22%,在全省专利申请受理量中,企业仅占 30%,国有及规模以上非国有企业的总资产贡献率为 6.66%,在

西部12个省市区中排名倒数第一。

造成以上问题的原因大致包括：企业的市场意识、竞争意识比较淡薄，企业自主技术开发创新的积极性不高；科技人才匮乏，人才流失严重；科学技术发展的战略重点不突出，科技创新在促进产业结构调整和培育新的经济增长点方面的作用十分有限；科技投入少，经费严重不足；高新技术产业发展的环境不够完善，缺乏有效的激励机制和保障机制。

（五）环境污染严重，生态压力大

西北民族地区处于生态环境脆弱的地区，而以采掘业、冶炼业、原材料工业为主体的工业发展具有内在的环境污染性质，加之增长方式粗放，技术工艺落后，导致该地区在工业化初期阶段就已经表现出一般地区工业化中后期阶段的环境污染和生态破坏水平。脆弱的区域生态环境又导致生态环境一旦破坏就很难在较短的时期内得以有效治理和恢复，从而在根本上损害了区域可持续发展的能力和基础，在经济发展水平较低的情况下进一步严重降低了区域内人民生活质量。

（六）大中小企业结构不合理、经济效益偏低

与自然生态系统一样，合理的大中小企业结构与关系是产业发展所必需的产业生态。大中小企业结构不合理就难以形成企业间合理而有效的分工、合作和竞争关系，不利于形成合理的产业链条，不利于中小企业的健康发展，也必然影响到大企业自身的健康发展。西北民族地区工业结构中，大中小企业结构不合理是一个比较突出的问题，见表7—2。

表7—2　西北民族地区大中型工业企业比较　　（单位：个；亿元；人）

	数量	平均总资产	平均总产值	平均增加值	平均利润	平均员工
全国	23631	5.30	4.06	1.23	0.28	1364
宁夏	97	6.45	2.93	0.93	0.08	1803
青海	56	13.92	3.67	1.43	0.20	1758
新疆	192	8.81	4.76	2.15	0.71	1348

资料来源：根据《中国统计年鉴》（2004）计算。

2003年，全国大中型工业企业占国有及规模以上非国有工业企业总数（196222个）的12.04％，而西北民族地区的宁夏、青海、新疆三省区国有及规模以上非国有工业企业数量分别为418个、400个和1254个，大中型企业占比分别为23.21％、14.0％和15.31％，全部高于全国平均水平；从大中型工业企业平均总资产数量来看，三省区全部高于全国，青海甚至是全国平均水平的2.63倍；但三省区大中型工业企业平均总产值只有新疆高于全国；三省区大中型工业企业平均利润只有新疆高于全国；如果将平均总资产指标与平均利润指标联系起来看平均资产利润率指标，则西北民族地区与全国存在巨大差距，2003年全国大中型工业企业平均资产利润率为5.28％，宁夏、青海、新疆三省区分别为1.24％、1.44％和8.06％，只有新疆由于石油、天然气产业等高利润产业的快速发展而实现了较高的利润率。此外，从大中型工业企业增加值占全部工业增加值指标看，2003年全国为54.76％，而宁夏、青海、新疆三省区分别为63.11％、66.21％和72.32％，分别比全国高出8.35个、11.45个和17.56个百分点，行业集中度高。

西北民族地区的产业由于集中在传统的采掘和原材料产业，科技投入少，创新能力差，新产品、高新技术产品少，超额利润有限,大多数产品只能走成本竞争之路。但由于管理费用高,制造成本高,销售费用高,许多产品处于不利的竞争地位。由于工业过于集中于少数大企业,经济运行缺乏稳定性,容易受外部宏观经济波动的消极影响,导致与之配套协作的大批中小企业寿命短,破产率高,成长缓慢。产业的过于集中,实际上在客观上恶化了中小企业的生存和发展环境,在这种格局下,少数大企业由于其在区域经济发展中举足轻重的地位而吸引了政府的主要注意力,占用着较多的金融资源、政策资源、人才资源等等。

(七)加工工业所占比重过低

西北民族地区的资源与要素特点所决定的区域比较优势表明,该地区在相当长的时间内工业将以采掘业、原材料工业为主体,但这并非否定发展高加工业的必要性和可能性。轻工业和加工工业发展乏力、比重偏低的现实,不利于企业之间、产业之间的有机联系,不利于实现产业结构的结构效应,不利于特色优势资源的综合开发,不利于社会就业。

(八)工业对就业的贡献较小

就业是民生之本,也是构建社会主义和谐社会的重要内容。但本书在第六章分析已经揭示了西北民族地区工业主要是以资本技术密集型产业为主,工业发展的就业贡献率较低,对社会就业问题带来了显著的压力。

在这个方面,青海是一个比较典型的例子。青海工业对就业的贡献能力逐年下降,1990 年工业职工年末人数曾达到 24 万人,随着石油天然气工业、水电工业、有色金属工业、盐湖化工等成长为全省支柱产业,全省工业发展的就业贡献率出现了绝对下降。

2002 年,工业职工年末人数仅为 9 万多人,其中制造业年末职工下降了 2/3,从 1990 年的 19.41 万人下降为 2002 年的 6.74 万人。"十五"期间国家在青海重点投资项目 100 万吨钾肥工程,投资 20 多亿元,但截至 2003 年底尚未新招 1 个人;明诺生物工程项目投资 1 亿多元,只安排了 70 多人就业;直岗拉卡、尼那等中型水电站投资都在 10 亿元以上,但安排的就业岗位只有 60—70 人。工业用工人数的下降,是近几年青海城镇登记失业率居高不下、农村剩余劳动力转移缓慢、大学以上学历毕业生就业率低的一个重要原因。

(九)城市化滞后于工业化,三元结构明显

工业化与城市化是一个相辅相成的历史过程,工业化是城镇化最重要的动力,而城镇化是工业化的依托和重要保障。一般认为,城市化与工业化之间的合理比例关系在 1.4—2.5 之间比较适宜。2003 年西北民族地区的宁夏、青海、新疆、甘肃民族自治地方城市化率分别为 36.9%、38.2%、34.4%和 10.9%,与当年各自的工业化率相对比,其各自的城市化率与工业化率之比分别为 0.99、1.23、1.13、0.46,西北民族地区整体上为 1.09,城市化水平显著地滞后于工业化。这一方面说明该地区城市化的滞后制约了劳动力就业结构的转换,加剧了二元结构矛盾,也制约了区域产业结构的高级化和内部需求的扩大。

西北民族地区许多资源开发型大企业是由中央投资兴建的,带有"单株移植"的特点,远辐射能力较强而近辐射能力较弱。这些大企业的产品主要输出到省外加工,生产链条甩在省外,与省内企业的关联度较低,和地方经济发展的融合性差。加之城市化滞后于工业化,由此造成传统意义上所讲的城市与乡村、工业与农业

之间典型的二元经济格局。除此之外,在西北民族地区还存在着广大的牧区,经济社会发展水平落后于一般的农区,远离工业化和城市化,现代工业文明和现代城市文明对其几乎没有多大影响。从而表现出独特的"城市—农区—牧区"三元经济社会结构。

此外,西北民族地区工业化过程中的另一突出特点是市场化程度低,政府职能转变缓慢,工业以国有经济为主,投资主体单一,以国有投资为主。这在本书第三章中已经进行了比较详细的分析。

三、西北民族地区走新型工业化道路的主要路径

西北民族地区脆弱的生态环境,较高的人口就业压力以及较快提高人民生活水平的现实需要,要求该地区必须走新型工业化道路。

(一)新型工业化对西北民族地区工业化的具体要求

与传统粗放型外延式传统工业化道路不同,新型工业化要求以信息化带动工业化,以工业化促进信息化,要求科技含量较高,经济效益较好,资源消耗较低,环境污染较少,人力资源得到充分发挥。具体到西北民族地区,走新型工业化道路需要做到以下几个方面。

1. 实现各产业的有效均衡

新型工业化是就产业结构整体而言的,并非仅仅针对工业或第二产业。西北民族地区走新型工业化道路,必须高度重视基础产业的坚实支撑作用,继续加大基础设施建设力度,保证基础产业适度优先增长,并通过基础产业的发展直接改善人民群众的生产

生活水平,提高社会生活质量;必须继续促进农业现代化、生态化、集约化,发展可持续农业;必须实现制造业的产业主体与核心地位;必须全面发展服务业特别是现代服务业,为第一产业、第二产业的发展提供全方位、有效的服务保障,降低社会交易费用,直接提高人民生活质量和社会发展水平。

2. 把信息化放在新型工业化的首要位置

针对西北民族地区信息化水平较低的严峻形势以及地处西北偏远内陆的现实区情,必须优先发展信息产业,用信息化弥补区位空间要素的先天性局限,实现信息的快速流动和信息的互动共享,并不断创造出新的信息,以缩短信息鸿沟和数字差距。必须尽快实现传统支柱产业的信息化改造,把信息化产业现代化有机结合起来,用高新技术和先进适用技术改造传统产业,提高传统支柱产业的效益,增强对区域经济发展的带动支撑作用。

3. 必须高度重视人与自然的和谐,发展绿色产业或实现产业发展绿色化

西北民族地区的脆弱的生态环境以及生态环境在全国生态安全大局中的战略性地位,要求西北民族地区产业发展必须高度重视人与自然的和谐,高度重视产业发展的生态环境效应,不能在大规模治理生态环境的同时,大力发展环境污染、生态破坏严重的产业。

4. 存量产业与增量产业并重

对现有的产业要根据区域比较优势采取"有进有退"、"抓优放劣"的战略;此外还要注重新产业、新增长点的培育,形成有效的产业接续和多元产业主导与支撑的产业格局。要处理好资源密集型与技术密集型产业的关系,处理好资本密集型与劳动密集型产业的关系,处理好传统产业与新兴产业的关系,处理好实体经济与虚

拟经济的关系。

5. 产业发展必须与区域文化有机结合

作为民族区域,西北民族地区与一般区域经济发展鲜明的不同之处在于其独特的价值取向、生活方式和风俗习惯。特定产业发展必须在与之有效契合与良性互动过程中才能实现真正发展。也只有在这样一个过程中,真正有生命力的新兴产业才能快速发展起来。

6. 工业发展要与特定区域相联系

工业化必须体现集中布局和非均衡发展的思路,要根据具体情况区别对待,采取不同的产业发展重点,而不能片面地强调各地工业的普遍发展。如在重要的生态功能区、脆弱的绿洲地区、旅游资源密集地区等地,不能片面强调工业的发展,而应根据实际情况突出自己的产业发展重点。例如青海省,其工业化的区域重点应该是其东部地区和柴达木盆地,主要是海东、西宁、黄南、格尔木等地,海北、海南则不宜提工业化的口号,玉树、果洛更不能把工业作为地区经济发展的方向。

(二)西北民族地区新型工业化道路的主要路径

路径依赖或现状独裁理论充分说明了在制度变迁、经济发展或社会状态改进的过程中,初始条件的至关重要性。西北民族地区新型工业化路径的选择,同样深受初始条件的决定或必须充分考虑现有的比较优势与产业初始条件,在需要和现实、未来产业发展方向和现有可能条件、现有产业基础和新兴产业之间作出妥善选择与合理安排。具体来看,切实走新型工业化道路,西北民族地区要遵循以下发展路径。

1. 扬长避短,走全球化视野下的比较优势之路

在经济全球化的时代背景下,扬长避短,走全球化视野下的比较优势之路是西北民族地区工业化的现实选择。

要从全球化的视角重新认识和评价西北民族地区的自然资源禀赋。西北民族地区是矿产等自然资源富集区,自然资源是其发展工业的重要依托,重新认识和判断该地区自然资源比较优势对制订新型工业化战略具有重大意义。在全球经济一体化的背景下,自然资源的地区界线、国界线已日趋模糊,它不仅属于某一个地区、国家,更属于全世界,全球(市场)化所带来的形势是只要有资金就能买到几乎任何稀缺的资源。有些资源,西北民族地区储量有限,但如果开发成本较低,就应该抓紧开发,如青海的石油天然气、煤炭等资源;有些虽然储量很大,但开发成本很高,世界范围内供给充足,如铁矿等,就可以暂缓开发。不能把比较优势简单理解为有什么资源就开发什么资源、有多大储量就搞多大规模。

2. 顺应信息化要求,走信息化带动工业化之路

以信息技术为核心的现代科学技术的迅猛发展正在不断创造出许多资源消耗少、环境污染小、知识密集型、经济效益好的新兴产业。西北民族地区发展这些新兴产业的条件较差,难度很大,但这并不否定该地区在信息化方面就无所作为。西北民族地区走新型工业化道路,需要顺应信息化要求,走信息化带动工业化之路。

走信息化带动工业化之路,西北民族地区的重心在于如何把传统工业与信息技术结合起来,用信息化降低工业化的交易成本、运输成本、研发成本、制造成本。

充分利用互联网技术,建立高效的信息平台,降低工业化的交易成本。实行电子政务和电子商务并举,改变电子商务发展落后于电子政务的局面。要加快推进金企、金卡工程等一系列旨在提高各行业信息化水平的“金字工程”,引导大型工商企业积极推进

信息化工作,大力发展电子商务。把信息技术与交通系统有机结合,建立高效快捷的现代物流系统,降低产品的物流成本。采用CAD(计算机辅助设计)技术,建立产品设计自动化系统,降低新产品的研发成本。把信息技术与企业经营管理有机结合,建立生产控制自动化系统和现代化管理系统,降低产品的制造成本。

3. 深化体制改革,走市场化引导、城镇化推动之路

体制改革滞后、市场化程度低阻碍着西北民族地区资源的优化配置以及优势产业的发展,延缓了城镇化进程,从而从制度层面上不利于工业化进程。西北民族地区的新型工业化道路必须走市场化引导、城镇化推动之路。必须特别重视该区域内政府与市场的关系并实现合理高效的分工,政府的作用应该重点着眼于如何培育区域利用市场的能力,为资源优化配置、产业发展创造良好的外部条件,而不是取代市场;必须充分尊重市场主体的独立自主的市场地位以及产业自身发展的内在要求;必须努力打破城乡分割的多元体系,进行系统性制度创新,积极促进城镇化进程。

市场化是实现西北民族地区工业化的最关键的主导力量,只有通过市场而进行的产业结构调整才是有生命力的,只有在市场竞争中发展起来的产业才是有竞争力的。而城镇化则是工业化的平台,没有城镇化的人口聚集效应、市场效应、信息效应、人才效应和基础设施效应等有效保障,产业发展的效率就会大大降低,工业化进程就不可能持续推进。

4. 继续夯实基础产业,走基础设施直接辐射带动之路

基础设施是一个国家或地区经济社会发展的基础条件,决定着解决社会发展的速度和经济社会长期持续发展的潜力。基础设施是国民经济整体素质和综合国力的重要体现和现代化程度的重要标志,是在市场经济条件下政府进行规划和给予支持的重点,也

是电子、机械、新材料和新能源等高新技术综合运用的主要领域之一。基础设施的完善,不仅为汽车、飞机、船舶、电话和计算机的使用创造了条件,而且也为一系列产业的发展提供了市场。因此,根据国民经济与社会发展对基础设施的新需求,不断完善各种基础设施,是调整和优化产业结构的重要任务。

加强西北民族地区基础设施建设,对西北民族地区经济社会发展具有以下显著效应:

一是基础设施投资的供给与需求效应。罗斯托的起飞理论强调,地区经济起飞的前提条件是要求有最低限度的社会基础资本的先行建设,以便为必不可少的技术扩散准备基础条件。在创造前提条件和起飞时期,总投资中很高的份额必须投入"社会先行资本"(即基础设施投资)。社会先行资本的建立,在时间上具有无疑的优先性,该投资的最重要职能就是降低运输成本和交易成本,使得资源能更有效地开发和结合,扩大市场需求,吸引外部投资者。在基础设施的建设过程中,必然产生强大的需求效应,带动区内资源的开发、人力资本的开发与积累以及基础设施建设与维护密切相关的新产业的形成和发展;大规模的投资还能直接带动当地居民的就业,创造出新的就业机会和收入渠道,提高他们的收入水平。基础设施一旦建成,就可以在相当长的时期内持续稳定地提供基础服务,为其他产业的发展提供持续而强大的支撑和保障。

二是能在很大程度上改善西北民族地区区位劣势,改善投资硬环境,增强投资吸引力,显著地促进区域内特色优势资源的开发,显著地促进区域内现代物流业、旅游业等产业的发展。

三是直接改善边远内陆地区生产生活条件,促进社会发展,实现经济社会统筹协调发展,直接提高当地居民的生活质量。

因此,西北民族地区新型工业化道路的必然路径之一是基础设施建设。在注重加大整体基础设施建设力度的同时,要特别加强广大农牧区的基础设施建设,大力开展农牧区"六小工程"建设,特别加强区域内贫困地区的基础设施建设,将基础设施建设与反贫困有机联系起来。

5. 依托现有支柱产业基础,走支柱产业改造、提升之路

西北民族地区现有支柱产业实际上充分反映了该地区区域比较优势,在很长的时期内,西北民族地区经济发展仍然要在很大程度上依靠这些产业。可以说,现有支柱产业的未来发展状况在很大程度上决定了该地区经济发展的水平和质量。西北民族地区走新型工业化道路,必须要对现有支柱产业进行强化提高、发展壮大、扩充完善。

6. 根据五大基准,走主导产业培育、引导之路

主导产业代表着特定区域经济发展的未来和方向,是特定区域现有支柱产业的未来接续者和可能的替代者。西北民族地区区域主导产业发展必须立足于自身的特色优势资源,充分考虑主导产业选择的五大基准。主导产业发展可以立足自身独特的高原、绿洲等特色农牧资源,发展劳动密集型产业,如绿色食品、有机食品、毛纺工业;可以立足自身的特色资源有选择地发展高新技术产业,如机电工业、生物制药业、民族医药业、新型建筑材料业、特色化工业、新能源开发业等;可以是工业,也可以是第三产业,如现代物流业、旅游业、文化产业等;也可以立足当前及今后大规模生态建设与环境治理的历史契机,大力发展生态产业、环保产业。

7. 大力发展非公有制经济,走多种所有制并举、混合经济之路

针对西北民族地区国有经济比重过高的现实,西北民族地区新型工业化道路必须要深化投融资体制改革,实现融资渠道多元

化,切实向国内外社会资本开放投资领域,尽快改变投资主要依赖国有投资特别是中央投资的局面。政府优惠政策不能偏重于特定企业,而应面向整个行业、产业。基础设施产业融资应更多地考虑市场化融资形式;支柱产业的提升与增强应该与企业改制联系在一起考虑,实现股权多元化;主导产业的培育应该主要面向非公有制经济,政府的投资应放在产业引导和环境营造上,不宜进行直接的产业投资。

8. 大力发展中小企业,走大中小企业协同发展之路

在西北民族地区经济发展中已经起着主体作用的大型企业,由于规模大、能力强,在市场竞争中处于显著的优势。对于这些企业,政府应该放手让它们在市场竞争中自主发展。政府经济工作的重点应该放在如何促进区域内中小企业的快速发展上。中小企业是特色优势资源开发、主导产业发育、劳动岗位创造、地方财政收入的主体力量,如何为中小企业创造良好的发展环境、如何实现中小企业与大型企业协同发展,是今后政府工作的重点。

9. 着眼于社会主义和谐社会构建,走和谐共享之路

社会主义和谐社会,应该是民主法治、公平正义、诚信友爱、充满活力、安定有序、人与自然和谐相处的社会。构建社会主义和谐社会,对于西北民族地区更具有独特的价值和内涵。国际和谐、民族和谐、区域和谐、人际和谐、人与自然和谐、资本与劳动和谐、城乡和谐、经济社会和谐等内容高度叠加在一起,使得西北民族地区和谐社会的构建任务极其繁重,要求极其迫切。

西北民族地区新型工业化道路必须充分应对这一现实要求,走和谐共享之路。特别要重视工业化进程中各民族共享经济社会发展的成果,共享优势资源开发的成果;特别重视人与自然的和谐,注重可持续发展;特别重视贫困人口、低收入人口的脱贫致富

与全面小康问题。

四、西北民族地区新型工业化模式

以上所分析的新型工业化道路及其具体路径为西北民族地区工业化提供了发展的方向，并提出了具体的要求。完成西北民族地区新型工业化的历史任务，还需要采取适宜的工业化模式。

（一）区域集聚、产业集群模式

西北民族地区地域广大，区域类型众多，走新型工业化道路必须实施重点地域瞄准机制与产业瞄准机制有机结合的方式，采取区域集聚、产业集群的发展模式。集中布局生产力、发挥区域集聚效应是提高工业经济效益的重要手段。区域集聚需要在重点地带、重点区域对生产力进行合理集中布局，而不是遍地开花。

从实际情况看，青海应重点发展一个区域、两大走廊、三个园区。一个区域即以盐湖化工、石油天然气、有色金属为主的柴达木资源开发区；两大走廊是境内黄河下游以水电工业为龙头的无污染工业走廊和西宁北川经济带高耗电工业走廊；三个园区是西宁经济技术开发区、甘河滩工业区和昆仑经济技术开发区，其中，西宁经济技术开发区重点发展新型材料、高原动植物精深加工、中藏药、生化药、保健品、绿色食品、有机食品、机电产品、毛纺织业等产业；甘河滩工业区重点发展有色金属和建材工业，昆仑经济技术开发区重点发展技术含量较高的盐湖化工产品、建材产品和高标号成品油。

宁夏工业化重点区域适宜集中在中北部区域中心城市，南部山区不宜进行大规模的工业化开发，适宜大力发展生态产业和以农畜产品为原料的轻工业。全区可以围绕京银铁路、中宝—陇海铁路、欧亚大陆桥三条对外交通线,有效连接外部市场。大力发展特色绿色食品产业,把宁夏建成全国重要的清真食品生产基地,进一步发展马铃薯加工业、发酵酿造业、水产果菜加工业和粮食加工业。大力发展特色生物制药业。结合生态建设和国家现代化科技中药材种植基地规划,运用高新技术对我区特色中药材进行精深加工,生产高效、无毒无副作用的特色系列药品和保健品;应用先进技术提取枸杞多糖、枸杞籽油等产品,开发枸杞系列药品;建设麻黄系列药品生产基地;建设国内技术领先的羊胎素系列药品;对现有药品生产企业进行技术改造,不断开发具有特殊疗效的药品和保健新产品,在开发攻克糖尿病和癌症新药等方面争取有所突破;开发血液阀、自动采血器等高科技医疗器械产品。充分发挥宁夏发展天然气化工的优势,大力发展天然气化工产业,逐步建成以天然气为原料、年产 200 万吨合成氨、在国内外有竞争力的大化肥生产基地,并开发、生产高附加值的天然气精细化工产品。大力发展新材料产业,重点发展钽铌铍等特种稀有金属材料及其产品,保持国际先进水平;积极发展铝镁合金及其深加工产品、碳化硅、高技术陶瓷、稀土材料及其制品,加快无机非金属材料、阻燃材料、新型特种建筑材料的产业化,重视发展高技术含量的煤炭深精加工产品,开发超纯、超净煤产品,以及煤质专用活性炭、新型净水剂等先进环保材料。切实改造提高传统支柱产业,要加快石化、冶金、机电、煤炭、轻纺、建材等产业的改造升级,围绕增加品种、强化质量、节能降耗、防治污染和提高劳动生产率,积极采用先进适用技术和高新技术,重点改造一批骨干企业,使其产品档次和市场竞争力迈上一个新台阶。继续发展石化工业,重点对橡胶制品、炼油及石油化工、中小化肥、氯碱化工、电石及深加工等传统化工产业进行改造升级，巩固提高电石及深加工工业水平。进一步发展以铝、镁为主的有色金属冶炼及加工业，以钢丝绳为主的金属制品工业，以铁合金和碳化硅为主的冶金炉料工业；加快实施冶金骨干企业的改造升级工程，把宁夏建设成为国内重要的铝、镁、稀有金属冶炼、特色金属制品、铁合金、碳化硅等产品的生产、出口基地。调整煤炭生产布局，努力提高经济效益，增强煤炭工业的发展后劲。搞好骨干生产矿井的技术改造和后续开发，采用先进生产工艺，降低生产成本，达到高产、高效和安全生产；提高优质煤、洁净煤比重和原煤入洗率；扶持发展太西无烟煤、主焦煤、低硫动力煤、泰宁煤等，进一步拓宽国内外煤炭市场。发展机电一体化，通过企业改组、改造和引进国内外先进技术，形成多梯度、多规格品种、在国内处于领先地位的数控机床产品系列；提高轴承主导产品的技术含量，促进传统产品的结构调整和产业化升级；大力发展智能调节阀，智能电、热、气表，水处理设备、节水灌溉设备和环保监测仪器设备国产化；加快发展大型化、自动化、安全可靠的煤矿输送成套设备；开发机电一体化起重运输机械和硬齿面减速器；有重点地发展电子元器件制造业，依托现有基础，发展电子功能材料，大力扶持钽电容器、声表面滤波器等新型电子元器件发展，研究开发光电晶体、光波导器件、铌电容器、陶瓷电容器等新产品，实现产业化。积极发展轻纺工业，重点实施林纸一体化项目建设，抓紧重点造纸企业技术改造，提高企业规模和技术水平，向高档的生活用纸、包装用纸、文化用纸发展；鼓励民营毛皮、皮革企业上规模、上档次、上水平；羊绒产业和亚麻纺织产业通过技术改造和结构优化升级，形成若干较大的企业集团；与蚕桑产业发展相适应，逐步建设丝绸产业基地。建材工业要控制总量，淘汰和改造存量，优化增量，促进结构调整，大力发展新型墙体材料、新型防水材料、保温材料、化学建材,支持新兴石膏产业发展和玻璃石英砂基地建设。

新疆新型工业化的重点区域是建设、巩固和优化高效的现代化人工绿洲系统,这是新疆各族人民生存和发展的首要环节和基本场所,建设好绿洲就是建设好全疆人民的"第一家园";确保重点发展两个最主要的中心城市——乌鲁木齐和库尔勒市,以此带动一批区域中心城镇的发展,形成合理的城市体系;重点抓好"三带"——天山北麓经济核心带(自乌鲁木齐至克拉玛依)、南疆铁路沿线开发带(库尔勒—阿克苏—喀什)和沿边县市开放带(沿 8 个邻国拥有 18 个口岸的沿边 33 个县市的扇形开放带)建设,以促进和带动全疆整体的发展。其中,天山北麓经济核心带在全疆经济发展中具有举足轻重的地位,是全疆一级增长轴,要进一步发展石油天然气勘探开采业、石油化工业、纺织业、建材业、医药业、煤炭工业等支柱产业;南疆铁路沿线开发带可以在石油天然气勘探开发、石油化工、棉花基地、绿色农产品和优质瓜果品加工等领域重点开拓;沿边县市开放带除个别县市外,大多数经济社会发展比较落后,自我发展能力差,生态环境比较脆弱,其发展重点是面向周边市场,依托腹地城镇,充分利用国家沿边开放开发优惠政策,积极发展各具特色的外向型经济。

(二)产业链式发展模式

针对西北民族地区资源开发型产业产业链条短、产业辐射带动能力较低的缺点,其新型工业化的可行模式应该是延伸产业链,从资源初级开发向精深加工转型。以青海为例,今后其资源型产业应大力从以下几个方面着手加以推进:

构建盐湖资源开发利用产业链。盐湖资源的开发要在钾肥生产扩大能力、改造升级的基础上向综合利用转型。2004 年青海钾肥的生产能力已经达到 200 万吨,产量占全国需求量的 1/3,规模不宜也不可能继续扩大。今后要在确保氯化钾生产能力的同时,积极开发硫化钾、硫酸钾、复混肥等化肥产品,并利用氯化钾的副产品大量生产金属镁、纯碱等,提高盐湖资源的综合利用率,实现更高的市场效益。把锂资源的开发作为盐湖产业的一个新增长点,逐步放大具有自主知识产权的卤湖提锂工艺,建设万吨级碳酸锂项目,开发金属锂、锂电池等下游产品,努力争取在"十一五"规划末期把青海建成全国乃至世界重要的锂产品基地。利用锶资源储量在全国乃至世界中的绝对优势、低成本开发优势以及原料配套优势,通过技术创新大力发展锶化合物和锶材料加工业,使青海成为全国乃至世界上在资源、研发、加工制造等方面都具有独特优势的锶工业基地。有色金属工业由单纯的铝锭、镁锭生产向板材、合金等轻金属新材料方向转型,形成比较强大的铝工业产业链。积极推进金属镁生产以钾光卤石为原料向无水氯化镁为原料转型,发展镁合金系列产品,形成具有独立知识产权的镁产品深加工体系,把青海建成重要的镁系列产品生产基地。

做大做强电力——高耗电工业产业链;突出做大石油天然气化工产业,延伸相关产业链;努力使煤炭工业壮大成为青海新的支柱产业,积极发展煤炭产品深加工,培育煤产业链。

(三)实施清洁生产,遵循循环经济(recycling economy)模式

清洁生产需要清洁工艺,使用清洁能源。实施清洁生产,需要大力发展循环经济模式。

循环经济是针对传统经济发展导致资源过度消耗和环境恶性污染而提出的可持续发展的具体实现形式。循环经济遵循 3R 原则——减量化(reduce)、再利用(reuse)、再循环(recycle),通过生

态规划和设计,资源循环利用,使不同的企业群体间形成资源共享和废弃物循环利用的生态产业链,达到生态经济系统的良性互动,实现以清洁生产和绿色工业为导向的新型经济型态,是可持续发展理念的进一步深化和升华。

西北民族地区发展循环经济具有特殊的意义。要通过发展循环经济,把传统工业经济活动"资源消费—成品—废物排放"的开放型物质流动模式改变为"资源消耗—制成品—再生资源—再投入"的闭环型物质流动模式,提高资源利用效率,发展环保产业。

(四)生态经济模式

在以循环经济模式生产工业的同时,要在农牧业、生态建设等方面大力发展生态经济。在西北民族地区的牧区、农区、绿洲、山地等地大力发展生态农牧业、可持续农牧业,开发绿色、有机食品。结合生态建设,在众多的自然保护区、退耕还林还草、退牧还草等地区,大力发展生态经济产业,将当地人民整体性或部分地转变为生态经济产业工人,由中央财政和地方财政共同负责支付合理报酬,偏重于实现生态效益和社会效益。

(五)资源开发和人力资本开发并举模式

西北民族地区在拥有显著资源比较优势的同时,还拥有丰富的人力资源。人力资源优势得到充分利用也是走新型工业化道路的必然要求。西北民族地区在强调自然资源有效开发的同时,必须高度重视其人力资本的开发问题。这不仅是区域经济发展的必然要求,也是以人为本的科学发展观的内在要求,是各民族共同发展的内在要求。中央必须高度重视西北民族地区科教兴区战略的实施问题,下大力气优先解决义务教育特别是少数民族义务教育

的普及问题,重视发展职业技术教育和高等教育。缩小西北民族
地区的知识差距、科技差距和社会发展差距。将资源开发和人力
资本开发有机结合起来。

第八章 加快西北民族地区
发展的产业政策选择

一、区域政策与产业政策比较

区域政策与产业政策是世界上许多国家特别是大国经济发展过程中普遍采用的两类政府举措,是政府对经济运行进行宏观干预的重要形式。两类政策之间存在着内在的联系,但也有着显著的区别。

(一)区域政策

国家区域政策,简称区域政策,是一国政府为改善经济活动的空间分布,促进国内各地区经济均衡、有效发展,保障本国各地公民享有基本一致的公共服务甚至是差别不能过大的生活水平等目标而采取的各项政策措施。从其起源来看,社会主义计划经济体制的确立和资本主义国家干预政策的兴起都促成了国家区域发展政策的形成。

区域差异不仅会导致区域经济问题,也会导致政治和社会问题;不仅带有经济学涵义,也带有强烈的政治学、社会学涵义。对于中国而言,还带有民族涵义、国防涵义等。

区域政策有广义和狭义之分。广义的区域政策可以包括区域发展战略规划、具体政策措施以及法律法规等;狭义的区域政策仅包括具体的区域发展政策手段,如金融政策、财政税收政策等。区域政策从内容上讲可以包括区域社会发展政策、区域生态建设与环境保护政策、区域经济政策、区域文化政策甚至区域政治政策(如民族区域自治)等。区域经济政策的具体举措及其实施效果,受到一国特定制度安排的影响。

从区域经济政策与区域经济发展的互动关系上看,区域经济政策在很大程度上决定了区域经济发展的方向和途径;决定了各个地区在国家发展过程中的优先顺序;影响着每个区域的外部流量,从而影响其总体供求比例,并最终影响不同区域的增长和发展能力;而区域经济发展水平和发展取向的变化会对区域经济政策提出新的要求,甚至会要求区域经济政策的全面改变。

(二)产业政策

产业政策理论依据旨在矫正、弥补市场失灵的凯恩斯主义和发展经济学中的后进国家赶超型发展的观点。特别是日本在第二次世界大战后广泛实施产业政策取得显著成效后,产业政策问题得到了学术界浓厚的研究兴趣和发展中国家的关注。所以,在英美等西方发达资本主义国家,产业政策被作为以凯恩斯主义为基础的宏观经济政策的补充,政府利用产业政策通过对资源在各产业间配置过程的干预,利用市场机制,弥补和修正其失灵和不足,从而通过使资源配置合理化和产业结构高级化获得经济发展。日本产业政策则是在战后经济濒临崩溃的背景下为了恢复生产而保证重点部门、重点产业的发展而提出的,随后随着形势的变化而不断进行产业政策重点的调整,不断扶持新的主导产业。其他一些发展中国家如巴西、阿根廷、墨西哥、韩国等,通过制订明确的发展战略并制订明确的产业政策,确立优先发展的产业并以优惠的产业政策予以扶持发展。

20世纪80年代以后,世界各国普遍接受了产业政策这一概念,并充分利用这一政策加强政府对经济结构和产业结构的干预与调控。

产业政策的本质是政府着眼于特定的产业发展目标而采取有效政策措施,旨在干预、影响或引导资源在产业间的分配。其内容主要包括:产业发展及其结构优化的目标,包括各主要产业的发展水平、发展速度、规模和质量、各产业间的联系方式和程度、发展的时序与结构模式的选择和确立等;产业发展及其结构配置与调整的基本原则和手段;制订和实施产业政策的基本原则等等。根据各国的实践,产业政策大致可以概括为这样五种类型,即产业结构政策、产业组织政策、产业技术政策、产业贸易政策、产业空间布局政策等。

(三)区域政策与产业政策的关系

区域政策与产业政策存在着显著的区别。区域政策的着眼点在于特定区域的发展,具有鲜明的区域指向性。区域政策实行的是区域瞄准机制,政策实施涵盖特定的区域,具有区域排他性。而产业政策的着眼点在于特定产业的发展,具有突出的产业指向。产业政策的实施一般是涵盖整个产业且没有区域之分。区域政策的内涵一般是大于产业政策,因为区域政策是目标区域实行特定的倾斜待遇,并包括目标区域经济社会发展的各个关键内容。产业政策的内容一般是紧密围绕与目标产业发展相关的因素与方面进行设计。

区域政策与产业政策之间往往也存在着众多的联系和交叉。在为了目标区域的发展而实施的区域政策中,扶持目标区域内的特色优势产业(或特定产业)发展、区域产业结构优化往往是区域政策的重点内容,因为区域产业的发展是区域经济发展的主体和关键,这就是区域产业政策。区域产业政策是指政府为了实现某种经济和社会目标,以特定区域内的目标产业为直接对象,通过对有关产业的保护、扶持、调整与完善,参与产业或企业的生产、经营、交易活动,以及通过直接或间接干预商品、服务、金融等方面的市场形成和市场机制来影响区域布局和发展政策的总称。区域产业政策是国家产业政策在一个区域范围内发挥作用的产业政策,主要解决产业在各地区空间范围上的合理分布及其协调问题,实际上是全局性地考虑各区域情况的产业政策。

二、西部大开发战略与政策的调整

(一)从区域协调发展到科学发展观的树立与落实

2000 年西部大开发战略的启动,标志着中国区域经济发展理念由区域经济非均衡发展战略向区域经济协调发展战略的转折,长期以来所施行的东部沿海地区优先发展转变为东部地区继续加快发展并保持领先势头,国家对西部实施大开发战略。中国区域经济发展由第一个"大局"转向第二个"大局"。此外,西部大开发战略的实施,也是当时国家实施积极财政政策、努力扩大内需方针的有机组成部分。

区域协调发展是针对东西部地区经济发展差距悬殊的局面而提出的,在内容上主要强调经济发展的协调。在全面建设小康社会的时代背景下,党的十六届三中全会首次明确提出了科学发展观,强调按照"五个统筹"的要求推进改革和发展,建立社会主义和谐社会。在科学发展观的指导下,统筹区域协调发展内涵更为丰富,更加全面。以统筹区域协调发展为目标,坚定不移地实施西部大开发、振兴东北地区老工业基地、促进中部地区崛起、鼓励东部地区加快发展成为我国区域经济发展的重大战略布局。在此背景下,西部大开发具有了更加突出的意义。2004年3月国务院颁布的《关于进一步推进西部大开发的若干意见》指出:"统筹区域发展,加快西部地区发展至关重要。没有西部地区的小康,就没有全国的小康。没有西部地区的现代化,就不能说实现了全国的现代化。"强调继续推进西部大开发,要以邓小平理论和"三个代表"重要思想为指导,"坚持以人为本,树立全面、协调、可持续的发展观,按照'五个统筹'的要求,使经济发展与环境保护、社会进步协调推进,促进西部地区经济社会和人的全面发展。"

温家宝总理在2005年2月所作的《开拓创新,扎实工作,不断开创西部大开发的新局面》讲话中强调进一步实施西部大开发战略要"坚持统筹兼顾,协调发展"。必须贯彻科学发展观和"五个统筹"的要求。号召各地区、各部门要增强西部大开发的使命感和责任感,自觉用科学发展观指导西部大开发,统筹兼顾,促进西部地区经济和社会全面发展、城市和农村协调发展、人与自然和谐发展。"

科学发展观的树立与落实,为西部大开发重点任务的不断充实、政策措施的不断完善、开发效果的不断增强奠定了坚实的思想基础。

（二）从四大重点任务发展到十大重点任务

实施西部大开发需要突出重点，分步实施。2000 年 12 月颁布的《国务院关于实施西部大开发若干政策措施的通知》明确规定："当前和今后一段时期，实施西部大开发的重点任务是：加快基础设施建设；加强生态环境保护和建设；巩固农业基础地位，调整工业结构，发展特色旅游业；发展科技教育和文化卫生事业。力争用 5 到 10 年时间，使西部地区基础设施和生态环境建设取得突破性进展，西部开发有一个良好的开局。"在西部大开发开局阶段所确定的四大重点任务中，特别强调了西部地区基础设施和生态环境建设的突出地位，并在此后的开发实践中予以重点投资。

2001 年 9 月颁布的国务院西部开发办《关于西部大开发若干政策措施实施意见的通知》对四大重点任务进行了细化，强调了吸引和用好人才以及深化西部地区经济体制改革和扩大对外开放的重要性，实际上形成了六大重点任务。

五年来，西部大开发取得重要进展。其中基础设施和生态环境建设的成就最为突出。五年来国家对西部地区基础设施进行了大规模投资建设，固定资产投资年均增长 20％以上，明显高于全国平均水平。新开工建设 60 项重点工程，投资总规模约 8500 亿元。西部地区交通、水利、能源、通信等重大基础设施建设取得了实质性进展，农村基础设施条件也获得了较大程度的改善。

西部地区地处事关全国生态平衡的生态战略区位，是全国生态的咽喉与战略高地，其生态环境的优劣直接关系到全国的生态安全，具有极强的外部效应。脆弱的生态环境也是西部地区实现可持续发展过程中诸多矛盾中的主要方面。针对西部地区生态环境不断恶化的严峻形势，生态环境治理与改善在五年来的西部大开发中一直处于突出位置。中国政府投资最大的生态工程——天然林保护工程顺利启动，包括全面停止长江上游、黄河上中游地区天然林采伐；大幅调减东北、内蒙古等重点国有林区的木材产量；由地方负责保护好其他地区天然林；2001 年开始试点、2002 年全面展开了退耕还林（还草）工程，到 2004 年年末，累计完成陡坡耕地退耕还林 786.67 万公顷、荒山荒地造林 1133.33 万公顷；退牧还草（采取禁牧、休牧、轮牧、草场围栏等方式恢复草原）工程累计治理严重退化草原 1266.67 万公顷；京津风沙源治理工程、野生动物保护与自然保护区建设工程以及长江上游水污染治理、中心城市污染治理等项目进展顺利。

"巩固农业基础地位，调整工业结构，发展特色旅游业"取得了较大进展。充分发挥比较优势与后发优势，准确定位自身在全国产业发展格局中的位置，促进特色优势产业发展是西部大开发的重要任务。五年来，西部地区的电力、煤炭、石油天然气、有色金属、棉花、畜牧、旅游等产业，以及部分装备制造业和高新技术产业加快发展，在全国市场上已占有越来越重要的位置。一大批具有比较优势和发展潜力的新兴主导产业正在迅速成长，为西部地区经济社会发展打下了一定的产业支撑与产业保障。

在科技教育发展方面，科技体制创新不断推进，科技成果转化能力增强，科研基地和高技术产业化示范项目建设取得初步成果。教育方面，国家累计投入一百五十多亿元，支持西部地区教育特别是农村义务教育。重点高校基础设施建设和学科建设步伐加快；以基本普及九年义务教育、基本扫除青壮年文盲为目标的"两基"攻坚计划开始实施，农村义务教育得到加强，七千多所中小学危房得到改造。此外，干部交流和人才培训工作逐步展开。

但基础设施落后仍然是制约西部地区发展的薄弱环节；生态

环境局部有所改善、总体恶化的趋势尚未根本扭转；产业结构调整优化进展较慢，产业竞争力较低；教育、卫生等社会事业严重滞后，人才不足、流失严重；体制改革进展不大，对外开放与吸引外资成效不显著等。针对西部开发面临的矛盾和问题，在总结经验的基础上，2004年3月底颁布的《国务院关于进一步推进西部大开发的若干意见》，强调进一步推进西部大开发需要抓好十大重点工作。即扎实推进生态建设和环境保护；继续加快基础设施重点工程建设；进一步加强农业和农村基础设施建设；大力调整产业结构，积极发展有特色的优势产业；积极推进重点地带开发，加快培育区域经济增长极；大力加强科技教育卫生文化等社会事业；深化经济体制改革；拓宽资金渠道，为西部大开发提供资金保障；加强西部地区人才队伍建设；加快法制建设步伐，加强对西部开发工作的组织领导等。这十大重点任务充分反映了科学发展观的精神实质。其中，把生态环境建设置于首要位置，反映了生态环境建设与实现人与自然和谐的紧迫性和艰巨性；把加强农业和农村基础设施建设独立出来，反映了中央对"三农"问题的特别关注与统筹城乡发展的决心；对产业发展与产业结构优化更加重视，阐述更加科学、全面，体现了比较优势的理念；更加强调经济与社会的统筹协调发展；更加重视深化经济体制改革在优化区域发展环境中的重要性；更加注重西部开发中长效稳定的资金保障机制的重要性；首次提出了西部大开发过程中法制建设的作用。

温家宝总理在2005年2月所作的《开拓创新，扎实工作，不断开创西部大开发的新局面》讲话中对当前和今后一个时期，西部大开发需要着力抓好的重点任务总结为：加大解决"三农"问题的力度；认真搞好生态环境保护和建设；继续加强基础设施建设；调整优化产业结构，大力发展特色经济和优势产业，促进资源优势向产业优势、经济优势转化;西部大开发,关键在教育、在人才、在提高劳动者素质,大力发展教育、卫生等各项社会事业;加快改革开放步伐等。而顺利完成以上重点任务的保障在于"加强领导,努力提高西部大开发的工作水平"。为此必须加强协调,形成支持西部大开发的合力;加快法制建设,依法保障西部大开发顺利推进。

(三)从泛区域开发到积极推进重点地带开发

2000年12月颁布的《国务院关于实施西部大开发若干政策措施的通知》规定了西部大开发的政策适用范围为西部12个省市区,虽然也强调"要依托亚欧大陆桥、长江水道、西南出海通道等交通干线,发挥中心城市作用,以线串点,以点带面,逐步形成我国西部有特色的西陇海兰新线、长江上游、南(宁)贵(阳)昆(明)等跨行政区域的经济带,带动其他地区发展",但在具体的开发政策中体现的并不明显,与基础设施建设、生态环境保护等几大重点任务紧密相联,五年来的西部大开发从区域开发战略来看,基本上表现为泛区域开发的特征。

西部地区包括12个省市区,面积685万平方公里,占全国的71.4%,人口3.67亿,占全国总人口的近30%。区域内各省市区之间在发展基础、人文环境、自然地理环境、产业结构、发展条件等方面存在巨大的差异,面临着不同的发展难题和发展重点。对西部地区各省市区同样力度支持、实现西部地区内部各省市区同步发展是不符合区域发展规律的。为了更好地实施西部大开发战略,在"打基础"工作进展到一定程度以后,就必然要求由泛区域开发战略过渡到重点地带开发。因此,2004年3月颁布的《国务院关于进一步推进西部大开发的若干意见》明确把"积极推进重点地带开发,加快培育区域经济增长极"作为西部大开发重点任务之一,要求"贯彻以线串点、以点带面的区域发展指导方针,依托水陆交通干线,重点发展一批中心城市,形成新的经济增长极"。这标志着国家西部大开发中区域开发战略的重大调整。重点区域优先开发战略的基本内涵包括:积极培育并形成西陇海兰新线经济带、长江上游经济带和南贵昆经济区等重点经济区域;支持重点地带优势产业及企业加快发展;在项目布局、市场体系建设、信贷投入、利用国内外资金等方面给予大力扶持和帮助;发挥中心城市的辐射带动作用,形成区域性的经济、交通、物流、金融、信息、技术和人才中心,带动周围地区和广大农村发展;对西部地区经济技术开发区、国家级高新技术产业开发区的园区内基础设施建设贷款,继续提供财政贴息支持。

由此,西部大开发的突出成就将由最初的一批重大标志性工程转变为众多快速发展的经济带与经济区、闪亮的区域中心城市、快速成长的优势产业与明星企业以及实力不断增强的经济技术开发区和国家级高新技术开发区。

(四)从政策推动向法制保障轨道迈进

五年来,西部大开发是在国家领导人的相关讲话以及三大基本文件指导下展开的,在此基础上,国务院相关部门分别制订了相关实施细则。西部大开发的实施,表现出比较突出的政策推动型特征。由于政策政出多门,文件解释文件、政策解释政策的现象比较突出;受部门利益的影响,各部门所制定政策的优惠程度不一,有些甚至相互冲突,政策合力效应大打折扣。此外,由于政策本身所具有的短期性特点,不利于经济主体长期稳定性预期的确立;而且在相关利益主体博弈的过程中,政策制定与变动的随意性、主观性较强。这些问题,都在一定程度上影响着西部大开发的实施效果,与"实施西部大开发是一项长期艰巨的历史任务"这一重要性与长期性定位不符,与建设社会主义法治国家的要求不相吻合。国际上比较成功的区域开发实践无不是在法制保障下完成的,如日本对北海道地区的开发、美国西部的开发以及欧盟的落后地区发展等,法制保障在这些区域开发实践中起到了巨大的作用。

在此背景下,2004 年 3 月颁布的《国务院关于进一步推进西部大开发的若干意见》首次将"加快法制建设步伐"确定为西部大开发中的重点任务之一,并强调指出:"加强西部大开发的法制建设和组织领导,是进一步推进西部大开发的基本保障";要求抓紧起草《西部开发促进法》和《西部开发生态环境保护监督条例》等法律法规,逐步建立和完善西部开发法律法规体系;要求西部地区各级人民政府公务人员要提高法制意识,确保法律法规的有效实施,树立诚信政府形象,为推进西部大开发打造良好的法制环境。2005 年 2 月,温家宝总理在《开拓创新,扎实工作,不断开创西部大开发的新局面》讲话中重申:"加快法制建设,依法保障西部大开发顺利推进"。目前,《西部开发促进法》已列入全国人大立法计划,有关部门要抓紧研究起草工作。同时,西部生态环境保护等专项法规也正处于抓紧研究制订过程中。西部大开发正在从政策推动型向法制保障轨道稳健迈进。

(五)西部大开发的目的越来越突出人本和富民

以人为本是科学发展观的实质,富民与实现人的全面发展是发展的根本目的。在科学发展观的指导下,西部大开发的目的越来越突出以人为本和富裕西部近 4 亿人民。

在基础设施建设上,从最初强调重大基础设施项目的建设与标志性工程的开工与建成,向强调生活性基础设施投资与建设转变;从偏重能源、交通、电力等基础设施项目的建设向西部广大农村基础设施的建设与完善转变,以改善农村、农业以及农民生产生活条件,直接提高农民生活质量;把基础设施建设与扶贫开发紧密结合起来,继续开展"兴边富民"工程。

在生态环境保护与建设方面,把农民当前生计和长远利益紧密联系在一起,统筹实现生态改善、农民增收和地区经济发展,强调"五个结合",以切实解决农民增收和长远生计问题。

发展教育、保障人民的受教育权利是促进发展机会公平、提高人的发展能力、实现人的全面发展的基础性、关键性工作。2004年3月颁布的《国务院关于进一步推进西部大开发的若干意见》在要求继续加快推进生态环境和基础设施建设的同时,把优先发展教育摆在了同等重要的地位,把优先发展教育作为基础性、战略性任务来抓。要求下决心大幅度增加对西部地区农村义务教育的财政投入,并决定用五年时间在西部地区基本普及九年义务教育,基本扫除青壮年文盲。

大力支持西部地区卫生事业发展,加强公共卫生设施建设,完善疾病预防控制体系和医疗救治体系。继续加强西部地区文化艺术、广播影视、新闻出版和农村基层公共文化服务网络和文化设施建设,加强西部地区民族民间传统文化的保护工作。

高度重视人才的作用,把人才视为西部大开发能否成功的关键。要求在西部大开发中贯彻人才强国的战略,以更人性化、市场化的政策来培养人才、留住人才,吸引人才、用好人才,促进西部地区党政人才队伍、专业技术人才队伍和企业经营管理人才队伍协调发展。建立起西部大开发坚实的人才保障。

继续推进扶贫攻坚,力争在2007年以前基本解决现有贫困人口的温饱问题。

（六）从为西部发展创造良好条件与基础向直接支持产业发展演变

虽然促进西部地区产业结构优化与产业发展是西部大开发伊始即确立的重点任务之一，但由于国家财力以及西部地区最为紧迫的发展瓶颈——基础设施与生态环境等客观因素的制约，在西部大开发五年来的开局打基础阶段，国家并没有出台专门的产业发展政策，西部大开发的政策基本上属于区域优惠政策，对产业发展的优惠支持力度相对较小。在发展基础与条件不断改善的背景下，如何直接促进西部地区经济发展的步伐关键就在于区域产业结构的优化与区域产业的发展。区域产业布局与区域产业促进政策就提上议事日程。

2004 年 3 月颁布的《国务院关于进一步推进西部大开发的若干意见》特别强调要"大力调整产业结构，积极发展有特色的优势产业"；强调"调整和优化产业结构，大力发展特色经济，促进资源优势向产业优势、经济优势转化，是增强西部地区自我发展能力、扩大社会就业、改善人民生活的根本大计"；要求密切结合西部地区资源特点和产业优势，以市场为导向，积极发展能源、矿业、机械、旅游、特色农业、中药材加工等优势产业。逐步将西部地区建设成为全国能源、矿产资源主要接替区；合理调整全国产业分工格局，支持西部地区具备基本条件的地方发展资源深加工项目，由国家投资或需要国家批准的重点项目，只要西部地区有优势资源、有市场，优先安排在西部地区。

在新的文件精神的指导下，今后西部大开发的政策将更加强调产业政策的重要性，更加注重区域政策与产业政策的统筹协调。西部地区的特色优势产业发展与区域产业结构的优化升级将进入一个快车道。

（七）政策处于不断的调整完善之中

西部大开发是一个长期的重大战略，将贯穿于中国推进现代化建设的全过程。需要不断总结经验，完善政策。五年来西部大开发政策演变表现为：

西部大开发政策正在趋于统一和完善。以退耕还林为例，2000年9月颁布的《国务院关于进一步做好退耕还林还草试点工作的若干意见》对西部大开发以来西部退耕还林还草试点出现的问题，提出了相应的解决办法。2002年4月又出台了《国务院关于进一步完善退耕还林政策措施的若干意见》，使西部退耕还林还草工作进一步走向完善。2002年12月出台的《退耕还林条例》是实施西部大开发以来退耕还林经验的总结，是实施西部大开发战略以来出台的第一部行政法规，给广大退耕还林者提供了法律保障。

优惠政策的范围正在逐步扩大。以税收优惠为例，西部大开发之初的1999年9月，国家税务总局首先推出了对设在中西部地区的外商投资企业给予3年减按15％税率征收企业所得税的优惠政策，2001年颁布的《关于西部大开发若干政策措施的实施意见》将税收优惠政策的范围进一步扩大，2002年5月国家税务总局发布的《关于落实西部大开发有关税收政策具体实施意见的通知》进一步明确了针对西部大开发制定的若干税收优惠政策措施的具体实施办法，为吸引国内外资金、加快西部经济发展提供了重要保证。

重点发展领域的政策措施正在逐步加强。以农业为例，西部大开发以来所发布的大多数文件，都从不同的角度，对发展西部的特色农业做了规划,并提出了相应的政策措施。与此同时,2003年1月,农业部还发布了《关于加快西部地区特色农业发展的意见》,对西部特色农业的发展进行了详细论述。

开放政策的优惠力度不断加大,方式不断改进。2000年颁布的《国务院关于实施西部大开发若干政策措施的通知》强调扩大西部地区服务贸易领域对外开放,一些领域的对外开放,允许在西部地区先行试点;在西部地区进行以 BOT 方式利用外资的试点,开展以 TOT 方式利用外资的试点;进一步扩大西部地区生产企业对外贸易经营自主权,鼓励发展优势产品出口、对外工程承包和劳务合作、到境外特别是周边国家投资办厂等。以上优惠规定,实施效果并不理想。有些开放政策因入世或因外贸体制改革而失去优惠意义,加之政府职能、法制环境、市场体系等体制改革的滞后以及硬环境的制约,2002年和2003年外商投资西部开始呈现下滑趋势。2004年3月颁布的《国务院关于进一步推进西部大开发的若干意见》对西部地区的对外开放与引进外资等工作进行了较大的思路调整,强调经济体制改革以及招商引资方式与主体的重要性。明确提出要:深化涉外经济体制改革,进一步扩大对外开放,更好地利用外资加快发展;建立以企业为主体的对外招商引资新机制,提高招商引资实效,依托优势产业、重点工程、重点地带,吸引外来投资;逐步放宽西部地区保险、旅游、运输等服务领域的外资准入限制条件。采取有力措施推动西部地区发展对外贸易和经济技术合作,努力开拓国际贸易和边境贸易等。依据该《意见》,国家发展和改革委员会在2000年基础上修订的中西部地区外商投资优势产业目录即将出台,新目录突出中西部地区的特色产业,在旅游、矿产、装备工业、高新技术等方面,向外资作出更多倾斜。

资金投入保障政策进一步规范。2000年底颁布的《国务院关于实施西部大开发若干政策措施的通知》中"增加资金投入的政策"主要体现在财政、金融信贷以及利用外资等三个方面。在财政支持方面加大建设资金投入力度,如提高中央财政性建设资金用于西部地区的比例;尽可能多安排西部地区的国家政策性银行贷款、国际金融组织和外国政府优惠贷款项目;对国家新安排的西部地区重大基础设施建设项目不留资金缺口;中央将筹集西部开发的专项资金;鼓励企业资金投入西部地区重大建设项目等。优先安排建设项目。加大财政转移支付力度。在金融信贷方面,直接要求加大商业银行对西部地区重点项目的信贷投入,加快贷款审批,延长贷款期限,增加对西部地区农业、生态环境保护建设、优势产业、小城镇建设、企业技术改造、高新技术企业和中小企业发展的信贷支持。并特别强调农业银行的职责。随着国家由积极财政政策向稳健财政政策的转变,中央财政资金投入支持力度增强的可能性受到人们的怀疑;而随着商业银行商业化改革步伐的加快,对商业银行经营的直接行政要求亦不合时宜。由此 2004 年 3 月颁布的《国务院关于进一步推进西部大开发的若干意见》认识到:"建立长期稳定的西部开发资金渠道,是持续推进西部大开发的重要保障。"重申国家对西部大开发的支持力度不会减弱,要求要在继续保持用长期建设国债等中央建设性资金支持西部开发的投资力度,采取多种方式筹集西部开发专项资金,中央财政性建设资金、其他专项建设资金继续向西部地区基础设施建设倾斜的同时,必须创新重大基础设施建设投入机制,采取多种方式鼓励和引导社会资金和境外资金参与基础设施建设;进一步加大中央财政对西部地区的转移支付力度;强调拓宽西部开发间接和直接融资渠道;鼓励各金融机构采取灵活的市场化方式,加大对西部地区的金融支持;对国家政策性银行予以更高期望;强调西部地区农村金融体系与农村信用社建设;加强扶贫贴息贷款管理;积极支持西部地区符合条件的企业优先发行企业债券,支持西部地区符合条件的企业发行股票;修改、完善并适时出台产业投资基金管理暂行办法,优先在西部地区组织试点,支持西部地区以股权投资方式吸引内外资;提高西部地区利用国际组织和外国政府赠款及国外优惠贷款的比例。可见,今后西部大开发资金投入的政策在继续强调中央财政资金与西部开发专项资金以及政策性金融重要性的同时,更多地体现了市场化的原则与方向,较大地拓宽了资金来源渠道,增加了筹集开发资金的方式。

三、我国民族经济政策简要回顾

为了促进民族地区经济社会的快速发展,中央政府一直高度重视对民族地区发展的政策性扶持。20 世纪 50 年代以来,先后实行过 74 项主要的民族经济扶持政策,其中 48 项仍在继续实行。

在 48 项民族经济扶持政策中,按其内容可以大致分为以下七类,即财政扶持政策、税收优惠政策、工业扶持政策、农业扶持政策、民族贸易扶持政策 、扶贫开发政策、开放联合的扶持政策等。

(一)民族经济政策的主要特点

1. 政策扶持的范围比较窄

从政策扶持的范围来看,国家实施的民族经济扶持政策主要集中在扶贫开发、农牧业生产建设和沿边开放等领域。其中,通过税收优惠、以工代赈、专项贷款等一些经常性的政策渠道促进扶贫开发是国家对民族地区政策扶持的重要内容,政策投入比重较大。其次就是能源原材料开发与基地建设、农村牧区的经济发展支持等;再次就是 20 世纪 90 年代中后期开始的沿边开放开发政策等。

2. 战略性扶持政策相对较少

在众多的支持性政策中,战略性扶持政策相对较少。偏重于"输血"功能的政策较多,而能够切实促进"造血"功能的政策相对缺乏。如促进民族地区产业界机构高级化以促进工业化进程,通过结构优化升级带动区域经济社会发展的政策;用于开发民族地区人力资源、科技资源等高级要素、专业要素从而在更大规模、更宽领域、更深层次上促进民族地区经济社会发展的要素开发政策;基础产业优先发展政策等。

3. 项目性政策较多,整体性政策较少

与国家对沿海地区实施的优惠政策不同,对民族地区的政策支持多以针对性较强的资金投入、金融支持和物资支援等为主,帮助扶持某一个领域、某一个方面的发展或帮助解决某一领域、某一方面的问题。而国家对东部地区的政策扶持则主要以优惠的体制性政策为主,帮助营造宽松的、良好的投资与发展软环境,实施吸引国内外资金、人才、技术等要素向沿海流动和聚集的政策,增强该地区利用市场的能力。

(二)民族经济政策执行中的现实问题

1. 许多政策名存实亡

如民族贸易三项照顾政策、价格补贴政策、公务员工资政策等。

2. 有些扶持政策无法落实

如 1995 年前民族自治地方享有矿产资源开发补偿地方留有的优惠政策,明确规定这些地方享有的比例高于非民族地方 20%,即高达 70%。但自《中华人民共和国矿产资源管理费补偿条例》颁布执行后,除对五大自治区还实行60％的提出优惠比例外,其他民族自治地方和一般地区一样按照50％的标准执行。

3. 民族地区发展扶持政策体系不健全,有些政策缺乏可操作性

民族区域自治政策是一项根本的民族发展扶持政策,但对民族自治权利规定的可操作性较差,突出地表现为:在金融、投资、财政体制等关系到民族地区经济发展实质性内容的规定方面与非民族地区区别不大,一些中央集中管理的领域如外资、外汇、税收、利率、税率等,自治法中虽然规定民族地区享有优惠政策和自控权力,但实际上取决于中央和各有关部委,地方的主动性难以发挥;有相当一部分自治权利是建立在地方财力基础之上的,而民族地区大多是地方财政比较困难的地区,这些政策规定实际上往往也就难以落实。

4. 西部大开发战略实施中缺乏针对民族地区的专门制度性规定

虽然中国五大民族自治区、主要的民族自治地方和少数民族人口主要集中于西部地区,但在实施西部大开发战略过程中,缺乏专门针对民族地区的优惠政策规定,表现出显著的泛区域开发特征,虽然有对加大对民族地区开发支持力度的有关规定,但大多偏于原则化和一般化。虽然在西部大开发过程中国家的确是加大了民族地区基础设施建设、生态环境保护、扶贫开发、优势资源开发等方面的投资力度,但政策的随意性、弹性较大,尚未形成规范化、制度化、长期化的民族地区开发优惠政策体系。

(三)民族地区扶持政策思路的调整方向

1. 由单一政策支持向促进其产业结构高度化、促进其新型工

业化进程转变

在国家特殊产业布局和工业化战略的主导下,西北民族地区工业化道路比较特殊,基本是在没有轻工业发展积累的情况下,由国家主导直接发展起重化工业,直接进入初级重化工业阶段,地区自身建设和发展缺乏积累主源,没有足够资本来推动地区产业结构迅速高度化,直接制约着其经济社会发展的步伐。国家对民族地区实施促进特色优势产业发展、促进产业结构合理化、高度化的政策,对促进民族地区经济快速、持续发展并从根本上缩小与东部地区的发展差距至关重要。因此,今后国家对民族地区的扶持政策重点应该向支持其特色优势产业发展、提升壮大区域支柱产业、促进区域产业结构合理化与高度化方向倾斜。

2. 由体制内政策扶持向体制外政策扶持转变

国家对民族地区的政策扶持更多的是体现在国有经济部门,而对非国有经济发展缺乏有效而充分的优惠政策扶持。从社会主义市场经济体制完善、提高经济运行效率、促进就业、提高人民生活水平等方面,今后国家要在民族地区国有经济深化改革、加快非公有经济发展步伐方面提供系统性优惠政策,为其国有经济部门的改革和非公有经济发展创造良好的外部环境和条件。

3. 从注重生产性政策扶持为主向注重为其创造良好的投资环境方向转变

资金、人才、技术等要素的短缺特别是高级要素、专业化要素的短缺体现在民族地区经济社会发展的方方面面。国家应从如何为民族地区提供比较充足有效的要素供给方面入手进行政策创新,促进民族地区稀缺要素的内在生成与外部聚集,如更为宽松的开放政策、鼓励人才、技术进入的财税政策与信贷政策等,帮助发展基础设施、促进市场发育等政策。

4. 变拼盘式扶持政策为有机系统的扶持性优惠政策

例如在投资方面,国家对民族地区的一些产业布局性项目的扶持政策多采用拼盘政策,而且这些项目多数为能源、原材料基地发展项目。民族地区地方财力非常困难,为了争取国家更多的政策支持,常因"拼盘资金"而打乱整个经济运行。要么放弃本地区的经济增长项目,把有限资金匹配到国家能源、原材料基地等投资数额大、投资周期长、资金回收慢的项目上;要么可能是因匹配资金难以到位而拉长工期,效益遥遥无期。

拼盘式扶持政策还表现在相关扶持政策之间相互不配套,不协调,缺乏有效统筹,甚至存在相互冲突、相互抵消的问题,难以形成政策合力,影响了政策实施效果。

四、加快西北民族地区发展的产业政策体系设计

胡鞍钢、温军认为,缺乏民族特色导向性产业政策、实施资源开发型的传统工业化战略是导致我国民族地区现代化水平较低的主要原因①。加快西北民族地区的经济发展步伐,走新型工业化道路,需要相对完善的产业政策体系来保障。

(一)进一步落实民族自治权利,完善民族经济发展政策

用好宪法和法律赋予的民族自治权利是加快民族地区经济社会快速发展的根本制度性保障,享有民族自治权是民族地区与非民族地区相比最大的特色和优势。而经济自治权是民族自治权中

---

① 胡鞍钢、温军:《中国民族地区现代化追赶:效应、特征、成因及其后果》,《广西民族学院学报(哲学社会科学版)》,2003 - 01。

的核心内容,与民族地区的经济发展关系最为密切。但对经济自治权重视不够、缺乏有效法律保障等原因严重影响了民族经济自治权的充分有效运用。[①]

1. 正确认识中央与民族自治地方的权限划分

国家应依法保障民族自治地方的自治权利特别是经济自治权利,使自治权利真正落到实处。民族自治地方应充分认识和重视经济自治权。民族自治机关具有双重职权,既有共性的职权(行使同级地方国家机关职权),又有特有的职权(行使自治权),这两种职权应当是并列的,同等重要的,都是不容忽视的,要避免重自治机关的地方国家机关职权、轻自治机关的自治权的现象。应树立创新意识、开发意识,用好用活经济自治权,促进民族经济的发展。

2. 理顺中央与民族自治地方的关系

国家政治一体与民族区域自治反映出国家整体发展与民族自治地方发展的两种要求。我国的一切民族自治地方都必须遵循宪法的总原则和总方针,都必须坚持中央的集中统一领导。同时,作为统一国家在保障整体利益的同时,必须考虑民族自治地方经济、社会事业相对落后的实际情况,对民族自治地方的利益给予照顾和优惠。

3. 加强民族自治权立法

新修改的《民族区域自治法》直接提供的法律支持还是非常有限的,而相当一部分法律条文如果不进行具体细则性规范,是无法在实践中真正实行的;保障自治地方行使经济自治权的法规、规章尚不配套,将《民族区域自治法》关于自治机关的自治权的规定加

---

① 贾德荣:《行使民族经济自治权,全面建设小康社会》,《中南民族大学学报(人文社会科学版)》,2003-08。

以具体化,划清中央和民族自治地方的权限的行政法规尚未出台;在全国 155 个民族自治地方中,还有 26 个民族自治地方特别是五个自治区的自治条例尚未颁布,许多单行条例尚未制定,严重影响了自治地方机关行使经济自治权;保障自治地方行使经济自治权的法律、法规不适应形势需要或不健全,各民族自治地方实施《民族区域自治法》的若干规定或者决定基本上是 1992 年以前制定的,现行的自治法规大多数也是 1992 年以前颁布的,难免带有不同程度的计划经济的色彩,这些规范性法律文件也不可能考虑到今天国家实施的各项战略;民族自治地方的自治条例关于经济自治权的规定,有许多条款是复制《民族区域自治法》的规定,没能结合本地的实际情况和发展需要作出具体规定,自主管理地方性的经济建设事业的条款没有凸显出来,缺乏操作性。因此,必须尽快加强民族自治权立法,以法律保障民族自治权的行使。

此外,在对西部大开发进行立法的过程中,必须高度重视西部大开发中民族地区的开发问题并将其专门纳入《西部开发促进法》中,以切实保障民族自治权利的落实,并以法制保障国家西部大开发战略实施中的诸多相关规定,如"对一些经济发展明显落后、少数民族人口较多、国防或生态位置重要的贫困地区,国家给予重点支持,进行集中连片开发。继续开展'兴边富民'行动"、"加强少数民族干部和人才培养",[①]努力将民族自治政策体现在《西部开发促进法》中,实现西部民族地区大开发的法制化、规范化。

---

① 见《国务院关于进一步推进西部大开发的若干意见》,《人民日报》,2003 - 03 - 23。

（二）出台扶持西北民族地区经济体制改革的政策

由于西北民族地区市场化进程滞缓，经济体制改革的任务繁重，特别是政府机构改革与政府职能转变、国有企业改革、市场体系构建、社会保障制度建设等方面面临着迫切的改革要求。但这些改革，都会产生巨大的改革成本，都需要有相应的资金投入作保障。这对于地方财政非常困难的西北民族地区而言，无疑是难以独自承担的，需要中央政府的配套支持。

（三）进一步加大中央财政对基础设施建设和生态环境保护的投资力度，设立产业投资基金，建立长期稳定的资金来源渠道

充分考虑基础设施对西北民族地区居民生产生活乃至生存的保障程度，按照基础设施建设适度超前的规律，根据构建社会主义和谐社会对基础设施建设的新要求，今后，中央对西北民族地区基础设施投资力度不仅不能减弱，而且应该大大加强，力争"十一五"期间西北民族地区基础设施建设投资增长速度高于"十五"期间。鉴于国债资金淡出后财政投资逐步减弱的现实，针对西北地区国土面积广，基础设施投资成本大、维护成本高的特点，迫切需要建立长期稳定的基础设施建设资金融资渠道。应通过建立基础设施投资基金的办法，从根本上解决大开发的长期性和基础设施建设投入不稳定的矛盾。设立西北民族地区基础设施投资基金，基金资金来源可以通过财政注资、国有股减持、保险资金入股、发行西部开发福利彩票等方式筹集，主要用于西北民族地区农业生产条件改善和重点地带物流体系建设。

西部大开发战略实施以来，把生态环境治理、保护与建设作为重点任务之首并进行了高强度的投入，取得了显著的效果。但是

西北民族地区生态环境治理、保护与建设的任务仍然十分艰巨。为实现西北民族地区人与自然的和谐发展,应着力于完善生态环境保护与建设的长效机制。一是要继续加大中央财政对西北民族地区生态环境建设的投资力度,制定持续、规范、量化的中央财政资金投入政策;二是要探索生态环境建设地方政府间的补偿机制;三是在生态环境建设投资体制上,设立西部生态环境补偿基金,基金资金来源可以通过财政注资、提高资源税率和资源使用补偿费以及向下游征收环境调节税的办法筹集,主要用于西北民族地区生态功能区的国土整治和保护、生态脆弱地区不开发不发展的机会成本的补偿。

(四)调整全国产业分工布局,积极支持发展特色经济和优势产业

为了减少资源开发对生态、环境形成的破坏,缓解资源对交通运输造成的压力,提高资源利用效率,国家应该适时调整资源开发的总体思路,按照"资源就地、就近加工"的原则,逐步调整全国产业分工布局。规范能源收入利润分配政策,打击利润非法转移,提高西部利润分配比例;支持西北民族地区发展资源深加工项目,延伸产业链条,逐步将西北民族地区建设成为全国能源、矿产资源主要接替区之一,培育和提升该地区能源、石油化工、有色金属等矿业基地。逐步形成产品聚集、企业聚集和产业聚群,通过提高该地区产业聚集度和产业配套能力,降低其产业发展成本;培育和提高其产业竞争力、经济自我发展能力与经济社会发展后劲。

以市场为导向,积极发展西北民族地区特色农牧产品加工业、中医药加工业、生物制药、新型建材等优势产业。根据实际条件积极发展某些高新技术产业。

（五）理顺资源性产品价格体系

为此，需要切实正视西北民族地区初级产品输出地利益双重流失的实际，改革资源类产品价格形成机制，建立公平合理的市场价格。

（六）构建有利于西北民族地区产业发展的财政转移支付制度

1. 重新确定中央政府对地方政府转移支付资金的支付方式，对民族地区建立特殊的转移支付制度

综观世界上大多数国家实行分税制财政管理体制后，在转移支付上都照顾到个别地区的特殊性需求。我国民族地区除了有一般政府所需开支外，还有因其特殊地理环境、自然条件、民族构成、经济特点等构成的一些特殊性开支（比如民族的构成复杂；边境线长、强边固防任务重；自然条件差、海拔高、高寒地区广等）。鉴于其各项开支费用大，应按照"因素法"核定中央财政的转移支付额，也就是说，对民族地区转移支付的多少，重点考虑其人口数、税负高低、土地面积、人均 GDP、民族风俗、教育状况和地方财政支出的需求等因素，按照这些因素的影响程度大小确定计分标准，各地统一标准计分，从而确定财政支出水平。

必须特别加大对少数民族省区教育、科技、文化等部门的转移支付。但现行转移支付制度中对民族省区、自治州标准财政支出中的人员经费和公用经费是以全国平均的标准财政供养人员为依据计算的，优惠政策转移支付再以人员经费和基本公用经费占地方标准财政收入的比重分档确定。财政供养人员是计算该地区财政经费的一个关键数据，并且不区分行政管理人员与科、教、文公共事业人员。长期以来，贫困的地区也形成了一套上下对口相对

臃肿的行政体系,而科、教、文事业都发展滞后。因此,在民族优惠政策中,将行政性经费和科、教、文经费分列,并对科、教、文经费规定相对较高的递增系数,是设计转移支付制度的必然选择。

2. 建立与民族地区自身特点对应的财政转移支付制度

西部大开发中西北民族地区开发目标和成效的评价不应简单地采用东部的社会经济指标体系,更不能片面地追求发展速度。我国现行转移支付制度设计注重了总体的社会经济发展指标,但对具有西北民族地区特点的某些隐性指标重视不够,例如民族团结稳定、生态环境建设等方面并没有作为一个单独指标量化计入。在民族政策优惠的转移支付中应特别注重社会稳定、生态环境、人员素质等因素,并能保证与这些因素相挂钩的稳定增长的财政收入。

要注意对民族地区人文资源的开发和转化方面的财政转移支付。民族地区人文资源如民族产品、神山圣水、宗教寺庙等,有些本身就是现实的社会生产力,设计转移支付制度应将其作为一个经济因素计入,在这方面专项资金的投入应按一定的比例折合进入标准财政支出基数。

中央政府对西北民族地区的水利、交通、能源等基础设施建设资金投入,要考虑项目建设和使用过程中地方后续管理的需要,折合计入该地区的标准财政支出之内。

在一个地区如果民族的构成较为复杂,就应得到更多的转移支付,以便地方有更多财力来协调处理各民族之间的关系。

正确引导边区少数民族在历史上与周边国家的亲和性,使其在边贸中发挥作用。在设计优惠的转移支付时可将发展边境贸易增加的税收只按一定比例计入标准收入。

3. 规范对西部民族地区的专项补助

一是明确中央专项补助的目标选择。专项补助的目标应是通过财力的转移支付,帮助西北民族地区提高利用市场的能力,解决这些地区无力解决的阻碍经济发展的重大问题,搞好基础设施建设、生态环境保护与建设,增强经济发展后劲。二是采取因素法进行规范的专项转移支付。三是顺应西部大开发要求,扩大专项补助规模,界定好补助范围。农业、社会保障、教育、科技、卫生、计划生育、文化、环保以及水利、交通、能源等基础设施的专项补助应向西北民族地区倾斜。中央财政扶贫资金的安排,重点用于西北贫困地区。对经国家批准实施的退耕还林还草、天然林保护、防沙治沙工程所需的粮食、种苗补助资金及现金补助,主要由中央财政支付;对因实施退耕还林还草、天然林保护等工程而受影响的财政收入,由中央财政适当补助。四是从专项补助的管理来看,应做到专款专用,对其进行事先、事中、事后监督,提高资金的使用效率。

(七)实施优惠税收政策

1. 调整中央与民族自治地方的共享税分成比例和范围

考虑到民族地区与东部沿海省市的收入水平差距,建议在分税制财政体制不变的条件下,对民族自治地方和一般地区,采取分别对待的政策,建议 80％以上的增值税留给民族地区,或中央、地方分成比例调整为 25％和 75％,以增强民族地区的地方财力。二是把民族地区中央所属企业所得税,由中央税改为中央、地方共享税,各享 50％,以兼顾国家、民族地区的利益,促进中央企业与民族地区关系的协调发展。

2. 通过某些税种的调整,建立促进民族地区经济发展的税收体制

改革增值税,由生产型增值税改为消费型增值税。我国目前

实行的生产型增值税,在民族地区客观上起到了逆向调节作用。增值税运行后,矿山、煤炭等这类聚集于民族地区的开采行业,税负普遍提高。民族地区以水电为主,水电由于扣除项目少或无扣除项目,电力部门购进、销售要多负担税收,这便无形地遏制了民族地区自然资源的开发利用和加快基础产业建设的步伐。如果把生产型增值税改为消费型增值税,民族地区能从中得到更多的税收抵扣,也符合国家的区域政策。增值税税基由生产型过渡到消费型,对财政收入的影响较大,财政无法承受,可以先实行范围较窄的消费型税基,再过渡到完全的消费型税基。

适当提高现行资源税税率,扩大其征收范围。为把民族地区资源优势转化为经济和财政优势,可以考虑适当提高现行资源税税率,提高西北民族地区资源税分享比例,由目前的25%提高到40%—50%;扩大资源税的征收范围,应把森林、生物、水资源等均纳入征税范围,增加的税收作为地方财政收入,增加的税负通过提高资源性产品的价格,转嫁到资源的加工环节。

建议西部地区享受振兴东北老工业基地的政策待遇,即对西北民族地区石油化工、冶金、能源、军品、中医药与生物制药、农产品加工业和高新技术产业等行业新购机器设备所含增值税税金予以抵扣;对具备条件的部分矿山、油田适当降低资源税税额标准;提高计税工资税前标准,以减轻企业税赋;允许商业银行采取进一步措施,处置不良资产或自主减免贷款企业欠息。

3. 调整区域税收优惠政策,并制定有利于西北民族地区发展的产业优惠政策

建议要继续清理或取消集中于东部经济发达地区的各种税收优惠政策,制定更有利于民族地区吸引投资的税收政策。比如,对到西部民族地区的投资,给予各种减免税的优惠,实行加速折旧政

策,实施再投资抵免所得税的政策等。

4.赋予民族地区更宽松的地方税收管理自主权

允许西北民族地区根据自身实际,对现行的地方税在实施细则、开征、停征以及税目、税率的调整,制定西北民族地区地方税与税收法规,使民族地区在税收方面拥有与自治权相应的权限。

(八)区域金融政策创新

1. 建立西北民族地区金融政策协调机制

加快西北民族地区产业发展与产业结构优化,需要多元化的融资机制并形成有效合力,这就需要建立起多元融资的有效协调机制。可以由中国人民银行牵头成立国有独资商业银行、股份制商业银行、国家政策性银行、地方商业银行与金融机构参加的金融支持协调小组,负责研究和制定支持西北民族地区开发的中长期规划和有关优惠政策,指导、检查、督促金融机构做好支持西北民族地区发展中的各项工作。

2. 实施区别政策,增强融资能力,促进西北民族地区金融业加快发展

中国人民银行在基础货币的投放上,应根据地区差异实行区别政策,通过调控确保西北民族地区货币供应量增长速度高于全国平均水平;对西北民族地区再贷款、再贴现限额给予适度倾斜,适当延长再贷款期限,降低再贷款担保条件;培育和扶持西北民族地区票据市场的发展;人民银行总行在安排支持中小金融机构专项再贷款上也要区别对待,增强对西北民族地区的投入。

积极扶持西北民族地区金融机构发展,适当放宽区域内金融业的利率管制,以留住资金并引导资金投向西北民族地区;适当降低西北民族地区商业银行的存款准备金率,适当降低该地区内金

融机构认购国债的比率和企业获取贷款的自有资本金比率。

对国家重点扶持发展的高新技术项目、基础设施建设、产品结构调整项目、能源原材料开发项目等的贷款,建议在同档次贷款利率的基础上降低 20％,并由中央财政给予适当贴息。

3. 实行倾斜政策,加大对西北民族地区的信贷投入

国家的政策性银行在资金安排上,应加大对西北民族地区的倾斜力度。其中,国家开发银行应将西北民族地区作为每年安排的开发性信贷资金的重点投向之一,用于支持基础设施建设、生态环境建设、优势资源开发、产业结构调整以及关系区域发展全局、带动作用大的工程建设,并适当延长贷款期限,降低贷款利率或实行浮动利率。中国进出口银行的专项信贷资金应积极向西北民族地区倾斜,优先支持西北民族地区的出口项目;优先办理西北民族地区的外国政府贷款转贷项目。

完善服务功能,进一步发挥国家政策性银行的作用。根据国务院关于开发银行可以“向国内金融机构发行金融债券和向社会发行财政担保建设债券”的相关规定,由国家开发银行发行 30 年期财政担保的“西北民族地区开发债券”,用于长期贷款;参照世界银行和亚洲开发银行模式,由国家开发银行向西北民族地区提供技术援助无息贷款;允许中国农业发展银行开办西北民族地区开发专项贷款,为其生态建设、农业基础设施建设、农牧业开发和小城镇建设提供开发信贷服务。

对国有独资商业银行宁、青、新分行实行较为特殊的信贷资金管理体制。可以考虑对这些分行不良贷款比例、存贷比例考核标准适当放宽,适当下放贷款审批权限,对优势行业、优势企业的授信下放到一级分行;适当降低二级准备金率和系统内资金往来利率;适当放宽与经营考核指标挂钩的相关财务费用考核指标。

对西北民族地区重大项目和跨省区的重大基础设施项目,总行应加强协调,通过系统调度资金、采取总行专项直贷、组织联合贷款或银团贷款等方式积极支持;对扶贫贴息、电网改造等专项贷款以及专项用于西北民族地区开发重大项目的贷款,实行全额匹配资金。

4. 完善多元化金融组织体系

国家政策性银行应进一步完善组织服务体系,完善政策性银行在西北民族地区的服务功能。建议国家进出口银行在西北民族地区的宁、青、新设立代表处;农业发展银行应拓宽服务范围,为农业化和农村发展提供信贷支持。

组建适应西北民族地区开发需要的区域股份制商业银行——西北民族发展银行,允许其上市融资。

制定优惠政策鼓励和引导全国性、区域性股份制商业银行到西北民族地区设立分支机构,引导东部资金向西北民族地区流动。

加大西北民族地区金融对外开放力度,积极引进外资金融机构。

发展适应西北民族地区经济、民族特点的地方性商业银行,重组西北民族地区银行体系。

加快农村信用社的改革步伐,建立起真正的农民合作性金融组织,并担负起为"三农"融资的主渠道重任。人民银行总行的支农再贷款安排要积极向西北民族地区的农村信用社倾斜,适当降低保支付再贷款利率,提高存款准备金利率,增加特种存款规模;优先批准农村信用联社进入全国银行间同业拆借市场,并适当降低进入条件和交易费用;帮助和支持西北民族地区农村信用社建立结算网络,并与全国支付系统连接,畅通结算渠道。对农村信用社实行减免政策,支持其发展,特别是对与农业银行脱钩时形成的不良贷款进行分类处理,对其营业收入给予降低营业税或免交优惠政策,免除所得税、城建税、附加税、房产税、土地税、固定资产投资方向调节税等地方税种。

对西北民族地区现有的信托、金融租赁公司实行优先整顿转制促进发展的政策。

5. 出台专项政策,切实减轻西北民族地区金融机构的历史负担

制定消化历史包袱的特殊政策,进一步将不良贷款剥离出去,切实减轻西北民族地区国有商业银行的历史负担;优先解决西北民族地区分支机构的呆坏帐问题,适当加快核销进度;解决历年财务亏损挂帐和应收未收利息问题。

落实对资产管理公司的免税政策,减免对西北民族地区资产处理过程中的各种费用等。

6. 落实金融自治权,给予优先改革试点权

稳步推进利率市场化改革,允许西北民族地区设立民营银行的试点工作;积极开展商业银行综合改革,内容包括网点与内部机构设置、经营管理模式、人事和财务制度、业务创新、混业经营、住房信贷证券化等。

7. 加快西北民族地区金融对外开放步伐

实行倾斜政策,加大西北民族地区引进和利用外资力度。增加国家对外借款中投向西北民族地区的比重,进一步提高我国利用国际金融组织和外国政府中长期优惠贷款用于西北民族地区的比重,并在贷款担保和归还方面给予相应支持;允许西北民族地区企业以其合法的外汇资金向银行进行人民币抵押贷款。

降低中资企业限额外汇结算账户开户标准,改进贸易外汇管理。完善服务贸易外汇管理,改进边境贸易外汇管理。

支持东西部经济金融合作,制定支持东西部地区企业加强合作的信贷指导意见,引导和鼓励商业银行增加对相关企业的信贷投入和信贷支持。

8. 实行扶持政策,加快西北民族地区金融机构的服务设施建设和人才培养

各国有银行、全国性股份制商业银行在财务制度上对西北民族地区分行或分支机构要给予积极扶持,加快其营业网点改造、电子化和安全设施建设,逐步解决其人均费用低和发展费用不足的问题;加快西北民族地区金融机构的人事制度改革,为西北民族地区金融机构培养中高级金融人才并给予人才与智力支援;加强东部地区与西北民族地区金融机构之间在人才、技术、经营管理、业务创新、客户信息等方面的对口支援和相互合作。

(九)实施扶贫开发政策创新

作为全国扶贫攻坚的重点之一,加快西北民族地区反贫困进程需要持续、稳定、较大规模的资金投入。为此需要建立西北民族贫困地区发展基金,资金来源包括:通过发行特别债券、财政转移支付等手段进行中央出资;地方政府按比例投入;发达地区对口支援;发行扶贫彩票;海内外社会捐款等。建立西北民族贫困地区救济基金。救济对象是生态脆弱、具有生态安全战略地位的贫困地区。其资金来源类似于西北民族贫困地区发展基金,但更应偏重于中央、东中部地区出资以及全社会捐助。

针对西北民族地区贫困的多类型复合特性,需要实施贫困区域类型瞄准机制,采取开发性扶贫与救济性扶贫相结合的扶贫战略。对具备进一步大规模开发条件的贫困地区,加大产业开发的力度,提高扶贫开发的效率,西部大开发要进一步突出具有开发优

势的"重点地带"发展的同时,突出对西北民族贫困地区、"重点人群"发展的支持力度;在由从最初偏重能源、交通、电力等重大标志性基础设施项目建设向西北民族地区广大农村基础设施的建设与完善转变的过程中,特别突出贫困地区农村、农业以及农民生产生活条件,直接提高农民生活质量;把基础设施建设、特色优势产业发展、生态环境保护与建设同扶贫开发结合起来,如将西部大开发基础设施建设、重点项目建设等与相关劳动技能培训结合起来,提高贫困地区农民的就业参与程度,直接辐射带动贫困地区农民的收入与生活水平提高,增强其持续增收与致富的能力;统筹资源开发利用过程中所涉及的中央政府、地方政府、资源开发企业以及当地居民的利益关系,建立资源开发共享机制,从资源所有权、收益权、税收、资源补偿、开发利用、开发收益再投入等方面进行政策创新,保障当地人民公平分享资源收益的权益;对投资于贫困地区的外部农业产业化龙头企业进行税收优惠;把基础产业、生态产业、文化产业、传统手工业作为贫困地区新型工业化过程中的重要选择。针对生态环境型贫困地区,在继续进行生态移民开发的同时,进行救济性扶贫,并以救济性扶贫为主,解决贫困人口的温饱问题。在开发与救济的基础上,切实落实民族区域自治权,优先改革行政管理体制,改善其社会行政环境,改善政府治理结构;依托经济杠杆,通过政府主导建立民族地区农民工输出地与东中部地区接收地之间对接机制,在技能培训、民族习惯、宗教信仰、岗位安排、薪酬设计等一系列环节进行妥善安排并予以政策性倾斜。针对边疆地区担负着实践我国以邻为善、以邻为伴的区域合作政策等重大任务的现实,要求切实落实兴边富民行动,要根据这样的主体功能来设计适合本地发展需要而又相符合国际通行规则的对外开放政策,如在有条件的城市建立自由贸易区,开辟新型的对外合作区等。

针对西北民族地区贫困代际延续的机制,需要实施贫困地区孕产妇女与儿童营养与健康特别干预行动,保证未来劳动力的生理与智力健康;采取全免费义务教育,大力发展职业技能培训教育,提高人力资源的质量;实施贫困地区乡村信息化工程,实现网络进村目标,缩小"数字鸿沟",消除信息孤岛,促进贫困地区的信息交流。

(十)实施全社会化、全国化援助政策

充分利用我国社会主义制度动员能力强、集中力量办大事的优势,可以在全国范围内通过有效渠道对西北民族地区实施全社会化、全国化援助政策。如通过全国性动员设立西北民族地区教育发展援助基金、生态建设基金,加快西北民族地区各级教育事业和生态建设的发展;通过公益性广告进行西北民族地区区域形象营销,提高对该地区的知晓度、美誉度;通过媒体的公益性广告,提高西北民族地区产品品牌的市场知晓度,帮助西北民族地区的优势企业、优势产品的市场竞争能力。

结　语

在西部大开发战略深入实施、新型工业化方兴未艾、社会主义和谐社会着手构建的时代背景下,西北民族地区因其民族特性、内陆区位、独特的资源禀赋、特殊的工业化道路等因素而成为区域经济研究中的一个具有较高学术价值和强烈现实意义的研究样本。本书从优势理论与产业理论的双重视角,比较系统地研究了西北民族地区产业发展与产业结构调整的问题,目的是在努力实现相关理论创新的同时,为西北民族地区切实走上新型工业化道路、加快经济全面、协调、可持续发展提供参考性建议。通过研究,得出了以下结论:

(1)斯密所开创的比较优势理论对指导区域分工、实现区域经济发展仍然具有较强的现实指导价值。竞争优势、后发优势等理论与比较优势理论在本质上是一脉相承的,并构成内涵日益丰富的区域优势理论。

(2)知识经济的兴起对产业结构在时序与空间上的演进产生了深刻的影响;区域主导产业的选择需要把握五大基准;产业成长理论的核心机制在于比较优势的发挥与比较优势的不断升级,而产业集群则是区域产业成长重要的动力机制;区域衰退产业具有众多的类型与具体表现,需要针对不同情况采取相应的对策。

（3）西北民族地区在区域经济发展过程中表现出13个突出特征：鲜明的民族经济特征；地理环境的同质性；社会经济发展的高度互动性；经济发展水平的相对落后性与相对先进性并存；较低的恩格尔系数与较低的人民收入水平并存；相对较高的人均生产总值与较低的人民收入水平并存；社会经济发展的不和谐性；区域经济发展的封闭性；经济结构效应低下；经济发展表现为显著的政府推动型；贫困面大，贫困人口多；区域经济发展的外部效应强烈；区域经济发展后继保障力较弱。

西北民族地区区域经济发展的基本态势是：区域经济发展的环境与条件朝有利方向发展但建立实现经济自主增长的体制性保障任务繁重；结构调整与优化将是今后相当长一段时期内的主旋律之一；相对于西部地区的优势将进一步增强，而相对于东部地区的差距将在很长一段时期内持续扩大；其人均生产总值有望在2010年左右赶上全国平均水平。

（4）与全国、东部地区以及西部地区相比，西北民族地区在经济发展过程中在生产总值增长速度、人均生产总值、人民生活水平、城镇化、外向程度等方面存在着多重的差距。

（5）区域产业结构从部门分类组成方面反映着区域经济发展的质量演进，区域产业结构的合理化与高度化程度，决定着特定区域资源配置的效率与财富增加的程度，关系到该区域在宏观经济中的分工地位、发展位次与未来的发展希望。区域经济的盛衰主要取决于其产业结构的优劣。西北民族地区经济发展的多重差距，要从其产业发展与产业结构差距这一核心环节入手进行研究。产业结构层次低、产业结构不合理、产业结构转换速度、产业结构效率较低是导致西北民族地区经济发展多重差距的核心原因。

（6）西北民族地区比较优势之路存在的三个突出的问题是：从

利用的范围看,存在着区域比较优势利用的不完全性问题;从利用的程度看,存在着区域比较优势利用的不充分性问题;从利用的方式看,存在着区域比较优势利用的粗放性问题。从三次产业看,西北民族地区农业、服务业比较优势明显且服务业优势呈现稳步增强的趋势,但工业整体处于比较劣势。在工业行业中,具有比较优势的行业较少,且集中在采掘业、原材料等重化行业。基础设施仍然是其经济社会发展的显著制约因素;而该地区支柱产业则集中在采掘业、原材料工业等少数重化产业领域,对区域经济发展的支撑效果较差,负面效应较多;区域主导产业的成长速度较慢,规模较小;该地区存在某些衰退产业,需要采取不同的对策予以调整。

(7)西北民族地区尚处于工业化初期阶段,远远落后于全国以及东部地区。与新型工业化要求相比,西北民族地区工业化存在的突出问题是:经济全球化参与程度低下,开放度不高;社会信息化程度偏低;资源消耗大,集约度低;科技含量不高,工业技术装备水平低;环境污染严重,生态压力大;大中小企业结构不合理,经济效益偏低;加工工业比重过低;工业就业贡献小;城市化滞后于工业化,三元结构显著等。

(8)新型工业化道路要求西北民族地区必须要注重实现各产业间的有效均衡,把信息化放在区域新型工业化的首要位置,高度重视人与自然的和谐,处理好存量产业与增量产业的关系,处理好产业发展与区域文化的协调,注重不同功能区域内新型工业化道路的具体选择。

(9)西北民族地区新型工业化道路的具体路径选择是:扬长避短,走全球化视野下的比较优势之路;顺应信息化要求,走信息化带动工业化之路;深化体制改革,走市场化引导、城镇化推动之路;继续夯实基础设施,走基础设施产业直接辐射带动之路;依托现有支柱产业基础,走支柱产业改造、提升之路;根据五大基准,走主导产业培育、壮大之路;大力发展非公有制经济,走多种所有制并举、混合经济之路;大力发展中小企业,走大中小企业协同发展之路;着眼于社会主义和谐社会构建,走和谐共享之路。

(10)西北民族地区新型工业化模式包括:区域集聚、产业集群模式;产业链式发展模式;循环经济模式;生态经济模式;资源开发和人力资本开发并举模式。

(11)新形势下中央对民族地区扶持政策需要进行以下转变:由单方面政策支持向促进民族地区产业结构高度化、促进民族地区新型工业化进程的方向转变;由体制内政策扶持向体制外政策扶持转变;从注重生产性政策扶持为主,向注重为民族地区创造良好的投资环境方向转变;变拼盘式扶持政策为有机系统的扶持性优惠政策。

(12)加快西北民族地区的经济发展步伐,走新型工业化道路,需要相对完善的产业政策体系来保障。

本书试图对比较优势理论、产业发展理论进行系统综述以建立起区域优势理论与区域产业发展理论框架,力图以此为基础构建区域经济发展的基本路径。在此理论框架下,实证分析西北民族地区经济发展中的问题与不足,并对其新型工业化进程中的区域产业发展、区域产业结构优化问题提出系统性对策建议。但由于本人的研究能力、研究时间以及相关资料的局限,这些努力只是一种初步的尝试。因此,本书也存在着不少缺陷。今后,还有待在以下几个方面继续进行深入的研究,如在现有优势理论研究的基础上,进一步进行综合集成,提炼出更具有说服力的区域优势理论;需要在全球化、信息化、知识经济的背景下进一步发展产业发展理论;需要对书中所提出的"中国区域经济发展差距原因假说"

进行计量分析与实证研究；需要从民族的、人文的视角对西北民族地区经济发展中的比较优势进行更深、更细的研究等。

参 考 文 献

1. 高新才:《区域经济与区域发展》,人民出版社 2002 年版。

2. 苏东水:《产业经济学》,高等教育出版社 2000 年版。

3. 邓伟根:《区域产业经济分析》,暨南大学出版社 1993 年版。

4. 邓海元:《绿色产业经济研究》,中南大学出版社 2003 年版。

5. 伍海华等:《产业发展论》,经济科学出版社 2004 年版。

6. 龚仰军:《产业结构研究》,上海财经大学出版社 2002 年版。

7. 胡荣涛:《产业结构与地区利益分析》,经济管理出版社 2001年版。

8. 侯景新:《落后地区开发通论》,中国轻工业出版社 1999 年版。

9. 芮明杰等:《产业制胜——产业视角的企业战略》,浙江人民出版社 1997 年版。

10. 仇保兴:《小企业集群研究》,复旦大学出版社 1999 年版。

11. 王缉慈:《创新的空间——企业集群与区域发展》,北京大学出版社 2001 年版。

12. 江世银:《区域产业结构调整与主导产业选择研究》,上海三联书店、上海人民出版社 2004 年版。

13. 胡怀邦:《中国西部经济金融发展研究》,经济科学出版社 2004年版。

14. 罗朝阳:《21世纪青海经济发展问题研究》,青海人民出版社2003年版。

15. 韩德麟等:《新疆资源优势及开发利用》,商务印书馆2003年版。

16. 王必达:《后发优势与区域发展》,复旦大学出版社2004年版。

17. 郭志仪:《面向新世纪的战略抉择》,民族出版社2001年版。

18. 董锁成、周述实等:《西北比较优势与特色区域经济发展》,甘肃人民出版社2000年版。

19. 郝寿义、安虎森:《区域经济学》,经济科学出版社1999年版。

20. 于刃刚等:《主导产业论》,人民出版社2003年版

21. 梁琦:《产业集聚论》,商务印书馆2004年版。

22. 徐逢贤:《跨世纪的难题——中国区域经济发展差距》,社会科学出版社1999年版。

23. 林毅夫:《后发国家究竟是优势还是劣势》,《经济前沿》,2002.10。

24. 林毅夫:《按比较优势调整产业结构,减少金融风险》,《改革》,2001.01。

25. 林毅夫等:《经济发展的比较优势战略理论》,《国际经济评论》,2003.06。

26. 厉以宁等:《经济全球化与西部大开发》,北京大学出版社2001年版

27. 王梦奎:《中国地区社会经济发展不平衡问题研究》,商务印书馆2000年版。

28. 宋璇涛:《寻求区域经济非均衡协调发展》,中共中央党校出版社2001年版。

29. 冯之浚:《区域经济发展战略研究》,经济科学出版社2002

年版。

30. 张敦富等《中国区域经济差异与协调发展》,中国轻工业出版社 2001 年版。

31. 陆大道:《中国区域发展的理论与实践》,科学出版社 2003 年版。

32. 胡鞍钢:《地区与发展:西部开发新战略》,中国计划出版社 2001 年版。

33. 宋蜀华:《中国民族学理论探索与实践》,中央民族大学出版社 1999 年版。

34. 施正一:《民族经济学教程》,人民出版社 2001 年版。

35. 王希恩:《当代中国民族问题解析》,民族出版社 2002 年版。

36. 杨顺清:《中国民族问题理论研究》,贵州民族出版社 2002 年版。

37. 赵显人:《西部大开发与民族地区经济社会发展》,民族出版社 2002 年版。

38. 陈庆德:《经济人类学》,人民出版社 2001 年版。

39. 王文长等:《西部特色经济开发》,民族出版社 2001 年版。

40. 涂裕春、刘卉等:《中国西部的对外开放》,民族出版社 2001 年版。

41. 李金叶:《西部大开发中新疆农业发展研究》,中国农业出版社 2002 年版。

42. 陶文达:《发展经济学》,四川人民出版社 1997 年版。

43. 崔卫国等:《区际经济学》,经济科学出版社 2004 年版。

44. 陈育宁:《迈向 21 世纪的西北民族地区》,宁夏人民出版社 1997 年版。

45. 徐建华等:《中国西部地区迟发展效应与后发优势及创新对策

研究》，海洋出版社 2002 年版。

46. 李澜：《西部民族地区城镇化问题研究》，2003 年中央民族大学博士论文。

47. 杨旭东：《资源禀赋优势抑或企业竞争优势——关于西部地区工业发展立足点的思考》，《宁夏党校学报》，2000.05。

48. 陈耀：《加快结构调整，促进西北工业振兴》，《中国工业经济》，2000.10。

49. [美]道格拉斯·诺思，罗伯斯·托马斯著，厉以平、蔡磊译：《西方世界的兴起》，华夏出版社 2005 年版。

50. [美]迈克尔·波特著，邱如美、李明轩译：《国家竞争优势》，华夏出版社 2002 年版。

51. [美]杰夫·马德里克，乔江涛译：《经济为什么增长》，中信出版社 2003 年版。

52. [美]戴维·S. 兰德斯，门洪华等译：《国富国穷》，新华出版社 2001 年版。

53. [美]曼库尔·奥尔森著，吕应中等译：《国家兴衰探源》，商务印书馆 1995 年版。

54. [美]埃德加·M. 胡佛著，王翼龙译：《区域经济学导论》，商务印书馆 1992 年版。

55. [美]艾伯特·赫希曼著，曹征海等译：《经济发展战略》，经济科学出版社 1991 年版。

56. [美]迈克尔·P. 托达罗著，印金强、赵荣美译：《经济发展与第三世界》，中国经济出版社 1992 年版。

57. [法]泰勒尔著，李雪峰译：《产业组织理论》，中国人民大学出版社 1999 年版。

58. [美]威廉·鲍莫尔著，彭敬等译：《资本主义的增长奇迹》，中信出版社 2004 年版。

59. ［英］凯文·摩根:《制度、创新与欠优势地区的经济复兴》,《经济社会体制比较》,2003－02 。

60. ［美］Sylvie Demurger:《地理位置与优惠政策对中国地区经济发展的相关贡献》,《经济研究》,2002－09 。

61. Michael E. Porter, *The Competitive Advantage of Nations*, N. Y. Press,1990.

62. Scott, A. J, *New Industrial Space*, London, Pion, 1998.

63. Harrison. B, *Industrial districts*: *old wine in new bottle?* Regional Studies 26, 1994.

64. Saxenian, A, *Regional Advantage*: *Culture and Competition in Silicon Valley and Route* 128, Harvard University Press, Cambridge, MA, 1994.

65. Hughes, James T, *The role of development agencies in the regional policy*: *An academic and practitioner approach*, Urban Studies, 35(4), pp. 615-626, 1998.

66. Armstrong, Harvey, *What future for regional policy in the UK*, Political Quarterly, 69(3), pp. 200-214, 1998.

67. Bao, Shuming, Gene Chang, Jeffery D. Sachs, and Wing Thye Woo, *Forthcoming, Geographic Factors and China's Regional Development Under Market Reforms*, 1978-98, China Economic Review.

68. Zhang Wei, *Rethinking Regional Disparity in China*, Economic planning, 2000.

69. P. Krugman, *What's New about the New Economic Geography*, Oxford Review of Economic Policy,1998,14(2):7-17.

后　记

　　高原戈壁,丝路花雨;大漠草原,驼铃悠扬。空旷的大西北,神奇的西北民族地区,带着厚重的历史、多彩的民俗和灿烂的文化,正在现代化的道路上疾行。一度落寞的大地再次热烈,西北民族地区迎来了一个全新的发展机遇期。伟大的社会经济发展实践,要求理论研究的支撑与引导。出于对这片土地的热爱和学术兴趣,本人从攻读硕士学位期间即已关注西北民族地区经济发展问题,并将其作为攻读博士学位期间的重要研究方向。本书是在本人博士论文的基础上修改而成,是对博士生学习里程的一个集中总结。黑格尔强调,我们之所以是我们,乃是由于我们有历史。攻读博士学位的历程,构成了我人生中一道绚丽的风景线。那些逝去的往事,想来并非如烟。回首读博之路,有初入学时的兴奋,更有聆听导师教诲时如沐春风的感觉;有同学交流切磋时茅塞顿开的欣喜,也有师长、亲朋充满期望的目光。

　　我要感谢导师高新才教授多年来对我严格的要求、入微的关怀。人生成长的栽培,治学之道的授予,教诲之谆谆,关怀之切切,尤声声在耳,历历在目。师恩难谢,唯有笨鸟早飞,未鞭奋蹄。

　　特别感谢兰州大学经济学院的李国璋教授、聂华林教授、郭志仪教授、张志良教授、南开大学的安虎森教授,他们对本书的框架结构和一些具体观点的提炼提出了宝贵的意见和建议;感谢刘振兰老师多年来对我母亲般的关怀;感谢一起学习、共同研究的同门学友;作为温馨的港湾,家对我当有特别的意义;我必须要感谢家人对我全身心投入到学业、工作的全力支持。

本书的写作,得到了兰州大学"211工程"、"十五"重点学科建设基金的支持与资助,其顺利出版,也直接得益于人民出版社的大力支持和帮助,在此一并致谢!

学无止境,我将在今后的漫漫求索路上,不断加强自身的知识积累,进一步深化对区域经济发展特别是西北民族地区经济发展问题的认识,在"统筹区域发展"的格局下,将自身事业的发展统筹于区域经济学发展的广阔天地。不敢奢求"明天兰大为我骄傲",但求无愧于师长的栽培、学友的祝福、亲人的期盼!

滕堂伟

2006年7月15日

责任编辑　安新文
封面设计　王　勇

图书在版编目（CIP）数据

双重视角下的西北民族地区经济发展问题研究/滕堂伟著. —北京:人民出版社,2008.6

（区域经济学博士文库）

ISBN 978－7－01－007095－7

Ⅰ.双…　Ⅱ.滕…　Ⅲ.①民族地区-地区经济-经济发展-研究-西北地区

　Ⅳ. F127. 4

中国版本图书馆 CIP 数据核字（2008）第 082827 号

书　　名　双重视角下的西北民族地区经济发展问题研究
　　　　　SHUANGCHONG SHIJIAO XIA DE XIBEI MINZU DIQU JINGJI FAZHAN
　　　　　WENTI YANJIU
作　　者　滕堂伟
出版发行　人民出版社
　　　　　（北京朝阳门内大街 166 号　邮编 100706）
邮购地址　北京东城区朝阳门内大街 188 号
　　　　　鸿安国际商务大厦 C－1201　邮编 100010
邮购电话　（010）65181955　（010）65224882 转 812/813
印　　刷　北京京宇印刷厂
经　　销　新华书店
版　　次　2008 年 6 月第 1 版　2008 年 6 月北京第 1 次印刷
开　　本　880 毫米×1230 毫米　1/32
印　　张　12. 125
字　　数　276 千字
印　　数　0,001－3,000 册
书　　号　ISBN 978－7－01－007095－7
定　　价　26. 00 元